INSOMNIES

JOHN CHEEVER

Insomnies

NOUVELLES TRADUITES DE L'ANGLAIS (ÉTATS-UNIS) PAR DOMINIQUE MAINARD

LE SERPENT À PLUMES

Titre original :
THE STORIES OF JOHN CHEEVER

L'INCROYABLE RADIO

Jim et Irene Westcott étaient de ces gens qui semblent s'inscrire précisément dans la moyenne satisfaisante de revenus, d'ambitions et de respectabilité apparaissant dans les statistiques des bulletins d'anciens élèves de lycée. Ils étaient parents de deux jeunes enfants, étaient mariés depuis neuf ans et vivaient au douzième étage d'un immeuble situé près de Sutton Place ; ils allaient en moyenne au théâtre 10,3 fois par an et nourrissaient l'espoir de vivre un jour à Westchester. Irene Westcott était une femme agréable, sans grande beauté, dotée de cheveux bruns et soyeux et d'un grand et beau front sur lequel rien n'avait été gravé ; par temps froid, elle portait un manteau de putois teint de façon à ressembler à du vison.

S'il était impossible d'affirmer que Jim Westcott paraissait plus jeune qu'il ne l'était, on pouvait au moins dire qu'il donnait l'impression de se sentir plus jeune. Ses cheveux grisonnants étaient coupés très court, il s'habillait avec ce style de vêtements que les élèves de sa promotion portaient à Andover et ses manières étaient enthousiastes, véhémentes et empreintes d'une naïveté délibérée. Seul l'intérêt que les Westcott vouaient à la bonne musique les distinguait de leurs amis, de leurs camarades de lycée et de leurs voisins. Ils assistaient à de nombreux concerts — bien qu'ils en parlent rarement à qui que ce soit — et passaient de longs moments à écouter de la musique à la radio. Leur poste était un vieil instrument ombrageux, imprévisible et irréparable. Aucun des deux époux ne comprenait quoi que ce soit au fonctionnement d'un poste de radio — pas plus qu'à celui des autres appareils électriques qui les entouraient — et quand l'instrument donnait des signes de faiblesse, Jim frappait de la main la paroi du coffret. Cette méthode portait parfois ses fruits.

Un dimanche après-midi, au beau milieu d'un quatuor de Schubert, la musique faiblit puis se tut. Jim frappa le coffret à plusieurs reprises, mais en vain ; le quatuor de Schubert leur était perdu à jamais. Jim promit à Irene de lui acheter une nouvelle radio et le lundi, à son retour du travail, il lui annonça que c'était chose faite. Il refusa de la décrire, et déclara qu'Irene en aurait la surprise à son arrivée.

La radio fut livrée à la porte de service le lendemain après-midi et, avec l'aide de sa bonne et de l'homme à tout faire, Irene la sortit de sa caisse et la porta au salon. Elle fut aussitôt frappée par la laideur du coffret de gommier. Irene était fière de son salon, elle en avait choisi les meubles et les teintes avec autant de soin qu'elle en mettait à choisir ses vêtements, et il lui sembla que la nouvelle radio se dressait tel un intrus belliqueux parmi ses biens les plus intimes. Le nombre de cadrans et de boutons de l'appareil la déconcerta ; elle les étudia méticuleusement avant de brancher la prise et d'allumer la radio. Une malveillante lueur verte envahit les cadrans, et Irene entendit dans le lointain les accords d'un quintette de piano. Ils ne restèrent lointains qu'un instant seulement ; puis ils enflèrent plus vite que la lumière, et il s'engouffra dans l'appartement une musique amplifiée de si violente manière qu'un bibelot de porcelaine posé sur une table fut projeté sur le sol. Irene se précipita vers le poste et baissa le volume. Les forces brutales prisonnières de l'affreux coffret de gommier l'emplissaient de malaise. À ce moment-là les enfants rentrèrent de l'école, et elle les emmena au Parc. Elle ne put se consacrer de nouveau à la radio que plus tard dans la soirée.

Lorsque la bonne, après avoir fait dîner les enfants, fut occupée à leur donner leur bain, Irene alluma le poste, baissa le son et s'installa confortablement pour écouter un quintette de Mozart qu'elle connaissait et qu'elle aimait. La musique résonnait avec une parfaite clarté. La tonalité du nouveau poste était beaucoup plus limpide que celle du précédent, songea-t-elle. Elle décida que la sonorité primait sur le reste et qu'elle pourrait dissimuler le coffret derrière le canapé. Mais dès qu'elle eut fait la paix avec la radio, les interférences se manifestèrent. Un crépitement semblable à la combustion d'une mèche d'allumage se joignit à la mélodie des cordes. Derrière la musique, on entendait une rumeur qui évoquait désagréablement la mer ; alors que le quintette se poursuivait, de nombreux autres bruits s'ajoutèrent à ceux-là. Irene essaya de manipuler tous les boutons, mais rien ne put réduire les parasites ; la jeune femme se rassit, déçue et perplexe, et s'efforça de suivre le fil de la mélodie.

La cage d'ascenseur de l'immeuble était située derrière le mur du salon, et ce fut le grondement de l'ascenseur qui donna à Irene un indice de la nature des parasites. Dans les haut-parleurs résonnaient le frottement des câbles, ainsi que l'ouverture et la fermeture des portes ; s'étant rendu compte que la radio était sensible aux courants électriques de toutes sortes, Irene commença à discerner par-delà la mélodie de Mozart des sonneries de téléphone, les numéros qu'on composait et la lamentation d'un aspirateur. Tendant plus attentivement l'oreille, elle distingua des sonnettes de portes d'entrée et d'ascenseur, des rasoirs électriques et des mixers Waring — tous ces bruits avaient été capturés dans les appartements voisins et retransmis par le haut-parleur. Elle ne pouvait espérer maîtriser l'appareil puissant et laid, doté d'une malencontreuse sensibilité aux sons discordants ; aussi l'éteignit-elle avant d'aller voir ses enfants dans leur chambre.

Quand Jim Westcott rentra chez lui ce soir-là, il se dirigea vers la radio avec assurance et en manipula les boutons. Il fit la même expérience qu'Irene. Un homme discourait sur la station de radio qu'avait choisie Jim, et sa voix passa instantanément du murmure à une clameur si puissante qu'elle ébranla l'appartement. Jim baissa le volume et réduisit le niveau sonore de la voix. Puis, une minute ou deux plus tard, les interférences commencèrent. Des sonneries de téléphone et de portes d'entrée s'élevèrent, bientôt rejointes par le grincement des portes de l'ascenseur et le vrombissement des appareils électroménagers. Depuis le moment où Irene avait écouté la radio, plus tôt dans la journée, le bruit avait changé de nature ; le dernier rasoir électrique avait été débranché, tous les aspirateurs rangés dans leurs placards, et les interférences reflétaient le changement de rythme qui survient dans la ville à la tombée du jour. Jim manipula les boutons sans parvenir à éliminer les parasites ; aussi il éteignit la radio et déclara à Irene qu'au matin, il appellerait les gens qui lui avaient vendu l'appareil et leur passerait un savon.

Le lendemain après-midi, quand Irene revint à l'appartement après un déjeuner, la bonne lui dit qu'un homme était venu réparer la radio. Avant même d'ôter ses gants et son manteau de fourrure,

Irene se rendit dans le salon et alluma le poste. Du haut-parleur s'échappa l'air de *The Missouri Waltz**. Il lui rappela la mélodie grêle et grinçante d'un vieux phonographe qu'elle entendait parfois, s'élevant sur l'autre rive du lac où elle passait tous les étés. Elle attendit que la valse s'achève, espérant quelque explication, mais il n'y en eut pas. La musique fut suivie par un instant de silence, puis la mélodie plaintive et grinçante retentit de nouveau. Irene tourna le bouton et obtint une éruption satisfaisante de musique caucasienne — le bruit étouffé des pieds nus dans la poussière, le tintement des bijoux ornés de médailles — mais à l'arrière-plan, elle distinguait les sonnettes des portes d'entrée et le brouhaha des voix. À ce moment-là, ses enfants rentrèrent de l'école. Elle éteignit la radio et se rendit dans leur chambre.

Quand Jim rentra ce soir-là, il était fatigué ; il prit un bain et se changea, puis il rejoignit sa femme au salon. Il venait d'allumer la radio quand la bonne annonça que le dîner était servi. Laissant le poste allumé, il passa à table en compagnie d'Irene.

Jim était trop fatigué pour se livrer ne serait-ce qu'à un semblant de sociabilité, et rien, dans le dîner, ne retenait l'attention d'Irene ; aussi son attention vagabonda-t-elle de son assiette aux dépôts de blanc d'argenterie sur les chandeliers, puis à la musique qui s'élevait dans la pièce voisine. Durant quelques minutes, elle écouta un prélude de Chopin, puis elle eut la surprise d'entendre retentir une voix d'homme.

« Bon sang, Kathy, disait-il, es-tu obligée de toujours jouer du piano quand je rentre ? »

La musique s'arrêta brusquement.

« C'est le seul moment où je peux le faire, répondit une femme. Je suis au bureau toute la journée.

* *Chanson officielle de l'État du Missouri. (N.d.T.)*

— Moi aussi », répliqua l'homme. Il ajouta quelque chose de grossier au sujet d'un piano droit, et claqua la porte. La mélodie passionnée et mélancolique s'éleva de nouveau.

« As-tu entendu cela ? demanda Irene.

— Quoi ? »

Jim était en train de manger son dessert.

« La radio. Un homme a dit quelque chose pendant que la musique jouait encore — quelque chose de grossier.

— C'est sans doute une pièce de théâtre.

— Je ne crois pas que ce soit une pièce », rétorqua Irene.

Ils quittèrent la pièce et prirent le café au salon. Irene demanda à Jim d'essayer une autre station. Il tourna le bouton de commande de l'appareil.

« As-tu vu mes fixe-chaussettes ? demanda un homme.

— Boutonne ma robe dans le dos, dit une femme.

— As-tu vu mes fixe-chaussettes ? répéta l'homme.

— Boutonne ma robe dans le dos, et je te trouverai tes fixe-chaussettes », répliqua la femme.

Jim passa sur une autre station.

« J'aimerais bien que tu ne laisses pas de trognons de pommes dans les cendriers, s'exclama un homme. Je déteste cette odeur.

— C'est curieux, murmura Jim.

— Oui, n'est-ce pas ? » dit Irene.

Jim tourna de nouveau le bouton.

« Sur la côte de Coromandel, où les premières citrouilles poussaient, récita une femme à l'accent anglais prononcé, au beau milieu des bois, vivait le Yonghy-Bonghy-Bo. Deux vieilles chaises, une moitié de bougie, et une vieille jarre sans anse...

— Mon Dieu ! s'écria Irene. C'est la nurse des Sweeney !

— Voilà tous les biens qu'il possédait sur cette terre, poursuivit la voix à l'accent britannique.

— Éteins ça, dit Irene. Ils peuvent peut-être nous entendre. »

Jim éteignit le poste.

« C'était Miss Armstrong, la nurse des Sweeney, reprit Irene. Elle doit faire la lecture à leur petite fille. Ils vivent au 17-B. Je bavarde souvent avec Miss Armstrong au Parc. Je connais très bien sa voix. Nous devons capter ce qui se passe dans d'autres appartements.

— C'est impossible, décréta Jim.

— Eh bien, c'était la nurse des Sweeney, s'exclama Irene d'un ton véhément. Je connais sa voix. Je la connais très bien. Je me demande s'ils peuvent nous entendre. »

Jim tourna le bouton. Tout d'abord dans le lointain, puis plus près, encore plus près, semblant portés par le vent, leur parvinrent les accents purs de la nurse des Sweeney : « Lady Jingly ! Lady Jingly ! disait-elle. Vous qui êtes assise là où poussent les citrouilles, voulez-vous être ma femme ? dit le Yonghy-Bonghy-Bo... »

Jim s'approcha de la radio et dit « Allô ! » très fort dans le haut-parleur.

« Je suis fatigué de vivre seul, poursuivait la nurse, sur cette côte sauvage et rocailleuse, je suis las de ma vie ; si vous vouliez être ma femme, douce serait ma vie... »

Jim passa sur une autre station, et le tumulte d'une soirée endiablée envahit le salon. Quelqu'un jouait du piano et chantait *The Whiffenpoof Song,* et les voix qui accompagnaient le piano étaient ardentes et gaies.

« Prenez encore quelques sandwiches », s'exclama une femme d'une voix stridente. Des hurlements de rire retentirent, et une assiette s'écrasa sur le sol.

« Ce doit être les Fuller, au 11-B, déclara Irene. Je sais qu'ils donnaient une petite fête cet après-midi. J'ai vu Mrs. Fuller chez le marchand de vins.

C'est merveilleux, n'est-ce pas ? Essaie autre chose. Vois si tu peux capter les gens du 18-C. »

Ce soir-là, les Westcott entendirent un monologue sur la pêche au saumon au Canada, une partie de bridge, des commentaires portant sur une vidéo amateur apparemment tournée pendant un séjour de deux semaines à Sea Island, et une violente dispute conjugale au sujet d'un découvert à la banque. Ils éteignirent leur radio à minuit et allèrent se coucher, ivres de rire. Au milieu de la nuit, leur fils réclama un verre d'eau et Irene le lui apporta dans sa chambre. Toutes les lumières du quartier étaient éteintes ; par la fenêtre de la chambre du petit garçon, elle voyait la rue déserte. Elle alla dans le salon et alluma la radio. Il s'en échappa une toux ténue, un gémissement, puis une voix d'homme retentit.

« Est-ce que ça va, ma chérie ? demanda-t-il.

— Oui, répondit une femme d'un ton las. Oui, je crois que ça va. »

Puis elle ajouta d'un ton fiévreux :

« Mais tu sais, Charlie, je ne me sens pas dans mon assiette. Parfois, je me sens bien quinze ou vingt minutes par semaine seulement. Je n'ai pas envie d'aller voir un autre médecin — leurs factures sont déjà terriblement élevées — mais je ne me sens pas bien, Charlie. Je ne me sens jamais dans mon assiette. »

Ils ne sont plus jeunes, songea Irene. Au timbre de leurs voix, elle jugea qu'ils devaient avoir une cinquantaine d'années. La sourde mélancolie de leurs paroles et le courant d'air émanant de la fenêtre la firent frissonner, et elle retourna se coucher.

Le lendemain matin, Irene prépara le petit déjeuner de la famille — la bonne, qui logeait dans une chambre située au sous-sol, n'arrivait pas avant 10 heures —, tressa les cheveux de sa fille et patienta sur le seuil jusqu'à ce que l'ascenseur ait emporté ses enfants et son mari. Puis elle se rendit dans le salon et alluma la radio.

« Je ne veux pas aller à l'école ! hurlait un enfant. Je déteste l'école ! Je ne veux pas aller à l'école ! Je déteste l'école !

— Tu iras à l'école ! répliqua une femme excédée. Nous avons payé huit cents dollars pour t'inscrire dans cette école et tu iras, même si tu dois en mourir ! »

À la station suivante retentit le disque usé de *The Missouri Waltz.* Tournant le bouton, Irene s'introduisit dans l'intimité de plusieurs petits déjeuners. Elle entendit des manifestations d'indigestion, d'amour charnel, d'abîmes de vanité, de foi et de désespoir. L'existence d'Irene était presque aussi simple et protégée qu'elle semblait l'être, et le langage cru et parfois brutal qui émanait du haut-parleur ce matin-là la stupéfia et la troubla. Elle continua à écouter jusqu'à l'arrivée de la bonne. Puis elle éteignit rapidement la radio car cette intrusion, elle en avait conscience, relevait du domaine de la clandestinité.

Ce jour-là, Irene avait prévu de déjeuner avec une amie et elle quitta l'appartement peu après midi. De nombreuses femmes se trouvaient dans l'ascenseur lorsque celui-ci s'arrêta à son étage. Elle scruta leurs visages séduisants et impassibles, leurs manteaux de fourrure et les fleurs de tissu de leurs chapeaux. Laquelle d'entre elles était allée à Sea Island ? se demanda-t-elle. Laquelle avait un découvert à la banque ? L'ascenseur s'arrêta au dixième étage, et une femme tenant en laisse un couple de skye-terriers se joignit à elles. Ses cheveux étaient attachés en hauteur et elle portait une cape en vison. Elle fredonnait *The Missouri Waltz.*

Au cours du déjeuner, Irene but deux Martini et scruta son amie d'un regard pénétrant, se demandant quels secrets celle-ci dissimulait. Elles avaient prévu d'aller faire les boutiques après déjeuner, mais Irene s'excusa et rentra chez elle. Elle déclara à la bonne qu'elle ne voulait pas être dérangée ; puis elle alla dans le salon, ferma les portes et alluma la radio. Dans le courant de l'après-midi, elle entendit la conversation décousue d'une femme qui recevait sa tante, l'épilogue hystérique d'une réception, et les recommandations d'une maîtresse de maison à sa bonne concernant les invités d'un cocktail.

« Ne servez pas le meilleur whisky à quiconque n'a pas les cheveux blancs, disait-elle. Voyez si vous pouvez écouler ce pâté de foie avant de faire circuler les canapés chauds... Et pourriez-vous me prêter cinq dollars ? Je voudrais donner un pourboire au garçon d'ascenseur. »

Alors que l'après-midi tirait à sa fin, les conversations se firent plus passionnées. De l'endroit où elle était assise, Irene apercevait le vaste ciel audessus de l'East River. Il était empli de centaines de nuages, comme si le vent du sud déchirait l'hiver en pièces et le chassait en direction du nord ; à la radio, Irene entendait les invités de la soirée arriver, les enfants et les hommes d'affaires rentrer de l'école et du bureau.

« J'ai trouvé un diamant de bonne taille sur le sol de la salle de bains, ce matin, dit une femme. Il a dû tomber du bracelet que portait Mrs. Dunston hier soir.

— Nous allons le vendre, répondit un homme. Emporte-le chez le bijoutier de Madison Avenue et vends-le. Pour Mrs. Dunston ça ne changera rien, et nous avons bien besoin de cent ou deux cents dollars... »

« Oranges et citrons, disent les cloches de St Clement, chantonnait la nurse des Sweeney. Halfpence et farthings, disent les cloches de St Martin. Quand me payerez-vous ? disent les cloches de Old Bailey... »

« Ce n'est pas un chapeau », s'écria une femme. On entendait à l'arrière-plan le brouhaha d'un cocktail. « Ce n'est pas un chapeau, c'est une histoire d'amour ! C'est ce que Walter Florell a dit. Ce n'est pas un chapeau, c'est une histoire d'amour ! » Puis, à voix plus basse, la même femme ajouta : « Pour l'amour du ciel, parle à quelqu'un, mon chéri, parle à quelqu'un. Si elle voit que tu restes planté là sans parler à personne, elle va nous rayer de sa liste d'invités, et j'adore ces petites fêtes. »

Les Westcott dînaient dehors ce soir-là ; lorsque Jim arriva, Irene était en train de s'habiller. Elle semblait triste et distraite, et il lui apporta un verre. Ils dînaient chez des amis dans le quartier, et s'y rendirent à pied. Le ciel était vaste et baigné de lumière. C'était l'un de ces splendides soirs de printemps qui exaltent les souvenirs et le désir, et l'air caressant leurs mains et leur visage semblait très doux. À l'angle de la rue, un orchestre de l'Armée du Salut jouait *Jésus n'est que bonté*. Saisissant le bras de son mari, Irene le retint quelques minutes afin d'écouter la musique.

« Ce sont vraiment de braves gens, n'est-ce pas ? murmura-t-elle. Leurs visages respirent la gentillesse. En fait, ils sont infiniment plus gentils que bien des gens que nous connaissons. »

Elle prit un billet dans son sac à main, se dirigea vers eux et le laissa tomber dans le tambourin. Quand elle revint vers son mari, son visage exprimait une ardente mélancolie qui ne lui était pas familière. Et l'attitude qu'elle afficha durant le dîner, ce soir-là, sembla tout aussi étrange. Elle coupa impoliment la parole à la maîtresse de maison et dévisagea les invités assis en face d'elle avec une insistance pour laquelle elle aurait puni ses enfants.

Il faisait encore doux lorsqu'ils prirent le chemin du retour et, levant les yeux, Irene contempla les étoiles printanières.

« Comme cette petite bougie projette loin sa lueur ! s'exclama-t-elle. C'est ainsi qu'une bonne action resplendit dans un monde mauvais. »

Cette nuit-là, elle patienta jusqu'à ce que Jim s'endorme, puis se rendit dans le salon et alluma la radio.

Le lendemain soir, Jim rentra aux alentours de 18 heures. Emma, la bonne, lui ouvrit ; il venait d'ôter son chapeau et il était en train d'enlever son manteau quand Irene se précipita dans le vestibule. Son visage luisait de larmes et ses cheveux étaient dépeignés.

« Monte au 16-C, Jim ! s'écria-t-elle. N'enlève pas ton manteau. Monte au 16-C. Mr. Osborne est en train de battre sa femme. Ils se disputent depuis 4 heures de l'après-midi, et maintenant il la frappe. Monte là-haut et empêche-le de continuer ! »

Jim entendit des hurlements, des obscénités et des chocs sourds s'échapper de la radio.

« Tu n'es pas obligée d'écouter ce genre de choses, tu sais », déclara-t-il.

Il s'engouffra dans le salon et éteignit l'appareil.

« C'est indécent, reprit-il. C'est comme d'espionner par les fenêtres. Tu n'es pas obligée d'écouter ce genre de choses, tu sais. Tu peux éteindre la radio.

— Oh, c'est tellement horrible, tellement affreux ! »

Irene sanglotait.

« Je l'ai écoutée toute la journée, et c'est si déprimant !

— Eh bien, si c'est déprimant à ce point, pourquoi l'écoutes-tu ? J'ai acheté cette satanée radio pour te faire plaisir. Elle m'a coûté beaucoup d'argent. Je croyais qu'elle te rendrait heureuse. Je voulais te rendre heureuse.

— Oh, ne nous disputons pas, gémit-elle en

posant la tête sur son épaule. Les autres se sont disputés toute la journée. Tout le monde se dispute. Ils ont tous des soucis d'argent. La mère de Mrs. Hutchinson est en train de mourir d'un cancer en Floride, et ils n'ont pas suffisamment d'argent pour l'envoyer à la clinique Mayo. Du moins, c'est ce que prétend Mr. Hutchinson. Et une femme de l'immeuble a une liaison avec l'homme à tout faire — avec cet abominable homme à tout faire. C'est répugnant. Et Mrs. Melville a des problèmes cardiaques, Mr. Hendrick va se retrouver sans travail en avril et Mrs. Hendrick est odieuse — et la femme qui passe *The Missouri Waltz* est une catin, une véritable catin ; le liftier est tuberculeux ; Mr. Osborne bat Mrs. Osborne... »

Elle sanglotait, tremblait de chagrin, et de la paume de la main elle essuyait les larmes qui ruisselaient sur son visage.

« Eh bien, pourquoi te sens-tu obligée de les écouter ? répéta Jim. Pourquoi te sens-tu obligée d'écouter tout cela, si ça te fait tant de peine ?

— Oh, ne me parle pas ainsi, s'écria-t-elle. La vie est trop sordide, terrible et affreuse ! Mais nous n'avons jamais été ainsi, n'est-ce pas, mon chéri ? Nous avons toujours été bons, honnêtes et aimants l'un envers l'autre, n'est-ce pas ? Et nous avons deux enfants, deux merveilleux enfants. Nos vies ne sont pas sordides, n'est-ce pas, mon chéri ? N'est-ce pas ? »

Elle lui jeta les bras autour du cou et attira son visage vers le sien.

« Nous sommes heureux, n'est-ce pas, mon chéri ? Nous sommes heureux, n'est-ce pas ?

— Bien sûr que nous sommes heureux », répliqua-t-il avec lassitude.

Son irritation commençait à se dissiper.

« Bien sûr que nous sommes heureux. Dès demain, je ferai réparer ou emporter cette satanée radio. »

Il caressa les cheveux soyeux de la jeune femme.

« Ma pauvre petite, murmura-t-il.

— Tu m'aimes, n'est-ce pas ? demanda-t-elle. Et nous ne critiquons pas tout, nous n'avons pas de soucis d'argent, nous ne sommes pas malhonnêtes, n'est-ce pas ?

— Non, ma chérie », répondit-il.

Un homme vint réparer la radio le lendemain matin. Irene alluma prudemment le poste et entendit avec ravissement une réclame pour un vin californien et la Neuvième Symphonie de Beethoven, ainsi que *L'Hymne à la joie* de Schiller. Elle laissa la radio allumée toute la journée, et aucun son indésirable ne s'échappa du haut-parleur.

Lorsque Jim rentra du travail, la radio diffusait une suite espagnole.

« Tout va bien ? » demanda-t-il.

Son visage était pâle, remarqua-t-elle. Ils prirent un verre et se mirent à table au son du concerto de « L'Enclume » du *Trouvère.* Celui-ci fut suivi de *La Mer* de Debussy.

« Aujourd'hui, j'ai réglé la facture de la radio, déclara Jim. Elle a coûté quatre cents dollars. J'espère que tu prendras plaisir à l'écouter.

— Oh, je suis sûre que oui, répondit Irene.

— C'est beaucoup plus que ce que je peux me permettre de dépenser, poursuivit-il. Je voulais acheter quelque chose qui te ferait plaisir. C'est la dernière folie que nous pourrons nous permettre cette année. Je me suis aperçu que tu n'avais pas encore payé les factures de tes vêtements. Je les ai vues sur ta coiffeuse. »

Il la regarda sans détour.

« Pourquoi m'avoir dit que tu les avais payées ? Pourquoi m'avoir menti ?

— Je ne voulais pas que tu t'inquiètes, Jim, voilà tout », murmura-t-elle.

Elle porta son verre d'eau à ses lèvres.

« Je vais pouvoir régler mes factures grâce à l'argent du ménage de ce mois-ci. Le mois dernier, j'ai dû acheter les housses du canapé, et puis nous avons donné cette petite fête.

— Il faut que tu apprennes à gérer plus intelligemment l'argent que je te donne, Irene. Tu dois comprendre que nous n'en avons pas autant que l'année dernière. J'ai eu une conversation très alarmante avec Mitchell, aujourd'hui. Personne n'achète quoi que ce soit. Nous passons toutes nos journées à promouvoir de nouveaux modèles, et tu sais combien cela prend du temps. Je ne suis plus jeune, tu sais. J'ai trente-sept ans. L'an prochain, mes cheveux commenceront à grisonner. Je n'ai pas réussi aussi bien que je l'espérais. Et je ne pense pas que les choses vont s'arranger.

— Oui, chéri.

— Nous devons restreindre nos dépenses. Nous devons penser aux enfants. Pour être parfaitement franc, je suis très inquiet au sujet de nos finances. Je ne sais pas du tout de quoi l'avenir sera fait. Personne ne le sait, de nos jours. S'il devait m'arriver quoi que ce soit, il y aurait l'assurance, mais cela ne nous mènerait pas bien loin. Je me tue au travail pour que les enfants et toi ayez une vie confortable, ajouta-t-il amèrement. Je déteste voir toute mon énergie et ma jeunesse gaspillées en manteaux de fourrure, en radios, en housses de canapé et en...

— Je t'en prie, Jim, souffla-t-elle. Je t'en prie. Ils vont nous entendre.

— Qui va nous entendre ? Emma ne peut pas nous entendre.

— La radio.

— Oh, j'en ai assez ! cria-t-il. J'en ai assez de tes inquiétudes. La radio ne peut pas nous entendre. Personne ne peut nous entendre. Et même s'ils le pouvaient ? Quelle importance ? »

Irene se leva de table et se réfugia dans le salon. Jim se dirigea vers la porte et, immobile dans l'embrasure, lui cria :

« Qu'est-ce qui te rend si vertueuse, tout à coup ? Qu'est-ce qui t'a transformée en bonne sœur du jour au lendemain ? Tu as volé les bijoux de ta mère avant qu'on n'homologue son testament. Tu n'as jamais donné à ta sœur un centime de l'argent qui devait lui revenir — pas même lorsqu'elle en a eu besoin. Tu as gâché la vie de Grace Howland. Et où étaient ta piété et ta vertu, quand tu es allée voir cette faiseuse d'anges ? Je n'oublierai jamais combien tu étais insouciante. Tu as fait ta valise et tu es allée faire assassiner cet enfant comme si tu partais en week-end à Nassau. Si tu avais eu la moindre raison de le faire, la moindre bonne raison... »

Irene demeura un instant devant l'affreux coffret, humiliée et nauséeuse ; mais elle retint sa main sur l'interrupteur avant d'éteindre la musique et les voix, espérant que l'appareil lui parlerait avec gentillesse, qu'elle entendrait la nurse des Sweeney. À la porte du salon, Jim continuait à vociférer. La voix émanant de la radio était suave et neutre.

« Un accident de train à Tokyo, disait le haut-parleur, a tué vingt-neuf personnes en début de matinée. Des bonnes sœurs ont éteint ce matin l'incendie ravageant un hôpital catholique destiné à l'accueil d'enfants aveugles près de Buffalo. La température est de dix degrés. Le taux d'humidité est de quatre-vingt-neuf pour cent. »

LA BALLADE DE JOAN HARRIS

Après avoir fréquenté Joan Harris durant quelques années à New York, Jack Lorey la surnomma intérieurement la Veuve. Elle était toujours vêtue de noir, et le curieux désordre qui régnait dans son appartement donnait l'impression que les croque-morts venaient juste de quitter les lieux. Ce sentiment n'était pas le fruit d'une quelconque malveillance, car il éprouvait beaucoup d'affection pour Joan. Ils étaient originaires de la même ville de l'Ohio et étaient arrivés à New York à la même époque, au milieu des années trente. Ils avaient le même âge et, durant leur premier été à New York, ils s'étaient souvent retrouvés après le travail, buvant des Martini dans des bars comme le Brevoort et le Charles', puis dînant et jouant aux dames au Lafayette.

À son arrivée à New York, Joan avait fréquenté une école de mannequins ; mais elle s'était révélée n'être pas photogénique et, après avoir passé deux mois à apprendre à marcher avec un livre en équilibre sur la tête, elle était devenue hôtesse d'accueil dans un Longchamps. Elle avait passé le reste de l'été près de la piste, baignée par une éclatante lumière rose et le chœur mélancolique des instruments à cordes, s'avançant pour accueillir les clients en balançant sa chevelure et sa jupe noires. C'était une grande et séduisante jeune femme, douée d'une voix merveilleuse, et son visage, sa présence tout entière, semblaient refléter le plaisir calme et sain que lui inspirait son environnement, quel qu'il soit. Elle avait un goût innocent et incorrigible pour les festivités, et elle sautait du lit et s'habillait à 3 heures du matin si quelqu'un lui téléphonait pour l'inviter à boire un verre, comme Jack le faisait souvent. À l'automne, elle trouva un emploi dans un grand magasin. Ils se virent de moins en moins, puis, pendant une longue période, plus du tout. Jack vivait avec une jeune femme qu'il avait rencontrée dans une soirée, et il ne lui venait jamais à l'esprit de s'interroger sur le sort de Joan.

Sa compagne avait des amis en Pennsylvanie ; au cours du printemps et de l'été de la deuxième année qu'il vécut à New York, il alla souvent y passer les week-ends. Tout cela — l'appartement qu'ils partageaient dans le Village, leur liaison, le train qui les amenait le vendredi soir à la campagne — correspondait à ce qu'il avait imaginé que serait la vie à New York, et il était intensément heureux.

Un dimanche soir, il regagnait New York avec sa petite amie sur la ligne de Lehigh. C'était l'un des trains qui traversent à petite vitesse l'étendue du New Jersey et ramènent en ville des centaines de voyageurs, telles les victimes d'un immense et épuisant pique-nique, aux visages en feu et aux muscles endoloris. Comme la plupart des autres passagers, Jack et sa petite amie croulaient sous les légumes et les fleurs. Lorsque le train entra en gare de Pennsylvania Station, ils remontèrent le quai parmi la foule en direction de l'escalier mécanique. Alors qu'ils passaient devant les larges fenêtres éclairées du restaurant, Jack tourna la tête et aperçut Joan. C'était la première fois qu'il la voyait depuis Thanksgiving ou Noël. Il ne s'en souvenait pas.

Elle était en compagnie d'un homme manifestement ivre mort. Il avait la tête enfouie au creux des bras, sur la table, et un verre à whisky renversé avait roulé près de son coude. Joan le secouait doucement par l'épaule et lui parlait. Elle semblait vaguement troublée, vaguement amusée. Les serveurs avaient débarrassé les autres tables et se tenaient en cercle autour d'elle, attendant qu'elle ranime son cavalier. Jack éprouva un malaise à voir en aussi mauvaise posture une jeune femme qui lui rappelait les arbres et les pelouses de sa ville natale, mais il ne pouvait rien faire pour l'aider. Joan continua de secouer l'homme par l'épaule et, entraîné par la foule, Jack passa devant les fenêtres du restaurant et la cuisine malodorante, puis gravit l'escalier mécanique.

Il revit Joan plus tard cet été-là, alors qu'il dînait dans un restaurant du Village. Il se trouvait en compagnie d'une nouvelle petite amie, une jeune femme originaire du Sud. Cet été-là, elles étaient nombreuses en ville. Jack et sa belle s'étaient retrouvés dans ce restaurant pour des raisons de commodité, mais la cuisine y était exécrable et la salle était éclairée aux bougies. Au milieu du repas, Jack remarqua Joan à l'autre bout de la pièce et, quand il eut fini de manger, il alla lui dire quelques mots. Elle était en compagnie d'un homme de grande taille, qui portait un monocle sur l'œil. Ce dernier se leva, s'inclina avec raideur et déclara à Jack :

« Nous sommes très heureux de vous rencontrer. »

Puis il les pria de l'excuser et prit la direction des toilettes.

« C'est un comte, un comte suédois, murmura Joan. Il passe à la radio le vendredi après-midi à 4 h 15. C'est merveilleux, n'est-ce pas ? »

La présence du comte et l'exécrable restaurant semblaient l'emplir de ravissement.

L'hiver suivant, Jack quitta le Village et emménagea dans un appartement situé dans l'East Side, aux alentours de la 30ᵉ Rue. Par un matin froid, il traversait Park Avenue sur le chemin du bureau lorsqu'il aperçut dans la foule une femme qu'il avait rencontrée à plusieurs reprises chez Joan. Il lui demanda des nouvelles de son amie.

« Vous n'êtes pas au courant ? » demanda-t-elle.

Son visage s'était assombri.

« Je devrais peut-être vous en parler. Vous pourrez peut-être l'aider. »

Ils prirent le petit déjeuner dans un drugstore de Madison Avenue et elle lui confia toute l'histoire.

Le comte animait une émission de radio intitulée « Les chants des fjords » ou quelque chose d'approchant, et interprétait des chansons folkloriques suédoises. Tout le monde le soupçonnait d'être un imposteur, mais cela ne dérangeait pas Joan. Il l'avait rencontrée dans une soirée et, flairant une âme sensible, s'était installé chez elle le lendemain soir. Une semaine plus tard, il s'était plaint de douleurs de dos et avait affirmé avoir besoin de morphine. Puis il lui en avait fallu en permanence. Quand il n'en avait pas, il se montrait colérique et violent. Joan s'était mise à fréquenter les médecins et les pharmaciens qui se livrent au trafic de drogues et, lorsqu'ils avaient arrêté de l'approvisionner, elle s'était aventurée dans les bas-fonds de la ville. Ses amis redoutaient qu'on la retrouve un matin morte dans le caniveau. Elle était tombée enceinte. Elle s'était fait avorter. Le comte l'avait quittée et s'était installé dans un hôtel minable de Times Square ; mais Joan était tellement émue par sa détresse, et craignait tant qu'il meure sans elle, qu'elle l'avait rejoint, avait partagé sa chambre et continué de lui acheter sa drogue. Il l'avait abandonnée de nouveau et Joan avait attendu son retour pendant une semaine avant de retrouver son appartement et ses amis du Village.

Jack fut bouleversé de songer que l'innocente jeune femme de l'Ohio avait vécu avec un homme drogué et violent, et fréquenté des criminels; quand il arriva à son bureau, ce matin-là, il lui téléphona et convint de dîner avec elle le soir même. Ils se retrouvèrent chez Charles'. Lorsqu'elle entra dans le bar, elle lui sembla plus saine et calme que jamais. Sa voix douce lui rappela les ormes, les pelouses, les carillons de verre suspendus au plafond des vérandas et tintant au vent d'été. Elle évoqua le comte. Elle en parlait avec sollicitude et sans trace d'amertume, comme si sa voix et sa nature étaient incapables d'exprimer tout sentiment autre que l'affection et le plaisir. Son pas, lorsqu'elle le précéda jusqu'à leur table, était léger et gracieux. Elle dîna de grand appétit et parla de son travail avec enthousiasme. Ils allèrent voir un film et se séparèrent devant l'immeuble de Joan.

Cet hiver-là, Jack rencontra une jeune femme qu'il décida d'épouser. Ils annoncèrent leurs fiançailles en janvier et convinrent de se marier au mois de juillet. Au printemps, il reçut, dans son courrier du bureau, un mot l'invitant à un cocktail chez Joan. Celui-ci avait lieu un samedi où sa fiancée rendait visite à ses parents dans le Massachusetts et, le moment venu, n'ayant rien de mieux à faire, Jack prit un bus jusqu'au Village. C'était un immeuble sans ascenseur. On appuyait sur la sonnette située au-dessus de la boîte aux lettres, dans le hall, et en réponse le loquet de la porte émettait un lugubre bruit de crécelle. Joan habitait au troisième étage. Sa carte de visite se trouvait dans une fente de la boîte aux lettres et, au-dessus de son nom, il y avait écrit « Hugh Bascomb ».

Jack grimpa deux volées de marches tapissées de moquette; quand il parvint à l'appartement de

Joan, la jeune femme, vêtue d'une robe noire, se tenait dans l'embrasure de la porte. Après avoir salué Jack, elle lui prit le bras et l'entraîna de l'autre côté de la pièce.

« Je voudrais te présenter Hugh, Jack », déclara-t-elle.

Hugh était un homme corpulent, au visage congestionné et aux yeux bleu pâle. Ses manières étaient courtoises, et ses yeux injectés par l'alcool. Jack discuta un moment avec lui, puis il alla bavarder avec quelqu'un qu'il connaissait et qui se trouvait près de la cheminée. Alors il remarqua, pour la première fois, le désordre indescriptible qui régnait dans l'appartement de Joan. Les livres étaient rangés dans la bibliothèque et les meubles étaient d'assez bonne qualité, mais rien semblait n'être à sa place dans l'appartement. On aurait dit que les objets avaient été placés ici et là sans goût ou sans intérêt et, pour la première fois également, Jack eut le sentiment que quelqu'un venait de mourir.

Alors qu'il allait d'une personne à l'autre dans la pièce, il eut l'impression d'avoir déjà rencontré les dix ou douze invités dans d'autres soirées. Parmi eux se trouvaient une femme qui était cadre et portait un élégant chapeau, un homme qui savait imiter Roosevelt, un couple maussade auteur d'une pièce de théâtre qui était en répétition, et un journaliste qui ne cessait d'allumer la radio pour avoir des nouvelles de la guerre civile espagnole. Jack but quelques Martini et bavarda avec la femme à l'élégant chapeau. Par la fenêtre, il apercevait des jardins et des ailanthus, et il entendait dans le lointain le tonnerre éclater sur les falaises de l'Hudson.

Hugh Bascomb se saoula. Bientôt, il se mit à renverser de l'alcool comme si boire représentait, pour lui, une sorte de joyeux carnage et qu'il en aimait le sang versé et le chaos. Il répandit le contenu d'une bouteille de whisky. Il renversa son verre sur sa chemise, puis bouscula celui d'un invité. Ce n'était pas une soirée particulièrement calme, mais la voix rauque de Hugh commença à dominer les autres. Il apostropha un photographe assis dans un coin, occupé à expliquer des techniques de prises de vue à une femme au visage ingrat.

« Pourquoi êtes-vous venu si vous vouliez seulement rester assis et regarder vos chaussures ? vociféra-t-il. Pourquoi êtes-vous venu ? Pourquoi n'êtes-vous pas resté chez vous ? »

Le photographe ne savait que dire ; il ne regardait pas ses chaussures. D'un pas léger, Joan s'approcha de Hugh.

« Je t'en prie, ne te dispute pas maintenant, mon chéri, murmura-t-elle. Pas ce soir.

— La ferme, répliqua-t-il. Laisse-moi tranquille. Occupe-toi de tes affaires. »

Il vacilla et, en s'efforçant de retrouver l'équilibre, renversa une lampe.

« Oh, ta belle lampe, Joan, soupira une femme.

— Les lampes ! » rugit Hugh.

Il leva les bras au ciel et les agita en tout sens, comme s'il s'administrait des coups de massue.

« Les lampes ! Les verres ! Les étuis à cigarettes ! Les services de table ! Ils me tuent ! Ils me tuent, sacré bon sang ! Allons tous dans la montagne et chassons, pêchons, vivons comme des hommes, sacré bon sang ! »

Les invités battaient en retraite comme s'il s'était mis à pleuvoir dans la pièce. De fait, la pluie avait commencé à tomber au-dehors. Quelqu'un proposa à Jack de le déposer, et il saisit l'occasion au vol. Joan se tenait au seuil de l'appartement et saluait ses amis en fuite. Sa voix était restée douce, et son expression — à l'inverse de celle des chrétiennes qui, confrontées au malheur, puisent en elles de nouvelles et formidables sources de dignité — semblait empreinte d'une réelle simplicité. Elle paraissait n'avoir aucunement conscience de la présence de l'ivrogne déchaîné qui, derrière elle, arpentait la pièce de long en large, broyant des éclats de verre sur le tapis et haranguant l'un des rescapés de la fête, lui racontant comment lui, Hugh, avait un jour survécu trois semaines sans manger.

En juillet, Jack se maria dans un verger de Duxbury; puis sa femme et lui allèrent passer quelques semaines à West Chop. À leur retour, leur appartement était empli de cadeaux, parmi lesquels une douzaine de tasses à café offertes par Joan. Sa femme lui envoya un mot de remerciement, mais ils s'en tinrent là.

Alors que l'été tirait à sa fin, Joan appela Jack à son bureau et lui demanda de lui présenter sa femme; elle lui proposa un soir de la semaine suivante. Il se sentait coupable de ne pas lui avoir téléphoné et il accepta son invitation. Son épouse en fut contrariée. C'était une jeune femme ambitieuse, qui aimait mener une vie sociale riche de gratifications; elle l'accompagna de mauvaise grâce chez Joan, dans le Village.

Sur la boîte aux lettres, au-dessus du nom de Joan, il était écrit « Franz Denzel ». Jack et sa femme gravirent l'escalier, et Joan les accueillit à la porte. Ils entrèrent dans l'appartement et se retrouvèrent entourés d'une cohorte d'invités avec qui Jack, du moins, fut incapable de se trouver quelque affinité que ce soit.

Franz Denzel était un Allemand d'âge mûr. Il avait les traits tirés par l'amertume ou la maladie. Il salua Jack et sa femme en déployant la courtoisie élaborée et subtile destinée à donner aux invités l'impression d'être arrivés trop tôt ou trop tard. Il insista vivement pour que Jack prenne place dans le fauteuil où il était lui-même assis, puis alla s'asseoir sur un radiateur. Quatre autres Allemands étaient assis dans le salon et buvaient du café. Un autre couple américain, l'air mal à l'aise, se tenait dans un coin. Joan apporta à Jack et à sa femme de petites tasses de café surmontées de crème fouettée.

« Ces tasses appartenaient à la mère de Franz, annonça-t-elle. Elles sont ravissantes, n'est-ce pas ? C'est la seule chose qu'il a emportée d'Allemagne quand il a fui les nazis. »

Se tournant vers Jack, Franz dit :

« Peut-être voudrez-vous nous donner votre opinion sur le système éducatif des États-Unis. C'est ce dont nous parlions à votre arrivée. »

Avant que Jack ait pu prendre la parole, l'un des invités allemands se lança dans une féroce diatribe contre le système éducatif américain. Les autres Allemands lui firent écho, puis enchaînèrent en décrivant toutes les vulgarités les ayant choqués dans le mode de vie américain, et en comparant de façon générale la culture allemande et la culture américaine. Où, demandaient-ils avec passion, pouvait-on trouver aux États-Unis l'équivalent des voitures-restaurants Mitropa de la Forêt Noire, des films de Munich, de la musique de Bayreuth ? Puis Franz et ses amis se mirent à bavarder en allemand. Pas plus Jack que sa femme ou Joan ne comprenaient l'allemand, et l'autre couple américain n'avait pas ouvert la bouche depuis qu'on les avait présentés. Joan évoluait gaiement dans la pièce, remplissant leurs tasses de café, comme si la musique d'une langue étrangère suffisait à la ravir.

Jack but cinq tasses de café. Il était atrocement mal à l'aise. Pendant que les Allemands s'esclaffaient à leurs plaisanteries germaniques, Joan alla à la cuisine ; il espérait qu'elle en rapporterait des cocktails mais, quand elle revint, elle portait un plateau de glaces et de mûres.

« C'est agréable, n'est-ce pas ? » demanda Franz, s'exprimant de nouveau en anglais.

Joan débarrassa leurs tasses de café ; alors qu'elle s'apprêtait à les rapporter à la cuisine, Franz l'arrêta.

« L'une de ces tasses n'est pas ébréchée ?

— Non, mon chéri. Je ne laisse jamais la bonne les toucher. Je les lave moi-même.

— Qu'est-ce que c'est que ça ? demanda-t-il, désignant du doigt le rebord d'une tasse.

— C'est celle qui a toujours été ébréchée, mon chéri. Elle était ébréchée quand tu l'as déballée. Tu l'as remarqué à ce moment-là.

— Ces tasses étaient intactes quand elles sont arrivées dans ce pays », répliqua-t-il.

Joan alla dans la cuisine, et il la suivit.

Jack essaya de discuter avec les Allemands. Dans la cuisine s'éleva le bruit d'un coup et un cri, puis Franz revint et se mit à dévorer voracement ses mûres. Joan les rejoignit avec sa coupe de glace. Elle parlait d'une voix douce. Si elle avait pleuré, ses larmes avaient séché aussi rapidement que celles d'une enfant. Jack et sa femme finirent leur glace et s'esquivèrent. Son épouse était exaspérée par cette soirée sinistre et gâchée, et il supposa qu'il ne reverrait jamais Joan.

Sa femme tomba enceinte au début de l'automne et s'accorda toutes les prérogatives d'une future mère. Elle faisait de longues siestes, mangeait des pêches en conserve au milieu de la nuit et évoquait le développement des organes du bébé. Elle ne voulait voir que des couples qui attendaient un enfant, et les fêtes qu'ils organisaient étaient très sages. Le bébé, un garçon, naquit en mai, et Jack fut extrêmement fier et heureux. Après la convalescence de son épouse, la première fête à laquelle le couple se rendit fut le mariage d'une jeune femme dont Jack connaissait la famille dans l'Ohio.

La cérémonie se déroula à St James, et fut suivie d'une réception au River Club. Il y avait là un orchestre vêtu de costumes hongrois et des flots de champagne et de whisky. En fin d'après-midi, alors que Jack parcourait un couloir faiblement éclairé, il entendit la voix de Joan.

« Je t'en prie, non, mon chéri, disait-elle. Tu vas me casser le bras. Je t'en prie, non, mon chéri. »

Un homme qui semblait lui tordre le bras la maintenait plaquée contre le mur. Dès qu'ils aperçurent Jack, ils cessèrent de lutter. Tous trois étaient profondément gênés. Le visage de Joan était mouillé de larmes, et elle s'efforça de sourire à travers ses pleurs. Il la salua et poursuivit son chemin sans s'arrêter. Quand il revint sur ses pas, Joan et l'homme avaient disparu.

Le fils de Jack était âgé d'un peu moins de deux ans quand sa femme prit l'avion pour le Nevada avec le bébé afin de demander le divorce. Jack lui laissa l'appartement et tous les meubles, et s'installa dans une chambre d'hôtel près de Grand Central. Un peu plus tard, le divorce fut prononcé et l'avis publié dans les journaux. Quelques jours plus tard, Jack reçut un coup de téléphone de Joan.

« Je suis navrée d'apprendre que tu as divorcé, Jack, déclara-t-elle. Elle semblait être une si gentille fille. Mais ce n'est pas pour cela que je t'appelle. Je voudrais que tu m'aides ; je me demandais si tu pourrais venir chez moi ce soir, vers 18 heures. C'est quelque chose dont je ne veux pas parler au téléphone. »

Il se rendit docilement dans le Village ce soir-là et gravit l'escalier de l'immeuble. L'appartement était en désordre. Les tableaux et les rideaux étaient décrochés, et les livres rangés dans des cartons.

« Tu déménages, Joan ? demanda-t-il.

— C'est pour cela que je voulais te voir, Jack. Mais je vais d'abord te servir à boire. »

Elle leur prépara deux Old-Fashioned.

« On m'expulse, Jack, reprit-elle. On m'expulse parce que je suis une femme de mauvaise vie. Le couple qui habite l'appartement du dessous — j'ai toujours pensé que c'étaient des gens charmants — a raconté à l'agent immobilier que j'étais une ivrogne, une prostituée et je ne sais quoi encore. C'est incroyable, non ? L'agent immobilier s'était toujours montré extrêmement gentil avec moi et je ne pensais pas qu'il les croirait ; mais il a résilié mon bail et m'a menacée, si je soulevais le moindre problème, d'en informer le magasin où je travaille, et je ne veux pas perdre mon emploi. Ce gentil agent immobilier ne m'adresse même plus la parole. Quand je me présente à son bureau, la réceptionniste me foudroie du regard comme si j'étais je ne sais quelle affreuse bonne femme. Bien sûr, de nombreux hommes ont habité ici, et nous sommes parfois bruyants, mais on ne peut pas me demander d'aller me coucher tous les soirs à 10 heures, n'est-ce pas ? Eh bien, il semblerait que l'agent immobilier en charge de cet immeuble ait raconté à tous ses collègues du quartier que je suis une femme de mauvaise vie et une ivrogne, et aucun n'accepte de me louer un appartement. Je suis allée parler à l'un de ces agents — il semblait être un adorable vieux monsieur — et il m'a fait une proposition indécente. C'est incroyable, non ? Je dois avoir quitté les lieux jeudi, et on me jette littéralement à la rue. »

Alors même qu'elle décrivait les persécutions que lui infligeaient ces agents immobiliers et ces voisins, Joan semblait plus que jamais sereine et innocente. Jack prêta une oreille attentive à son récit afin d'y déceler une trace d'indignation, d'amertume ou même d'impatience, mais en vain. Cela le fit songer aux ballades tristes et poignantes que Marion Harris chantait autrefois non pour lui ou pour elle, mais pour leurs frères et sœurs plus âgés. Mais Joan semblait ne pas interpréter correctement la sienne.

« Ils me rendent la vie impossible, poursuivait-elle d'un ton calme. Si je garde la radio allumée après 22 heures, ils téléphonent à l'agent immobilier le lendemain matin et lui racontent qu'une espèce d'orgie s'est tenue ici. Une nuit, alors que Philip — je ne crois pas que tu aies rencontré Philip ; il est dans la Royal Air Force, il est retourné en Angleterre — une nuit, donc, alors que Philip et d'autres personnes se trouvaient ici, ils ont appelé la police. Les policiers se sont engouffrés dans l'appartement et se sont adressés à moi comme si j'étais je ne sais quoi, puis ils ont fouillé la chambre à coucher. S'ils croient qu'il y a un homme ici après minuit, ils me téléphonent et me disent des choses dégoûtantes. Bien sûr, je pourrais mettre mes affaires au garde-meuble et m'installer à l'hôtel, j'imagine. J'imagine qu'un hôtel accepterait une femme de ma réputation, mais j'ai pensé que tu connaîtrais peut-être un appartement vacant. J'ai pensé... »

Jack se sentit envahi de colère à l'idée de cette grande, de cette splendide jeune femme harcelée par ses voisins, et il promit de faire tout son possible. Il lui proposa de dîner avec lui, mais elle répondit qu'elle était occupée.

N'ayant rien de mieux à faire, Jack décida de rentrer à pied à son hôtel. C'était une nuit très chaude. Le ciel était couvert. En chemin, il aperçut une manifestation dans une rue sombre perpendiculaire à Broadway, non loin de Madison Square. Tous les immeubles du quartier étaient plongés dans l'obscurité. Il faisait si noir qu'il dut attendre d'arriver sous un réverbère pour déchiffrer les banderoles des manifestants. Elles réclamaient l'entrée en guerre des États-Unis, et chaque section du cortège représentait une nation subjuguée par les Puissances de l'Axe. Ils défilèrent dans Broadway sous ses yeux, sans musique, sans autre bruit que celui de leurs pas sur les pavés grossiers. Il s'agissait en grande partie d'une armée d'hommes et de femmes âgés — Polonais, Norvégiens, Danois, Juifs et Chinois. Quelques passants désœuvrés, à l'image de Jack, faisaient une haie sur le trottoir, et les manifestants défilaient entre eux avec autant de gêne que des prisonniers ennemis. Il y avait des enfants dans leurs rangs, vêtus des costumes avec lesquels ils avaient offert au maire un sachet de thé, une pétition, une requête, un chèque ou quelques tickets à l'occasion d'actualités filmées. Ils s'acheminaient clopin-clopant vers Greeley Square dans l'obscurité du vaste quartier, tel un peuple mortifié et anéanti.

Le lendemain matin, Jack confia à sa secrétaire le soin de trouver un appartement pour Joan. Elle entreprit de téléphoner à des agents immobiliers et, l'après-midi même, elle avait trouvé deux ou trois appartements vacants dans le West Side, aux alentours de la 20e Rue. Joan téléphona à Jack le lendemain pour lui annoncer qu'elle avait pris l'un d'eux et le remercier.

Il ne la revit pas avant l'été suivant. C'était un dimanche soir; il sortait d'un cocktail dans un appartement de Washington Square et avait décidé de parcourir à pied quelques pâtés d'immeubles dans la 5e Avenue avant de prendre son bus. Au moment où il passait devant le Brevoort, Joan le héla. Elle était assise en compagnie d'un homme à l'une des tables en terrasse. Elle semblait détendue et gaie, et l'homme paraissait respectable. Il s'appelait Pete Bristol. Il invita Jack à s'asseoir et à se joindre à la fête. Ce week-end-là, l'Allemagne avait envahi la Russie, et Joan et Pete fêtaient au champagne le revirement de position de la Russie dans la guerre. Tous trois burent du champagne jusqu'à la tombée de la nuit. Ils dînèrent au champagne. Après le repas, ils burent encore un peu de champagne, puis ils allèrent au Lafayette et dans deux ou trois autres bars. À sa manière discrète, Joan avait toujours été infatigable ; elle détestait voir une soirée s'achever, et il était plus de 3 heures quand Jack franchit d'un pas titubant le seuil de son appartement. Le lendemain matin, il s'éveilla désorienté et nauséeux, et sans le moindre souvenir des dernières heures de la nuit. Son costume était souillé et il avait perdu son chapeau. Il était plus de 11 heures quand il arriva à son bureau. Joan l'avait déjà appelé deux fois, et elle téléphona de nouveau peu après son arrivée. Sa voix n'était pas du tout enrouée. Elle lui dit qu'elle devait le voir, et il convint de la retrouver pour déjeuner dans un restaurant de fruits de mer aux environs de la 50e Rue.

Il était au bar quand elle entra d'un pas léger, semblant n'avoir pas pris part à cette nuit calamiteuse. Elle avait besoin d'un conseil concernant la vente de ses bijoux. Sa grand-mère lui en avait laissé quelques-uns et elle voulait en tirer de l'argent, mais ne savait pas où aller. Elle sortit quelques bagues et bracelets de son sac à main et les montra à Jack. Il répondit qu'il ne connaissait rien aux bijoux, mais qu'il pouvait lui prêter de l'argent.

« Oh, je ne pourrais jamais t'emprunter d'argent, Jack, répliqua-t-elle. Vois-tu, j'en ai besoin pour Pete. Je voudrais l'aider. Il veut ouvrir une agence de publicité et il a besoin d'une grosse somme pour se lancer. »

Sachant cela, Jack n'insista pas pour qu'elle accepte sa proposition de prêt, et il ne fut plus question du projet au cours du déjeuner.

Lorsqu'il entendit de nouveau parler de Joan, ce fut par l'intermédiaire d'un jeune médecin, un de leurs amis communs.

« Avez-vous vu Joan récemment ? » lui demanda ce dernier un soir, alors qu'ils dînaient ensemble.

Jack répondit que non.

« Je lui ai fait passer un check-up la semaine dernière, reprit le médecin et, bien qu'elle ait traversé suffisamment d'épreuves pour tuer le commun des mortels — et vous ne saurez jamais ce qu'elle a traversé —, elle a toujours la constitution d'une femme vertueuse et saine. Avez-vous entendu parler de son dernier petit ami ? Elle a vendu ses bijoux pour lui permettre de se lancer dans je ne sais quelle affaire et, dès qu'il a eu l'argent, il l'a quittée pour une autre fille qui avait une voiture — une décapotable. »

Jack fut appelé sous les drapeaux au printemps 1942. Il resta presque un mois à Fort Dix et, pendant cette période, il se rendit à New York le soir chaque fois qu'il put obtenir une permission. Ces soirées avaient l'extrême intensité d'un sursis, et cette sensation était décuplée par les femmes qui souvent, dans le train de Trenton, lui offraient des exemplaires écornés de *Life* et des boîtes de bonbons à moitié vides, comme si les vêtements marron qu'il portait étaient voués à lui servir de suaire. Un soir, il téléphona à Joan de Pennsylvania Station.

« Viens, Jack, s'exclama-t-elle. Viens immédiatement. Je veux te présenter Ralph. »

Elle habitait l'appartement dans le West Side — aux alentours de la 20ᵉ Rue — que lui avait trouvé Jack. Le quartier était mal famé. Des poubelles trônaient devant l'immeuble, et une vieille femme y ramassait des déchets et des ordures qu'elle enfouissait dans un landau. Le bâtiment dans lequel se trouvait l'appartement de Joan était délabré, mais l'appartement lui-même semblait familier. Le mobilier était le même. Joan était la même grande jeune femme d'humeur égale.

« Je suis si contente que tu m'aies téléphoné, dit-elle. Cela me fait tellement plaisir de te voir. Je vais te préparer un verre. J'étais justement en train d'en boire un. Ralph devrait être déjà là. Il a promis de m'emmener dîner. »

Jack proposa de l'inviter chez Cavanagh's, mais elle rétorqua que Ralph risquait d'arriver en son absence.

« S'il n'est pas arrivé à 9 heures, je me ferai un sandwich. Je n'ai pas vraiment faim. »

Jack parla de l'armée. Elle parla du magasin. Elle travaillait au même endroit depuis — combien de temps ? Il ne s'en souvenait pas. Il ne l'avait jamais vue à son bureau, et il ne pouvait imaginer ce qu'elle faisait.

« Je suis affreusement désolée que Ralph ne soit pas là, dit-elle. Je suis sûre qu'il te plairait. Ce n'est pas un homme jeune. C'est un cardiologue, et il adore jouer de la viole. »

Elle alluma une lampe, car le ciel estival s'était assombri.

« Il avait une femme odieuse qui habitait Riverside Drive et quatre enfants ingrats. Il... »

La plainte d'une sirène d'attaque aérienne, lugubre et semblant puiser sa source au sein même de la souffrance, comme si la misère et la détresse de la ville avaient trouvé une voix, l'interrompit. D'autres sirènes s'élevèrent dans des quartiers éloignés, jusqu'à ce que la nuit tout entière résonne de leur mugissement.

« Je vais te resservir avant de devoir éteindre la lumière », déclara Joan, et elle emporta son verre. Puis elle le lui rapporta et éteignit la lampe. Ils allèrent à la fenêtre et, comme des enfants contemplant un orage, regardèrent la ville s'obscurcir. Toutes les lumières du quartier s'éteignirent, sauf une. Dans la rue, les préposés à la défense passive avaient commencé à souffler dans leurs sifflets. D'une cour lointaine s'éleva un cri rauque de colère.

« Éteignez vos lumières, espèces de fascistes ! hurla une femme. Éteignez vos lumières, espèces d'Allemands nazis fascistes! Éteignez vos lumières! »

La dernière lumière s'éteignit. Ils s'éloignèrent de la fenêtre, et s'assirent dans la pièce obscure.

Dans la pénombre, Joan se mit à parler des amants qui l'avaient quittée; en l'écoutant, Jack s'aperçut qu'ils avaient tous connu un sort tragique. Nils, le prétendu comte, était mort. Hugh Bascomb, l'ivrogne, était entré dans la marine marchande et était porté disparu dans l'Atlantique Nord. Franz, l'Allemand, s'était empoisonné la nuit où les Allemands avaient bombardé Varsovie.

« Nous avons écouté les informations à la radio, déclara Joan; puis il est rentré à son hôtel et s'est empoisonné. La bonne l'a trouvé mort dans la salle de bains le lendemain. »

Quand Jack lui demanda ce qu'était devenu l'homme qui devait ouvrir une agence de publicité, elle sembla tout d'abord l'avoir oublié.

« Oh, Pete, s'exclama-t-elle après un instant. Eh bien, il était très malade depuis longtemps, tu sais. Il devait aller à Saranac, mais il n'a cessé de repousser son départ, encore et encore, jusqu'au moment où... »

Elle s'interrompit en entendant des pas dans l'escalier, espérant qu'il s'agissait de Ralph, supposa-t-il; mais le visiteur longea le palier et poursuivit son chemin jusqu'au dernier étage de l'immeuble.

« J'aimerais que Ralph arrive, dit-elle en soupirant. Je veux te le présenter. »

Jack lui proposa de nouveau d'aller dîner mais elle refusa, et lorsque les sirènes annoncèrent la fin de l'alerte, il prit congé.

Il fut envoyé dans un camp d'entraînement de Caroline, puis dans une division d'infanterie stationnée en Georgie. Il se trouvait là depuis trois mois quand il épousa une jeune femme issue de l'aristocratie des pensions de famille d'Augusta.

Un an plus tard, il traversa le continent en train et songea sentencieusement que les villes du désert — comme Barstow — seraient peut-être la dernière chose qu'il verrait du pays qu'il aimait, et la sonnette des trolleys de Bay Bridge le dernier son qu'il en entendrait. Il fut envoyé dans le Pacifique et regagna les États-Unis vingt mois plus tard, sans avoir subi la moindre blessure, et en apparence inchangé. Dès qu'il en reçut l'autorisation, il regagna Augusta. Il transmit à sa femme les souvenirs qu'il avait rapportés des îles, se querella violemment avec elle et sa famille puis, après avoir pris des dispositions pour qu'elle obtienne le divorce dans l'Arkansas, il partit pour New York.

Quelques mois plus tard, il fut démobilisé dans un camp de la côte est. Il prit des vacances, puis réintégra l'emploi qu'il avait quitté en 1942. Il paraissait avoir repris le fil de son existence à peu près à l'endroit où la guerre l'avait interrompu. Le temps passant, les choses en vinrent à sembler identiques à ce qu'elles étaient autrefois. Il fréquentait la plupart de ses anciens amis. Seuls deux hommes qu'il connaissait avaient été tués à la guerre. Il ne téléphona pas à Joan mais il la rencontra un après-midi d'hiver, dans un bus traversant la ville.

Son visage frais, ses habits noirs et sa voix douce balayèrent instantanément le sentiment — si tant est qu'il l'ait jamais éprouvé — que quoi que ce soit avait changé ou était survenu depuis leur dernière rencontre, trois ou quatre ans plus tôt. Elle l'invita à un cocktail et il se rendit chez elle le samedi après-midi suivant. Le salon et les invités de la jeune femme lui rappelèrent les soirées qu'elle organisait à son arrivée à New York. Il y avait là une femme portant un élégant chapeau, un médecin d'un certain âge et un homme qui écoutait des nouvelles des Balkans et ne s'éloignait pas de la radio. Jack se demanda lequel de ces hommes était le compagnon de Joan et opta pour un Anglais qui ne cessait de tousser en pressant contre ses lèvres le mouchoir qu'il tirait de sa manche. Il ne s'était pas trompé.

« Stephen est un homme brillant, n'est-ce pas ? » lui demanda Joan un peu plus tard, alors qu'ils se trouvaient seuls dans un coin de la pièce. « Personne au monde n'en sait plus que lui sur les Polynésiens. »

Jack avait retrouvé non seulement son ancien emploi, mais également son ancien salaire. Puisque le coût de la vie avait doublé et qu'il versait une pension alimentaire à deux ex-femmes, il lui fallut puiser dans ses économies. Il quitta son travail pour un autre dont le salaire promettait d'être plus élevé, mais le perdit rapidement et se retrouva sans emploi. Cela ne l'ennuya pas. Il lui restait de l'argent à la banque et, de toute façon, il était facile d'emprunter à des amis. Son indifférence ne provenait pas d'un sentiment de lassitude ou de désespoir, mais bien plutôt d'un excès d'espoir. Il avait l'impression qu'il venait tout juste de quitter l'Ohio et d'arriver à New York. Il ne pouvait se délivrer de l'illusion qu'il était très jeune et que les meilleures années de sa vie se trouvaient encore devant lui. Il avait tout le temps du monde. À cette époque, il logeait dans des hôtels et déménageait tous les cinq jours.

À l'automne, il s'installa dans une chambre meublée située dans les quartiers mal famés à l'ouest de Central Park. Ses économies s'épuisaient. Puis, alors qu'il commençait à avoir l'impression qu'il devenait absolument crucial de trouver un emploi, il tomba malade. Au début, cela sembla n'être qu'un mauvais rhume, mais il ne parvint pas à s'en débarrasser ; bientôt, il se mit à avoir de la fièvre et à cracher du sang. La fièvre le plongeait dans un état de somnolence presque permanent, mais il se levait de temps à autre et allait dîner dans une cafétéria. Il était certain qu'aucun de ses amis ne savait où il était, et il en était heureux. Mais il n'avait pas compté sur Joan.

Un jour, en fin de matinée, il l'entendit parler à sa logeuse dans le hall de l'immeuble. Quelques instants plus tard, elle frappa à sa porte. Il était étendu sur son lit, vêtu d'un pantalon et d'une veste de pyjama souillée, et ne répondit pas. Elle frappa de nouveau et entra.

« Je t'ai cherché partout, Jack », dit-elle.

Elle parlait d'une voix douce.

« Quand j'ai découvert que tu habitais dans un endroit comme celui-là, je me suis dit que tu devais être sans le sou ou malade. Je me suis arrêtée à la banque pour retirer de l'argent, au cas où tu n'aurais pas un sou. Et je t'ai apporté du whisky. J'ai pensé qu'un petit verre ne te ferait pas de mal. Veux-tu un petit verre ? »

Elle était vêtue d'une robe noire. Sa voix était grave et sereine. Elle s'assit sur une chaise près du lit, comme si elle venait le veiller chaque jour. Ses traits s'étaient alourdis, songea-t-il, mais son visage n'était encore que très peu ridé. Elle avait pris du poids. Elle était presque grosse. Elle portait des gants de coton noir. Elle alla chercher deux verres et les remplit de scotch. Il but avidement son whisky.

« Je me suis couchée à 3 heures la nuit dernière », dit-elle.

Une fois déjà, la voix de Joan lui avait fait penser à une douce et triste ballade ; mais ce jour-là, parce qu'il était malade peut-être, sa douceur, ses vêtements de deuil, sa grâce furtive, l'emplirent d'un sentiment de malaise.

« C'était une de ces nuits ! poursuivit-elle. Nous sommes allés au théâtre, puis un homme nous a invités chez lui. Je ne sais pas qui c'était. Il avait un de ces appartements — ils sont tellement curieux. Il avait des plantes carnivores et une collection de tabatières chinoises. Pourquoi les gens collectionnent-ils des tabatières chinoises ? Nous avons tous signé un abat-jour, si je me souviens bien, mais je ne me souviens pas de grand-chose. »

Jack essaya de se redresser sur le lit, comme s'il avait une quelconque raison de se défendre, puis il s'effondra de nouveau contre l'oreiller.

« Comment m'as-tu trouvé, Joan ? murmura-t-il.

— C'était simple, répondit-elle. J'ai appelé l'hôtel où tu habitais. Ils m'ont donné cette adresse ; puis ma secrétaire a trouvé leur numéro de téléphone. Prends un autre verre.

— Tu n'étais encore jamais venue chez moi, tu sais — jamais. Pourquoi es-tu venue aujourd'hui ?

— Pourquoi suis-je venue, mon chéri ? répéta-t-elle. Quelle question ! Je te connais depuis trente ans. Tu es mon plus vieil ami à New York. Te souviens-tu de la nuit que nous avons passée dans le Village, quand il neigeait et que nous sommes restés debout jusqu'à l'aube, puis que nous avons bu du *sour whisky* pour le petit déjeuner ? Qui pourrait croire que cela s'est passé il y a douze ans... Et la nuit...

— Je n'aime pas que tu me vois dans un endroit comme celui-là », lança-t-il d'un ton véhément.

Il effleura son visage et sentit sous ses doigts sa barbe naissante.

« Et tous ces gens qui imitaient Roosevelt, poursuivit-elle comme si elle ne l'avait pas entendu, comme si elle était sourde. Et ce restaurant de Staten Island où nous allions tous dîner à l'époque où Henry avait une voiture. Pauvre Henry ! Il avait acheté une maison dans le Connecticut et il y est allé tout seul un week-end. Il s'est endormi avec une cigarette allumée et tout a brûlé, la maison, la grange. Ethel a emmené les enfants en Californie. »

Elle remplit son verre de scotch et le lui tendit. Puis elle alluma une cigarette et la glissa entre ses lèvres. L'intimité de ce geste — qui donna à Jack le sentiment d'être non seulement atteint d'une maladie incurable, mais également son amant — le troubla profondément.

« Dès que j'irai mieux, je prendrai une chambre dans un meilleur hôtel, déclara-t-il. Je t'appellerai à ce moment-là. C'est gentil à toi d'être venue.

— Oh, n'aie pas honte de cette chambre, Jack. Cela ne me dérange pas. L'endroit où je me trouve n'a aucune importance à mes yeux. Stanley habitait une chambre crasseuse à Chelsea. Du moins, on me disait qu'elle était crasseuse. Je ne m'en suis jamais aperçue. Les rats mangeaient la nourriture que je lui apportais ; il devait la suspendre au plafond, au cordon de la lampe.

— Je te téléphonerai dès que j'irai mieux, répéta Jack. Je crois que je réussirai à m'endormir maintenant, si tu me laisses seul. J'ai l'impression d'avoir besoin de beaucoup de sommeil.

— Tu es vraiment malade, mon chéri, murmura-t-elle. Tu dois avoir de la fièvre. »

Elle s'assit au bord du matelas et posa une main sur son front.

« Comment va cet Anglais, Joan ? demanda-t-il. Le vois-tu toujours ?

— Quel Anglais ?

— Tu sais bien. Je l'ai rencontré chez toi. Il avait toujours un mouchoir glissé dans sa manche. Il toussait tout le temps. Tu sais de qui je veux parler.

— Tu dois confondre avec quelqu'un d'autre. Je n'ai pas invité d'Anglais chez moi depuis la guerre. Mais je ne peux pas me souvenir de tout le monde, bien sûr. »

Elle se détourna et, saisissant l'une de ses mains, entrelaça ses doigts aux siens.

« Il est mort, n'est-ce pas ? murmura Jack. Cet Anglais est mort. »

Il la força à se lever du lit, et se hissa sur ses pieds.

« Sors d'ici, ordonna-t-il.

— Tu es malade, mon chéri. Je ne peux pas te laisser seul.

— Sors », répéta-t-il et, voyant qu'elle ne bougeait pas, il cria : « Quelle sorte d'horreur es-tu, pour flairer ainsi la maladie et la mort ?

— Mon pauvre chéri...

— C'est d'observer les mourants qui te donne l'impression d'être jeune ? cria-t-il. C'est cette luxure qui te permet de rester jeune ? C'est pour cela que tu t'habilles comme un corbeau ? Oh, je sais que rien de ce que je peux dire ne te blessera. Je sais qu'il n'est rien d'immonde, de corrompu, de dépravé, de brutal ou d'abject que les autres n'aient déjà essayé, mais cette fois-ci, tu te trompes. Je ne suis pas prêt. Ma vie ne touche pas à sa fin. Ma vie n'en est encore qu'à ses débuts. J'ai de merveilleuses années devant moi. J'ai... j'ai de merveilleuses, merveilleuses, merveilleuses années devant moi, et quand elles seront écoulées, quand l'heure sera venue, alors je t'appellerai. Alors je t'appellerai, puisque tu es une vieille amie, et je t'offrirai le plaisir obscène, quel qu'il soit, que tu éprouves à observer les mourants, mais d'ici là, toi et ta figure laide et informe allez me laisser en paix. »

Elle but les dernières gorgées de son verre et consulta sa montre.

« Je crois que je ferais mieux de retourner au bureau, dit-elle. Je te reverrai tout à l'heure. Je reviendrai ce soir. Tu te sentiras mieux alors, mon pauvre chéri. »

Elle referma la porte derrière elle, et il entendit son pas léger dans l'escalier.

Jack vida la bouteille de whisky dans l'évier. Il entreprit de s'habiller. Il fourra ses vêtements sales dans un sac. Il tremblait et sanglotait de fièvre et de peur. Par la fenêtre, il voyait le ciel bleu, et dans sa frayeur il lui sembla miraculeux que le ciel soit bleu, que les nuages blancs lui fassent songer à la neige, qu'il entende, s'élevant du trottoir, les voix perçantes des enfants qui criaient : « Je suis le roi de la montagne, je suis le roi de la montagne, je suis le roi de la montagne ! »

Il vida dans les toilettes le cendrier contenant ses rognures d'ongles et ses mégots et essuya le sol avec une chemise, afin qu'il ne reste aucune trace de son existence et de son corps lorsque, le soir venu, l'incarnation lascive de la mort reviendrait le chercher.

LA SOUPIÈRE D'OR

On n'aurait pu honnêtement dire de Ralph et de Laura Whittemore qu'ils avaient les défauts et les caractéristiques de chercheurs d'or impénitents, mais on pouvait affirmer sans mentir que le scintillement de l'argent, son parfum, sa force singulière et sa promesse exerçaient une influence fâcheuse sur leur vie. Ils étaient toujours au seuil de la fortune ; ils semblaient toujours avoir quelque chose sur le feu. Ralph était un jeune homme loyal, doté d'une imagination inépuisable quant aux arcanes du commerce et d'une foi angélique dans les charmes et la magie de la réussite ; et bien qu'il occupât un obscur emploi dans une usine de vêtements, il ne lui sembla jamais s'agir d'autre chose que d'un simple point de départ.

Les Whittemore n'étaient pas des gens importuns ou arrogants, et ils vouaient une indéfectible loyauté au savoir-vivre de la classe moyenne. Laura était une jeune femme agréable, sans grande beauté, qui avait quitté le Wisconsin pour New York à peu près à l'époque où Ralph arrivait de l'Illinois ; mais il leur avait fallu deux années d'allées et venues avant d'être amenés à se rencontrer, un soir, dans le hall d'un immeuble de bureaux situé dans le bas de la 5e Avenue. Ralph avait un cœur si loyal et conquérant qu'il fut séduit à l'instant même où il aperçut les cheveux blonds de Laura et son joli visage maussade. Se frayant un chemin dans la foule, il la suivit hors de l'immeuble ; comme elle n'avait rien laissé tomber, qu'il n'avait aucun prétexte pour lui adresser la parole, il cria : « Louise ! Louise ! Louise ! » Percevant l'insistance de sa voix, la jeune femme suspendit ses pas. Il lui dit qu'il avait fait une erreur. Qu'il était désolé. Qu'elle ressemblait étonnamment à une jeune fille nommée Louise Hatcher. C'était une nuit de janvier, une odeur de fumée flottait dans l'air sombre et, parce que Laura était une jeune femme sensible et esseulée, elle le laissa lui offrir un verre.

Cela se passait dans les années trente, et leur romance fut brève ; trois mois plus tard, ils étaient mariés. Laura apporta ses affaires dans l'appartement de Madison Avenue où habitait Ralph, au-dessus d'un teinturier et d'un fleuriste. Elle était secrétaire et son salaire, ajouté à ce que son mari rapportait de l'usine de vêtements, était à peine supérieur à ce dont ils avaient besoin pour vivre, mais ils ne semblèrent jamais souffrir de la monotonie d'une vie d'épargne et de frugalité. Ils prenaient leurs dîners dans des drugstores. Elle accrocha une reproduction des *Tournesols* de Van Gogh au-dessus du canapé qu'elle avait acheté grâce à la petite somme d'argent héritée de ses parents. Quand leurs tantes et leurs oncles leur rendaient visite — leurs parents à tous deux étaient morts —, ils dînaient au Ritz et allaient au théâtre. Elle cousait des rideaux et cirait les chaussures de Ralph, et le dimanche ils paressaient au lit jusqu'à midi. La fortune semblait se trouver juste à portée de main ; Laura répétait souvent aux gens qu'elle était très excitée car Ralph avait un merveilleux emploi en vue.

Durant leur première année de mariage, Ralph consacra toutes ses soirées à un projet qui devait lui assurer un emploi bien payé au Texas. Mais sans que ce soit de sa faute, le projet ne se concrétisa jamais. Un an plus tard, une opportunité se présenta à Syracuse, mais un homme plus âgé lui fut préféré. Entre ces deux projets, il y en avait eu de nombreux autres, prometteurs mais vagues. Au cours de leur troisième année de mariage, une entreprise presque identique à celle de Ralph quant à sa taille et son activité changea de propriétaires. Le jeune homme fut contacté et on lui proposa d'intégrer le personnel de la nouvelle société. Son propre emploi ne lui offrait qu'une maigre sécurité succédant à de lentes promotions, et il fut ravi d'avoir l'occasion d'y échapper. Il rencontra les nouveaux propriétaires et ces derniers semblèrent enthousiastes à son égard. Ils étaient disposés à lui confier la direction d'un service et à lui verser un salaire deux fois supérieur au sien. L'accord devait rester tacite durant un mois ou deux, jusqu'à ce que les nouveaux propriétaires aient assuré leur position ; mais ils échangèrent une chaleureuse poignée de main et burent un verre pour fêter leur entente, et ce soir-là Ralph emmena Laura dîner dans un luxueux restaurant.

Au cours du repas, ils décidèrent de chercher un appartement plus grand, d'avoir un enfant et d'acheter une voiture d'occasion. Ils considéraient la chance qui s'offrait à eux avec un calme imperturbable, car ils s'y attendaient depuis toujours. New York leur semblait être une ville généreuse, où les gens étaient gratifiés d'opportunités soudaines et méritées comme celle-là, ou des retombées sonnantes et trébuchantes de procès, de projets commerciaux excentriques, d'héritages imprévus et autres mannes. Après dîner, ils se promenèrent dans Central Park au clair de lune tandis que Ralph fumait un cigare. Plus tard, quand Laura se fut endormie, le jeune homme s'assit en pyjama dans l'embrasure de la fenêtre ouverte de leur chambre.

Il avait toujours aimé l'agitation singulière dont la ville semble empreinte après minuit, quand son existence repose entre les mains de veilleurs de nuit et d'ivrognes. Il connaissait intimement les échos de la rue à l'heure nocturne ; les freins des bus, les sirènes lointaines, le murmure d'eau s'écoulant haut dans les airs — un murmure d'eau faisant tourner la roue d'un moulin, la somme de nombreux bruits, imaginait-il, bien qu'il n'ait jamais pu en déterminer la source, en dépit de la fréquence avec laquelle il l'avait entendu. À présent, il percevait tout cela avec plus d'acuité encore, car la nuit lui semblait chargée de solennité.

Il avait vingt-huit ans. Dans son expérience, pauvreté et jeunesse étaient indissociables, et l'une s'achevait avec l'autre. L'existence qu'ils s'apprêtaient à quitter n'avait pas été pénible, et il songea avec nostalgie à la nappe graisseuse des restaurants italiens où ils fêtaient généralement les grandes occasions, à la bonne humeur avec laquelle Laura courait du métro à l'arrêt de bus les soirs de pluie. Mais tout cela appartiendrait bientôt au passé. Les chemises soldées dans le sous-sol des grands magasins, les files d'attente chez le boucher, les cocktails allongés d'eau, les roses qu'il rapportait du métro à sa femme au printemps, quand elles étaient bon marché — tous ces souvenirs étaient indiscutablement des souvenirs de pauvres et, même s'ils lui semblaient doux et plaisants, il était heureux de penser qu'ils ne seraient bientôt plus que des souvenirs.

Laura quitta son emploi quand elle tomba enceinte. La réorganisation de l'entreprise et le nouveau poste de Ralph tardaient à se concrétiser, mais les Whittemore en discutaient librement devant leurs amis.

« Nous sommes absolument enchantés de la situation, disait Laura. Nous avons juste besoin d'être patients. »

Les retards et les ajournements se succédaient ; ils attendirent avec la patience de ceux qui ont foi en la justice. Le moment arriva où ils eurent l'un et l'autre besoin de nouveaux vêtements et, un soir, Ralph suggéra qu'ils puisent dans leurs économies. Laura refusa. Lorsqu'il aborda de nouveau le sujet, elle ne lui répondit pas et ne sembla pas l'entendre. Il éleva la voix et perdit son calme. Il cria ; elle fondit en larmes. Il songea à toutes les autres femmes qu'il aurait pu épouser — la blonde cendrée, la Cubaine pieuse, la belle et riche jeune femme qui avait une coquetterie dans l'œil droit. Tous ses désirs semblaient se trouver au-dehors du petit appartement qu'avait décoré Laura. Le lendemain matin, ils ne s'adressaient toujours pas la parole et, afin de renforcer sa position, il téléphona à ses employeurs potentiels. Leur secrétaire lui annonça qu'ils étaient tous les deux sortis. Cela l'inquiéta. Il les appela à plusieurs reprises de la cabine téléphonique située dans le hall d'entrée de l'immeuble où il travaillait, et s'entendit répondre qu'ils étaient occupés, qu'ils étaient sortis, en réunion avec leurs avocats, en communication interurbaine. La diversité de ces excuses l'effraya. Il n'en parla pas à Laura ce soir-là, et essaya de les joindre le lendemain. En fin d'après-midi, après de nombreuses tentatives, l'un d'eux répondit au téléphone.

« Nous avons choisi quelqu'un d'autre, fiston », déclara-t-il.

Il parlait à Ralph d'une voix enrouée et douce, comme un père attristé.

« N'essayez plus de nous téléphoner. Nous avons autre chose à faire que répondre au téléphone. L'autre type semblait mieux convenir, fiston. C'est tout ce que je peux vous dire, et n'essayez plus de me téléphoner. »

Ce soir-là, Ralph parcourut à pied les quelques kilomètres qui séparaient son bureau de l'appartement, espérant se libérer en partie du poids de sa déception. Il s'était si peu attendu au choc que celui-ci lui procurait un sentiment de vertige, et il marchait d'un pas raide, levant haut les pieds, comme si le pavé se dérobait sous lui. Il demeura quelques instants au pied de l'immeuble, s'efforçant de décider en quels termes il expliquerait la catastrophe à Laura ; mais quand il entra, il lui parla sans détours.

« Oh, je suis désolée, chéri, murmura-t-elle d'une voix douce en l'embrassant. Je suis affreusement désolée. »

Puis elle s'éloigna et se mit à redresser les coussins du canapé. Ralph éprouvait un sentiment de frustration si intense, il était à tel point prisonnier de ses projets et de ses espérances qu'il fut stupéfait de la sérénité avec laquelle elle considérait leur échec. Ils n'avaient aucune raison de se faire de souci, déclara-t-elle. Il lui restait encore quelques centaines de dollars de l'héritage de ses parents à la banque. Ils n'avaient aucune raison de se faire de souci.

Quand l'enfant — une fille — vint au monde, ils l'appelèrent Rachel ; une semaine après l'accouchement, Laura regagna leur appartement de Madison Avenue. Elle s'occupa toute seule du bébé, et continua à faire la cuisine et le ménage.

L'imagination de Ralph conservait sa capacité de rebondissement et sa fertilité, mais il semblait incapable de trouver un projet susceptible de s'inscrire dans le peu de temps et de capital dont il disposait. Laura et lui, comme tous les pauvres, menaient une vie simple. Ils allaient encore au théâtre lorsque des parents éloignés leur rendaient visite et fréquentaient parfois des soirées, mais le seul contact permanent de Laura avec les hautes sphères était indirect et se faisait par le biais d'une amie qu'elle avait connue à Central Park.

Pendant les premières années de l'enfance de Rachel, elle passa de nombreux après-midi sur un banc de Central Park. C'était une tyrannie et un plaisir; elle souffrait de cette servitude, mais aimait se trouver sous le ciel et à l'air libre. Un après-midi d'hiver, elle reconnut une jeune femme qu'elle avait rencontrée dans une soirée. Peu avant la tombée du jour, alors que Laura et les autres mères rassemblaient leurs animaux en peluche et préparaient leurs enfants pour le trajet de retour dans le froid, la jeune femme traversa le terrain de jeu et vint lui parler. Elle s'appelait Alice Holinshed, déclara-t-elle. Elles s'étaient rencontrées chez les Galvin. Elle était jolie et chaleureuse, et accompagna Laura jusqu'à la sortie du parc. Elle avait un fils de l'âge de Rachel. Les deux femmes se retrouvèrent le lendemain, et devinrent amies.

Mrs. Holinshed était plus âgée que Laura, mais sa beauté était plus précise et juvénile. Elle avait les cheveux et les yeux noirs, un pâle visage à l'ovale parfait et délicatement coloré, et une voix harmonieuse. Elle allumait ses cigarettes avec une pochette d'allumettes du Stork Club et se plaignait des désagréments de la vie à l'hôtel avec un enfant. Si l'existence de Laura inspirait à celle-ci quelques regrets, ils s'exprimaient dans l'amitié qu'elle vouait à cette ravissante jeune femme qui fréquentait avec une telle aisance boutiques et restaurants de luxe.

À l'exception de la demeure des Galvin, leur amitié était circonscrite au paysage champêtre, lugubre et émouvant de Central Park. Les deux femmes parlaient surtout de leurs maris, et c'était un jeu auquel Laura pouvait bluffer sans peine. Elles évoquaient de manière évasive et orgueilleuse ce que leurs époux avaient sur le feu. Elles surveillaient ensemble leurs enfants durant les crépuscules charbonneux, lorsque la ville brûlait au sud comme une chaudière Bessemer, qu'une odeur de charbon flottait dans l'air, que les pavés humides luisaient comme un terril et que Central Park lui-même ressemblait à un étroit ruban de forêt en lisière d'une ville minière. Alors Mrs. Holinshed se rappelait qu'elle était en retard — elle était toujours en retard pour quelque chose de mystérieux et de splendide — et les deux femmes se dirigeaient ensemble vers l'orée du bois. Laura prenait plaisir à côtoyer ainsi le luxe, fût-ce de façon détournée ; son plaisir se prolongeait tandis qu'elle poussait le landau jusqu'à Madison Avenue et commençait à préparer le dîner dans les chocs sourds de la repasseuse à vapeur et l'odeur du solvant du teinturier du rez-de-chaussée.

Une nuit, alors que Rachel avait deux ans, la frustration qu'éprouvait Ralph à chercher vainement le chemin qui lui aurait permis de conduire sa famille jusqu'à un havre de modeste bonheur l'empêcha de s'endormir. Il avait désespérément besoin de sommeil ; voyant celui-ci lui échapper, il se leva et s'assit dans l'obscurité. Le charme et la trépidation de la rue après minuit le laissèrent insensible, et les freins assourdissants d'un bus de Madison Avenue le firent sursauter. Il referma la fenêtre, mais le bruit de la circulation continua à filtrer à travers les vitres. Il songea que la voix pénétrante de la ville exerçait un effet funeste sur les précieuses existences des citadins et qu'il fallait la réduire au silence.

Il eut l'idée d'un store vénitien dont les lattes, sur leur surface extérieure, seraient traitées avec une substance qui détournerait ou absorberait les ondes sonores. Grâce à ce store, les amis vous rendant visite par une soirée printanière n'auraient pas besoin de crier pour se faire entendre par-dessus le rugissement des camions passant dans la rue. Le silence pourrait revenir s'installer dans les chambres — dans les chambres surtout, car il lui semblait que tous, dans la ville, cherchaient le sommeil et ne parvenaient à le capturer qu'à demi. Tous les visages exténués qu'on apercevait dans les rues au crépuscule, quand les jolies filles elles-mêmes parlaient toutes seules, étaient avides de sommeil. Les chanteuses de cabaret et leurs affables clients, les gens attendant un taxi devant le Waldorf les soirs de pluie, les policiers, les caissières, les laveurs de carreaux — le sommeil les fuyait tous.

Le lendemain soir, il discuta de ce store vénitien avec Laura, et elle jugea l'idée pertinente. Il acheta un store de la taille de la fenêtre de leur chambre et se livra à des expériences en utilisant différents mélanges de peinture. Enfin, à force de tâtonnements, il en trouva une qui, en séchant, adoptait la consistance du feutre et était poreuse. La peinture dégageait une odeur nauséabonde qui flotta dans leur appartement durant les quatre jours nécessaires pour peindre et repeindre la surface extérieure des lattes. Quand elle eut séché, il accrocha le store, puis ils ouvrirent la fenêtre pour faire un essai. Le silence — un silence relatif — charma leurs oreilles. Il rédigea sa formule et, à l'heure du déjeuner, alla la soumettre à un avocat spécialisé dans le dépôt des brevets. Il fallut à ce dernier plusieurs semaines pour découvrir qu'une formule identique avait été brevetée quelques années plus tôt. Le dépositaire du brevet — un homme dénommé Fellows — habitait New York, et l'avocat suggéra à Ralph de le contacter et d'essayer de conclure un accord.

Ralph commença ses recherches un soir, après son travail ; sa quête le conduisit tout d'abord dans les chambres de bonne d'un meublé de Hudson Street, où la logeuse lui montra les chaussettes que Mr. Fellows avait abandonnées derrière lui à son départ. De là il se rendit dans un autre meublé, au sud de la ville, puis à l'ouest, dans le quartier des marchands de fournitures de bateaux et des pensions de marins. Cette quête nocturne se poursuivit durant une semaine. Ralph suivit la trace de Mr. Fellows au sud, vers Bowery, puis au nord de West Side. Il gravit des escaliers, passant devant les portes entrouvertes de salles où se déroulaient des cours de danse espagnole, devant des prostituées, devant des femmes répétant le concerto de « L'Empereur ». Un soir, il trouva Mr. Fellows assis au bord de son lit dans une chambre de bonne, détachant les taches de sa cravate à l'aide d'un chiffon imbibé d'essence.

Mr. Fellows se montra gourmand. Il voulait cent dollars en liquide, et cinquante pour cent des royalties. Ralph parvint à le convaincre d'accepter vingt pour cent des royalties, mais pas à diminuer le montant du paiement initial. L'avocat établit un document définissant les intérêts respectifs de Mr. Fellows et de Ralph. Quelques jours plus tard, un soir, celui-ci se rendit dans une usine de stores vénitiens de Brooklyn qui venait de fermer mais dont les bureaux étaient encore éclairés. Le directeur consentit à fabriquer des stores correspondant aux spécifications de Ralph, mais il refusa de prendre une commande inférieure à cent dollars. Le jeune homme accepta, et accepta également de fournir le matériau destiné à peindre la surface extérieure des lattes. Ces dépenses avaient épuisé les trois quarts du capital des Whittemore, et désormais l'élément temporel venait s'ajouter au problème financier.

Ils passèrent une petite annonce dans le journal afin de recruter un vendeur de biens d'ameublement et, durant une semaine, Ralph reçut des candidats dans le salon après dîner. Il opta pour un jeune homme qui partait à la fin de la semaine pour le Middle West. Ce dernier exigea une avance de cinquante dollars et leur fit remarquer que Pittsburgh et Chicago étaient aussi bruyants que

New York. Le bureau de recouvrement de fonds d'un grand magasin menaçait de conduire les Whittemore devant le tribunal des petits impayés, et ils en étaient arrivés au point où la moindre maladie, la moindre chute, le moindre dommage les affectant ou affectant l'un de leurs rares vêtements les auraient mis dans une situation critique. Le vendeur promit de leur écrire de Chicago à la fin de la semaine. Ils comptaient recevoir de bonnes nouvelles, mais n'en eurent aucune. Ralph envoya deux télégrammes et ceux-ci durent être transmis au vendeur, car il leur télégraphia de Pittsburgh : « Stores impossibles à commercialiser. Vous retourne les prototypes par exprès. »

Ils passèrent une autre annonce dans le journal et embauchèrent le premier vendeur qui sonna à leur porte, un vieux monsieur arborant un bleuet à la boutonnière. Il était représentant pour un grand nombre d'autres produits — des miroirs-poubelles, des presse-oranges — et affirmait très bien connaître tous les grossistes d'articles ménagers de Manhattan. Il était fort prolixe et, quand il échoua à vendre les stores, il retourna chez les Whittemore et discuta longuement de leur produit avec le mélange d'esprit critique et de charité que nous réservons habituellement aux êtres humains.

Ralph aurait voulu emprunter de l'argent, mais ni son salaire ni son brevet ne représentaient une garantie suffisante pour lui permettre d'obtenir un prêt, sinon à des taux ruineux. Un jour, à son bureau, il reçut une assignation à comparaître émanant du bureau de recouvrement de fonds du grand magasin. Il retourna à Brooklyn et proposa au fabricant de lui revendre les stores vénitiens. L'homme paya soixante dollars ce qui en avait coûté cent, et Ralph put rembourser le bureau de recouvrement. Ils accrochèrent les prototypes à leurs fenêtres et s'efforcèrent de chasser toute l'aventure de leur esprit.

Ils étaient plus pauvres que jamais et dînaient de lentilles le lundi, et parfois aussi le mardi. Après le repas, Laura lavait la vaisselle tandis que Ralph faisait la lecture à Rachel. Une fois la fillette endormie, il s'installait devant son bureau, au salon, et s'attelait à un de ses projets. Il avait toujours quelque chose en train. Un emploi à Dallas, un autre au Pérou. Puis il y eut la semelle orthopédique en plastique, le système de fermeture automatique pour porte de réfrigérateur et le projet de piratage des informations de la Marine. Pendant un mois, il caressa l'idée d'acheter des hectares de terre en jachère dans le nord de l'État de New York et d'y planter des sapins de Noël ; puis il conçut avec l'aide d'un ami un projet de vente de produits de luxe par correspondance, pour lequel ils ne purent obtenir de financement.

Quand les Whittemore rencontrèrent oncle George et tante Helen au Ritz, ils semblaient enchantés de leur sort. Ils étaient terriblement excités, déclara Laura, car Ralph s'était vu offrir un poste de directeur d'une agence de ventes à Paris, mais ils avaient décidé de refuser à cause de la menace de guerre.

Pendant la guerre, les Whittemore furent séparés deux ans. Laura prit un emploi. Elle conduisait Rachel à l'école tous les matins et passait la chercher le soir. À force de travail et d'économies, elle put s'acheter des vêtements, ainsi qu'à Rachel. Quand Ralph revint à la fin de la guerre, leur situation financière était saine. L'expérience semblait lui avoir donné un second souffle et, bien qu'il eût repris son ancien travail en guise de poire pour la soif, d'atout dans la manche, il n'avait jamais autant parlé d'autres emplois — des emplois au Venezuela et des emplois en Iran. Ils retrouvèrent leurs vieilles habitudes et leurs économies. Ils restèrent pauvres.

Laura quitta son travail et retourna passer les

après-midi au parc avec Rachel. Elle y retrouva Alice Holinshed. Leurs conversations étaient semblables à celles d'autrefois. Les Holinshed habitaient à l'hôtel. Mr. Holinshed était vice-président d'une nouvelle société spécialisée dans la fabrication d'une boisson sans alcool, mais la robe que sa femme portait jour après jour datait d'avant la guerre, Laura s'en souvenait. Son fils était maigrelet et irritable. Il était vêtu de serge, comme un écolier anglais, mais l'étoffe de son costume, à l'image de la robe de sa mère, semblait usée et fatiguée. Un après-midi, quand Mrs. Holinshed et son fils arrivèrent au Parc, le petit garçon sanglotait.

« J'ai fait une grosse bêtise, dit Mrs. Holinshed à Laura. Nous sommes allés chez le docteur et j'ai oublié d'emporter de l'argent. Je me demandais si vous pourriez me prêter quelques dollars afin que je puisse rentrer à l'hôtel en taxi. »

Volontiers, répondit Laura. Elle n'avait qu'un billet de cinq dollars dans son sac et elle le donna à Mrs. Holinshed. Le petit garçon continuait de sangloter, et sa mère l'entraîna en direction de la 5e Avenue. Laura ne les revit plus jamais au Parc.

L'existence de Ralph était régie par l'attente, comme elle l'avait toujours été. Dans les années d'après-guerre, la ville paraissait immensément riche. L'argent donnait l'impression de couler à flots et seule une ombre de patience, d'ingéniosité et de chance semblait séparer les Whittemore — qui dormaient l'hiver sous leurs manteaux élimés pour avoir chaud — de cette prospérité. Le dimanche, quand il faisait beau, ils se mêlaient à la foule florissante de la 5e Avenue. Ralph avait l'impression qu'un mois plus tard, un an tout au plus, il trouverait la clef de la prospérité qu'ils méritaient. Ils se promenaient sur l'avenue jusqu'au soir, puis rentraient chez eux et dînaient d'une boîte de haricots à laquelle venait s'ajouter, afin d'équilibrer le repas, une pomme pour le dessert.

Ils rentraient de cette promenade, un dimanche, quand ils entendirent le téléphone sonner alors qu'ils montaient l'escalier de l'immeuble. Ralph prit de l'avance sur sa femme et sa fille, et décrocha.

Il reconnut la voix de son oncle George, un homme appartenant à une génération ayant gardé conscience des distances, et qui vociférait dans le combiné comme si, immobile sur la rive, il s'adressait à un navire de passage.

« C'est oncle George, Ralphie ! » hurla-t-il.

Ralph supposa que tante Helen et lui faisaient une visite surprise en ville, avant de comprendre que son oncle l'appelait de l'Illinois.

« Tu m'entends ? hurla oncle George. Tu m'entends, Ralphie ? Je t'appelle à propos d'un emploi, Ralphie. Juste pour le cas où tu chercherais un emploi. Paul Hadaam est passé par ici — tu m'entends, Ralphie ? —, Paul Hadaam est passé par ici la semaine dernière, alors qu'il était en route pour la côte est, et il m'a rendu visite. Il a beaucoup d'argent, Ralphie — il est riche —, et il est en train de monter une entreprise de fabrication de fibres synthétiques sur la côte ouest. Tu m'entends, Ralph ? Je lui ai parlé de toi. Il est descendu au Waldorf; va le voir. Un jour, je lui ai sauvé la vie. Je l'ai repêché dans le lac Érié. Va le voir demain au Waldorf, Ralph. Tu sais où c'est ? L'hôtel Waldorf... Attends une minute, je te passe Helen. Elle veut te parler. »

À présent la voix venant du combiné était celle d'une femme, et elle était ténue. Tous les cousins de Ralph avaient dîné chez eux, déclara-t-elle. Ils avaient mangé de la dinde. Tous les petits-enfants étaient là, et ils avaient été très sages. George les avait emmenés en promenade après dîner. Il faisait chaud, mais ils s'étaient installés sous la véranda et n'avaient pas souffert de la chaleur. Le récit du dîner dominical fut interrompu par son mari, qui devait lui avoir arraché le téléphone des mains pour reprendre son refrain concernant Mr. Hadaam et le Waldorf.

« Va le voir demain, Ralphie — le 19 —, au Waldorf. Il attend ta visite. Tu m'entends ? À l'hôtel Waldorf. Il est millionnaire. Bon, je te laisse maintenant. »

Mr. Hadaam occupait une suite composée d'un salon et d'une chambre dans les Waldorf Towers. Lorsque Ralph lui rendit visite, le lendemain soir après son travail, il était seul. Ralph eut le sentiment qu'il était très vieux mais encore opiniâtre, et, à la façon dont il lui serra la main, dont il tiraillait les lobes de ses oreilles et arpentait le salon sur ses jambes arquées, Ralph reconnut un esprit entier, indépendant et léonin. Le vieillard lui servit un verre corsé et s'en fit un plus léger. Il se lançait dans la fabrication de fibres synthétiques sur la côte ouest, expliqua-t-il, et il était venu dans l'Est pour recruter des hommes rompus au commerce de l'étoffe. George lui avait parlé de Ralph ; il avait besoin d'un homme de son expérience. Il allait trouver un logement convenable aux Whittemore, prendrait leur déménagement en charge et verserait à Ralph un salaire de départ de quinze mille dollars. Ce fut l'importance du salaire qui fit réaliser à celui-ci que l'offre représentait une tentative pour régler de façon détournée la dette que Mr. Hadaam avait envers l'oncle George. Le vieillard sembla deviner sa pensée.

« Cela n'a rien à voir avec le fait que votre oncle m'ait sauvé la vie, dit-il d'un ton rogue. Je lui suis reconnaissant — qui ne le serait pas ? — mais cela n'a rien à voir avec votre oncle, si c'est ce que vous pensez. Quand on est aussi vieux et riche que moi, il est difficile de rencontrer des gens. Tous mes anciens amis sont morts ; tous, sauf George. Je suis entouré d'un cordon presque infranchissable d'associés et de parents, et si George ne me glissait pas un nom de temps à autre, je ne verrais jamais de nouvelle tête. L'année dernière, j'ai eu un accident de voiture. C'était ma faute. Je suis très mauvais conducteur. J'ai embouti la voiture d'un jeune homme ; je suis sorti de mon véhicule, je suis allé le trouver et je me suis présenté. Nous avons dû attendre la dépanneuse pendant vingt minutes et nous avons commencé à discuter. Eh bien, il travaille pour moi aujourd'hui et c'est l'un de mes meilleurs amis, et si je ne l'avais pas embouti, je ne l'aurais jamais rencontré. Quand on est aussi vieux que moi, c'est la seule façon de rencontrer des gens — les accidents de voiture, les incendies, ce genre de choses. »

Il s'appuya au dossier de son fauteuil et trempa ses lèvres dans son verre. La suite d'hôtel était située bien au-dessus de la rumeur des voitures et elle était parfaitement silencieuse. Le souffle de Mr. Hadaam était bruyant et régulier et ressemblait, quand il se taisait, à celui d'un homme endormi.

« Ma foi, je ne veux pas vous bousculer, reprit-il. Je regagne la côte ouest après-demain. Réfléchissez. Je vous téléphonerai. »

Il prit un agenda et nota le nom et le téléphone de Ralph.

« Je vous appellerai mardi soir, le 27, à 21 heures — heure de New York. George m'a dit que votre épouse était charmante, mais je n'ai pas le temps de la rencontrer cette fois-ci. Je la verrai sur la côte ouest. »

Il se mit à parler de base-ball, puis ramena la conversation sur l'oncle George.

« Il m'a sauvé la vie. Ce maudit bateau s'est retourné, puis s'est redressé et a coulé tout droit. J'ai encore l'impression de le sentir s'enfoncer sous mes pieds. Je ne savais pas nager. Je ne sais toujours pas aujourd'hui. Eh bien, au revoir. »

Ils se serrèrent la main ; à peine la porte refermée, Ralph entendit Mr. Hadaam se mettre à tousser. C'était la toux profane et dévastatrice d'un vieillard, pleine d'amères plaintes et de lamentations, et elle le secoua impitoyablement tout le temps que Ralph attendit l'ascenseur sur le palier.

Rentrant à pied chez lui, ce dernier songea que c'était peut-être l'occasion tant attendue ; l'absurde enchaînement d'incidents à l'origine duquel son oncle avait repêché un ami du lac Érié représenterait peut-être leur salut. Il n'était rien, dans son expérience, qui pût l'en faire douter. Il savait bien que cette offre était le caprice d'un vieillard, et qu'elle était motivée par la dette dont Mr. Hadaam se sentait redevable envers l'oncle George — une dette dont l'âge semblait avoir accru l'importance. Une fois arrivé chez lui, il raconta à sa femme les détails de l'entretien et lui dit ce qu'il pensait du geste de Mr. Hadaam. Il fut légèrement surpris de l'entendre déclarer qu'il lui semblait s'agir d'une véritable aubaine. Ils étaient tous deux remarquablement calmes, si l'on considère le bouleversement qui s'offrait à eux. Il ne leur vint pas à l'esprit de fêter l'événement, et il l'aida à faire la vaisselle. Dans un atlas, il chercha la ville où était implantée l'usine de Mr. Hadaam ; le nom aux consonances espagnoles, situé sur la côte au nord de San Francisco, leur laissa entrevoir une existence modeste et heureuse.

Il devait s'écouler huit jours entre l'entretien et le coup de téléphone. Ralph savait parfaitement que rien ne serait définitif avant le mardi suivant et qu'il existait un risque que Mr. Hadaam, alors qu'il traversait le pays, change d'avis sous l'influence subtile du voyage. Il pouvait être empoisonné par un sandwich au poisson, être évacué du train à Chicago et mourir dans un hôpital de la ville. Il était possible que son avocat se trouve parmi les gens venus l'accueillir à San Francisco, et qu'il lui annonce qu'il était ruiné ou que sa femme l'avait quitté. Mais au bout du compte, Ralph ne put imaginer de nouveaux désastres, ni même croire en ceux qu'il avait inventés.

Qu'il s'avérât incapable de continuer à douter de sa chance trahissait un certain fléchissement de sa volonté. De toute sa vie, il ne s'était pas écoulé un jour sans qu'il ressentît le pouvoir de l'argent ; mais celui-ci était plus irrésistible encore quand il revêtait la forme d'une promesse, et des années d'esprit de sacrifice, loin de gratifier Ralph de réserves de volonté, l'avaient rendu plus vulnérable encore à la tentation. Puisque le bouleversement de leurs vies dépendait encore d'un coup de fil, il s'interdit de parler de l'existence qu'ils pourraient mener en Californie — d'y penser, autant que possible. Il allait jusqu'à dire qu'il aimerait porter des chemises blanches, mais n'allait pas au-delà de ce souhait délibérément humble. Alors qu'il croyait faire preuve de réserve et d'intelligence, il commençait, de fait, à vénérer la somme de superstitions qui sont censées engendrer la chance ; et lorsqu'il exprimait le désir d'avoir des chemises blanches, c'était, plus qu'un souhait véritablement modeste, le souvenir — il n'aurait su l'exprimer clairement lui-même — d'avoir entendu dire que les dieux de la fortune sont jaloux et qu'une fausse humilité les trompe aisément. Il n'avait jamais été superstitieux, mais le mardi, il ramassa les pièces de monnaie qui traînaient sur la table basse et fut enchanté d'apercevoir une coccinelle sur l'appui de la fenêtre de la salle de bains. Il ne se souvenait plus où il avait entendu associer cet insecte à l'argent, mais il n'aurait su non plus expliquer les autres présages qu'il laissait désormais gouverner ses gestes.

Laura observait la subtile transformation que l'attente exerçait sur son mari, mais elle ne pouvait rien dire. Il ne mentionnait pas Mr. Hadaam ni la Californie. Il parlait peu ; il se montrait gentil avec Rachel ; il perdit ses couleurs. Le mercredi, il se rendit chez le coiffeur. Il portait son plus beau costume. Le samedi, il alla de nouveau chez le coiffeur et se fit manucurer. Il prenait des bains deux fois par jour, changeait de chemise pour dîner et allait fréquemment dans la salle de bains se laver les mains, se brosser les dents et mouiller la mèche de son front. L'extrême soin qu'il apportait à son corps et à son apparence rappelait à Laura un adolescent surpris par l'amour.

Le lundi soir, les Whittemore étaient invités à une soirée et Laura insista pour qu'ils y aillent. Les invités étaient les derniers survivants d'un groupe qui s'était formé dix ans plus tôt. Si quelqu'un, dans la pièce, avait fait l'appel de leurs plus anciens membres, comme la cérémonie de retraite d'un régiment mis à mal et décimé, les mots « Manque à l'appel... Manque à l'appel... Manque à l'appel... » se seraient élevés pour le peloton parti s'installer à Westchester ; « Manque à l'appel... Manque à l'appel... Manque à l'appel... » pour le régiment que le divorce, la boisson, la dépression et l'adversité avaient anéanti ou dévasté. S'étant rendue à la soirée dans une certaine indifférence, Laura éprouva une conscience aiguë des absents.

Elle était là depuis moins d'une heure quand elle entendit des gens arriver et, jetant un coup d'œil par-dessus son épaule, elle aperçut Alice Holinshed et son mari. La pièce était bondée et elle repoussa le moment d'aller discuter avec son amie. Plus tard dans la soirée, elle alla aux toilettes ; quand elle en sortit, elle trouva Alice assise sur le lit. Celle-ci semblait l'attendre. Laura s'assit devant la coiffeuse pour se recoiffer. Elle regarda le reflet de son amie dans la glace.

« J'ai entendu dire que vous alliez vous installer en Californie, déclara Alice.

— Nous l'espérons. Nous le saurons demain.

— Est-il vrai que l'oncle de Ralph lui ait sauvé la vie ?

— C'est vrai.

— Vous avez de la chance.

— Sans doute, oui.

— Oh oui, vous avez de la chance. »

Alice se leva et traversa la chambre, puis elle ferma la porte et revint s'asseoir sur le lit. Laura la dévisageait dans le miroir, mais son amie ne la regardait pas. Elle avait le dos voûté. Elle semblait nerveuse.

« Vous avez de la chance, murmura-t-elle. Tellement de chance. Est-ce que vous connaissez votre chance ? Laissez-moi vous parler de ce savon. J'ai un savon... Je veux dire que j'avais un savon. Quelqu'un me l'avait offert à l'occasion de mon mariage, voici quinze ans. Je ne sais plus qui. Une bonne, un professeur de musique, peu importe. C'était du bon savon, du bon savon anglais, celui que j'aime, et j'ai décidé de le mettre de côté pour le jour où Larry réussirait un gros coup de filet et où il m'emmènerait aux Bermudes. J'ai d'abord failli l'utiliser lorsqu'il a obtenu son emploi à Bound Brook. Puis j'ai pensé que je pourrais l'utiliser quand nous sommes allés à Boston, puis à Washington. Quand il a obtenu son nouvel emploi, je me suis dit que cette fois-ci, cette fois-ci, peut-être, je pourrais retirer notre fils de cette maudite école, régler nos factures et quitter les hôtels minables où nous vivons. Depuis quinze ans, j'attends le moment d'utiliser ce savon. Eh bien, la semaine dernière, alors que je cherchais quelque chose dans les tiroirs de mon bureau, je l'ai vu. Il était tout craquelé. Je l'ai jeté. Je l'ai jeté parce que je savais que je n'aurais jamais l'occasion de l'utiliser. Comprenez-vous ce que cela signifie ? Savez-vous ce qu'on éprouve alors ? Vivre pendant quinze ans de promesses et d'attentes, de prêts et de crédits dans des hôtels qui ne sont pas faits pour qu'on y habite, être perpétuellement endetté, et pourtant prétendre — croire — que chaque année, chaque hiver, chaque emploi, chaque rendez-vous, va être le bon ? Vivre ainsi pendant quinze ans, puis prendre conscience que cela ne finira jamais... Savez-vous ce qu'on éprouve alors ? »

Elle se leva, se dirigea vers la coiffeuse et s'immobilisa devant Laura. Ses grands yeux s'étaient emplis de larmes, et elle parlait d'une voix dure et forte.

« Je n'irai jamais aux Bermudes. Je n'irai même pas en Floride. Je ne cesserai jamais d'être pauvre, jamais, jamais, jamais. Je sais que je n'habiterai jamais une maison convenable, que tout ce que je possède est usé et déchiré et que cela ne changera jamais. Je sais que durant le reste de ma vie, le reste de ma vie, je porterai des combinaisons élimées, des chemises de nuit et des sous-vêtements déchirés, et des chaussures qui me feront mal aux pieds. Je sais que jamais, jusqu'à la fin de mes jours, je ne m'entendrai dire que j'ai une jolie robe, parce que je ne pourrai pas me permettre de porter ce genre de robes. Je sais que, jusqu'à la fin de mes jours, il suffira d'une minute aux chauffeurs de taxi, aux portiers et aux serveurs de cette ville pour deviner que je n'ai même pas cinq dollars dans ce sac à main noir en imitation daim que je brosse sans fin et que je traîne depuis dix ans. Comment expliquez-vous ça ? Qu'en pensez-vous ? Qu'avez-vous de si merveilleux pour vous voir offrir une telle chance ? »

Elle fit courir ses doigts le long du bras nu de Laura. Sa robe exhalait une odeur de benzine.

« Est-ce contagieux ? Est-ce que cela pourrait me porter chance ? Je tuerai quelqu'un, je le jure devant Dieu, si je pensais que cela pouvait nous rapporter de l'argent. Je tordrai le cou de n'importe qui — le vôtre, celui de n'importe qui — je le jure devant Dieu, je... »

Quelqu'un frappa. Alice se dirigea à grands pas vers la porte, l'ouvrit et sortit de la pièce. Une femme entra, une inconnue qui cherchait les toilettes. Laura alluma une cigarette et resta dix minutes dans la chambre avant de retourner se mêler aux invités. Les Holinshed étaient partis. Elle alla chercher un verre, s'assit et s'efforça de bavarder, mais ses pensées ne cessaient de vagabonder.

La chasse, la quête d'argent qui, lorsqu'ils l'avaient entreprise, lui semblait naturelle, clémente et juste, lui apparaissait désormais comme un périple hasardeux et féroce. Au début de la soirée, Laura avait songé aux absents. À présent, elle y pensait de nouveau. L'adversité et l'échec avaient causé la disparition de plus de la moitié d'entre eux, comme si sous les aménités du charmant salon se livrait une compétition effrénée, dans laquelle les vaincus subissaient des pertes extrêmes. Laura avait froid. Elle ôta les glaçons de son verre avec ses doigts et les glissa dans un vase, mais le whisky ne la réchauffa pas. Elle demanda à Ralph de la ramener.

Le mardi soir, après dîner, Laura lava la vaisselle et Ralph la sécha. Puis il lut le journal et elle fit de la couture. À 8 h 15, le téléphone sonna dans la chambre, et il alla calmement décrocher. C'était quelqu'un qui proposait deux tickets pour la dernière représentation d'un spectacle. Puis le téléphone demeura silencieux ; à 9 h 30, Ralph annonça à Laura qu'il allait appeler la Californie. La communication fut rapidement établie, et la voix fraîche d'une jeune femme répondit sur le poste de Mr. Hadaam.

« Oh oui, Mr. Whittemore, s'exclama-t-elle. Nous avons essayé de vous joindre plus tôt dans la soirée, mais votre ligne était occupée.

— Pourrais-je parler à Mr. Hadaam ?

— Non, Mr. Whittemore. Je suis la secrétaire de Mr. Hadaam. Je sais qu'il avait l'intention de vous appeler parce qu'il l'avait noté dans son agenda. Mrs. Hadaam m'a demandé de prévenir autant de gens que possible, et j'ai essayé de me charger de tous les appels téléphoniques et rendez-vous notés dans son agenda. Mr. Hadaam a eu une crise cardiaque dimanche. Il y a peu de chances qu'il se rétablisse. J'imagine qu'il vous avait promis quelque chose, mais je crains qu'il ne puisse tenir ses engagements.

— Je suis vraiment navré », dit Ralph.

Puis il raccrocha.

Pendant que la secrétaire parlait, Laura était entrée dans la chambre.

« Oh, chéri ! » murmura-t-elle.

Elle déposa sa trousse à couture sur le bureau et se dirigea vers le placard. Puis elle revint sur ses pas, prit quelque chose dans la trousse et laissa celle-ci sur sa coiffeuse. Elle ôta ses chaussures et les rangea sur le porte-souliers, fit passer sa robe par-dessus sa tête et l'accrocha soigneusement sur un cintre. Elle se dirigea vers le bureau à la recherche de sa trousse à couture, la retrouva sur la coiffeuse et alla la ranger sur une étagère du placard. Enfin, elle emporta sa brosse et son peigne dans la salle d'eau et se fit couler un bain.

Ralph avait reçu la déception de plein fouet, et la douleur était cinglante. Il n'aurait su dire combien de temps il demeura assis près du téléphone. Il entendit Laura sortir de la salle de bains, et le son de sa voix le fit se retourner

« J'ai beaucoup de peine pour Mr. Hadaam. Je voudrais que nous puissions faire quelque chose pour lui. »

Elle était vêtue de sa chemise de nuit, et elle s'assit devant la coiffeuse comme une femme adroite et patiente prenant place devant son rouet, saisissant et reposant les épingles à cheveux, les flacons, les peignes et les brosses avec la dextérité distraite d'une tisserande expérimentée, comme si le temps qu'elle passait là faisait partie d'un processus ininterrompu.

« Vraiment, il semblait s'agir du trésor... »

Ce mot emplit Ralph de surprise; l'espace d'un instant, il crut voir la chimère, la soupière emplie de pièces d'or, la manne, le trésor enterré sous les pâles lueurs d'un arc-en-ciel, et il fut frappé par le caractère primitif de sa quête. Armé d'une bêche au tranchant affûté et d'une baguette de sourcier artisanale, il avait parcouru collines et vallées, traversé sécheresses et orages, creusant partout où les cartes qu'il avait lui-même dessinées lui promettaient de l'or. À six pas à l'est du pin mort, à cinq lattes de bois de la porte de la bibliothèque, sous la marche d'escalier qui grince, entre les racines du poirier, sous la vigne — c'était là que se trouvait le pot empli de doublons et de lingots.

Elle pivota sur le tabouret et tendit ses bras fluets vers lui, comme elle l'avait fait plus d'un millier de fois. Elle n'était plus jeune, et elle était plus pâle et frêle qu'elle l'aurait été s'il avait découvert les doublons qui lui auraient épargné des tracas et d'incessantes corvées. Son sourire et ses épaules avaient commencé à troubler les formes et les symboles indéchiffrables qui sont les pierres de touche du désir; la lueur de la lampe semblait irradier de l'éclat et de la chaleur, dégager ce contentement inexprimable, cette bienveillance, que le soleil printanier apporte à toutes les lassitudes et à tous les désespoirs. Le désir qu'elle lui inspirait le ravissait et le troublait. C'était là — tout était là —, et l'éclat de l'or lui sembla luire tout autour de ses bras.

LA SAISON DES DIVORCES

Ma femme a les cheveux bruns, les yeux sombres et un caractère d'une extrême gentillesse. Je me dis parfois, à cause de cette gentillesse, qu'elle gâte les enfants. Elle ne sait rien leur refuser. Ils parviennent toujours à leurs fins. Ethel et moi sommes mariés depuis dix ans. Nous sommes tous deux originaires de Morristown, dans le New Jersey, et je ne sais même plus quand je l'ai vue pour la première fois. J'ai toujours trouvé que notre mariage était heureux et épanouissant. Nous vivons dans un immeuble de la 50e Rue, dans l'East Side. Notre fils, Carl, qui a six ans, fréquente une bonne école privée et notre fille, âgée de quatre ans, n'ira pas à l'école avant l'an prochain. Nous trouvons souvent à redire à la façon dont nous avons été éduqués, mais nous semblons nous efforcer d'élever nos enfants suivant les mêmes principes et, le temps venu, j'imagine qu'ils fréquenteront les mêmes collèges et les mêmes lycées que nous.

Ethel a fait ses études dans un lycée de jeunes filles situé sur la côte est, puis elle est allée passer un an à l'université de Grenoble. En rentrant de France, elle a travaillé durant une année à New York, puis nous nous sommes mariés. À une époque, elle avait accroché son diplôme au-dessus de l'évier de la cuisine ; mais ce fut une plaisanterie de courte durée et j'ignore où il se trouve aujourd'hui. Ethel est non seulement gentille mais aussi gaie et accommodante, et nous venons tous deux de l'immense couche de la classe moyenne qui se distingue par son aptitude à se souvenir de temps meilleurs. L'argent que nous avons perdu fait partie de nos vies à un point tel qu'il me rappelle parfois le sort d'expatriés, d'une tribu qui se serait énergiquement adaptée à quelque terre étrangère mais que viendrait visiter, de temps à autre, le souvenir des reliefs escarpés de sa côte natale. Notre vie est restreinte par la modestie de mon salaire, et il est facile de décrire le périmètre de l'existence d'Ethel.

Elle se lève à 7 heures et allume la radio. Après s'être habillée, elle lève les enfants et prépare le petit déjeuner. À 8 heures, il lui faut conduire notre fils à l'arrêt du bus scolaire. À son retour, elle doit tresser les cheveux de Carol. Je quitte la maison à 8 heures et demie, mais je sais que chacun des gestes d'Ethel, durant le reste de la journée, sera déterminé par le ménage, la cuisine, les commissions et les besoins des enfants. Je sais que, le mardi et le jeudi, elle se trouve au A & P entre 11 heures et midi, que, chaque après-midi de beau temps, elle est assise sur un certain banc dans un square ; qu'elle fait le ménage le lundi, le mercredi et le vendredi, et qu'elle polit l'argenterie lorsqu'il pleut. Quand je rentre, à 6 heures, elle est généralement occupée à éplucher les légumes ou à préparer à dîner. Puis, une fois que les enfants ont mangé et pris leur bain, lorsque le dîner est prêt, que les plats et les assiettes sont disposés sur la table du salon, elle demeure immobile au milieu de la pièce comme si elle avait oublié quelque chose, et ce moment de réflexion est si profond qu'elle n'entend pas si je lui parle, ou si les enfants l'appellent. Puis c'est fini. Elle allume les quatre bougies blanches dans leurs chandeliers argentés, et nous nous asseyons devant un souper de hachis de corned-beef, ou quelque autre plat modeste.

Nous sortons une ou deux fois par semaine, et nous recevons environ une fois par mois. Pour des raisons de commodité, la plupart des gens que nous voyons habitent le quartier. Nous fréquentons souvent les soirées d'un couple généreux, les Newsome, qui résident à quelques rues d'ici. Les soirées des Newsome sont très fréquentées et éclectiques, et le mécanisme arbitraire des relations s'y exerce librement.

Un soir, chez les Newsome, nous nous sommes liés, pour des raisons que je ne comprendrai jamais, à un couple du nom de Dr. et Mrs. Trencher. Je crois que Mrs. Trencher était à l'initiative de cette amitié ; après notre rencontre, elle téléphona trois ou quatre fois à Ethel. Nous allâmes dîner chez eux, ils vinrent dîner chez nous, et parfois, le soir, lorsque le Dr. Trencher promenait leur vieux teckel, il montait nous rendre une brève visite. Il semblait être un homme de compagnie agréable. J'avais entendu d'autres médecins dire que c'était un bon physicien. Les Trencher avaient la trentaine — lui, du moins. Elle était plus âgée.

Je dirais de Mrs. Trencher que c'était une femme sans beauté, mais il est difficile de définir pourquoi. Elle était fluette, sa silhouette était agréable et ses traits réguliers, et j'imagine que cette impression de laideur émanait de quelque réserve intérieure, de quelque opinion médiocre et nullement fondée d'elle-même. Le Dr. Trencher ne buvait pas, et ne fumait pas ; j'ignore si les deux choses étaient liées, mais le teint de son visage mince était frais — ses joues étaient roses et le regard de ses yeux bleus limpide et assuré. Il manifestait l'optimisme singulier d'un physicien à l'esprit équilibré — le sentiment que la mort est un accident fortuit et que le monde physique est avant tout un terrain de conquête. De la même façon que sa femme paraissait laide, il semblait jeune.

Les Trencher habitaient un pavillon confortable et dénué de prétention dans notre quartier. Leur maison était d'allure ancienne ; ses salons étaient immenses, ses vestibules lugubres, et les Trencher semblaient ne pas dégager suffisamment de chaleur humaine pour peupler les lieux, de telle sorte que l'on emportait parfois, à la fin d'une soirée, l'impression d'avoir vu de nombreuses pièces vides. Mrs. Trencher vouait un attachement manifeste à ses biens — ses vêtements, ses bijoux et les objets de décoration qu'elle achetait pour la maison — et pour Fräulein, le vieux teckel. À table, elle nourrissait Fräulein des reliefs du repas, en cachette, comme si on lui avait interdit de le faire. Après dîner, Fräulein se couchait à côté d'elle sur le canapé. Un soir, alors que la lueur verte d'un écran de télévision baignait ses traits tirés et que ses mains maigres caressaient Fräulein, Mrs. Trencher me fit l'impression d'être une âme bonne et misérable.

Elle prit l'habitude d'appeler Ethel le matin pour discuter ou pour l'inviter à déjeuner ou à une représentation en matinée. Ma femme ne peut pas sortir pendant la journée, et elle affirme détester les longues conversations téléphoniques. Elle accusait Mrs. Trencher d'être une commère infatigable et médisante. Puis un jour, en fin d'après-midi, le Dr. Trencher fit son apparition au square où Ethel emmène nos deux enfants. Il l'avait aperçue alors qu'il passait dans la rue, et il lui tint compagnie jusqu'à ce qu'il soit l'heure de ramener les enfants à la maison. Il revint quelques jours plus tard ; puis ses visites au square devinrent coutumières. Ma femme se disait qu'il n'avait peut-être pas beaucoup de patients et que, n'ayant rien à faire, il prenait plaisir à discuter avec n'importe qui. Mais un soir, alors que nous faisions la vaisselle, Ethel déclara pensivement que Trencher semblait avoir une attitude étrange à son égard.

« Il me regarde fixement, dit-elle. Il soupire et me regarde fixement. »

Je sais dans quel accoutrement ma femme se rend au square. Elle porte un vieux manteau de tweed, des galoches et des gants de l'armée, et un foulard est noué sous son menton. Le square est une parcelle de terrain pavée et entourée de grillages, située entre des immeubles délabrés et le fleuve. Il était difficile d'imaginer sérieusement que ce médecin tiré à quatre épingles, aux joues roses, puisse se languir d'amour pour Ethel dans ce décor. Elle n'en parla plus durant plusieurs jours, et je supposai qu'il avait cessé de lui rendre visite.

L'anniversaire d'Ethel tombait à la fin du mois ; je l'avais oublié mais, quand je rentrai à la maison, ce soir-là, un immense bouquet de roses trônait au salon. C'était un cadeau d'anniversaire de Trencher, me dit-elle. J'étais furieux d'avoir oublié l'anniversaire de ma femme, et les roses de Trencher me contrarièrent. Je lui demandai si elle l'avait vu récemment.

« Oh oui, répondit-elle. Il continue de venir au square presque tous les après-midi. Je ne te l'avais pas dit ? Il m'a déclaré sa flamme. Il m'aime. Il ne peut pas vivre sans moi. Il franchirait un rideau de flammes pour entendre les notes de ma voix. »

Elle se mit à rire.

« C'est ce qu'il m'a dit.

— Quand t'a-t-il dit cela ?

— Au square. Et en me raccompagnant à la maison. Hier.

— Depuis combien de temps sait-il qu'il t'aime ?

— C'est le plus drôle de toute l'histoire, répondit-elle. Il le savait avant même de me rencontrer chez les Newsome. Il m'avait vue attendre le bus à peu près trois semaines plus tôt. Il a posé les yeux sur moi et, à l'entendre, il est tombé amoureux à ce moment précis, à l'instant même où il m'a vue. Il est fou, bien sûr. »

Ce soir-là, j'étais fatigué et préoccupé par des impôts et des factures, et je ne pus voir dans la déclaration d'amour de Trencher autre chose qu'une risible erreur. Je songeai qu'il était prisonnier de contingences économiques et affectives, comme tous les hommes de ma connaissance, et qu'il n'était pas plus libre de s'éprendre d'une inconnue aperçue à un coin de rue que de traverser à pied la Guinée française ou de recommencer sa vie à Chicago sous un nom d'emprunt. Sa déclaration d'amour, la scène du square, me semblèrent identiques aux rencontres de hasard qui caractérisent la vie de n'importe quelle grande ville. Un aveugle vous demande de l'aider à traverser la rue et, au moment où vous vous apprêtez à partir, il agrippe votre bras et vous livre le récit passionné de la cruauté et de l'ingratitude de ses enfants; ou encore, le liftier de l'ascenseur dans lequel vous vous rendez à une soirée vous annonce soudain que son petit-fils souffre de paralysie infantile. La ville est pleine de révélations de hasard, d'appels au secours à peine entendus, d'inconnus se livrant sans retenue au moindre signe de sympathie, et Trencher me sembla comparable à l'aveugle ou au liftier. Sa déclaration n'avait, pas plus que leurs intrusions, d'influence sur le cours de notre vie.

Les appels téléphoniques de Mrs. Trencher avaient cessé, et nous avions cessé de voir les Trencher; mais j'apercevais parfois le mari dans le bus, le matin, lorsque j'étais en retard pour le bureau. Il semblait gêné de me voir, ce qui est compréhensible, mais à cette heure-là le bus était toujours bondé et il n'était pas difficile de nous éviter. De plus, à cette époque, je commis une faute professionnelle et la société qui m'emploie perdit plusieurs milliers de dollars. Je ne risquais pas vraiment de perdre mon travail, mais cette éventualité ne quittait jamais mes pensées ; l'incident en question, et l'obligation de gagner toujours plus d'argent, balayèrent le souvenir de l'excentrique médecin. Trois semaines s'écoulèrent sans qu'Ethel fît allusion à lui. Puis un soir, alors que je lisais, je remarquai que ma femme était immobile à la fenêtre et regardait dans la rue.

« Il est vraiment là, murmura-t-elle.

— Qui ?

— Trencher. Viens voir. »

J'allai à la fenêtre. Seules trois personnes se trouvaient sur le trottoir d'en face. Il faisait sombre et il aurait été difficile de reconnaître qui que ce soit, mais comme l'un de ces passants, qui se dirigeait vers l'angle de la rue, tenait un teckel en laisse, il aurait pu s'agir de Trencher.

« Eh alors ? demandai-je. Il promène simplement son chien.

— Mais il ne le promenait pas quand je me suis mise à la fenêtre. Il était immobile, les yeux fixés sur l'immeuble. C'est ce qu'il m'a dit. Il m'a dit qu'il venait ici et qu'il contemplait nos fenêtres éclairées.

— Quand t'a-t-il dit ça ?

— Au square.

— Je croyais que tu avais changé de square.

— Oh, je l'ai fait, je l'ai fait, mais il m'a retrouvée. Il est fou, mon chéri. Je sais qu'il est fou, mais il me fait tellement de peine ! Il m'a dit qu'il passait toutes ses soirées à contempler nos fenêtres. Il m'a dit qu'il me voyait partout — ma nuque, mes sourcils, qu'il entendait ma voix. Il m'a dit qu'il n'avait jamais fait de compromis de sa vie et qu'il n'en ferait pas aujourd'hui. Il me fait tellement de peine, mon chéri! Je ne peux pas m'empêcher de le plaindre. »

Alors, pour la première fois, la situation me parut grave, car je savais que Trencher avait peut-être, dans son désarroi, éveillé le sentiment passionnel, inestimable et opiniâtre qu'Ethel partage avec d'autres femmes — leur impuissance à faire la sourde oreille à un appel à l'aide, à une voix jugée pitoyable. Ce n'est pas un sentiment raisonnable, et j'aurais presque préféré qu'elle le désire plutôt qu'elle l'ait pris en pitié.

Alors que nous nous apprêtions à aller nous coucher, ce soir-là, le téléphone sonna. Quand je décrochai et dis « allô », personne ne répondit. Un quart d'heure plus tard, il sonna de nouveau; devant le silence, cette fois-ci, je me mis à vociférer et à insulter Trencher, mais il ne répondit pas — je n'entendis même pas le cliquetis indiquant qu'une communication avait été établie — et j'eus le sentiment d'être un imbécile. Alors j'accusai Ethel de l'avoir encouragé, de l'avoir séduit, mais mes accusations ne la touchèrent pas. Quand je me tus, je me sentais plus mal encore, car je savais qu'elle n'était pas en faute, qu'elle devait sortir pour faire les commissions et faire prendre l'air aux enfants, et qu'aucune loi n'empêchait Trencher de l'attendre ou de contempler les lumières de notre appartement.

Un soir de la semaine suivante, nous allâmes chez les Newsome. Au moment où nous enlevions nos manteaux, j'entendis la voix de Trencher. Il s'en fut quelques minutes après notre arrivée, mais son attitude — le regard triste qu'il lança à Ethel, la façon dont il m'évita, le refus chagrin qu'il opposa aux Newsome quand ceux-ci le pressèrent de rester plus longtemps, les attentions galantes qu'il prodiguait à sa pauvre femme — m'emplit de colère. Alors je regardai Ethel, et je remarquai que son teint s'était enflammé, que ses yeux brillaient et qu'elle avait l'esprit ailleurs tandis qu'elle complimentait Mrs. Newsome sur ses nouvelles chaussures.

Quand nous rentrâmes, cette nuit-là, la babysitter nous annonça avec irritation qu'aucun des enfants n'avait dormi. Ethel prit leur température. Carol allait bien, mais le garçon avait 38° de fièvre. Nous ne dormîmes pas beaucoup cette nuit-là, ni l'un ni l'autre, et, le lendemain matin, Ethel m'appela au bureau pour me dire que Carl avait une bronchite. Trois jours plus tard, sa sœur l'attrapa à son tour.

Pendant les deux semaines qui suivirent, les enfants malades accaparèrent la majeure partie de notre temps. Il fallait leur donner des médicaments à 11 heures du soir et à 3 heures du matin, et nous ne pouvions beaucoup dormir. Il était impossible d'aérer ou de faire le ménage, et lorsque je rentrais de l'arrêt de bus dans le froid, il flottait dans l'appartement des relents désagréables de sirop pour la toux et de tabac, de trognons de fruits et de fièvre. Des couvertures, des oreillers, des cendriers et des verres emplis d'un fond de médicament traînaient partout. Nous nous partagions raisonnablement les tâches de garde-malade et nous nous levions à tour de rôle la nuit, mais il m'arrivait souvent de m'assoupir devant mon bureau durant la journée et, après dîner, Ethel s'endormait dans un fauteuil du salon. La fatigue semble différer, pour les adultes et les enfants, en ceci seulement que les adultes la reconnaissent et ne sont donc pas submergés par quelque chose qu'ils ne peuvent nommer; mais même ainsi, ils en sont submergés, et quand nous sommes fatigués nous devenons déraisonnables, irritables et victimes d'abattements passagers.

Un soir, après que le pire de la maladie fut passé, je trouvai des roses dans le salon à mon retour du bureau. Ethel me dit que Trencher les lui avait apportées. Elle ne l'avait pas laissé entrer; elle lui avait refermé la porte au nez. Je pris les roses et les jetai. Nous ne nous disputâmes pas. Les enfants allèrent au lit à 9 heures, et quelques minutes après, j'allai me coucher. Un peu plus tard, je me réveillai.

Une lampe était allumée dans le couloir. Je me levai. La chambre des enfants et le salon étaient plongés dans l'obscurité. Je trouvai Ethel dans la cuisine, assise à la table, buvant du café.

« Je viens de faire du café, dit-elle. Carol avait de nouveau la gorge prise, et je lui ai fait une inhalation. Ils dorment tous les deux maintenant.

— Depuis combien de temps es-tu levée ?

— Depuis minuit et demi. Quelle heure est-il ?

— 2 heures. »

Je me versai une tasse de café et m'assis. Elle se leva de table, rinça sa tasse et se regarda dans la glace accrochée au-dessus de l'évier. C'était une nuit venteuse. Un chien hurlait dans un appartement au-dessous du nôtre, et une antenne de radio tapait contre la fenêtre de la cuisine.

« On croirait entendre une branche », dit Ethel.

Dans la lumière crue de la cuisine, destinée à l'épluchage des pommes de terre et à la vaisselle, elle paraissait très fatiguée.

« Les enfants pourront-ils sortir demain ?

— Oh, je l'espère bien. Te rends-tu compte que cela fait plus de deux semaines que je ne suis pas sortie de cet appartement ? »

Sa voix était amère, et j'en fus surpris.

« Cela ne fait pas deux semaines.

— Cela fait plus de deux semaines, rétorqua-t-elle.

— Eh bien, voyons un peu, dis-je. Les enfants sont tombés malade un samedi soir. C'était le 4. Demain, nous serons le...

— Oh, arrête, arrête ! Je sais combien de temps

cela fait. Je n'ai pas mis mes chaussures depuis deux semaines.

— À t'entendre, on croirait que c'est une chose terrible.

— Ça l'est. Depuis deux semaines, je n'ai pas porté de robe correcte et je ne me suis pas coiffée.

— Ça pourrait être pire.

— Les cuisinières de ma mère menaient une vie plus agréable.

— J'en doute.

— Les cuisinières de ma mère menaient une vie plus agréable, répéta-t-elle d'une voix forte.

— Tu vas réveiller les enfants.

— Les cuisinières de ma mère menaient une vie plus agréable. Elles avaient des chambres douillettes. Personne ne pouvait entrer dans la cuisine sans leur permission. »

Elle jeta le marc de café dans la poubelle et entreprit de laver la cafetière.

« Combien de temps Trencher est-il resté ici cet après-midi ?

— Une minute. Je te l'ai déjà dit.

— Je ne te crois pas. Il est entré.

— C'est faux. Je ne l'ai pas laissé entrer. Je ne l'ai pas laissé entrer parce que j'étais affreuse. Je ne voulais pas le décourager.

— Mais pourquoi ?

— Je ne sais pas. Il est peut-être fou. Il est peut-être malade, mais ce qu'il me dit me fait une impression merveilleuse ; il me fait une impression merveilleuse.

— Est-ce que tu veux t'en aller ?

— M'en aller ? Où irais-je ? »

Elle saisit le sac à main qui sert à payer les commissions et qu'elle range dans la cuisine, et y compta deux dollars et trente-cinq cents.

« Ossining ? Montclair ?

— Je voulais dire avec Trencher.

— Je ne sais pas, je ne sais pas — mais qui peut

dire que je ne le devrais pas ? Quel mal cela ferait-il ? Quel bien cela ferait-il ? Qui sait ? J'aime les enfants mais ce n'est pas suffisant, loin de là. Je ne leur ferais jamais de mal, mais leur ferais-je tant de mal que cela si je te quittais ? Un divorce est-il une chose si terrible ? Et de toutes les choses qui cimentent un mariage, combien sont positives ? »

Elle se rassit à table.

« À Grenoble, reprit-elle, j'avais rédigé un long essai sur Charles Stuart en français. Un professeur de l'université de Chicago m'avait écrit une lettre. Aujourd'hui, je serais incapable de lire un journal français sans dictionnaire, je n'ai pas le temps de lire un quelconque journal, et j'ai honte de mon ignorance, j'ai honte de l'allure que j'ai. Oh, je suppose que je t'aime, et j'adore les enfants, mais je m'aime, j'aime ma vie, j'y vois de la valeur et des promesses, et les roses de Trencher me donnent le sentiment que je suis en train de perdre tout cela, de perdre toute estime de moi-même. Sais-tu ce dont je parle, comprends-tu ce dont je parle ?

— Il est fou, répliquai-je.

— Sais-tu ce dont je parle ? Comprends-tu ce dont je parle ?

— Non, dis-je. Non. »

Carl s'éveilla et appela sa mère. Je dis à Ethel d'aller se coucher. J'éteignis la lampe de la cuisine, et j'allai dans la chambre des enfants.

Le lendemain, les enfants se sentaient mieux et, comme c'était un dimanche, je les emmenai en promenade. Le soleil de l'après-midi était doux et limpide, et seules les ombres colorées me rappelaient qu'on était au milieu de l'hiver, que les paquebots de croisière étaient sur le chemin du retour et que, dans une semaine, les jonquilles se vendraient à vingt-cinq cents la botte. Alors que nous nous promenions sur Lexington Avenue, nous entendîmes le son grave d'un orgue d'église émaner du ciel ; à l'image des autres badauds, nous levâmes vers le ciel un regard empli de dévotion et de stupeur, comme une congrégation pieuse et stupide, et nous vîmes une formation de lourds bombardiers se diriger vers la mer. Le soir tombant, l'air devint froid, clair et immobile ; dans cette immobilité, les fumées s'échappant des cheminées des usines implantées le long de l'East River semblaient composer des mots et des phrases entières, aussi claires que celles de l'avion de la publicité Coca-Cola. Paradis. Désastre. Il était difficile d'en comprendre le sens. Cela semblait être la pire période de l'année — un jour terrible pour les gastrites, les sinus et les maladies respiratoires — et, me souvenant d'autres hivers, le jeu des lumières me convainquit que c'était la saison des divorces. Ce fut un long après-midi, et je ramenai les enfants à la maison avant la nuit.

Je pense que la gravité de la journée les avait impressionnés ; de retour chez nous, ils se tinrent tranquilles. Cette gravité me revenait sans cesse à l'esprit, et j'avais le sentiment que le changement qui s'opérait affectait — tel un phénomène de vitesse — nos montres autant que nos cœurs. J'essayais de me souvenir de l'empressement avec lequel Ethel avait suivi mon régiment pendant la guerre, de l'ouest de la Virginie jusqu'en Caroline et dans l'Oklahoma, les trains et les chambres meublées dans lesquelles elle avait vécu, et la rue de San Francisco où je lui avais fait mes adieux avant de quitter le pays ; mais je ne pouvais traduire tout cela en mots, et aucun de nous ne savait quoi dire. À la tombée de la nuit, les enfants prirent leur bain et allèrent se coucher, et nous passâmes à table. À 9 heures, la sonnette retentit. Reconnaissant la voix de Trencher dans l'interphone, je lui dis de monter.

Quand il apparut, il semblait confus et exalté. Il trébucha sur la lisière du tapis.

« Je sais que je ne suis pas le bienvenu, lança-t-il

d'une voix sonore, comme si j'étais sourd. Je sais que vous n'aimez pas me voir ici. Je respecte vos sentiments. C'est votre foyer. Je respecte les sentiments qu'un homme éprouve pour son foyer. En règle générale, je ne vais pas chez un homme à moins qu'il ne m'y invite. Je respecte votre foyer. Je respecte votre mariage. Je respecte vos enfants. Je crois que les choses devraient être dévoilées au grand jour. Je suis venu vous dire que j'aime votre femme.

— Sortez, ordonnai-je.

— Vous devez m'écouter. J'aime votre femme. Je ne peux pas vivre sans elle. J'ai essayé, et je ne peux pas. J'ai même envisagé de partir — d'aller m'installer sur la côte ouest —, mais je sais que cela ne changera rien. Je veux l'épouser. Je ne suis pas un homme romantique. Je suis pragmatique, très pragmatique. Je sais que vous avez deux enfants et peu d'argent. Je sais qu'il faudra régler des problèmes de garde d'enfants, de partage des biens et ainsi de suite. Je ne suis pas romantique, je suis réaliste. J'ai parlé de tout cela avec Mrs. Trencher ; elle accepte de m'accorder le divorce. Je ne suis pas sournois. Votre femme peut vous le dire. Je suis conscient des aspects pratiques qu'il faut prendre en considération — la garde des enfants, le partage des biens et ainsi de suite. J'ai beaucoup d'argent. Je peux offrir à Ethel tout ce dont elle a besoin, mais il y a la question des enfants. Vous devrez la régler entre vous. J'ai ici un chèque. Il est au nom d'Ethel. Je veux qu'elle le prenne et qu'elle aille dans le Nevada. Je suis un homme pragmatique, et je comprends parfaitement qu'aucune décision ne peut être prise avant qu'elle n'ait obtenu le divorce.

— Sortez d'ici ! dis-je. Foutez le camp ! »

Il se dirigea vers la porte. Un géranium en pot se trouvait sur le manteau de cheminée, et je le lançai dans la direction de Trencher d'un bout à l'autre de la pièce. Le pot l'atteignit au niveau des reins et faillit le jeter à terre. Il se brisa et Ethel jeta un cri. Trencher n'était pas encore sorti de l'appartement. Lui emboîtant le pas, je m'emparai d'un chandelier et le lançai en direction de sa tête, mais le chandelier le manqua et rebondit sur le mur.

« Foutez-moi le camp d'ici ! » hurlai-je, et il claqua la porte.

Je retournai dans le salon. Ethel était pâle, mais elle ne pleurait pas. De violents coups ébranlèrent le radiateur, un signal que nous envoyaient les locataires de l'étage supérieur pour réclamer civilité et silence — péremptoire et éloquent, comme les communications que les prisonniers s'adressent par le biais de la plomberie dans un pénitencier. Puis tout fut silencieux.

Nous allâmes nous coucher. Je m'éveillai dans le courant de la nuit. Je ne pouvais voir le réveil posé sur la coiffeuse, et j'ignorais quelle heure il était. Aucun bruit ne parvenait de la chambre des enfants. Le quartier était parfaitement silencieux. Aucune fenêtre n'était allumée nulle part. Puis je sus que je m'étais réveillé à cause d'Ethel. Elle était allongé de son côté du lit, et elle pleurait.

« Pourquoi pleures-tu ? demandai-je.

— Pourquoi je pleure ? répéta-t-elle. Pourquoi je pleure ? »

Le fait d'entendre ma voix et de parler relança ses pleurs, et elle se mit à sangloter amèrement. Elle s'assit au bord du lit, glissa ses bras dans les manches d'un peignoir et chercha un paquet de cigarettes à tâtons sur la table de chevet. Quand elle alluma une cigarette, j'aperçus son visage mouillé de larmes. Je l'entendis se déplacer dans le noir.

« Pourquoi pleures-tu ?

— Pourquoi je pleure ? Pourquoi je pleure ? répéta-t-elle avec impatience. Je pleure parce que j'ai vu une vieille femme talocher un petit garçon sur la 3ᵉ Avenue. Elle était ivre. Je n'arrive pas à l'oublier. »

Elle s'empara de la couette posée au pied de notre lit, et se dirigea vers la porte.

« Je pleure parce que mon père est mort quand j'avais douze ans, et que ma mère a épousé un homme que je détestais ou que je croyais détester. Je pleure parce que j'ai dû porter une vilaine robe — une robe de seconde main — dans une soirée, il y a vingt ans, et que je ne me suis pas amusée. Je pleure à cause d'une méchanceté dont je n'arrive pas à me souvenir. Je pleure parce que je suis fatiguée ; parce que je suis fatiguée et que je n'arrive pas à dormir. »

Je l'entendis s'allonger sur le canapé, puis le silence revint.

J'aime à penser que les Trencher ont quitté la ville, mais j'aperçois encore Trencher de temps à autre dans le bus quand je suis en retard pour le bureau. Il m'arrive aussi de voir sa femme entrer dans la bibliothèque du quartier avec Fräulein. Elle ressemble à une vieille femme. Je ne suis pas doué pour évaluer l'âge des gens, mais je ne serais pas surpris que Mrs. Trencher ait quinze ans de plus que son mari. Quand je rentre à la maison, le soir, Ethel est assise comme toujours sur le tabouret près de l'évier, épluchant des légumes. Nous allons ensemble dans la chambre des enfants. La lumière y est éclatante. Les enfants ont construit quelque chose avec un cageot d'oranges, quelque chose de ridicule et d'ambitieux, et leur douceur, leur propension à construire, l'éclat de la lumière, se reflètent parfaitement — et sont décuplés — sur le visage d'Ethel. Puis elle les fait manger, leur donne leur bain, met la table, et demeure un instant immobile au milieu de la pièce, essayant de faire le lien entre la soirée et le jour écoulé. Puis c'est fini. Elle allume les quatre bougies, et nous passons à table.

INSOMNIE

Ceci se passa durant l'été. Je me souviens qu'il faisait très chaud, aussi bien à New York que dans la banlieue où nous vivions. Ma femme et moi nous étions disputés et Rachel s'en était allée au volant du break en emmenant les enfants. Quand le rôdeur apparut — ou, du moins, quand je pris conscience de sa présence —, ils avaient quitté la maison depuis environ deux semaines, mais leur départ et son arrivée me semblèrent liés. Le départ de Rachel était censé être définitif. Elle m'avait déjà quitté à deux reprises — la deuxième fois, nous avions divorcé puis nous étions remariés — et j'avais chaque fois accueilli son départ avec un sentiment qui était loin d'être de la gaieté, mais également avec le regain d'audace et d'estime de soi qui semble récompenser l'acceptation d'une vérité douloureuse. Comme je l'ai dit, c'était l'été, et en un sens j'étais heureux qu'elle ait choisi cette période de l'année pour rompre. Cela semblait nous éviter à tous deux la nécessité immédiate de légaliser notre séparation. Nous avions vécu ensemble — bon an mal an — durant treize ans ; nous avions trois enfants, et des finances étroitement imbriquées. Je pense qu'elle devait trouver son compte, tout comme moi, à laisser les choses en suspens jusqu'en septembre ou octobre.

J'étais heureux que la séparation survienne en été car mon travail est très astreignant à cette période de l'année et le soir, je suis généralement trop fatigué pour penser à quoi que ce soit. J'avais également remarqué que l'été était la saison durant laquelle je supportais le mieux la solitude. En outre, je m'attendais à ce que Rachel obtienne le pavillon une fois nos affaires réglées; or j'aimais notre maison, et je pensais que ces jours seraient les derniers que j'y passerais. Il y eut quelques symptômes mineurs de trouble domestique. Tout d'abord le chien s'enfuit, puis ce fut au tour du chat. Puis un soir, en rentrant à la maison, je trouvai Maureen, la bonne, ivre morte. Elle me confia que son mari, tandis qu'il se trouvait avec l'armée d'occupation en Allemagne, était tombé amoureux d'une autre femme. Elle sanglota. Elle tomba à genoux. Cette scène, se déroulant dans une maison anormalement dépeuplée de femme et d'enfants par un soir d'été, était grotesque, et c'est ce genre de grotesque, je le sais, qui peut détruire votre résolution. Je lui fis une tasse de café, je lui donnai deux semaines de salaire et la reconduisis chez elle. Quand nous nous dîmes adieu, elle semblait sobre et avoir repris ses esprits, et j'eus le sentiment que le ridicule de la scène pourrait être oublié. Après cela, j'organisai un programme simple que j'espérais pouvoir suivre jusqu'à l'automne.

Il est possible de guérir d'un mariage romantique, sensuel et désastreux, décidai-je, et, comme tout homme souffrant de dépendance et plongé dans les affres d'une cure, on doit considérer chaque chose avec une prudence extrême. Je résolus de ne pas répondre au téléphone, car je savais que Rachel pourrait se repentir et je connaissais, alors, l'importance et la nature des choses qui pourraient nous réconcilier. S'il pleuvait durant cinq jours, si l'un des enfants souffrait d'une fièvre passagère, si elle recevait quelque triste nouvelle dans une lettre... N'importe quel incident de cet ordre pouvait suffire pour qu'elle me téléphonât, et je ne voulais pas être tenté de renouer le fil d'une relation qui avait été si désastreuse. Les premiers mois seront semblables à une cure, songeai-je, et je planifiai mes journées avec cette pensée en tête. Je prenais le train de 8 h 10 pour la ville et revenais avec celui de 18 h 30. J'avais la sagesse d'éviter la maison vide dans le crépuscule estival, et je me rendais directement du parking de la gare à un bon restaurant nommé Orpheo's. Il y avait généralement là quelqu'un à qui parler, et je buvais un ou deux Martini et mangeais un steak. Puis je me rendais au cinéma drive-in de Stonybrook et j'assistais aux deux séances. Tout cela — les Martini, le steak, le cinéma — était destiné à induire une sorte d'anesthésie, et cela portait ses fruits. Je ne voulais voir personne hormis mes collègues de travail.

Mais je ne dors pas très bien dans un lit vide, et il me fallait faire face au problème de l'insomnie. Lorsque je rentrais du cinéma, je m'endormais, mais seulement pour quelques heures. J'essayais de tirer le meilleur parti de l'insomnie. S'il pleuvait, je prêtais l'oreille à la pluie et au tonnerre. S'il ne pleuvait pas, j'écoutais la rumeur lointaine des camions sur l'autoroute, un bruit qui me rappelait la Dépression, l'époque où j'avais passé quelque temps sur la route. Les camions déboulaient en trombe sur l'autoroute avec leur chargement de poulets ou de boîtes de conserve, de lessive ou de meubles. Dans mon esprit, ce bruit évoquait les ténèbres, les ténèbres et les phares — et la jeunesse, je suppose, puisqu'il me semblait agréable. Parfois, la rumeur de la pluie ou du trafic me distrayait et je parvenais à me rendormir ; mais une nuit, rien de tout cela ne marcha et, à

3 heures du matin, je décidai de descendre lire au rez-de-chaussée.

J'allumai la lumière dans le salon et passai en revue les livres de Rachel. J'en choisis un d'un auteur dénommé Lin Yutang et je m'assis sur le canapé, sous une lampe. Notre salon est confortable. Le livre semblait intéressant. Je me trouvais dans un quartier où la plupart des portes d'entrée ne sont pas fermées à clef, dans une rue qui, durant les nuits d'été, est extrêmement paisible. Tous les animaux y sont apprivoisés et les seuls oiseaux que j'aie jamais entendus sont quelques chouettes, très loin, près de la voie de chemin de fer. Tout était donc très calme. J'entendis le chien des Bartow aboyer, brièvement, comme s'il avait été réveillé par un cauchemar; puis les aboiements cessèrent. Tout était de nouveau silencieux. Alors j'entendis, tout près de moi, un pas et une toux.

Je sentis ma chair se durcir — vous connaissez cette sensation — mais je ne levai pas les yeux de mon livre, bien que je me sentisse observé. L'intuition et les choses de ce genre existent peut-être, mais je préfère ne pas en tenir compte, et pourtant, sans lever les yeux du livre, je savais non seulement que l'on m'observait mais également que l'on m'observait par la baie située de l'autre côté du salon, dans l'intention de m'épier et de violer mon intimité. Le fait de me trouver assis sous une vive lumière, environné de pénombre, me donna le sentiment d'être sans défense. Je tournai une page et feignis de continuer à lire. Puis une peur, bien plus violente que la peur du pauvre idiot derrière la fenêtre, s'empara de moi. J'eus peur que la toux, les bruits de pas et l'impression d'être observé ne proviennent de mon imagination. Je levai les yeux.

Je le vis, je le vis clairement, et je pense que telle était son intention; il arborait un large sourire.

J'éteignis la lampe, mais il faisait trop sombre au-dehors et mes yeux étaient trop accoutumés à la vive lumière pour me permettre de discerner une silhouette contre la vitre.

Je me précipitai dans le couloir et j'allumai les lanternes situées de part et d'autre de la porte d'entrée (la lumière qu'elles diffusaient n'était pas très puissante, mais elle me suffirait à discerner quiconque traverserait la pelouse) mais lorsque je retournai à la fenêtre le jardin était désert, et je ne vis personne à l'endroit où il s'était tenu. Il aurait pu se dissimuler dans une multitude d'endroits. Il y a près de l'allée un épais massif de seringas qui pourrait cacher un homme, ainsi que le lilas et l'érable. Je n'allais pas dégainer le vieux sabre de samouraï et le pourchasser. Pas moi. J'éteignis les lanternes et demeurai immobile dans l'obscurité, me demandant qui cela pouvait bien être.

Je n'avais jamais eu affaire aux rôdeurs nocturnes, mais je savais qu'ils existent, et je songeai qu'il s'agissait probablement de quelque vieux cinglé habitant les rangées de bicoques bordant la voie ferrée ; et, peut-être à cause de ma détermination et de mon besoin de considérer la situation sous un jour agréable — ou ne serait-ce que rassurant —, je parvins même à songer avec compassion au vieil homme qui, mû par la sénilité, s'en allait de chez lui et errait la nuit dans un quartier inconnu, à la merci des chiens et des policiers, pour n'être finalement gratifié que de la vue d'un homme lisant Lin Yutang, d'une femme administrant des cachets à un enfant malade ou de quelqu'un mangeant du chili con carne à même le réfrigérateur. Alors que je gravissais l'escalier obscur, j'entendis le tonnerre et, un instant plus tard, un flot de pluie estivale s'abattit sur la région. J'eus une pensée pour le pauvre rôdeur et la longue marche qui le ramenait chez lui sous l'orage.

Il était alors plus de 4 heures et je restai étendu dans les ténèbres, prêtant l'oreille à la pluie et écoutant passer les trains du matin. Ils venaient de Buffalo, de Chicago et de l'Ouest, traversaient Albany et poursuivaient leur route le long du fleuve dans le petit matin. Un jour ou l'autre, j'avais voyagé dans la plupart d'entre eux ; étendu dans les ténèbres, je me remémorais l'air glacial des wagons Pullman, l'odeur des vêtements de nuit, le goût de l'eau du wagon-restaurant, et la sensation que l'on éprouve quand on voit le soleil se coucher à Cleveland ou Chicago et l'aube se lever à New York, surtout si on en a été absent durant quelques années, et surtout en été. J'imaginais les wagons plongés dans les ténèbres sous la pluie, les tables préparées pour le petit déjeuner et les senteurs qui flottaient dans l'air.

Le lendemain, j'avais très sommeil, mais j'accomplis mon travail et je somnolai dans le train qui me ramenait chez moi. J'aurais sans doute pu m'endormir alors, mais je ne voulais prendre aucun risque et je me conformai à la routine habituelle, allant chez Orpheo's puis au cinéma. Je vis deux films exécrables. Les images me plongèrent dans un état d'hébétude, et je m'endormis dès que je me mis au lit, mais le téléphone me réveilla. Il était 2 heures du matin. Je restai allongé dans mon lit jusqu'à ce qu'il cesse de sonner. Je savais que j'étais trop éveillé alors pour qu'aucun des bruits de la nuit — vent ou trafic — puisse me bercer, et je descendis. Je ne pensais pas que le voyeur reviendrait, mais ma lampe brillait d'un éclat trop vif dans l'obscurité du quartier ; j'allumai l'une des lanternes de la porte d'entrée puis m'installai de nouveau, le roman de Lin Yutang entre les mains. Lorsque j'entendis le chien des Bartow aboyer, je posai mon livre et regardai la baie pour m'assurer que le voyeur n'apparaissait pas, ou — si c'était le cas — pour le voir avant qu'il ne me vît.

Je ne vis rien, absolument rien, mais après quelques minutes je ressentis ce terrible durcissement de la chair, cette certitude absolue d'être observé. Je repris mon livre, non parce que j'avais l'intention de lire, mais parce que je voulais lui montrer que son retour me laissait indifférent. Bien sûr, il y avait de nombreuses autres fenêtres dans la pièce, et je me demandai un instant derrière laquelle il s'était posté cette nuit-là. Alors je le devinai, et le fait qu'il soit derrière moi, qu'il soit dans mon dos, m'emplit de frayeur et d'exaspération ; je me levai d'un bond sans éteindre la lampe, et je vis son visage dans l'étroite fenêtre surplombant le piano.

« Foutez le camp d'ici ! criai-je. Elle est partie ! Rachel est partie ! Il n'y a rien à voir ! Laissez-moi tranquille ! »

Je me précipitai vers la fenêtre, mais il avait disparu. Alors, parce que j'avais hurlé à pleins poumons dans une maison vide, je songeai que j'étais peut-être en train de perdre la raison. Je me dis à nouveau que j'avais peut-être imaginé le visage derrière la vitre. J'allai chercher la lampe torche, et je sortis.

Sous l'étroite fenêtre se trouvait un parterre de fleurs. Je l'examinai dans le faisceau de la lampe torche ; il s'était trouvé là, cela ne faisait aucun doute. Il y avait des empreintes de pas dans la terre, et le rôdeur avait écrasé quelques fleurs. Je suivis ses traces jusqu'à la bordure de la pelouse, où je trouvai une pantoufle en cuir. Elle était un peu craquelée et usée ; je me fis la réflexion qu'elle appartenait peut-être à un vieil homme, mais certainement pas à un domestique. Je lançai la pantoufle par-dessus la haie, en direction du tas de compost des Bartow. Puis je rentrai, j'éteignis les lampes et je montai à l'étage.

Au cours de la journée suivante, je songeai une ou deux fois à appeler la police, mais je ne pus m'y résoudre. L'idée me traversa de nouveau l'esprit le soir venu, alors que je me tenais au bar d'Orpheo's en attendant que l'on cuise mon steak. La situation, en apparence, était ridicule, et j'en avais conscience; mais la peur d'apercevoir de nouveau son visage derrière la vitre était bien réelle et ne faisait que croître. Je ne voyais pas pourquoi j'aurais dû le supporter, en particulier à une période où je tentais de réviser toutes mes habitudes. Au-dehors, la nuit tombait. Alors j'allai à la cabine téléphonique et j'appelai le poste de police. Stanley Madison, qui dirige parfois la circulation à la gare, me répondit. Il laissa échapper un « oh » lorsque je lui dis que je voulais dénoncer un rôdeur. Il me demanda si Rachel était à la maison. Puis il déclara que la commune, depuis son incorporation en 1916, n'avait jamais enregistré une telle plainte. Il s'exprimait avec l'orgueil compréhensible que nous éprouvons tous vis-à-vis du quartier. Je m'étais attendu à me retrouver en position délicate, mais Stanley s'exprimait comme si je tentais délibérément de nuire à des valeurs immobilières. Il ajouta qu'un escadron de police de cinq hommes était insuffisant, qu'ils étaient sous-payés et surmenés, et que, si je désirais qu'un garde soit posté près de ma maison, je devais me déclarer en faveur d'un élargissement des forces de police à la prochaine réunion du conseil municipal. Il essayait de donner l'impression de n'être pas hostile et termina la conversation en me demandant des nouvelles de Rachel et des enfants; mais lorsque je quittai la cabine téléphonique, j'eus le sentiment d'avoir commis une erreur.

Cette nuit-là, un violent orage éclata au beau milieu du film et il plut jusqu'au matin. J'imagine que la tempête garda le rôdeur chez lui, car je ne l'entendis pas, et je ne le vis pas davantage. Mais il revint le lendemain soir. Je l'entendis arriver à

3 heures environ et partir une heure plus tard, mais je ne levai pas les yeux de mon livre. Je me faisais la réflexion qu'il s'agissait sans doute d'un casse-pieds inoffensif et que, si seulement je le connaissais — si seulement je connaissais son nom —, il perdrait tout pouvoir de m'irriter. Je pourrais reprendre en toute quiétude le programme de ma cure. Je remontai à l'étage en m'interrogeant toujours sur son identité. J'étais presque certain qu'il habitait le quartier. Je me demandai si l'un de mes amis ou voisins hébergeait un proche un peu fêlé pour l'été. Je passai en revue les noms de toutes mes connaissances, essayant de les associer avec quelque oncle ou grand-père excentrique. Si je pouvais dissocier l'inconnu de la nuit des ténèbres, me disais-je, les choses rentreraient dans l'ordre.

Le matin venu, lorsque je me rendis à la gare, je fendis la foule amassée sur le quai en cherchant des yeux un inconnu susceptible d'être le coupable. Même si je n'avais eu de son visage qu'une vision imprécise, j'avais le sentiment que je pourrais le reconnaître. Puis je vis l'homme que je cherchais. C'était aussi simple que cela. Il attendait sur le quai le train de 8 h 10, comme nous tous ; mais ce n'était pas un inconnu.

C'était Herbert Marston, qui habite la grande villa jaune située sur Blenhollow Road. S'il avait subsisté une quelconque interrogation dans mon esprit, elle aurait été dissipée par l'expression qu'adopta son visage quand il vit que je l'avais reconnu. Il eut l'air effrayé, et coupable. Traversant le quai, je me dirigeai vers lui dans l'intention de lui parler.

« Cela ne me dérange pas que vous regardiez à travers mes fenêtres la nuit, Mr. Marston, m'apprêtai-je à dire d'une voix assez forte pour le gêner, mais j'aimerais bien que vous ne piétiniez pas les fleurs de ma femme. »

Puis je m'arrêtai, voyant qu'il n'était pas seul. Il se trouvait avec sa femme et sa fille. Je les dépassai et m'installai dans l'angle de la salle d'attente pour observer leur famille.

Il n'y avait rien d'anormal dans les traits de Mr. Marston, ni — lorsqu'il vit que j'allais le laisser tranquille — dans son attitude. C'est un homme aux cheveux grisonnants, d'une taille un peu supérieure à la moyenne, dont le visage anguleux a dû être séduisant lorsqu'il était plus jeune. L'idée qu'une âme pervertie se trahit par des spasmes, des tics et autres infirmités, est profondément ancrée dans les esprits. J'en fis le deuil ce matin-là, quand je cherchai une marque quelconque sur le visage de Mr. Marston. Il avait l'air d'un homme reposé, solvable et intègre — bien plus que Chuck Ewing, qui cherchait un emploi, ou que Larry Spencer, dont le fils avait la polio, ou qu'une douzaine d'autres hommes qui patientaient sur le quai.

Je regardai sa fille, Lydia. Lydia est l'une des plus jolies filles de notre quartier. J'avais pris le train en sa compagnie une ou deux fois, et je savais qu'elle effectuait des tâches de secrétariat bénévole pour la Croix-Rouge. Ce matin-là elle portait une robe bleue, ses bras étaient nus, et elle semblait si fraîche, belle et douce que je ne lui aurais fait honte ou ne l'aurais blessée pour rien au monde.

Alors je regardai Mrs. Marston ; si les stigmates se trouvaient quelque part, c'était sur son visage, bien que je ne comprenne pas pourquoi elle dût porter la croix des errements de son mari. Il faisait très chaud, mais Mrs. Marston était vêtue d'un tailleur brun et d'une fourrure usée. Son visage était olivâtre et sans grâce, mais il était plissé, même alors qu'elle guettait le train du matin, en un sourire imperméable. C'était un visage qui avait dû sembler taillé, bien longtemps auparavant, pour une passion violente, peut-être même malsaine. Mais des années de prières et d'abstinence avaient purgé cette inclination à la violence, laissant seulement quelques rides laides au coin des lèvres et des yeux, et gratifiant Mrs. Marston d'une expression de douceur inflexible et malsaine. Elle doit prier pour lui, songeai-je, pendant qu'il déambule dans les jardins en robe de chambre. J'avais souhaité découvrir qui était le voyeur mais, à présent que je le savais, je n'éprouvais pas le moindre soulagement. L'homme grisonnant, la superbe jeune fille et la femme, debout côte à côte, accrurent mon sentiment de malaise.

Ce soir-là, je décidai de m'attarder en ville et je me rendis à une soirée qui se tenait dans l'une des tours d'hôtels, très, très haut dans les airs.

Dès mon arrivée, je sortis sur la terrasse et regardai autour de moi, cherchant quelqu'un à inviter à dîner. Ce que je voulais, c'était une jolie fille chaussée d'escarpins neufs, mais il semblait que toutes les jolies filles fussent restées à la plage. Il y avait là une femme aux cheveux gris, une autre portant un chapeau à large bord et Grace Harris, une actrice que j'avais rencontrée à deux ou trois reprises. Grace Harris est une beauté, une beauté fanée, et nous n'avons jamais eu grand-chose à nous dire ; mais ce soir-là, elle m'adressa un sourire chaleureux. Il était chaleureux mais aussi très triste, et la première chose qui me traversa l'esprit fut qu'elle savait que Rachel m'avait quitté. Je lui retournai imperturbablement son sourire puis me dirigeai vers le bar, où je retrouvai Harry Purcell. Je bus quelques verres et discutai avec lui. À une ou deux reprises je balayai la pièce des yeux, et je vis chaque fois Grace Harris poser sur moi son regard triste, infiniment triste. Après m'être interrogé, je songeai qu'elle me confondait probablement avec quelqu'un d'autre. Nombre de ces beautés sans âge aux yeux violets sont à moitié aveugles, je le sais, et je me dis qu'elle ne voyait peut-être pas bien de l'autre côté de la pièce. Il se fit tard, mais personne ne m'attendait et je continuai à boire. Puis Harry se rendit aux toilettes et je restai seul au bar quelques minutes. Ce furent quelques minutes de trop. Grace Harris, qui se trouvait en compagnie de quelques personnes à l'autre bout de la pièce, vint me trouver. Elle se dirigea tout droit vers moi et posa sa main d'une blancheur de neige sur mon bras.

« Pauvre garçon, murmura-t-elle. Pauvre garçon. »

Je ne suis pas un garçon, je ne suis pas pauvre, et j'avais fichtrement envie qu'elle s'en aille. Son visage est empreint d'intelligence mais cette nuit-là, j'y perçus la force d'une grande tristesse et d'une grande malignité.

« Je vois une corde autour de votre cou », dit-elle tristement.

Puis elle ôta sa main de la manche de ma veste et quitta la pièce. J'imagine qu'elle dut partir, car je ne la revis plus. Harry regagna sa place et je ne lui racontai pas ce qui s'était passé. J'essayai de ne plus trop y penser moi-même. Je restai à la soirée plus longtemps que je ne l'aurais dû et rentrai par l'un des derniers trains.

Je me souviens que je pris un bain, que j'enfilai un pyjama et me couchai. Dès que je fermai les yeux, j'aperçus la corde. Elle s'achevait par un nœud coulant, mais j'avais toujours su ce dont Grace Harris parlait : elle avait eu la prémonition que je me pendrais.

La corde semblait descendre lentement à travers mon esprit. J'ouvris les yeux et songeai au travail que je devais accomplir le lendemain matin, mais lorsque je fermai de nouveau les paupières, il se fit un vide momentané dans lequel la corde — comme si elle avait été poussée d'une poutre —

chuta, et se balança dans l'espace. J'ouvris les yeux et pensai de nouveau au bureau ; mais quand je les refermai la corde était là, encore animée de son mouvement de balancier. Chaque fois que je fermai les yeux et que je tentai de dormir, cette nuit-là, j'eus le sentiment que le sommeil était empreint de l'angoisse de l'aveuglement. Et une fois le monde visible disparu, plus rien n'empêchait la corde arbitraire d'occuper les ténèbres. Je sortis du lit, je descendis et j'ouvris le Lin Yutang. Je lisais depuis quelques minutes à peine lorsque j'entendis Mr. Marston dans le parterre de fleurs. Je songeai que je savais enfin ce qu'il attendait de voir. Cela me terrifia. J'éteignis la lumière et me levai. Il faisait sombre derrière la vitre et je ne pouvais pas le voir. Je me demandai s'il y avait une corde à la maison. Alors je me souvins de l'amarre du canot de mon fils, à la cave. Je descendis au sous-sol.

Le canot était posé sur deux chevalets et une longue amarre y était attachée, assez longue pour qu'un homme puisse s'y pendre. Je remontai à la cuisine, pris un couteau et tranchai l'amarre du bateau. Puis je roulai quelques journaux en boule, les mis dans le poêle, ouvris l'arrivée d'air et brûlai la corde. Puis je remontai à l'étage et me glissai dans mon lit. J'avais l'impression d'être sauvé.

Je ne sais pas à quand remontait ma dernière nuit de repos. Mais le lendemain matin je n'étais pas d'aplomb, et bien que je pusse voir par la fenêtre que c'était une belle journée, je me sentais abattu. Le ciel, la lumière et le monde me semblaient vagues et distants, comme si je les distinguais de très loin. L'idée de revoir la famille Marston me révulsait, aussi je laissai passer le train de 8 h 10 et j'en pris un plus tardif. L'image de la corde me trottait toujours dans la tête et je la vis une ou deux fois au cours du trajet. Je parvins à tenir bon durant la matinée, mais lorsque je quittai le bureau à midi, j'annonçai à ma secrétaire que je ne reviendrais pas. J'avais rendez-vous pour déjeuner avec Nathan Shea au Club de l'université. J'y allai en avance et bus un Martini au bar. Je me trouvais à côté d'un vieil homme distingué qui décrivait à un ami la régularité de ses habitudes, et j'éprouvais une forte envie de l'assommer avec une coupelle de pop-corn ; mais je bus mon verre et fixai des yeux la montre du barman, qui était suspendue au long col d'une bouteille de crème de menthe blanche. Quand Shea arriva, je bus encore deux verres avec lui. Anesthésié par le gin, je parvins à tenir bon pendant le déjeuner.

Nous nous séparâmes sur la 5e Avenue. Alors, mes Martini m'ôtèrent leur soutien et j'aperçus de nouveau la corde. Il était à peu près 2 heures et l'après-midi était ensoleillé, mais le ciel me semblait sombre. J'allai à la Corn Exchange Bank et retirai cinq cents dollars. Puis j'allai chez Brook Brothers et achetai quelques cravates, une boîte de cigares, et je montai à l'étage pour regarder les costumes. Il n'y avait que peu de clients dans le magasin, et parmi eux je remarquai une jeune fille ou une jeune femme qui semblait être seule. J'imagine qu'elle faisait le tour des rayons pour son mari. Elle avait les cheveux blonds et cette sorte de peau blanche qui ressemble à une mince feuille de papier. La chaleur était accablante mais la jeune femme semblait fraîche, comme si elle avait pu préserver les bienfaits de son bain malgré le trajet en train depuis Rye ou Greenwich. Ses bras et ses jambes étaient splendides mais l'expression de son visage était raisonnable et pleine d'humour, empreinte même d'une certaine préoccupation domestique, et cette expression de bon sens semblait accentuer la beauté de ses membres. Elle s'en fut et appela l'ascenseur. Je la rejoignis et me tins à côté d'elle. Nous descendîmes ensemble et je la suivis hors du magasin, sur Madison Avenue. Le trottoir grouillait de monde et je marchai à côté d'elle. Elle me jeta un coup d'œil ; elle savait que je la suivais, mais j'étais certain que c'était le genre de femme qui n'appelait pas volontiers à l'aide. Elle attendit à l'angle d'une rue que le feu passe au vert. J'attendis à ses côtés. J'avais peine à me retenir de lui chuchoter à l'oreille d'une voix très, très douce :

« Madame, puis-je mettre ma main autour de votre cheville ? C'est tout ce que je veux, madame. Cela me sauverait la vie. »

Elle ne me regardait plus, mais je voyais qu'elle était effrayée. Elle traversa la rue et je restai à ses côtés ; et tout ce temps-là, une voix dans ma tête suppliait : « S'il vous plaît, laissez-moi mettre ma main autour de votre cheville. Cela me sauverait la vie. Je vous paierais volontiers. » Je sortis mon portefeuille et en tirai quelques billets. Alors j'entendis quelqu'un, derrière moi, crier mon nom. Je reconnus la voix joviale d'un agent publicitaire qui fréquentait nos bureaux. Je remis le portefeuille dans ma poche, traversai la rue et essayai de me perdre dans la foule.

J'allai jusqu'à Park Avenue, puis Lexington, et j'entrai dans un cinéma. Émanant de l'appareil de climatisation, un vent aigre et froid me balaya, semblable à l'air qui règne dans les Pullman que j'avais entendu longer le fleuve en provenance de Chicago et de l'Ouest. Le hall d'entrée était désert et j'eus le sentiment d'avoir pénétré dans un château ou une basilique. J'empruntai une étroite cage d'escalier qui s'élevait dans les airs puis tournait brusquement, se démarquant de la splendeur du lieu. Les paliers étaient sales et les murs étaient nus. Cet escalier m'amena jusqu'au balcon, et je restai assis dans le noir, songeant qu'à présent plus rien n'allait me sauver, qu'aucune jolie fille chaussée d'escarpins neufs ne croiserait ma route à temps.

Je rentrai chez moi en train, mais j'étais trop fatigué pour aller chez Orpheo's et assister à une séance de cinéma. J'allai directement de la gare à la maison, et je mis la voiture au garage. De là, j'entendis le téléphone sonner. J'attendis dans le jardin que la sonnerie se soit tue. Dès que j'entrai dans le salon, j'aperçus sur le mur quelques empreintes de doigts qu'avaient laissées les enfants avant leur départ. Elles étaient près des plinthes, et je dus me mettre à genoux pour les embrasser.

Puis je demeurai un long moment assis dans le salon. Je m'endormis. Lorsque je me réveillai, il était tard ; toutes les autres maisons étaient plongées dans l'obscurité. J'allumai la lumière. Le voyeur devait enfiler ses pantoufles et sa robe de chambre, songeai-je, pour entamer son errance à travers cours et jardins. Mrs. Marston devait être à genoux, en train de prier. Je saisis le Lin Yutang et commençai à lire. J'entendis les aboiements du chien des Bartow. Le téléphone se mit à sonner.

« Oh, ma chérie ! m'écriai-je lorsque j'entendis la voix de Rachel. Oh, ma chérie ! Oh, ma chérie ! »

Elle pleurait. Elle était à Seal Harbor. Il avait plu toute la semaine, et Tobey avait 38° de fièvre.

« Je pars sur-le-champ, dis-je. Je roulerai toute la nuit. Je serai là demain. Je serai là dans la matinée. Oh, ma chérie ! »

Ce fut tout. Tout était terminé. Je fis mon sac, débranchai le réfrigérateur et roulai toute la nuit. Depuis lors, nous sommes très heureux. Pour autant que je sache, Mr. Marston ne s'est plus jamais tenu dans le noir derrière les fenêtres de notre maison, bien que je l'aperçoive souvent sur le quai de la gare et au club. Sa fille Lydia se marie le mois prochain, et sa femme au teint olivâtre a été citée récemment par un organisme de bienfaisance national pour ses bonnes œuvres. Tout le monde ici se porte bien.

LES MALHEURS DU GIN

On était dimanche après-midi ; de sa chambre, Amy entendit les Bearden entrer, suivis un peu plus tard par les Farquarson et les Parminster. Elle continua à lire *L'Étalon noir* jusqu'au moment où son petit doigt lui souffla qu'ils étaient en train de manger quelque chose de bon. Alors elle referma son livre et descendit au rez-de-chaussée. La porte du salon était fermée, mais elle entendait s'en échapper des voix bruyantes et des rires. Sans doute étaient-ils en train de cancaner ou pis encore, car ils se turent tous quand elle entra dans la pièce.

« Bonjour, Amy, lança Mr. Farquarson.

— Mr. Farquarson t'a dit quelque chose, Amy, fit son père.

— Bonjour, Mr. Farquarson », répondit-elle.

En se tenant quelques instants immobile à l'écart, jusqu'à ce qu'ils se soient remis à parler, puis en se glissant à côté de Mrs. Farquarson, elle parvint à fondre sur la coupelle de cacahuètes et à en prendre une poignée.

« Amy ! s'exclama Mr. Lawton.

— Pardon, papa, murmura-t-elle en battant en retraite vers le piano.

— Repose ces cacahuètes, ordonna-t-il.

— Mais je les ai touchées, papa.

— Eh bien, fais circuler la coupelle parmi les invités, ma chérie, intervint gentiment sa mère. Quelqu'un d'autre aimerait peut-être avoir des cacahuètes. »

Amy emplit sa bouche des cacahuètes dont elle venait de s'emparer, retourna jusqu'à la table basse et fit circuler la coupelle.

« Merci, Amy, disaient-ils en prenant une cacahuète ou deux.

— Est-ce que ta nouvelle école te plaît, Amy ? demanda Mrs. Bearden.

— Oui, répondit-elle. Je préfère les écoles privées aux écoles publiques. Elles ressemblent moins à des usines.

— En quelle classe es-tu ? demanda Mrs. Bearden.

— En CM1. »

Son père s'empara de son verre et de celui de Mr. Parminster, et se leva pour aller les remplir au salon. L'enfant s'installa dans le fauteuil qu'il venait de quitter.

« Ne t'assieds pas dans le fauteuil de ton père, Amy », lui dit sa mère, sans se rendre compte qu'Amy avait les jambes douloureuses d'avoir pédalé sur son vélo, alors que son père s'était contenté de rester assis toute la journée.

Tandis qu'elle se dirigeait vers les portes-fenêtres, elle entendit sa mère faire un commentaire sur leur nouvelle cuisinière. C'était un bon exemple des intéressants sujets de discussion qui leur venaient à l'esprit.

« Tu devrais mettre ton vélo au garage, lui dit son père en revenant avec des verres pleins. On dirait qu'il va pleuvoir. »

Amy alla sur la terrasse et leva les yeux vers le ciel. Mais le temps n'était pas très couvert, il n'allait pas pleuvoir, et le conseil de son père — comme tous ceux qu'il lui donnait — était superflu. Ils ne la laissaient jamais tranquille. « Range ton vélo. » « Ouvre la porte à grand-mère, Amy. » « Donne à manger au chat. » « Fais tes devoirs. » « Fais circuler les cacahuètes parmi les invités. » « Aide Mrs. Bearden à porter ses paquets. » « Amy, s'il te plaît, essaie de soigner un peu plus ton apparence. »

Ils se levèrent tous ; son père vint jusqu'à la porte et l'appela.

« Nous allons dîner chez les Parminster. La cuisinière est là, tu ne seras donc pas toute seule. Surtout, va au lit à 8 heures comme une bonne petite fille. Et viens me faire une bise pour me dire au revoir. »

Quand les voitures eurent démarré, Amy traversa la cuisine pour gagner la chambre de la cuisinière, située de l'autre côté, et frappa à la porte.

« Entrez », dit une voix.

Lorsque Amy entra, elle trouva la cuisinière — qui s'appelait Rosemary — en robe de chambre, lisant la Bible. Rosemary lui adressa un sourire. Elle avait un doux sourire, et ses yeux étaient bleus et usés.

« Tes parents sont de nouveau sortis ? » demanda-t-elle.

Amy répondit que oui, et la vieille femme lui proposa de s'asseoir.

« Ils semblent bien s'amuser, n'est-ce pas ? Depuis que je suis arrivée, il y a quatre jours, ils sont sortis tous les soirs ou bien ils avaient des invités. »

Elle posa la Bible sur ses genoux, à l'envers ; un sourire naquit sur ses lèvres, mais il n'était pas destiné à Amy.

« Bien sûr, on ne boit ici que de façon conviviale, et ce que font tes parents ne me regarde pas, n'est-ce pas ? L'alcool m'inspire plus d'inquiétudes qu'à la plupart des gens, à cause de ma pauvre sœur. Elle buvait trop. Pendant dix ans, je lui ai rendu visite le dimanche après-midi, et la plupart du temps elle n'avait plus tous ses esprits. Parfois je la trouvais par terre, une ou deux bouteilles de sherry vides à côté d'elle. Parfois, un inconnu aurait cru qu'elle était plus ou moins à jeun, mais il me suffisait d'une seconde pour deviner, à la façon dont elle s'exprimait, qu'elle avait suffisamment bu pour n'être plus elle-même. Aujourd'hui, ma pauvre sœur a disparu. Je n'ai plus personne à qui rendre visite.

— Qu'est-il arrivé à votre sœur ? demanda Amy.

— C'était une femme ravissante, au teint de lait et aux cheveux blonds. Le whisky rend certaines personnes expansives — il les fait rire et pleurer — mais ma sœur devenait seulement morne et réservée. Quand elle buvait, elle se renfermait dans sa coquille. L'alcool la rendait contrariante. Si je disais qu'il faisait beau, elle répliquait que j'avais tort. Si je disais qu'il pleuvait, elle affirmait que le temps s'éclaircissait. Elle contredisait tout ce que je disais, même si c'était insignifiant. Elle est morte un été à l'hôpital Bellevue, alors que je travaillais dans le Maine. C'est la seule famille qui me restait. »

La franchise avec laquelle Rosemary s'exprimait eut pour effet de donner à Amy l'impression d'être adulte et, pour une fois, elle n'eut aucun mal à se montrer polie.

« Votre sœur doit beaucoup vous manquer, dit-elle.

— J'étais justement en train de penser à elle. Elle était employée de maison, comme moi. C'est un travail bien solitaire. On vit au sein d'une famille, pourtant on n'en fait jamais partie. On est souvent blessée dans son orgueil. Les patronnes se montrent condescendantes et ne font preuve d'aucune considération. Je ne blâme pas les dames pour qui j'ai travaillé ; c'est la nature de cette relation-là, voilà tout. Elles demandent de la salade de poulet, on se lève avant l'aube pour prendre un peu d'avance et juste au moment où on vient de la finir, voilà qu'elles changent d'avis et qu'elles veulent de la soupe au crabe.

— Ma mère change d'avis tout le temps, renchérit Amy.

— Parfois, on est la seule employée dans une maison à la campagne. On est fatiguée, mais la fatigue n'empêche pas de se sentir bien seule. On sort sur la véranda réservée aux domestiques, là où on récure les casseroles et les marmites, pour profiter du spectacle de la nature; mais même si la façade de la maison donne sur un beau paysage de lac ou de montagnes, ce qu'on voit de l'arrière n'est jamais bien intéressant. Il y a quand même le ciel, les arbres, les étoiles et le chant des oiseaux, et le plaisir de se reposer les pieds. Mais alors vous les entendez dans le salon, qui rient et qui discutent avec leurs invités et leurs enfants. Si vous êtes nouvelle venue et qu'ils chuchotent, vous pouvez être sûre qu'ils parlent de vous. Ça vous enlève tout le plaisir de la soirée.

— Oh, murmura Amy.

— J'ai travaillé dans toutes sortes de maisons — des maisons où il y avait huit ou neuf employés, et d'autres où je devais brûler moi-même les ordures et pelleter la neige les soirs d'hiver. Quand le personnel est nombreux, il y a généralement quelque mauvais diable — un vieux majordome, une vieille femme de chambre — qui s'efforce de vous gâcher la vie dès le premier jour. « Madame n'aime pas qu'on fasse comme ci » et « Madame n'aime pas qu'on fasse comme ça » et « Je suis au service de Madame depuis vingt ans », voilà ce qu'ils vous répètent. Il faut des trésors de diplomatie pour le supporter. Et puis, il y a les chambres qu'on vous donne, et toutes celles que j'ai connues étaient bien tristes. Si on a apporté une bouteille dans sa valise, c'est une tentation terrible, au début, de prendre un verre pour se remonter le moral. Mais j'ai beaucoup de volonté. Ma pauvre sœur était différente. Elle se plaignait de ses nerfs ; mais ce soir, alors que j'étais assise là et que je pensais à elle, je me demandais si elle en souffrait le moins du monde. Je me disais qu'elle n'était peut-être tout simplement pas faite pour être employée de maison. Les derniers temps, elle ne pouvait trouver de travail qu'en rase campagne, là où personne d'autre ne voulait aller, et elle n'y restait jamais plus d'une semaine ou deux. Elle buvait un petit verre de whisky pour se soulager les nerfs, puis encore un pour lutter contre la fatigue ; quand elle avait vidé sa bouteille et bu tout l'alcool qu'elle pouvait voler, les patrons s'en apercevaient. Généralement une dispute éclatait alors, et ma pauvre sœur voulait toujours avoir le dernier mot. Oh, si on m'écoutait, il y aurait une loi pour interdire ça ! Ce n'est pas mon rôle de te conseiller de prendre quoi que ce soit à ton père, mais je serais fière de toi si tu vidais sa bouteille de whisky dans l'évier de temps en temps — cette saleté ! Mais ça m'a fait du bien de parler avec toi, ma chérie. Ma pauvre sœur me manque moins. Je vais lire encore quelques pages de ma Bible, puis je te ferai à dîner. »

Cette année-là, les Lawton n'avaient pas eu de chance avec leurs cuisinières — ils en avaient eu cinq. À l'arrivée de Rosemary, Marcia Lawton s'était remémoré une vague théorie de rétribution ; elle avait souffert et se voyait récompensée. La vieille femme était propre, travailleuse et gaie, et sa cuisine — pour reprendre les termes des Lawton — valait bien celle du Chambord.

Le mercredi soir, après dîner, Rosemary prit le train pour New York en promettant de rentrer le lendemain soir. Le jeudi matin, Marcia se rendit dans la chambre de la cuisinière. C'était une mesure de précaution déplaisante, mais habituelle. L'absence de tout objet personnel dans la pièce — un paquet de cigarettes, un stylo-encre, un réveil, une radio, n'importe quel objet susceptible de lier la vieille femme aux lieux — lui donna le sentiment troublant que la cuisinière était en train de se jouer d'elle, comme tant d'autres l'avaient fait dans le passé. Ouvrant la porte du placard, elle aperçut un seul uniforme suspendu à un cintre et, sur le sol, la vieille valise de Rosemary et les chaussures blanches qu'elle portait à la cuisine. La valise était fermée à clef mais, quand Marcia la souleva, elle eut l'impression qu'elle était presque vide.

Le jeudi, après dîner, Mr. Lawton et Amy allèrent en voiture à la gare pour l'arrivée du train de 20 h 16. La capote de la voiture était repliée et l'air vif, les étoiles et la compagnie de son père donnèrent à la fillette le sentiment d'être en harmonie avec le monde. La gare de Shady Hill ressemblait à celles des vieux films qu'elle avait vus à la télévision et où les détectives et les espions, les barbes-bleues et leurs confiantes victimes descendaient avant d'être emmenés en voiture jusqu'à un domaine isolé. Amy aimait les gares, surtout à la tombée du jour. Elle s'imaginait que les passagers de l'omnibus étaient chargés de missions plus importantes et lugubres que d'aller au bureau et d'en revenir. À l'exception des jours d'épais brouillard et de tempêtes de neige, le wagon-restaurant où voyageait son père semblait avoir le lustre et la monotonie du reste de son existence. Les omnibus circulant à des heures tardives appartenaient à un monde plus vivement coloré, et où elle aurait aimé vivre.

Ils étaient en avance de quelques minutes, et Amy sortit de la voiture pour attendre sur le quai. Elle se demanda à quoi pouvaient bien servir les fils suspendus au-dessus des rails à l'une et l'autre extrémité de la gare, mais elle s'abstint de poser la question à son père car elle savait qu'il n'aurait su quoi répondre. Elle entendit le train avant qu'il n'apparaisse et son rugissement l'emplit d'excitation et de joie. Quand l'omnibus entra en gare et s'arrêta, elle chercha vainement des yeux Rosemary derrière les fenêtres éclairées. Mr. Lawton sortit de la voiture et la rejoignit sur le quai. Ils virent le chef de train penché au-dessus d'un passager assis sur un siège, et enfin la cuisinière se hissa sur ses pieds. Elle s'agrippa à l'homme tandis qu'il l'entraînait jusqu'à la plate-forme du train. Elle pleurait. Amy l'entendit sangloter : « De pêches et du lait. Une femme ravissante, ravissante. » Le chef de train lui parla gentiment, glissa son bras autour de ses épaules et l'aida à descendre les marches. Alors le train repartit et elle resta là, immobile, séchant ses larmes.

« Ne dites pas un mot, Mr. Lawton, jeta-t-elle, et je ne dirai rien. »

Elle tendit un petit sachet de papier.

« Voici un cadeau pour toi, fillette.

— Merci, Rosemary », dit Amy.

Elle jeta un regard à l'intérieur du sachet, et vit qu'il contenait plusieurs paquets de nénuphars en papier.

Rosemary se dirigea vers la voiture avec la prudence d'une personne qui s'oriente difficilement dans la pénombre. Son manteau du dimanche était maculé de boue et déchiré dans le dos. Mr. Lawton ordonna à Amy de s'asseoir sur la banquette arrière et fit asseoir la cuisinière sur le siège avant, à côté de lui. Il claqua la portière du côté du passager avec colère puis, contournant la voiture, s'installa sur le siège du conducteur et démarra. Rosemary plongea la main dans son sac, en tira une bouteille de Coca-Cola fermée par un bouchon en liège et avala quelques gorgées. À l'odeur, Amy devina que la bouteille de Cola-Cola était remplie de whisky.

« Rosemary ! dit Mr. Lawton.

— Je me sens seule, dit la cuisinière. Je me sens seule, j'ai peur, et c'est tout ce que j'ai. »

Il n'ajouta pas un mot jusqu'au moment où il eut remonté leur allée et garé la voiture devant l'entrée de service.

« Allez chercher votre valise, Rosemary, dit-il. Je vous attendrai dans la voiture. »

Dès que la cuisinière fut entrée dans la maison d'une démarche titubante, il ordonna à Amy de rentrer par la porte principale.

« Monte dans ta chambre et prépare-toi à aller au lit. »

Lorsque Amy entra, sa mère l'appela de l'étage, demandant si Rosemary était revenue. La fillette ne répondit pas. Elle se dirigea vers le bar, s'empara d'une bouteille de whisky entamée et la vida dans le lavabo de la cuisine. Elle était au bord des larmes lorsqu'elle croisa sa mère dans le salon et lui dit que son père ramenait la cuisinière à la gare.

Quand Amy rentra de l'école, le lendemain, une femme corpulente, aux cheveux noirs, faisait le ménage dans le salon. La voiture qu'utilisait Mr. Lawton pour aller prendre le train était au garage, et Amy alla chercher son père à la gare en compagnie de sa mère. Quand il traversa le quai, elle devina à son teint cireux qu'il avait eu une dure journée. Il embrassa sa femme, caressa la tête d'Amy et s'installa au volant.

« Tu sais, annonça sa mère, la douche de la chambre d'amis ne marche pas.

— Bon sang, Marcia, j'aimerais bien que tu ne m'accueilles pas toujours avec des mauvaises nouvelles ! »

Sa voix tranchante oppressa Amy, qui se mit à jouer avec le bouton permettant de monter et de descendre sa vitre.

« Arrête ça, Amy ! ordonna-t-il.

— Ma foi, la douche n'a pas grande importance », dit sa mère.

Elle lâcha un petit rire.

« Quand je suis rentré de San Francisco, la semaine dernière, poursuivit-il, tu n'avais de cesse de m'annoncer que nous avions besoin d'un nouvel appareil de chauffage.

— Eh bien, j'ai trouvé une cuisinière à temps partiel. Voilà une bonne nouvelle.

— C'est une poivrote ? demanda son père.

— Ne sois pas désagréable, chéri. Elle va préparer le dîner, faire la vaisselle et rentrera chez elle en bus. Nous sommes invités chez les Farquarson.

— Je suis trop fatigué pour aller où que ce soit.

— Qui va s'occuper de moi ? demanda Amy.

— Tu t'amuses toujours bien chez les Farquarson, insista sa mère.

— Dans ce cas, rentrons tôt.

— Qui va s'occuper de moi ? répéta Amy.

— Mrs. Henlein », dit sa mère.

Quand ils arrivèrent, Amy alla s'asseoir au piano.

Son père se lava les mains dans la salle de bains du couloir, puis se dirigea vers le bar. Quand il revint dans le salon, il tenait la bouteille de whisky vide à la main.

« Comment s'appelle-t-elle ?

— Ruby, déclara sa mère.

— Elle est exceptionnelle. Elle a bu un litre entier de whisky pendant son premier jour de travail.

— Oh, Seigneur ! dit sa mère. Eh bien, ne faisons pas d'histoires maintenant.

— Tout le monde vide mes bouteilles, cria son père, et j'en ai plus qu'assez !

— Il reste encore beaucoup de bouteilles de whisky dans le placard. Ouvres-en une autre bouteille.

— Nous payions le jardinier trois dollars de l'heure, et tout ce qu'il faisait, c'était se glisser ici en douce pour boire mon scotch. La baby-sitter que nous avions avant Mrs. Henlein ajoutait de l'eau à mon bourbon, et je n'ai pas besoin de te parler de Rosemary. La cuisinière qu'elle remplaçait vidait non seulement tout l'alcool de mon bar mais également le rhum, le kirsch, le sherry et le vin de cuisine. N'oublions pas la Polonaise de l'été dernier. Et même la vieille blanchisseuse. Et les peintres. Je crois qu'on a dû tracer une croix sur ma porte. Je crois que l'agence a dû me cataloguer comme une bonne poire.

— Eh bien, dînons d'abord, et tu lui parleras après.

— Au diable ! Je ne vais pas encourager les gens à me voler. Ruby ! »

Il hurla plusieurs fois son nom, mais elle ne répondit pas. Puis elle fit son apparition au seuil du salon, vêtue de son manteau et son chapeau sur la tête.

« Je suis malade », souffla-t-elle.

Amy devina qu'elle était effrayée.

« Ça ne m'étonne pas, répliqua son père.

— Je suis malade, marmonna-t-elle, et je n'arrive pas à trouver quoi que ce soit ici, et je rentre chez moi.

— Bien, dit-il. Bien ! J'en ai assez de payer les gens pour qu'ils vident mes bouteilles. »

La cuisinière se dirigea vers la porte d'entrée et Mrs. Lawton la suivit dans le vestibule pour la payer. Amy avait assisté à la scène depuis le banc du piano, une position située en retrait mais offrant néanmoins un bon point de vue. Elle vit son père prendre une bouteille de whisky neuve et préparer un shaker de Martini. Il semblait très contrarié.

« Elle n'avait pas l'air ivre, tu sais, dit sa mère en revenant dans le salon.

— S'il te plaît, ne discute pas, Marcia », répliqua son père.

Il remplit deux verres, dit « Santé » et but quelques gorgées.

« Nous pouvons aller dîner chez Orpheo's, reprit-il.

— Je suppose que oui. Je vais préparer quelque chose en vitesse pour Amy. »

Elle se dirigea vers la cuisine et Amy ouvrit son cahier de musique à « Reflets d'automne ». « COMPTER, avait écrit son professeur de musique. COMPTER et d'un doigt léger, léger... » Amy commença à jouer. Chaque fois qu'elle faisait une erreur, elle s'exclamait : « Flûte ! » et recommençait au début. Au beau milieu de « Reflets d'automne », elle réalisa que c'était elle qui avait vidé la bouteille de whisky. Elle en éprouva une perplexité si forte qu'elle s'arrêta de jouer ; mais ses sentiments n'allèrent pas au-delà de la perplexité, bien qu'elle n'eût pas le courage de continuer à jouer du piano. Sa mère la délivra.

« Ton dîner est servi à la cuisine, ma chérie, déclara-t-elle. Et tu peux prendre un bâtonnet de glace à l'eau dans le congélateur pour le dessert. Juste un. »

Marcia Lawton tendit son verre vide en direction de son mari, qui le remplit avec le shaker. Puis elle monta à l'étage. Mr. Lawton resta dans la pièce. Observant attentivement son père, Amy remarqua que son expression tendue avait commencé à s'adoucir. Il ne semblait plus contrarié et, quand elle passa près de lui sur le chemin de la cuisine, il lui sourit avec tendresse et lui caressa les cheveux.

Quand Amy eut terminé son dîner, mangé son bâtonnet de glace à l'eau et fait exploser son sachet, elle retourna s'asseoir au piano et joua « Chopsticks » pendant un moment. Son père, qui s'était changé, redescendit ; il posa son verre sur le manteau de cheminée et se dirigea vers la porte-fenêtre pour contempler la terrasse et le jardin. Amy remarqua que la transformation qui s'était amorcée avec le relâchement de ses traits s'était poursuivie. Il semblait enfin heureux. La fillette se demanda s'il était ivre, bien que son pas ne trahisse aucune hésitation. Peut-être était-il mieux assuré encore.

Ses parents n'avaient jamais la démarche chaloupée et dansante qu'elle voyait un funambule mimer tous les ans tandis que l'orchestre entonnait *Show me the Way to Go Home*, et qu'elle aimait imiter parfois. Elle aimait tournoyer encore et encore sur la pelouse, jusqu'au moment où, titubante et le cœur au bord des lèvres, elle s'écriait : « Je suis ivre ! Je suis un homme ivre ! » Alors elle déambulait en chancelant sur la pelouse, se redressant juste avant de s'écrouler, et il ne lui déplaisait pas de perdre un instant sa capacité à voir le monde.

Mais jamais elle n'avait vu ses parents ainsi. Jamais elle ne les avait vus s'accrocher à un réverbère, chanter et tituber. En revanche, elle les avait vus tomber. Ils ne se tenaient jamais mal — plus ils buvaient, plus ils se tenaient correctement et dignement — mais parfois, son père se levait pour remplir le verre de ses invités et il marchait droit, mais ses chaussures semblaient coller au tapis. Et parfois, quand il arrivait à la porte du salon, il la manquait d'au moins trente centimètres. Un jour, elle l'avait vu percuter le mur avec une telle force qu'il s'était effondré à terre et avait brisé la plupart des verres qu'il tenait. Une ou deux personnes avaient ri, mais l'éclat de rire n'avait été ni général ni sincère, et la plupart des invités avaient fait comme s'il n'était pas tombé. Quand son père s'était relevé, il s'était dirigé vers le bar comme si de rien n'était. Un jour, Amy avait vu Mrs. Farquarson manquer d'une bonne trentaine de centimètres la chaise où elle était sur le point de s'asseoir et atterrir bruyamment sur le plancher ; mais cette fois personne n'avait ri, ils avaient prétendu que Mrs. Farquarson n'était jamais tombée.

Ils ressemblaient à des comédiens dans une pièce de théâtre; dans la pièce de l'école, quand on renversait un arbre en carton, il fallait le ramasser discrètement, pour ne pas gâcher l'illusion qu'on était dans une profonde forêt. Ils se comportaient de la même façon quand quelqu'un tombait par terre.

À présent son père se déplaçait d'une démarche guindée, curieuse, bien différente du pas énergique dont il arpentait le quai de la gare chaque matin. Elle devina qu'il cherchait quelque chose. Il cherchait son verre. Celui-ci était posé juste sur le manteau de cheminée, mais son père n'alla pas regarder là. Il chercha sur toutes les tables du salon. Puis il alla voir sur la terrasse, revint dans le salon et regarda de nouveau sur toutes les tables. Il retourna sur la terrasse, rentra dans le salon, cherchant trois fois au même endroit; pourtant, quand elle perdait ses tennis ou son imperméable, il lui répétait toujours qu'elle devait procéder intelligemment. « Cherche, Amy, répétait-il. Essaie de te souvenir de l'endroit où tu l'as laissé. Je ne peux pas t'acheter un nouvel imper chaque fois qu'il pleut. » Enfin, il renonça et se versa un cocktail dans un autre verre.

« Je vais chercher Mrs. Henlein », annonça-t-il à Amy, comme s'il s'agissait d'une nouvelle importante.

Amy n'éprouvait qu'indifférence pour Mrs. Henlein. Quand son père revint en compagnie de la baby-sitter, la fillette songea aux nuits — qui, mises bout à bout, formaient des semaines, presque des années — où elle s'était retrouvée consignée avec Mrs. Henlein. Celle-ci était très polie et passait son temps à dire à Amy ce qu'une dame pouvait faire et ce qu'elle ne pouvait pas faire. Elle voulait aussi savoir où allaient ses parents et quel genre de soirée c'était, même si ce n'étaient absolument pas ses affaires. Elle s'asseyait sur le canapé comme si elle était chez elle, parlait de gens auxquels elle n'avait jamais été présentée et demandait à Amy de lui apporter le journal, même si rien ne l'autorisait à le faire.

Quand Marcia Lawton descendit au salon, Mrs. Henlein la salua.

« Amusez-vous bien », cria-t-elle au moment où les Lawton franchissaient la porte. Puis elle demanda à Amy :

« Où vont tes parents, ma chérie ?... Mais tu dois bien le savoir, ma chérie. Creuse-toi un peu la tête et essaie de t'en souvenir. Est-ce qu'ils vont au club ?

— Non, répondit Amy.

— Je me demande s'ils vont chez les Trencher, murmura Mrs. Henlein. Lorsque nous sommes passés devant leur villa, elle était tout éclairée.

— Ils ne vont pas chez les Trencher, répliqua Amy. Ils détestent les Trencher.

— Eh bien, où vont-ils, ma chérie ?

— Chez les Farquarson.

— Eh bien, c'est tout ce que je voulais savoir, ma chérie. Et maintenant, va me chercher le journal et tends-le-moi poliment. Poliment, répéta-t-elle quand Amy s'approcha d'elle avec le journal. Ce que tu fais pour tes aînés n'a aucune valeur si tu ne le fais pas poliment. »

Puis elle chaussa ses lunettes et se mit à lire le journal.

Amy monta dans sa chambre. Dans un verre posé sur la table flottaient les nénuphars que lui avait donnés Rosemary ; ils s'étaient ouverts, tout défraîchis, dans l'eau que la teinture colorait en rose. Amy dévala l'escalier de service et se rendit dans le salon en passant par la cuisine. Les accessoires de cocktail de son père étaient éparpillés sur la table du bar. Elle vida la bouteille de whisky dans l'évier de la cuisine, puis la rangea où elle l'avait trouvée. Il était trop tard pour faire du vélo et trop tôt pour aller au lit, et elle savait que si elle trouvait quoi que ce soit d'intéressant à la télévision, un meurtre par exemple, Mrs. Henlein l'obligerait à éteindre le poste. Puis elle se souvint de l'album sur les chevaux que son père lui avait rapporté de son voyage sur la côte ouest, et elle gravit joyeusement l'escalier en courant pour chercher son nouveau livre.

Il était plus de 2 heures quand les Lawton rentrèrent. Leurs voix dans le vestibule réveillèrent Mrs. Henlein, qui s'était endormie sur le canapé du salon et rêvait à un grenier poussiéreux. Marcia Lawton la paya, la remercia et lui demanda si quelqu'un avait appelé, puis elle monta à l'étage. Mr. Lawton était au salon, déplaçant les bouteilles à grand bruit. Mrs. Henlein — qui était impatiente de se coucher dans son propre lit et de se rendormir — pria pour qu'il ne se resserve pas un verre, comme cela se produisait si souvent. Jour après jour, elle rentrait chez elle dans des voitures conduites par des messieurs ivres. Une bouteille vide à la main, Mr. Lawton apparut dans l'embrasure de la porte du salon.

« Vous devez puer l'alcool, Mrs. Henlein, lança-t-il.

— Hmm », murmura-t-elle.

Elle ne comprenait pas.

« Vous avez bu un litre entier de whisky. »

La vieille femme terne — oscillant entre l'éveil et le sommeil — rassembla toutes ses forces et porta la main à ses cheveux. Il était dans sa nature de recueillir des chats errants, d'entasser des journaux intéressants et de valeur jusqu'au plafond de sa salle de bains, de mettre du fard à joues, de parler toute seule, de dormir en sous-vêtements au cas où un incendie se déclarerait, de marchander le prix des os à moelle et de répandre dans le quartier la rumeur selon laquelle, le jour où elle s'éteindrait enfin dans son nid à poussière, on trouverait le matelas bourré de livrets de banque et l'oreiller de billets de cent dollars. Elle avait résisté à toutes ces riches tentations afin de passer pour une dame, et pour toute récompense se voyait traitée de vulgaire voleuse. Elle se mit à hurler :

« Vous allez retirer ça, Mr. Lawton ! Vous allez retirer chacun des mots que vous venez de prononcer ! Je n'ai jamais rien volé de ma vie, personne dans ma famille n'a jamais rien volé, et je n'ai aucune raison de me laisser insulter par un homme ivre ! Et pour ce qui est de l'alcool, je n'ai pas bu de quoi remplir un dé à coudre depuis vingt-cinq ans ; il y a vingt-cinq ans, Mr. Henlein m'a emmenée dans une buvette et j'ai pris deux Manhattan qui m'ont rendue si malade et nauséeuse qu'ils m'ont définitivement dégoûtée de l'alcool. Comment osez-vous me parler ainsi ! Me traiter de voleuse et d'ivrogne ! Oh, vous me dégoûtez — vous me dégoûtez, vous qui ignorez tout des ennuis que j'ai eus ! Savez-vous ce que j'ai mangé pour le réveillon de Noël, l'an dernier ? Un sandwich au bacon. Fils de pute ! »

Elle se mit à sangloter.

« Je suis contente de l'avoir dit ! hurla-t-elle. C'est la première fois de ma vie que je dis un gros mot, et je suis contente de l'avoir dit. Fils de pute ! »

Un sentiment de libération l'envahit, comme si elle s'était dressée à la proue d'un immense paquebot.

« J'ai vécu dans ce quartier toute ma vie ! Je me souviens de l'époque où il était peuplé de bonnes familles de fermiers et où on trouvait des poissons dans le fleuve. Mon père avait quatre acres de bonne terre arable et un nom réputé à des lieues à la ronde ; du côté de ma mère, je descends de la noblesse hollandaise. Ma mère était le portrait craché de la reine Wilhelmina. Vous croyez que vous pouvez m'insulter et vous en tirer sans mal, mais vous vous trompez, oh, comme vous vous trompez ! »

Elle se dirigea vers le téléphone et, s'emparant du combiné, hurla :

« Police ! Police ! Police ! C'est Mrs. Henlein. Je suis chez les Lawton. Il est ivre et il m'insulte, et je veux que vous veniez l'arrêter ! »

Leurs voix réveillèrent Amy. Étendue dans son lit, elle perçut vaguement la pathétique corruption du monde adulte ; comme il était grossier et dérisoire, à l'image d'un pan de toile usé, ourlé de sottises et d'erreurs, inutile et laid — pourtant, ils ne s'apercevaient jamais qu'il était dénué de valeur, et ils s'indignaient quand vous le leur faisiez remarquer. Mais les voix continuaient à s'élever, et lorsqu'elle entendit le cri « Police ! Police ! Police ! », elle prit peur. Elle ne voyait pas comment ils pourraient l'arrêter, même s'ils trouvaient ses empreintes sur les bouteilles vides ; cependant, ce n'était pas tant le danger qu'elle courait qui l'effrayait que la déroute, au beau milieu de la nuit, de la maison paternelle. Tout était sa faute. Quand elle entendit son père téléphoner sur l'appareil de la bibliothèque, elle se sentit submergée de culpabilité. Son père s'efforçait d'être bon et gentil — et, se rappelant le coûteux album sur les chevaux qu'il lui avait rapporté de la côte ouest, elle dut serrer les dents pour ne pas fondre en larmes. Elle se couvrit la tête d'un oreiller et réalisa avec désespoir qu'elle allait devoir partir. Il lui restait beaucoup d'amies de l'époque où ils habitaient New York ; à défaut, elle pouvait passer la nuit dans Central Park ou se cacher dans un musée. Elle allait devoir partir.

« Bonjour ! s'exclama son père au petit déjeuner. En forme pour commencer une bonne journée ? »

Égayé par la lumière envahissant le ciel, par le

souvenir de l'habileté consommée avec laquelle il avait calmé Mrs. Henlein et empêché la police de venir, reposé par le sommeil et heureux à l'idée de jouer au golf, Mr. Lawton s'exprimait avec chaleur. Mais Amy trouva ces mots blessants et sots ; ils lui ôtèrent tout appétit et elle courba le dos devant son bol de céréales, le remuant avec une cuillère.

« Ne te tiens pas voûtée, Amy », commanda-t-il.

Alors elle se souvint de la nuit écoulée, des cris, de sa décision de s'en aller. La gaieté de son père lui rafraîchit la mémoire. Sa décision était prise. Elle avait un cours de danse à 10 heures, et elle devait déjeuner avec Lillian Towele. Puis elle partirait.

Les enfants se préparent pour une croisière en mer en emportant une brosse à dents et un nounours ; ils s'équipent pour un voyage autour du monde avec une paire de chaussettes dépareillées, un coquillage et un thermomètre. Des livres, des cailloux, des plumes de paon, des barres chocolatées, des balles de tennis, des mouchoirs sales et des écheveaux de ficelle représentent à leurs yeux les nécessités du voyage. Amy fit ses bagages, cet après-midi-là, avec l'impulsivité propre à son âge. Elle était rentrée en retard de son déjeuner et sa fugue en était retardée, mais cela lui était égal. Elle pouvait prendre l'un des omnibus du soir ; l'un des trains des cuisinières. Son père jouait au golf et sa mère était Dieu sait où.

Une employée de maison à temps partiel faisait le ménage dans le salon. Après avoir fait ses bagages, Amy entra dans la chambre de ses parents et tira la chasse des toilettes. Profitant du murmure de l'eau, elle prit un billet de vingt dollars dans le bureau de sa mère. Puis elle descendit au rez-de-chaussée, sortit de la maison, longea Blenhollow Circle et descendit Alewives Lane jusqu'à la gare. Aucun regret, aucun adieu ne se dessina dans son esprit. Elle dressa mentalement la liste des amies qu'elle connaissait en ville, pour le cas où elle déciderait de ne pas passer la nuit dans un musée. Quand elle ouvrit la porte de la salle d'attente, Mr. Flanagan, le chef de gare, attisait les braises de son poêle à charbon.

« Je voudrais acheter un billet pour New York, dit Amy.

— Un aller simple, ou un aller-retour ?

— Un aller simple, s'il vous plaît. »

Mr. Flanagan entra dans son bureau et souleva la vitre du guichet.

« J'ai bien peur de ne pas avoir de billet à tarif réduit, Amy, dit-il. Je vais devoir en rédiger un à la main.

— D'accord », dit-elle.

Elle posa le billet de vingt dollars sur le comptoir.

« Et pour te rendre la monnaie, je vais devoir aller sur le quai d'en face. Voici le train de 16 h 32 qui entre en gare, mais tu pourras prendre celui de 17 h 10. »

Elle n'émit aucune protestation et alla s'asseoir à côté de sa valise en carton, où étaient imprimés des noms de villes et d'hôtels européens. Lorsque l'omnibus fut entré en gare et reparti, Mr. Flanagan baissa la vitre de son guichet, traversa la passerelle jusqu'au quai d'en face et téléphona aux Lawton. Mr. Lawton venait de rentrer de sa partie de golf et se préparait un cocktail.

« Je crois que votre fille a prévu de partir en voyage », déclara Mr. Flanagan.

Quand Mr. Lawton arriva à la gare, la nuit était tombée. Il aperçut sa fille par la fenêtre du bâtiment. La fillette assise sur le banc, avec sa valise en carton imprimée de noms prestigieux, l'émut comme il n'était en son pouvoir de le faire que quand elle semblait perdue ou qu'elle était très malade. On venait de marcher sur sa tombe ! Il frissonna d'émotion, et sentit sa peau se hérisser de chair de poule — comme lorsque, rentrant tard chez lui seul en voiture, il voyait une pluie de feuilles emportées par le vent traverser le faisceau des phares, le libérant, pour une seconde tout au plus, des symboles de son existence — les chemises sans boutons, les reçus et les bordereaux de banque, les bons de commande vierges et les verres vides. Il lui semblait entendre — Dieu sait quoi. Des ordres, des tambours, les détonations d'un feu d'artifice, la musique du glockenspiel — comme elle semblait douce dans l'air des Alpes — s'élevant dans une taverne du passé, le cri strident des cygnes sauvages ; il lui semblait humer l'air salé des églises de Venise. Puis, comme les feuilles, la vision de la fillette perdit son pouvoir de le troubler ; la chair de poule qui hérissait ses bras disparut. Il était redevenu lui-même. Oh, pourquoi voulait-elle s'enfuir ? Les voyages — et qui le savait mieux qu'un homme qui passe trois jours loin de chez lui toutes les deux semaines ? — étaient un monde de cabines d'avion surchauffées et de magazines tous identiques, un monde où même le café, même le champagne, avaient un goût de plastique. Comment pouvait-il lui faire comprendre qu'un foyer — « Home, sweet home » — était le meilleur endroit qui soit ?

Ô JEUNESSE ET BEAUTÉ !

À la fin de presque toutes les longues et grandes fêtes du samedi soir dans la banlieue de Shady Hill, quand presque tous ceux qui prévoyaient de jouer au golf ou au tennis le dimanche matin étaient rentrés depuis des heures, que les dix ou douze personnes restantes semblaient incapables de mettre fin à la soirée, même si le gin et le whisky s'épuisaient, et qu'ici et là une femme attendant son mari s'était mise à boire du lait ; quand tout le monde avait perdu la notion du temps, que les baby-sitters attendant le retour de ces irréductibles s'étaient depuis longtemps allongées sur le canapé où elles avaient sombré dans un profond sommeil, rêvant de prix obtenus dans des concours de cuisine, de croisières et d'idylles ; lorsque l'ivrogne belliqueux, le joueur de dés, le pianiste, la femme confrontée à la mort de ses espoirs, s'étaient tous exprimés ; quand chaque proposition — aller prendre le petit déjeuner chez les Farquarson, aller nager, aller réveiller les Townsend, aller ici et aller là — s'éteignait aussitôt formulée, alors Trace Bearden se mettait à taquiner Cash Bentley au sujet de son âge et de sa calvitie naissante. Ces taquineries étaient préliminaires au déplacement des meubles. Trace et Cash tiraient les tables et les chaises, les canapés et le pare-feu, le coffre à bûches et le tabouret; quand ils en avaient fini, il était impossible de reconnaître les lieux. Alors, si l'hôte avait un revolver, il était prié d'aller le chercher. Cash ôtait ses chaussures et se mettait en position de départ, accroupi derrière un canapé. Trace tirait un coup de revolver par une fenêtre ouverte, et si vous étiez nouveau venu dans la communauté et que vous n'aviez pas compris en quoi consistaient ces préparatifs, vous vous aperceviez que vous alliez assister à une course de haies. Cash bondissait par-dessus le canapé, par-dessus les tables, par-dessus le pare-feu et la corbeille à bûches. Ce n'était pas exactement une course puisque Cash était seul à y participer, mais il était extraordinaire de voir cet homme de quarante ans surmonter tant d'obstacles avec une telle grâce. Il n'était pas un meuble dans tout Shady Hill que Cash ne pût franchir sans broncher. La course se terminait sous les acclamations, et la soirée s'achevait enfin.

Cash était un ancien champion des stades, bien sûr, mais il n'était jamais trop insistant ou ennuyeux au sujet de son brillant passé. Le lycée où il avait passé sa jeunesse lui avait offert un emploi rémunéré au sein du conseil des anciens élèves mais il avait refusé, sachant bien que cette partie de sa vie n'était plus qu'un souvenir. Cash et sa femme, Louise, avaient deux enfants et habitaient un pavillon rustique et modeste dans Alewives Lane. Ils étaient membres du club local, bien qu'ils ne puissent se le permettre, mais personne ne faisait jamais de réflexion à ce sujet; Cash était l'un des hommes les plus appréciés de Shady Hill. Il était encore mince — il surveillait son poids — et se rendait à la gare, le matin, du pas léger et vigoureux d'un athlète. Ses cheveux étaient clairsemés et parfois, le matin, ses yeux étaient injectés de sang, mais cela n'ôtait que fort peu de choses à une plaisante impression de jeunesse tenace.

Cash avait subi des déconvenues et des revers professionnels, et les Bentley avaient beaucoup de problèmes d'argent. Ils payaient toujours en retard leurs impôts et les traites du pavillon, et le tiroir de la table de l'entrée débordait de factures impayées ; les relations des Bentley avec la banque étaient extrêmement tendues. Le samedi soir Louise ne manquait pas de charme, mais elle menait une vie exténuante et monotone. Les poches de ses tailleurs, de ses manteaux et de ses robes étaient emplies de petits bouts de papier sur lesquels il était écrit : « Margarine, épinards surgelés, Kleenex, biscuits pour chien, hamburger, poivre, lard... »

Encore à moitié endormie, le matin, elle mettait de l'eau à chauffer pour le café et diluait le jus d'orange surgelé. Puis les enfants la réclamaient. Elle se glissait à quatre pattes sous le bureau pour retrouver la chaussette de Toby ; elle s'allongeait à plat ventre et se faufilait sous le lit (de la poussière plein le nez) pour retrouver la chaussure de Rachel. Puis c'était au tour du ménage, de la lessive, de la cuisine et des réclamations des enfants. Il semblait toujours y avoir des chaussures à mettre et à ôter, des fermetures d'anoraks à monter et à descendre, des derrières à essuyer, des larmes à sécher. Quand le soleil se couchait (elle le voyait disparaître par la fenêtre de la cuisine) il y avait le dîner à préparer, les bains, une histoire à raconter et la prière. La journée des enfants s'achevait avec un Notre Père sonore s'élevant dans une chambre obscure, mais celle de Louise Bentley était loin d'être finie. Il restait la couture, le raccommodage et le repassage. Après seize années de mariage, elle semblait incapable d'échapper à ces corvées, fût-ce en dormant. Anoraks, chaussures, bains et commissions semblaient s'être infiltrés dans son inconscient. De temps à autre, elle parlait dans son sommeil — si fort qu'elle réveillait son mari. « Je ne peux pas me *permettre* d'acheter des escalopes de veau », s'exclama-t-elle une nuit. Puis elle laissa échapper un soupir inquiet et se tut.

Selon les critères de Shady Hill, les Bentley étaient heureux en ménage, mais il leur arrivait de traverser des hauts et des bas. Parfois, Cash était très susceptible. Quand il rentrait chez lui après une mauvaise journée au bureau et qu'il s'apercevait que Louise, pour quelque bonne raison, n'avait pas encore commencé à préparer le repas, il se montrait très désagréable. « Oh, pour l'amour du ciel ! » s'exclamait-il avant d'aller réchauffer un plat surgelé à la cuisine. Pendant cette corvée il buvait du whisky pour se détendre, mais cela ne semblait jamais produire l'effet désiré et il finissait généralement par brûler le fond d'une casserole. Quand ils passaient à table, la cuisine était tout enfumée. Tôt ou tard, une violente dispute éclatait. Louise se précipitait à l'étage, se jetait en travers du lit et sanglotait. Cash s'emparait de la bouteille de whisky et s'enivrait. Ces querelles, en dépit de l'énergie avec laquelle Cash et Louise s'y jetaient, étaient la source d'une grande souffrance pour l'un et l'autre. Cash dormait au rez-de-chaussée, sur le canapé ; mais une fois les hostilités commencées, le sommeil n'arrangeait rien et s'ils se voyaient le matin, ils étaient immédiatement à couteaux tirés. Puis Cash s'en allait prendre son train. Dès que les enfants étaient partis à la maternelle, Louise enfilait son manteau et allait chez les Bearden, de l'autre côté du jardin. Elle sanglotait dans une tasse de café réchauffé et racontait ses problèmes à Lucy Bearden. Quel était le sens du mariage ? Quel était le sens de l'amour ? Chaque fois, Lucy conseillait à Louise de chercher un travail. Cela lui permettrait d'être indépendante sur le plan financier et émotionnel, et c'était — affirmait Lucy — ce dont elle avait besoin.

Le lendemain, les choses empiraient. Cash ne rentrait pas dîner. Il faisait son apparition en titubant à 11 heures du soir et la sordide querelle se répétait ; Louise allait se coucher en larmes à l'étage tandis que Cash s'installait sur le canapé du salon. Après quelques jours et quelques nuits de ce régime, elle décidait qu'elle ne pouvait en supporter davantage. Elle prenait la résolution d'aller vivre chez sa sœur mariée, à Mamaroneck. Elle choisissait généralement pour cela un samedi, jour où Cash était à la maison. Elle faisait sa valise et prenait ses titres d'emprunts de guerre rangés dans un tiroir. Passant devant la porte de la chambre, Cash l'apercevait. La combinaison de Louise était transparente, et soudain il n'était plus que repentir, tendresse, charme, sagesse et amour. « Oh, ma chérie ! » gémissait-il ; et lorsqu'ils descendaient grignoter un morceau, une heure plus tard, ils soupiraient et se faisaient les yeux doux : c'était le couple le plus heureux de toute la côte est des États-Unis. C'est généralement à cet instant que Lucy Bearden venait annoncer à Louise qu'elle lui avait trouvé un emploi. Elle sonnait à la porte et Cash, vêtu d'une robe de chambre, lui ouvrait. Elle se montrait sèche envers lui, naturellement, et se précipitait au salon pour annoncer la bonne nouvelle à Louise.

« Eh bien, tu es gentille d'avoir cherché, répondait Louise d'une voix faible, mais je ne crois pas que j'aie encore envie de travailler. Je ne crois pas que Cash veuille que je travaille, n'est-ce pas, mon chéri ? »

Et elle posait ses grands yeux sombres sur Cash, et l'on pouvait presque sentir de la fumée. Lucy quittait précipitamment ce lieu de dépravation, mais elle n'éprouvait jamais la moindre rancune ; elle était mariée depuis dix-neuf ans et savait que tous les couples traversent des hauts et des bas. Elle ne semblait jamais non plus en tirer de leçon ;

lorsque les Bentley se disputaient de nouveau, elle était tout aussi déterminée à trouver un emploi à Louise. Mais ces querelles et ces réconciliations, à l'image des courses de haies, ne semblaient nullement perdre de leur intérêt à force de répétition.

Un samedi soir, au printemps, les Farquarson organisèrent une fête pour l'anniversaire de mariage des Bentley. Ils étaient mariés depuis dix-sept ans. Le samedi après-midi, Louise se soumit à des préparatifs aussi rigoureux que la lessive du lundi. Elle se reposa une heure, montre en main, les pieds en hauteur, le menton prisonnier d'une écharpe, les yeux baignés d'une solution astringente. Le masque d'argile, les deux gaines serrées, l'épilation, les bigoudis et le maquillage qui suivirent étaient tous destinés à la rajeunir. Ayant finalement le sentiment de n'avoir pas tout à fait réussi, elle se dissimula les yeux sous un voile ; mais c'était une femme ravissante, et les fards qu'elle s'était appliqués semblaient, à l'image de son voile, couvrir sans le masquer un visage dont il était impossible de cacher la beauté mûre et la propension à l'esprit et à la passion. La soirée des Farquarson fut un succès, et les Bentley passèrent un merveilleux moment. Seul Trace Bearden but trop. En fin de soirée, il se mit à taquiner Cash sur sa calvitie naissante, et ce dernier entreprit avec bonne humeur de déplacer les meubles. Harry Farquarson possédait un pistolet et Trace sortit sur la terrasse pour tirer un coup de feu vers le ciel. Cash bondit par-dessus le canapé, par-dessus la table basse, par-dessus les bras d'un fauteuil à bascule et le pare-feu. Ce fut la moulure d'une commode qui causa sa chute, et il chuta comme une tonne de briques.

Louise jeta un cri et se précipita vers son mari, qui gisait au sol. Il s'était fait une entaille au front et quelqu'un lui fit un bandage pour arrêter le flot de sang. Quand il essaya de se lever, il vacilla et retomba. Son visage adopta une affreuse nuance de vert. Harry téléphona au Dr. Parminter, au Dr. Hopewell, au Dr. Altman et au Dr. Barnstable, mais il était 2 heures du matin et aucun d'eux ne décrocha. Enfin, un certain Dr. Yerkes — un parfait inconnu — accepta de se déplacer. Yerkes était un jeune homme — il ne semblait pas suffisamment âgé pour être médecin — et il parcourut du regard la pièce en désordre et l'assemblée inquiète comme si le spectacle offrait quelque chose de curieux. Il prit d'emblée Cash à rebrousse-poil :

« Qu'est-ce qui ne va pas, l'ancien ? » demanda-t-il.

Cash avait la jambe cassée. Le médecin lui posa une attelle, et Harry et Trace portèrent le blessé jusqu'à sa voiture. Louise les suivit dans son propre véhicule jusqu'à l'hôpital et Cash se vit attribuer un lit dans un service. Le médecin lui donna un sédatif ; puis Louise l'embrassa et rentra chez elle dans le petit matin.

Cash passa deux semaines à l'hôpital ; quand il rentra chez lui, il se déplaçait avec une béquille et sa jambe cassée était prisonnière d'un lourd plâtre. Il s'écoula encore dix jours avant qu'il puisse aller prendre le train du matin en boitillant.

« Je ne pourrais plus faire de course de haies, ma chérie », dit-il tristement à Louise.

Elle répliqua que cela n'avait pas d'importance ; mais il semblait en être autrement pour Cash. À l'hôpital, il avait maigri. Il avait des idées noires. Il paraissait insatisfait. Il ne comprenait pas lui-même ce qui s'était passé. Il semblait avoir subtilement pris un mauvais tournant ; à moins que ce ne soit tout ce qui l'environnait. Ses sens eux-mêmes paraissaient contribuer à gâter le monde innocent qui l'enchantait depuis tant d'années. Un soir, très tard, il alla se faire un sandwich à la cuisine; quand il ouvrit la porte du réfrigérateur, il sentit une odeur fétide. Il jeta la viande gâtée à la poubelle, mais l'odeur resta prisonnière de ses narines. Quelques jours plus tard, il monta au grenier afin d'y chercher le pull-over à l'emblème de l'équipe sportive de son université. Le grenier n'avait pas de fenêtre, et sa lampe torche ne diffusait qu'une faible lumière. Alors qu'il était agenouillé sur le sol pour déverrouiller un coffre, une toile d'araignée vint se poser sur ses lèvres avant de se rompre. La fragile toile lui recouvrit la bouche comme si une main s'était posée là. Il l'essuya avec impatience, mais également avec le sentiment d'avoir été bâillonné.

Quelques jours plus tard, il marchait dans une rue de New York, le soir, sous la pluie, quand il aperçut une vieille catin immobile dans l'embrasure d'une porte. Elle était si obscène et laide qu'elle semblait être une caricature de la Mort; mais avant qu'il ait pu la jauger — à l'instant où sa silhouette voûtée s'imprima sur sa rétine — ses lèvres se gonflèrent, son souffle s'accéléra, et il éprouva tous les symptômes d'une excitation érotique.

Quelques soirs plus tard, alors qu'il lisait le *Time* au salon, il remarqua que les roses fanées que Louise avait rapportées du jardin exhalaient une odeur de terre; c'était une odeur putride, insoutenable. Il jeta les roses à la poubelle, mais pas avant qu'elles ne lui aient rappelé la viande avariée, la prostituée et la toile d'araignée.

Il avait recommencé à fréquenter des soirées, mais sans les courses de haies, les fêtes de ses amis et de ses voisins lui semblaient interminables et éculées. Il écoutait leurs histoires grivoises avec une irritation qu'il avait peine à dissimuler. Leur apparence elle-même le déprimait; vautré dans un fauteuil, il scrutait leur peau et leurs dents comme s'il avait été beaucoup plus jeune.

Louise fit les frais de la plus grande partie de son irritabilité ; elle avait le sentiment qu'en perdant les courses de haies, Cash s'était vu priver de ce qui préservait leur équilibre. Il était grossier envers les amis qui passaient prendre un verre. Il était grossier et renfermé quand Louise et lui sortaient. Quand sa femme lui demandait ce qui se passait, il se contentait de murmurer « Rien, rien, rien » et se servait un verre de bourbon. Les mois de mai et juin passèrent, ainsi que la première partie de juillet, sans que la moindre amélioration se manifestât.

C'est un soir d'été, un merveilleux soir d'été. Aux yeux des passagers du 20 h 15, Shady Hill apparaît — si tant est qu'ils la remarquent — baignée d'une placide lumière dorée. Le rugissement du train est étouffé par l'épais feuillage, et avant de disparaître les longues vitres des wagons ressemblent à une chaîne d'aquariums illuminés. Sur la colline, les femmes s'exclament : « Sentez-vous le parfum de l'herbe ? Sentez-vous le parfum des arbres ? » Les Farquarson ont organisé une petite fête ; Harry a suspendu à la tonnelle de roses une pancarte sur laquelle il est écrit « Puits à whisky », et mis un tablier et une toque blanche de cuisinier. Ses invités en sont encore à l'apéritif et la fumée du barbecue, dans le soir dénué de vent, s'élève tout droit dans les arbres.

Dans le pavillon du club situé sur la colline, le premier bal destiné aux jeunes gens commence à 21 heures. Les systèmes d'arrosage d'Alewives Lane continuent à fonctionner après la tombée du jour. Une odeur d'eau flotte dans l'air, lequel semble aussi parfumé qu'il est sombre — un élément dans lequel il est délicieux d'évoluer — et la plupart des fenêtres sont ouvertes pour l'accueillir. En passant dans la rue, on peut voir Mr. et Mrs. Bearden regarder la télévision. Joe Lockwood, le jeune avocat qui habite au coin de la rue, répète devant sa femme un discours destiné au jury. « Je vais vous démontrer, déclame-t-il, qu'un homme intègre, un homme dont la réputation d'honnêteté et de fiabilité... » Tout en parlant, il agite ses bras nus. Sa femme continue à tricoter. Mrs. Carver — la belle-mère de Harry Farquarson — lève les yeux au ciel et demande : « D'où viennent donc toutes ces étoiles ? » Elle est vieille et sotte, et pourtant elle a raison ; les étoiles de la nuit passée semblent avoir attiré à elles de nouvelles galaxies, et le ciel nocturne est loin d'être sombre, si ce n'est dans les déchirures de la membrane de lumière. Dans le lotissement qui n'est pas encore habité, près de la voie de chemin de fer, chante une grive solitaire.

Les Bentley sont chez eux. Le pauvre Cash s'est montré si grossier et maussade que les Farquarson ne l'ont pas invité à leur soirée. Il est assis sur le canapé à côté de Louise, qui coud des élastiques dans l'ourlet de culottes des enfants. À travers la fenêtre lui parviennent les sons agréables de la nuit d'été. Une autre petite fête a lieu dans le jardin des Rogers, derrière chez les Bentley. La musique du bal se diffuse le long de la pente de la colline. L'orchestre est réduit — saxophone, percussions et piano — et tous les morceaux sont vieux de vingt ans. L'orchestre entonne *Valencia* et Cash lance un tendre regard en direction de Louise ; mais sa femme, ce soir, offre un spectacle décourageant. La clarté de la lampe souligne ses cheveux gris. Son tablier est taché. Son visage semble pâle et tiré. Soudain, Cash se met à marquer fiévreusement la mesure du pied. Il chantonne quelques mots sans queue ni tête — jabajabajabajaba — pour accompagner le lointain saxophone. Il soupire, et va dans la cuisine.

Un relent faible et rance de nourriture s'attarde dans l'obscurité. Par la fenêtre de la cuisine, Cash aperçoit les lumières et les silhouettes de la petite fête des Rogers. C'est une fête de jeunes gens. Les filles des Rogers ont invité des amis à dîner avant le bal, et ils semblent sur le point de partir. Des voitures démarrent.

« Je suis couverte de taches d'herbe », s'exclame une fille.

« J'espère que mon vieux n'a pas oublié d'acheter de l'essence », dit un garçon, et une jeune fille éclate de rire.

Rien d'autre n'occupe leurs esprits que les nuits estivales. Pas un seul des êtres qui se trouvent dans ce jardin n'a été encore effleuré par les impôts et les élastiques de culottes — toutes ces laides réalités de la vie qui menacent d'étouffer Cash. Alors un sentiment de jalousie s'empare de lui, une jalousie si sauvage, si amère, qu'il a l'impression d'être malade.

Il ne comprend pas ce qui le distingue de ces jeunes gens. Il a été jeune, lui aussi. Il a été un héros. Il a été adoré, heureux, débordant d'instincts primitifs, et à présent le voici dans une cuisine obscure, privé de ses dons d'athlète, de son impétuosité, de sa grâce — de tout ce qui importe à ses yeux. Il a l'impression que les invités du jardin voisin sont les fantômes d'une soirée qui se déroule dans un passé où résident tous ses goûts et ses désirs, et dont il a été cruellement chassé. Il a le sentiment d'être le fantôme de cette nuit d'été. Il éprouve une nostalgie déchirante. Puis il entend des voix s'élever dans le salon, et Louise allume la lumière de la cuisine.

« Ah, tu es là, s'exclame-t-elle. Les Bearden nous ont rendu visite. Je crois qu'ils aimeraient prendre un verre. »

Cash alla dans le salon saluer les Bearden. Ils voulaient aller au club le temps d'une danse. Il leur suffit d'un regard pour voir que Cash était à bout, et ils insistèrent pour que les Bentley les accompagnent. Louise appela quelqu'un pour garder les enfants, puis monta se changer à l'étage.

Quand ils arrivèrent au club, ils retrouvèrent quelques amis de leur âge au bar, mais Cash ne resta pas avec eux. Il semblait agité, peut-être ivre. Il heurta une table en traversant le salon pour se rendre sur la piste de danse. Il déroba une jeune fille aux bras de son cavalier, l'enlaça avec trop de fougue et l'entraîna dans un deux-temps datant d'une époque révolue. D'un geste, elle appela ostensiblement un jeune homme à l'aide et Cash fut évincé. Furieux, il quitta la piste et sortit sur la terrasse. Quand il poussa la porte grillagée, quelques jeunes couples se séparèrent. Il se dirigea vers l'extrémité de la terrasse, espérant y être seul, mais il surprit deux adolescents qui se levèrent de la pelouse où ils semblaient s'être allongés et s'éloignèrent vers la piscine dans l'obscurité.

Louise resta au bar en compagnie des Bearden.

« Le pauvre Cash est à bout », murmura-t-elle. Puis elle ajouta : « Cet après-midi, il m'a dit qu'il allait peindre les doubles-fenêtres. Il a préparé la peinture, il a lavé les pinceaux, a enfilé de vieux vêtements de travail et est descendu à la cave. Quelqu'un lui a téléphoné vers 5 heures, et quand je suis descendu l'appeler, savez-vous ce qu'il faisait ? Il était assis dans le noir avec un shaker à cocktails. Il n'avait pas touché aux doubles-fenêtres. Il était assis dans le noir, en train de boire des Martini.

— Pauvre Cash, murmura Trace.

— Tu devrais chercher un travail, conseilla Lucy. Cela te permettrait d'être indépendante sur le plan émotionnel et financier. »

Alors qu'elle parlait, ils entendirent qu'on déplaçait des meubles dans le salon.

« Oh, mon Dieu ! s'exclama Louise. Il va faire la course de haies. Arrête-le, Trace, arrête-le ! Il va se blesser. Il va se tuer ! »

Ils se dirigèrent vers la porte du salon. Louise demanda de nouveau à Trace d'intervenir mais, à l'expression de son mari, elle devina qu'il était trop tard pour le raisonner. Quelques couples quittèrent la piste et vinrent assister aux préparatifs. Trace n'essaya pas d'arrêter Cash — il lui prêta main-forte. Il n'y avait pas de pistolet, aussi frappa-t-il deux livres l'un contre l'autre pour donner le signal du départ.

Cash bondit par-dessus le canapé, la table basse, la lampe, le pare-feu et l'agenouilloir. Il semblait avoir retrouvé toute sa grâce et sa force. Il franchit le grand canapé situé à l'extrémité de la pièce et, au lieu de s'arrêter, pivota sur lui-même et entreprit de refaire le parcours à l'envers. Son visage était crispé, sa bouche grande ouverte. Les tendons de son cou saillaient hideusement. Il sauta par-dessus l'agenouilloir, le pare-feu, la lampe et la table basse. Alors qu'il approchait du dernier canapé, les spectateurs retinrent leur souffle; mais il le franchit sans encombre et retomba sur ses pieds. Des applaudissements éclatèrent. Alors il laissa échapper un grognement et s'effondra. Louise se précipita vers lui. Ses vêtements étaient trempés de sueur et il luttait pour retrouver son souffle. Elle s'agenouilla à ses côtés, lui posa la tête sur ses genoux et caressa ses cheveux clairsemés.

Le dimanche, Cash eut une terrible gueule de bois et Louise le laissa dormir presque jusqu'à l'heure de la messe. La famille partit pour l'église à 11 heures, comme toujours. Cash chanta, pria et s'agenouilla, mais le seul sentiment qu'il éprouvât jamais, à l'église, était celui d'être exclu du royaume de l'infinie miséricorde de Dieu, et à dire vrai il ne croyait pas plus au Père, au Fils et au Saint-Esprit que mon bull-terrier. Ils rentrèrent à 13 heures pour s'attabler devant la viande trop cuite et les pommes de terre dures comme pierre qui constituaient le déjeuner traditionnel du dimanche. Vers 17 heures, les Parminster téléphonèrent pour les inviter à prendre un verre. Louise n'avait pas envie d'y aller, et Cash s'y rendit seul. (Oh, le dimanche soir en banlieue, la mélancolie du dimanche soir ! Le départ des invités du week-end, les cocktails éventés, les fleurs agonisantes, les trajets jusqu'à Harmon pour prendre le Century, les dîners improvisés grâce aux reliefs de la fête !) Le temps était maussade et couvert. Les jours de canicule allaient commencer. Cash but du gin en compagnie des Parminster pendant une heure ou deux, puis il alla prendre un verre chez les Townsend. Les Farquarson téléphonèrent aux Townsend pour les inviter et les pressèrent d'emmener Cash. Chez les Farquarson, ils burent encore quelques verres et dînèrent des restes de la fête de la veille. Les Farquarson étaient heureux de constater que Cash semblait être redevenu lui-même. Il était 22 h 30 ou 23 heures quand il rentra à la maison. Louise était à l'étage, en train de découper dans le dernier numéro de *Life* les scènes de chaos, de catastrophe et de mort violente qui risquaient, selon elle, de dépraver ses enfants. Elle n'oubliait jamais de le faire. Cash monta à l'étage et lui dit quelques mots, puis redescendit. Peu après, elle l'entendit déplacer les meubles du salon. Puis il l'appela. Quand elle descendit, il se tenait au pied de l'escalier, en chaussettes, et lui tendait le pistolet. Elle ne l'avait jamais utilisé, et les indications qu'il lui donna n'étaient guère utiles.

« Dépêche-toi, lança-t-il. Je n'ai pas envie d'attendre toute la nuit. »

Il avait oublié de lui mentionner la présence du cran de sûreté, et quand elle appuya sur la détente il ne se produisit rien.

« C'est ce petit levier, là, dit-il. Appuie sur ce petit levier. »

Puis, dans son impatience, il s'élança quand même par-dessus le canapé.

Le coup partit, et Louise l'atteignit en plein saut. Elle le tua net.

LE 17 H 48

Blake la vit à l'instant où il sortit de l'ascenseur.

Quelques personnes — principalement des hommes attendant des jeunes femmes — patientaient dans le hall de l'immeuble, le regard fixé sur les portes de l'ascenseur. Elle se trouvait parmi eux. Au moment précis où il l'aperçut, le visage de la jeune femme adopta une telle expression de mépris et de détermination qu'il sut qu'elle l'attendait. Il n'alla pas lui parler. Il ne lui devait strictement rien. Ils n'avaient rien à se dire. Se détournant, il se dirigea vers les portes vitrées situées à l'extrémité du hall, en proie au léger sentiment de culpabilité et de désarroi qu'on éprouve quand on croise un vieil ami ou un camarade de lycée qui semble ruiné, malade ou frappé de quelque autre malheur. Les horloges des bureaux de la Western Union indiquaient 17 h 18. Il pouvait attraper le train express. Alors qu'il attendait son tour devant les portes tambour, il constata qu'il pleuvait toujours. Il avait plu toute la journée, et il remarqua alors combien la pluie amplifiait les bruits de la ville. Une fois dehors, il se dirigea d'un pas vif vers l'est et Madison Avenue. Le trafic était lent et des voitures klaxonnaient impatiemment à un carrefour éloigné. Les passants se pressaient sur le trottoir. Il se demanda ce qu'elle avait espéré gagner en l'apercevant à la sortie du bureau en fin de journée ; puis il se demanda si elle le suivait.

Quand on se déplace en ville, on se retourne rarement pour regarder derrière soi. Mû par l'habitude, Blake se retint de le faire ; il prêta un instant l'oreille — de façon absurde — en marchant, comme s'il pouvait distinguer les pas de la jeune femme de l'infinité des bruits qui s'élèvent dans la ville au crépuscule d'un jour de pluie. Puis il remarqua devant lui, de l'autre côté de la rue, une trouée dans la muraille d'immeubles. On avait abattu quelque chose, on construisait quelque chose, mais la structure métallique ne s'élevait pas encore au-dessus de la palissade et la lumière s'engouffrait à flots dans la brèche. Blake s'immobilisa sur le trottoir d'en face et plongea le regard dans une vitrine. C'était celle d'un décorateur ou d'un commissaire-priseur ; elle était décorée comme une pièce où des gens vivent et reçoivent leurs amis. On y voyait des tasses sur une table basse, des magazines et des fleurs dans des vases ; mais les fleurs étaient mortes, les tasses vides et les invités n'étaient pas venus. Dans la vitre, Blake distingua son propre reflet limpide et celui des passants qui défilaient telles des ombres derrière lui. Puis il aperçut celui de la jeune femme — si proche qu'il en éprouva un choc. Elle n'était qu'à trente ou cinquante centimètres de lui. Il aurait pu se retourner et lui demander ce qu'elle voulait, mais au lieu de lui montrer qu'il avait remarqué sa présence, il se détourna abruptement du reflet déformé de son visage et poursuivit son chemin. Elle avait peut-être l'intention de lui faire du mal ; elle avait peut-être l'intention de le tuer.

À cause de la brusquerie de son geste, l'eau s'écoulait du rebord de son chapeau selon un angle tel qu'un filet de pluie ruisselait dans son cou. Cela ressemblait désagréablement à la sueur de la peur. Alors, l'eau froide gouttant sur son visage et ses mains nues, l'odeur rance des caniveaux et des pavés humides, l'humidité qui commençait à s'infiltrer dans ses chaussures et la crainte de prendre froid — tous les désagréments ordinaires d'une marche sous la pluie — semblèrent décupler la menace que représentait cette femme et lui faire prendre morbidement conscience de son corps, et de la facilité avec laquelle il pouvait être blessé. Devant lui, il apercevait l'angle de Madison Avenue, où les lumières brillaient d'un éclat plus vif. Il eut le sentiment que s'il pouvait atteindre l'avenue, il serait sauvé. Au coin de la rue se trouvait une boulangerie munie de deux portes ; il entra par la première, acheta un café comme n'importe quel homme s'apprêtant à regagner sa banlieue et sortit par la porte donnant sur Madison Avenue. S'éloignant dans l'avenue, il aperçut la jeune femme qui le guettait près d'un kiosque à journaux.

Elle n'était pas très astucieuse. Il n'aurait aucun mal à s'en débarrasser. Il pouvait entrer dans un taxi par une portière, et sortir par l'autre. Il pouvait se plaindre à un policier. Il pouvait courir — bien qu'il craignît, s'il courait, de précipiter les violences qu'elle lui destinait, il en était désormais certain. Il approchait d'un quartier de la ville qu'il connaissait bien et dont le labyrinthe de passages souterrains, d'ascenseurs et de halls d'immeubles bondés devaient aisément permettre à un homme de semer un poursuivant. Cette pensée — et la vapeur chaude et sucrée s'échappant de son café — le réconforta. Il était absurde d'imaginer qu'il pouvait être blessé dans une rue passante. La jeune femme était sotte, fourvoyée, peut-être esseulée — rien de plus. Lui-même était un homme parfaitement insignifiant, et il était ridicule de penser que quelqu'un pouvait le suivre de son bureau jusqu'à la gare. Il ne connaissait aucun secret d'importance. Les dossiers de son attaché-case ne concernaient ni la guerre, ni la paix, ni le trafic de drogue, la bombe à hydrogène ou l'un de ces trafics à l'échelle planétaire qu'il associait à des filatures, des silhouettes en imperméable et des trottoirs mouillés. Puis il aperçut devant lui les portes d'un bar à clientèle masculine. Oh, comme c'était simple !

Il commanda un Gibson et se fraya un chemin jusqu'au bar, s'installant entre deux hommes afin qu'elle ne puisse l'apercevoir si d'aventure elle jetait un regard par la fenêtre. La salle était bondée d'hommes qui s'apprêtaient à regagner leur banlieue et buvaient un verre pour la route. Leurs vêtements, leurs chaussures et leurs parapluies avaient emporté dans le bar l'odeur rance du crépuscule humide ; mais Blake commença à se détendre dès qu'il trempa ses lèvres dans son Gibson et parcourut du regard ces visages d'hommes ordinaires, mûrs pour la plupart, et qui s'inquiétaient — s'ils s'inquiétaient le moins du monde — des impôts et de l'identité du futur responsable du secteur des ventes. Il essaya de se remémorer son nom — Miss Dent, Miss Bent, Miss Lent — et il fut surpris de ne pouvoir s'en souvenir, bien qu'il fût fier de sa mémoire et que l'incident n'ait eu lieu que six mois plus tôt.

Le service du personnel l'avait envoyée un après-midi ; il cherchait une secrétaire. Il avait vu une jeune femme brune — d'une vingtaine d'années, peut-être —, mince et timide. Sa robe était toute simple, sa silhouette n'avait rien d'exceptionnel, l'un de ses bas était de travers, mais elle avait une voix douce et il avait décidé de la prendre à l'essai. Alors qu'elle travaillait depuis quelques jours pour lui, elle lui avait confié qu'elle venait de passer huit mois à l'hôpital et qu'il lui avait été difficile de retrouver un emploi ; elle voulait le remercier de lui avoir offert sa chance. Elle avait les cheveux foncés, les yeux foncés, et laissait à Blake l'agréable impression d'une ténébreuse jeune femme. Quand il avait appris à mieux la connaître, il s'était aperçu qu'elle avait une sensibilité exacerbée et que, par conséquent, elle était très seule. Un jour, alors qu'elle lui parlait de ce qu'elle imaginait être sa vie — débordant d'amis, d'argent et d'une famille nombreuse et affectueuse —, il avait cru deviner en elle un étrange sentiment de privation. Elle semblait s'imaginer que le reste du monde menait une existence plus brillante que ce n'était réellement le cas. Un jour, elle avait mis une rose sur son bureau, et il avait jeté la fleur à la poubelle. « Je n'aime pas les roses », lui avait-il dit.

Elle était compétente, ponctuelle et bonne dactylographe, et il n'avait trouvé à redire qu'à une seule chose — son écriture. Il n'arrivait pas à associer la laideur de cette écriture à l'apparence de la jeune femme. Il l'aurait imaginée dessinant des lettres rondes, sagement inclinées, et son écriture en avait quelques traces, mêlées à des traits maladroits. Blake avait le sentiment qu'elle avait été victime de quelque conflit intérieur — un conflit émotionnel — dont la violence avait brisé la continuité des lignes qu'elle traçait sur le papier. Alors qu'elle travaillait pour lui depuis trois semaines — pas davantage —, ils s'étaient attardés au bureau, un soir, et il l'avait invitée à prendre un verre après le travail.

« Si vous voulez vraiment boire un verre, avait-elle dit, j'ai du whisky à la maison. »

Elle logeait dans une chambre qui ressemblait à un placard. Des cartons à vêtements et à chapeaux étaient empilés dans un coin et, bien que la chambre semblât à peine assez vaste pour contenir le lit, la coiffeuse et le fauteuil dans lequel Blake s'assit, un piano droit se trouvait contre le mur, une partition de sonates de Beethoven sur son pupitre. Elle lui servit un verre et annonça qu'elle allait enfiler une tenue plus confortable. Il l'encouragea; après tout, c'était pour cela qu'il était venu. S'il avait eu la moindre appréhension, elle aurait été d'ordre pratique. Le sentiment d'insécurité et de privation dont souffrait la jeune femme lui garantissait que l'aventure serait sans conséquences. Il avait choisi la plupart de ses précédentes conquêtes pour leur manque d'amour-propre.

Quand il renfila ses vêtements, une heure plus tard, elle sanglotait. Il se sentait trop content, satisfait et ensommeillé pour s'inquiéter beaucoup de ces larmes. Tandis qu'il s'habillait, il remarqua, posé sur la coiffeuse, un mot qu'elle avait écrit à l'intention de la femme de ménage. La seule lumière provenait de la salle de bains — sa porte était entrouverte — et, dans cette demi-pénombre, les lettres hideusement griffonnées lui donnèrent une nouvelle fois l'impression de ne pas du tout correspondre à la jeune femme; il semblait s'agir de l'écriture d'une femme différente et très fruste.

Le lendemain, il fit ce qu'il pensait être la seule chose judicieuse. Alors qu'elle était sortie déjeuner, il appela le service du personnel et lui demanda de la renvoyer. Puis il prit son après-midi. Quelques jours plus tard, elle vint au bureau et demanda à lui parler. Il ordonna à la réceptionniste de ne pas la laisser entrer. Il ne l'avait plus revue jusqu'à ce soir.

Blake but un deuxième Gibson et, d'un coup d'œil à la pendule, constata qu'il avait raté le train express. Il prendrait l'omnibus, le 17 h 48. Quand il sortit du bar, le ciel était encore clair; il pleuvait toujours. Il balaya soigneusement la rue du regard et constata que la pauvre femme était partie. Sur le chemin de la gare, il regarda une ou deux fois par-dessus son épaule, mais il semblait tiré d'affaires. Il s'aperçut qu'il n'avait pas tout à fait repris ses esprits, car il avait laissé son café au bar et il n'était pas homme à oublier quoi que ce soit. Il fut chagriné de cette défaillance de sa mémoire.

Il acheta un journal. Quand il monta dans l'omnibus, le wagon n'était qu'à moitié plein et il choisit un siège du côté du fleuve avant d'ôter son imperméable. C'était un homme mince, aux cheveux bruns — parfaitement quelconque, à moins qu'on ne puisse deviner ses goûts malsains dans la pâleur de son teint ou ses yeux gris. Comme nous tous, il semblait s'habiller en tenant compte de l'existence de lois somptuaires ; son imperméable était de la teinte claire, couleur chamois, d'un champignon, son chapeau était marron foncé, ainsi que son costume. À l'exception de quelques touches colorées dans sa cravate, ses vêtements offraient une scrupuleuse absence de couleur qui semblait constituer une protection.

Du regard, il chercha s'il y avait des voisins dans le compartiment. Mrs. Compton était assise quelques sièges devant lui, sur la droite. Elle lui adressa un sourire, mais ce fut un sourire furtif, qui s'évanouit rapidement et hideusement. Mr. Watkins était assis juste en face de Blake. Il avait besoin d'une bonne coupe de cheveux et il avait enfreint la loi somptuaire : il portait une veste en velours côtelé. Blake et lui s'étaient disputés et ne s'adressèrent donc pas la parole.

Blake ne fut pas affecté par la rapide disparition du sourire de Mrs. Compton. Les Compton étaient ses plus proches voisins, et Mrs. Compton n'avait jamais compris qu'il était important de se mêler de ses affaires. Blake savait que son épouse lui confiait ses problèmes ; au lieu de décourager ses crises de larmes, Mrs. Compton en était venue à se prendre pour une sorte de confesseur et éprouvait une vive curiosité pour l'intimité des Blake. Elle avait sans doute entendu le récit de leur dernière dispute. Un soir, Blake était rentré, surmené et épuisé, et s'était aperçu que Louise n'avait pas préparé à dîner. Suivi de sa femme, il s'était dirigé vers la cuisine et lui avait indiqué qu'ils étaient le cinq du mois. Il avait tracé un cercle autour de cette date sur le calendrier de la cuisine.

« Dans une semaine, nous serons le douze, avait-il ajouté. Dans deux semaines, le dix-neuf. »

Il avait entouré le dix-neuf d'un cercle.

« Je ne t'adresserai pas la parole pendant deux semaines, avait-il conclu. Nous serons donc le dix-neuf. »

Elle avait sangloté, protesté, mais depuis huit ou dix ans ses prières avaient perdu tout pouvoir de l'émouvoir. Elle avait vieilli. Les rides s'étaient inéluctablement gravées sur son visage et, lorsqu'elle chaussait ses lunettes pour lire le journal du soir, il avait le sentiment de voir une inconnue disgracieuse. Ses charmes physiques, qui représentaient son seul atout, avaient disparu. Neuf ans plus tôt, Blake avait construit une bibliothèque dans l'embrasure de la porte reliant leurs chambres ; ne voulant pas que leurs enfants lisent ses livres, il l'avait pourvue de portes en bois pouvant être verrouillées. Mais à ses yeux, cet éloignement prolongé n'avait rien d'extraordinaire. Il s'était disputé avec son épouse, mais c'était là le sort de tous les hommes ; c'était la nature humaine. Dans tous les lieux où on pouvait entendre leurs voix — la cour d'un hôtel, un puits d'aération, une rue un soir d'été —, on entendait des mots cruels.

La brouille qui l'opposait à Mr. Watkins avait également pour origine la famille de Blake, mais elle n'était pas aussi grave ni ennuyeuse que ce que dissimulait le furtif sourire de Mrs. Compton. Les Watkins étaient locataires. Jour après jour, Mr. Watkins enfreignait la loi somptuaire — il lui était arrivé d'aller prendre le 8 h 14 chaussé de sandales —, et il exerçait la profession d'artiste commercial. L'aîné des Blake — Charlie, âgé de quatorze ans — s'était lié d'amitié avec le fils des Watkins. Il avait pris l'habitude de passer beaucoup de temps dans le pavillon négligé que louaient les Watkins. Ses bonnes manières et son goût de l'ordre avaient souffert de cette amitié. Puis il s'était mis à dîner chez les Watkins et à y dormir le samedi soir. Quand il avait emporté la plus grande partie de ses affaires chez eux et qu'il avait commencé à y dormir plus de la moitié du temps, Blake avait été contraint d'agir. Il avait parlé non pas à Charlie mais à Mr. Watkins et, par nécessité, il avait tenu un certain nombre de propos qui avaient dû sembler désapprobateurs. Les cheveux longs et gras de Mr. Watkins et sa veste en velours côtelé confortèrent Blake dans sa certitude d'avoir pris la bonne décision.

Mais le furtif sourire de Mrs. Compton et les cheveux gras de Mr. Watkins ne diminuèrent nullement le plaisir qu'il éprouva en s'installant dans l'un des sièges inconfortables du 17 h 48. Le compartiment était vieux et, curieusement, il dégageait la même odeur qu'un abri antiaérien dans lequel des familles entières auraient passé la nuit. Une faible lumière émanait du plafond et baignait leurs têtes et leurs épaules. La pluie d'un autre trajet avait strié de raies la poussière des vitres, et des bouffées malodorantes de fumée de pipe et de cigarette s'élevaient déjà derrière chaque journal. Mais ce spectacle signifiait à Blake qu'il était en lieu sûr et, après le danger qu'il venait de frôler, il éprouva même un léger sentiment de sympathie envers Mrs. Compton et Mr. Watkins.

Émergeant de sous terre, le train surgit dans la faible lumière du jour. Les quartiers mal famés de la ville rappelèrent vaguement à Blake le souvenir de la femme qui l'avait suivi. Afin d'éviter toute interrogation, tout sentiment de remords à son égard, il se plongea dans le journal du soir. Il distinguait du coin de l'œil le paysage, un paysage industriel qui, à cette heure, semblait lugubre. On y voyait des hangars et des entrepôts et, les surplombant, il aperçut une brèche dans les nuages — un pan de lumière jaune.

« Mr. Blake », prononça une voix.

Il leva les yeux. C'était elle. Elle était là, une main posée sur le dossier du siège pour garder son équilibre dans le compartiment agité de cahots. Alors il se souvint de son nom — Miss Dent.

« Bonjour, Miss Dent, dit-il.

— Cela vous ennuie-t-il que je m'assoie là ?

— Je suppose que non.

— Merci. Vous êtes très aimable. Je n'aime pas vous importuner ainsi. Je ne voudrais pas... »

Quand il avait levé les yeux et l'avait aperçue, il avait été pris de frayeur, mais la voix timide de la jeune femme le rassura rapidement. Il se poussa légèrement — réflexe futile d'hospitalité — et elle s'assit. Elle laissa échapper un soupir. Il sentait l'odeur que dégageaient ses vêtements mouillés. Elle portait un chapeau informe et noir, où était cousue une crête de mauvaise étoffe. Il vit que son manteau était léger ; elle portait des gants et tenait une grande pochette à la main.

« Habitez-vous dans cette direction maintenant, Miss Dent ?

— Non. »

Elle ouvrit son sac à main et en tira son mouchoir. Elle s'était mise à pleurer. Il tourna la tête pour voir si un voyageur les observait, mais personne ne les regardait. Dans le train du soir, il s'était assis à côté de milliers de passagers. Il avait remarqué leurs vêtements, les trous de leurs gants ; s'ils s'étaient endormis et marmonnaient, il s'était demandé quels soucis les rongeaient. Il avait jaugé presque chacun d'eux, brièvement, avant de plonger le nez dans son journal. Il les avait catalogués comme étant riches, pauvres, brillants ou ternes, mais aucun de ces milliers de passagers n'avait jamais pleuré. Quand elle ouvrit son sac à main, il se souvint de son parfum. Il avait imprégné sa peau le soir où il était allé boire un verre chez elle.

« J'ai été très malade, reprit-elle. C'est la première fois que je me lève depuis deux semaines. J'ai été affreusement malade.

— J'en suis navré, Miss Dent, déclara-t-il d'une voix suffisamment forte pour que Mr. Watkins et Mrs. Compton puissent l'entendre. Où travaillez-vous, maintenant ?

— Quoi ?

— Où travaillez-vous, maintenant ?

— Oh, ne me faites pas rire, répliqua-t-elle doucement.

— Je ne comprends pas.

— Vous avez empoisonné leurs esprits. »

Il redressa la tête et carra ses épaules. Ces mouvements exprimaient un désir bref — et vain — de se trouver ailleurs. Elle avait l'intention de lui causer des ennuis. Il inspira profondément. Il regarda avec intensité le compartiment à moitié plein et faiblement éclairé afin de renforcer sa perception de la réalité, le sentiment de se trouver dans un monde où les ennuis n'étaient, après tout, jamais bien graves. Il avait conscience du souffle lourd de la jeune femme et de l'odeur de son manteau trempé de pluie. Le train s'arrêta. Une sœur et un homme en salopette descendirent. Lorsque le train repartit, Blake mit son chapeau et s'empara de son imperméable.

« Où allez-vous ? demanda-t-elle.

— Dans un autre wagon.

— Oh, non, riposta-t-elle. Non, non, non. »

Elle approcha son pâle visage si près de son oreille qu'il sentit son souffle tiède effleurer sa joue.

« Ne faites pas ça, chuchota-t-elle. N'essayez pas de m'échapper. J'ai un pistolet ; il me faudrait vous tuer, et je n'en ai pas envie. Tout ce que je veux, c'est vous parler. Ne faites pas un geste ou je vous tuerai. Non, non, non ! »

Blake se rassit brusquement sur son siège. S'il avait voulu se lever et appeler à l'aide, il en aurait été incapable. Sa langue avait doublé de volume et quand il essaya de la bouger, elle adhéra horriblement à son palais. Il avait les jambes en coton. La seule chose qui lui vint à l'esprit, alors, fut d'attendre que son cœur cessât de battre aussi furieusement afin de pouvoir évaluer l'étendue du danger qui le menaçait. Elle était légèrement tournée de côté, et dans sa pochette se trouvait le pistolet, braqué sur le ventre de Blake.

« Vous me comprenez maintenant, n'est-ce pas ? reprit-elle. Vous comprenez que je parle sérieusement ? »

Il essaya de prendre la parole, mais il en était toujours incapable. Il hocha la tête.

« Maintenant, nous allons rester tranquillement assis un instant. Je me suis tellement énervée que mes idées sont tout embrouillées. Nous allons rester tranquillement assis un instant, jusqu'à ce que je puisse y remettre de l'ordre. »

Blake se dit qu'on allait lui venir en aide. Ce n'était qu'une question de minutes. Remarquant l'expression de son visage ou son attitude étrange, quelqu'un allait s'arrêter et intervenir, et tout serait fini. Il devait seulement attendre qu'on s'aperçoive du tourment qu'il endurait. À travers la vitre, il apercevait le fleuve et le ciel. Les nuages de pluie s'abaissaient comme un volet, et un rai de lumière orange se mit à luire à l'horizon. Son éclat se déplaça à vue d'œil sur les vaguelettes avant d'allumer une faible lueur d'incendie sur les berges de la rivière, puis il s'éteignit. Quelqu'un allait lui venir en aide dans un instant, songea-t-il.

Quelqu'un allait lui venir en aide avant que le train ne s'arrête de nouveau. Mais le train s'arrêta, il y eut quelques allées et venues, et Blake demeura à la merci de la femme assise près de lui. Il était incapable d'envisager la possibilité que personne ne lui vînt en aide. L'éventualité que son tourment pût ne pas être remarqué, que Mrs. Compton s'imaginât qu'il emmenait une amie pauvre dîner à Shady Hill, était une chose à laquelle il songerait plus tard. Puis la salive revint humecter sa bouche, et il réussit à parler.

« Miss Dent ?

— Oui ?

— Que voulez-vous ?

— Vous parler.

— Vous pouvez venir à mon bureau.

— Oh, non. J'y suis allée tous les jours pendant deux semaines.

— Vous pourriez prendre rendez-vous.

— Non. Je crois que nous pouvons parler ici. Je vous ai écrit une lettre, mais j'étais trop malade pour aller la poster. J'ai mis toutes mes pensées par écrit. J'aime voyager ; j'aime les trains ; j'ai toujours regretté de ne pas pouvoir me permettre de voyager. J'imagine que vous voyez ce paysage tous les soirs et que vous ne le remarquez plus, mais il semble tout à fait charmant à quelqu'un qui a été longtemps alité. On dit qu'Il n'est ni dans le fleuve ni dans les collines, mais je crois pourtant que si. "Où se trouve la sagesse ?" dit-on. "Où se trouve la compréhension ?" L'abîme dit qu'elles ne sont pas en moi ; la mer dit qu'elles ne sont pas en moi. La destruction et la mort disent que nos oreilles en perçoivent la force.

« Oh, je sais ce que vous pensez. Vous pensez que je suis folle. J'ai été de nouveau très malade, mais je vais me rétablir. Cela va me faire du bien de discuter avec vous. Avant de travailler pour vous, j'ai passé beaucoup de temps à l'hôpital, mais ils n'ont jamais essayé de me soigner; ils voulaient seulement détruire mon amour-propre. Cela fait trois mois que je n'ai pas travaillé. Même si je devais vous tuer, ils ne pourraient rien me faire à part me renvoyer à l'hôpital; aussi, vous voyez, je n'ai pas peur. Mais restons assis tranquillement encore un petit moment. Il faut que je reste calme. »

Le train continuait sa progression entrecoupée d'arrêts le long du fleuve. Blake s'efforça de concevoir un plan qui lui permettrait de fuir, mais la menace pesant sur sa vie lui rendait la tâche difficile. Au lieu de réfléchir de façon pertinente, il songeait aux multiples façons dont il aurait pu éviter la jeune femme. À peine eut-il éprouvé ces regrets qu'il prit conscience de leur futilité. Autant regretter n'avoir eu aucun soupçon quand elle avait évoqué les mois passés à l'hôpital; autant regretter n'avoir pas été alerté par sa timidité, son manque d'assurance et son écriture évoquant des traces de griffes. Il n'avait aucun moyen de rectifier les erreurs qu'il avait commises, et il ressentit — pour la première fois peut-être de sa vie d'adulte — toute la force du regret. À travers la vitre, il aperçut des hommes qui pêchaient dans le fleuve presque sombre, puis un club nautique délabré qui semblait construit à l'aide de bouts de bois repêchés sur la rive.

Mr. Watkins s'était endormi et ronflait. Mrs. Compton lisait son journal. Le train émit des craquements, ralentit et s'arrêta avec force soubresauts dans une autre gare. Blake aperçut le quai d'en face où quelques voyageurs attendaient le train pour New York. Parmi eux se trouvaient un ouvrier portant une cantine, une femme vêtue avec soin, une autre portant une valise. Ils se tenaient à distance respectable les uns des autres. Quelques affiches étaient placardées au mur derrière eux. On y voyait un couple trinquant avec des verres de vin, un talon de caoutchouc Cat's Paw et une danseuse hawaiienne. La gaieté qu'elles irradiaient semblait ne pas dépasser les flaques d'eau sur le quai, et s'y éteindre. Le quai et les voyageurs dégageaient une impression de solitude. Le train quitta la gare et s'enfonça dans les lumières clairsemées d'une banlieue, puis dans les ténèbres de la campagne et du fleuve.

« Je veux que vous lisiez ma lettre avant que nous arrivions à Shady Hill, déclara-t-elle. Elle est sur la banquette. Prenez-la. Je voulais vous l'envoyer, mais j'étais trop malade pour sortir. Je n'ai pas pu sortir pendant deux semaines. Cela fait trois mois que je n'ai pas de travail. Je n'ai parlé à personne, sauf à ma logeuse. Lisez ma lettre, s'il vous plaît. »

Il saisit la lettre sur le siège où elle l'avait posée. Sous ses doigts, le papier de qualité médiocre sembla répugnant et sale. La feuille avait été pliée et repliée.

« Cher époux, avait-elle griffonné de son écriture démente et fantasque, on dit que l'amour humain conduit à l'amour divin, mais est-ce vrai ? Je rêve de vous toutes les nuits. J'ai de si terribles désirs. J'ai toujours été douée pour rêver. Mardi dernier, j'ai rêvé d'un volcan qui vomissait du sang. Quand j'étais à l'hôpital, ils affirmaient qu'ils voulaient me soigner, mais ils voulaient seulement détruire mon amour-propre. Ils voulaient que je ne rêve que de couture et de vannerie, mais j'ai gardé mon don pour les rêves. Je suis capable de lire dans l'avenir. Je sais quand le téléphone va sonner. De toute ma vie, je n'ai eu un seul véritable ami... »

Le train s'arrêta de nouveau. Un autre quai, une autre affiche du couple qui trinquait, du talon en caoutchouc et de la danseuse hawaiienne. Soudain, elle rapprocha son visage de celui de Blake et lui chuchota à l'oreille :

« Je sais ce que vous pensez. Je le lis sur votre visage. Vous pensez que vous pourrez m'échapper à Shady Hill, n'est-ce pas ? Oh, cela fait des semaines que j'organise tout cela. Je n'avais rien d'autre à quoi penser. Si vous me laissez parler, je ne vous ferai pas de mal. Je réfléchissais aux démons. S'il existe des démons dans notre monde, des gens qui représentent le mal, est-ce notre rôle de les exterminer ? Je sais que vous vous attaquez toujours à des êtres faibles. Je le sens. Oh, parfois je me dis que je devrais vous tuer. Parfois, je me dis que vous êtes le seul obstacle entre mon bonheur et moi. Parfois... »

Elle effleura Blake du pistolet. Il sentit le canon frôler son ventre. À cette distance, la balle ferait un petit trou en entrant, mais elle creuserait dans son dos une brèche aussi grande qu'un ballon de football. Il se souvint des morts sans sépulture qu'il avait vus pendant la guerre. Leur souvenir déferla dans son esprit ; entrailles, yeux, os brisés, pourriture et autres horreurs.

« La seule chose que j'aie jamais voulue dans la vie, c'est un peu d'amour », dit-elle doucement.

Elle relâcha la pression de l'arme. Mr. Watkins dormait toujours. Mrs. Compton était tranquillement assise, les mains croisées au creux des cuisses. Le compartiment oscillait doucement, les manteaux et les imperméables beiges suspendus entre les fenêtres se balançant légèrement au gré des secousses du train. Blake avait le coude posé sur l'appui de la fenêtre, la chaussure gauche sur la grille de protection du tuyau de chauffage. Le wagon dégageait l'odeur de quelque lugubre salle de classe. Les passagers semblaient endormis et solitaires. Blake eut le sentiment qu'il n'échapperait peut-être jamais aux relents de chaleur et de vêtements humides et à la faible lumière. Il essaya de faire appel aux illusions qu'il provoquait parfois délibérément afin d'y puiser quelque réconfort, mais il ne lui restait pas suffisamment d'énergie pour espérer se leurrer lui-même.

Le chef de train glissa sa tête dans l'embrasure de la porte et annonça :

« Shady Hill, Shady Hill !

— Maintenant, murmura-t-elle. Maintenant, vous allez sortir devant moi. »

Mr. Watkins s'éveilla soudain, enfila son manteau et son chapeau et adressa un sourire à Mrs. Compton, qui rassemblait ses paquets avec force gestes maternels. Ils se dirigèrent vers la portière. Blake les rejoignit, mais ni l'un ni l'autre ne lui adressèrent la parole ni ne semblèrent remarquer la jeune femme qui le suivait. Le chef de train ouvrit la portière ; sur la plate-forme du wagon qui les précédait, Blake aperçut d'autres voisins qui avaient manqué l'express et attendaient dans la faible lumière, avec patience et lassitude, que le voyage s'achève. Il tendit le cou pour voir défiler par la portière ouverte la propriété abandonnée à l'écart de la ville, la pancarte *Défense d'entrer* clouée à un arbre, et les citernes d'essence. Les butées de béton du pont passèrent, si proches qu'il aurait pu les toucher. Puis il aperçut le premier des réverbères du quai opposé, la pancarte « Shady Hill » en noir et or et le petit parterre de fleurs entretenu par l'Association du mieux-vivre des citoyens, puis la station de taxis et un coin de la gare d'allure ancienne. Il pleuvait de nouveau ; il tombait des trombes d'eau. Il entendit le clapotement de la pluie et vit les lumières se refléter dans les flaques et sur le trottoir luisant ; le clapotis paresseux des éclaboussures et des gouttes lui fit songer à quelque refuge, une idée si légère et étrange qu'elle semblait appartenir à une période de sa vie dont il ne pouvait se souvenir.

Il descendit les marches du wagon, suivi de la jeune femme. Une dizaine de voitures, leur moteur tournant encore, attendaient près de la gare. Quelques passagers quittèrent les autres compartiments. Il reconnut la majorité d'entre eux, mais aucun ne lui proposa de le déposer. Ils allaient séparément ou par deux — s'empressant de fuir la pluie pour se réfugier sous l'abri du quai, d'où les appelaient les klaxons des voitures. Il était l'heure de rentrer chez soi, l'heure de boire un verre, l'heure de l'amour, du dîner, et Blake voyait briller dans la pluie les fenêtres de la colline — des fenêtres derrière lesquelles on baignait des enfants, on rôtissait de la viande et on faisait la vaisselle. L'un après l'autre, les voyageurs s'engouffrèrent dans les véhicules qui démarrèrent, jusqu'à ce qu'il ne reste plus que quatre hommes. Deux d'entre eux s'en furent dans l'unique taxi de la petite ville.

« Je suis désolée, mon chéri, dit tendrement une femme à son mari quand elle arriva en voiture, quelques minutes plus tard. Toutes nos pendules retardent. »

Le dernier homme jeta un coup d'œil à sa montre, à la pluie, puis s'y enfonça. Blake le regarda s'en aller comme s'ils avaient eu quelque raison de se dire adieu — non comme nous saluons nos amis après une soirée, mais comme nous le faisons quand nous sommes contraints à une séparation inexorable de l'esprit et du cœur. Alors que l'homme se dirigeait vers le trottoir, ses pas résonnèrent dans le parking, puis s'éteignirent. Dans la gare, un téléphone se mit à sonner. La sonnerie était bruyante, régulière et retentissait dans le vide. Quelqu'un désirait connaître les horaires des trains à destination d'Albany, mais Mr. Flanagan, le chef de gare, était rentré chez lui depuis une heure. Avant de s'en aller, il avait allumé toutes les lumières. Elles brûlaient dans la salle d'attente déserte, et à intervalles réguliers le long du quai sous leur abat-jour de métal, avec toute la tristesse des lumières faibles et inutiles. Elles éclairaient la danseuse hawaienne, le couple qui trinquait et le talon de caoutchouc.

« Je n'étais jamais venue ici, dit-elle. Je pensais que ce serait différent. Je ne pensais pas que ce serait aussi minable. Éloignons-nous de la lumière. Allons là-bas. »

Les jambes de Blake étaient douloureuses. Toute force l'avait quitté.

« Allez », ordonna-t-elle.

Au nord de la gare se trouvaient un entrepôt de marchandises, un dépôt de charbon et une crique où le boucher, le boulanger et le pompiste amarraient les canots dont ils se servaient pour aller pêcher le dimanche, et qui étaient à présent immergés jusqu'aux plats-bords à cause de la pluie. Alors que Blake se dirigeait vers l'entrepôt, il distingua un mouvement sur le sol et entendit un grattement ; puis il aperçut un rat qui sortait sa tête d'un sachet en papier et l'observait. Le rongeur saisit le sachet entre ses dents et l'entraîna jusque dans le caniveau.

« Arrêtez-vous, ordonna-t-elle. Retournez-vous. Oh, je devrais avoir pitié de vous. Regardez-moi ce pauvre visage ! Mais vous ne savez pas ce que j'endure. J'ai peur de sortir à la lumière du jour. J'ai peur que le ciel bleu s'écroule sur moi. Je ressemble au pauvre Chicken-Licken. Je ne me sens redevenir moi-même qu'au crépuscule. Mais malgré tout cela, je suis meilleure que vous. Je fais encore de beaux rêves, parfois. Je rêve de piqueniques, de paradis et de la fraternité des hommes ; de châteaux sous la lune, d'une rivière bordée de saules pleureurs et de villes étrangères — et après tout, j'en sais plus que vous sur l'amour. »

Il entendit le ronronnement d'un hors-bord s'élever du fleuve obscur, un son qui traînait lentement derrière lui, sur l'eau sombre, un tel poids de souvenirs limpides et plaisants d'étés enfuis, de plaisirs enfuis, qu'il en eut la chair de poule; et il songea à la nuit dans la montagne et à des enfants qui chantaient.

« Ils n'ont jamais voulu me soigner, reprit-elle. Ils... »

Le rugissement d'un train en provenance du nord étouffa sa voix, mais elle continua de parler. Le vacarme emplit les oreilles de Blake, et les fenêtres derrière lesquelles des gens dînaient, buvaient, dormaient et lisaient défilèrent en flèche. Lorsque le train eut dépassé le pont, le grondement s'éloigna et il entendit la jeune femme hurler :

« Mettez-vous à genoux ! À genoux ! Faites ce que je vous dis. À genoux ! »

Il s'agenouilla. Il courba la tête.

« Voilà. Vous voyez, si vous faites ce que je vous dis, je ne vous ferai pas de mal. Parce que je ne veux vraiment pas vous faire de mal, je veux vous aider, mais quand je vois l'expression de votre visage, parfois, j'ai l'impression que c'est impossible. Parfois, j'ai le sentiment que si j'étais généreuse, bonne et saine d'esprit — oh, bien meilleure que je ne le suis —, que si j'étais tout cela, et jeune et belle aussi, et que je venais vous montrer le droit chemin, vous ne feriez pas attention à moi. Oh, je suis meilleure que vous, je suis meilleure que vous — et je ne devrais pas perdre mon temps ni gâcher ma vie ainsi. Écrasez votre visage contre le sol. Écrasez votre visage contre le sol ! Faites ce que je vous dis. Écrasez votre visage contre le sol ! »

Il se laissa tomber dans la poussière. Le charbon lui écorcha le visage. Il s'étendit de tout son long par terre en sanglotant.

« Je me sens mieux maintenant, reprit-elle. Maintenant, je peux m'en laver les mains, je peux me laver les mains de tout cela, car vous voyez, il y a en moi des réserves de gentillesse et de raison dans lesquelles je peux puiser. Je peux m'en laver les mains. »

Alors il entendit ses pas s'éloigner de lui dans les décombres. Il les entendit résonner, plus clairs et lointains, sur l'asphalte dur du quai. Il les entendit diminuer. Il leva la tête. Il la vit gravir les marches de la passerelle en bois, traverser et redescendre sur l'autre quai où sa silhouette, dans la faible lumière, lui sembla petite, banale et inoffensive. Il se releva de la poussière où il gisait — avec méfiance, dans un premier temps, jusqu'à ce qu'il s'aperçoive, à son attitude et à son comportement, qu'elle l'avait oublié; qu'elle avait accompli ce qu'elle souhaitait et qu'il était hors de danger. Il se hissa sur ses pieds, ramassa son chapeau tombé à terre et rentra chez lui.

[NB. Raymond Carver a écrit une suite à cette nouvelle dans son recueil *Les Vitamines du bonheur. (N.d.T.)*]

LE CAMBRIOLEUR DE SHADY HILL

Je m'appelle Johnny Hake. J'ai trente-six ans, je mesure un mètre soixante-seize en chaussettes, je pèse soixante-neuf kilos en tenue d'Adam et je suis, pour ainsi dire, parfaitement à nu en cet instant. J'ai été conçu à l'hôtel St Regis, je suis né à l'hôpital presbytérien, j'ai été élevé à Sutton Place, et baptisé puis confirmé à St Barthelemy. J'ai été membre de l'équipe des Knickerbocker Greys, j'ai joué au football et au base-ball à Central Park, j'ai appris l'art de la conversation sur les baldaquins des appartements de l'East Side et j'ai rencontré ma femme (Christina Lewis) dans l'un des grands quadrilles du Waldorf. J'ai servi quatre ans dans la Marine, j'ai quatre enfants et j'habite une *banlieue* * du nom de Shady Hill. Nous vivons dans un beau pavillon avec un jardin et un barbecue où nous faisons cuire de la viande. Les soirs d'été, lorsque je suis assis en compagnie des enfants, plongeant mon regard dans le décolleté de Christina quand elle se penche pour saler les steaks, ou contemplant simplement les lumières du firmament, j'éprouve autant de bonheur que m'en inspirent des quêtes plus hardies et dangereuses. Je

* *En français dans le texte. (N.d.T.)*

suppose que là réside ce qu'on entend par les peines et les plaisirs de l'existence.

Après la guerre, je suis entré chez Parablendeum. Tout semblait indiquer que j'allais lui consacrer mon existence. La société était patriarcale, c'est-à-dire que le patron vous assignait une tâche puis une autre, qu'il diversifiait ses activités — la minoterie du New Jersey, l'usine de traitement de Nashville... — et se conduisait comme s'il avait monté l'entreprise de ses propres mains. Je faisais de mon mieux pour garder mes distances et je me conduisais en sa présence comme s'il m'avait pétri dans l'argile avant d'insuffler le feu de la vie en moi. C'était le genre de despote qui a besoin d'un bras droit, et Gil Bucknam tenait ce rôle. Il était le bras droit, la couverture et le pacemaker du patron, et il pouvait traiter n'importe quelle affaire avec l'humanité qui manquait à ce dernier. Mais un jour, il commença à s'absenter du bureau ; tout d'abord pour vingt-quatre ou quarante-huit heures, puis pour deux semaines, puis davantage. À son retour il se plaignait de maux d'estomac ou de troubles oculaires, mais personne n'ignorait qu'il était ivre. Cela n'avait rien de surprenant dans la mesure où ses fonctions l'amenaient à boire copieusement pour la société. Le patron supporta cela un an ou deux, puis il débarqua dans mon bureau un beau matin et me demanda d'aller trouver Bucknam chez lui pour lui annoncer qu'il était viré.

C'était aussi pervers et injuste que d'envoyer un garçon de bureau saquer le président du conseil d'administration. Bucknam était mon supérieur, il était dans l'entreprise depuis beaucoup plus longtemps que moi et se montrait condescendant chaque fois qu'il m'offrait un verre ; mais le patron fonctionnait ainsi et je savais ce qu'il me restait à faire. Je passai un coup de téléphone aux Bucknam. Mrs. Bucknam m'annonça que je pourrais rendre visite à Gil l'après-midi. Je déjeunai seul et m'attardai au bureau jusqu'à 15 heures; puis je me rendis à pied de nos bureaux du centre-ville jusqu'à l'appartement des Bucknam situé aux alentours de la 70e Rue, dans l'East Side. C'était le début de l'automne — l'époque des *World Series* — et un orage allait éclater sur la ville. Au moment où j'arrivais chez les Bucknam, j'entendis déjà de bruyantes détonations et je sentis l'odeur de la pluie. Mrs. Bucknam m'ouvrit la porte. Tous les soucis de l'année écoulée semblaient imprimés sur son visage, hâtivement dissimulés sous une épaisse couche de poudre. Jamais je n'avais vu des yeux aussi éteints. Elle était vêtue d'une robe de garden-party démodée, imprimée de grosses fleurs. (Je savais qu'ils avaient trois enfants au collège, une goélette et un homme de main, et beaucoup d'autres dépenses.) Gil était couché, et Mrs. Bucknam me fit entrer dans la chambre. L'orage était sur le point d'éclater; il régnait une douce pénombre si proche de celle de l'aube que nous semblions être en train de dormir et de rêver, et non nous apprêter à délivrer de mauvaises nouvelles.

Gil se montra gai, chaleureux et condescendant, et s'écria qu'il était *terriblement* content de me voir; pendant son dernier séjour aux Bermudes, il avait acheté de nombreux cadeaux pour mes enfants et avait oublié de les poster.

« Pourrais-tu aller les chercher, ma chérie? demanda-t-il. Te souviens-tu de l'endroit où nous les avons rangés? »

Elle revint dans la pièce les bras chargés de cinq ou six paquets de grande taille, d'aspect luxueux, qu'elle déversa sur mes genoux.

La pensée de mes enfants m'emplit généralement de bonheur, et j'aime leur offrir des cadeaux. J'étais enchanté. C'était une ruse, bien entendu — imaginée par Mrs. Bucknam, je suppose —, l'un des nombreux stratagèmes qu'elle devait avoir imaginés au cours de l'année écoulée pour éviter que leur univers ne s'effondre. (Je voyais bien que les emballages étaient défraîchis ; quand, à mon arrivée chez moi, je trouvai à l'intérieur de vieux pulls en cachemire que les filles de Gil n'avaient pas emportés au collège et une casquette au ruban sale, le sentiment de compassion que j'éprouvais envers les Bucknam et leurs problèmes s'en trouva décuplé.) Les genoux débordant de cadeaux pour mes gamins et le cœur saignant de compassion, il m'était impossible de lui administrer le coup fatal. Nous évoquâmes les *World Series* et quelques petites affaires de bureau ; quand la pluie et le vent se déchaînèrent, j'aidai Mrs. Bucknam à fermer les fenêtres de l'appartement, puis je rentrai chez moi en train sous l'orage. Cinq jours plus tard, Gil Bucknam se mit définitivement au régime sec et revint siéger à la droite du patron. Ma tête fut l'une des premières auxquelles il s'attaqua. J'avais le sentiment que s'il avait été mon destin d'être danseur de ballet russe, créateur de bijoux d'art, ou encore peintre de danseuses *schuhplattler** sur des tiroirs et de paysages sur des coquillages, et de vivre dans quelque endroit reculé comme Provincetown, je n'aurais pas connu une ribambelle plus étrange d'hommes et de femmes qu'il n'en existait chez Parablendeum. Je décidai de reprendre ma liberté.

Ma mère m'a appris à ne jamais parler d'argent lorsque celui-ci se fait rare, et j'ai toujours eu des réticences à l'évoquer en période de pénurie ; aussi, il m'est difficile de raconter ce qui s'est produit au cours des six mois suivants. Je louai un bureau — qui se résumait à un minuscule box, avec un bureau et un téléphone — et j'envoyai des

* *Danse paysanne bavaroise. (N.d.T.)*

lettres, mais elles recevaient rarement de réponse et le téléphone aurait tout aussi bien pu être coupé. Quand vint le moment d'emprunter de l'argent, je ne savais vers qui me tourner. Ma mère détestait Christina, et de toute façon je ne croyais pas qu'elle eût beaucoup d'argent car elle ne m'avait jamais acheté un manteau ou un sandwich au jambon, lorsque j'étais enfant, sans me dire qu'ils écornaient son capital. J'avais beaucoup d'amis, mais, quand bien même ma vie en dépendrait, je serais incapable de demander à un homme de m'offrir un verre ou lui emprunter cinq cents dollars — et j'avais besoin de beaucoup plus. Pis encore, j'étais loin d'avoir dépeint un reflet fidèle de la situation à ma femme.

Je réfléchissais à tout cela un soir, alors que nous nous préparions à aller dîner chez les Warburton, au bout de la rue. Assise devant sa coiffeuse, Christina mettait ses boucles d'oreilles. Mon épouse est une ravissante femme dans la fleur de l'âge, qui ignore absolument tout des contraintes financières. Sa nuque est gracieuse ; ses seins luisaient doucement, gonflant l'étoffe de sa robe et, constatant le plaisir honorable et sain que lui inspirait sa propre image, je ne pouvais lui révéler que nous étions ruinés. Elle avait embelli la majeure partie de ma vie ; sa vue semblait ranimer en moi les sources de quelque énergie limpide qui peignait de couleurs intenses et gaies la pièce, les tableaux accrochés aux murs et la lune que j'apercevais à travers la fenêtre. La vérité l'aurait réduite en larmes, aurait ruiné son maquillage et la soirée des Warburton, et elle aurait dormi dans la chambre d'amis. Sa beauté et le pouvoir que celle-ci exerçait sur mes sens semblaient receler tout autant de vérité que notre découvert à la banque.

Les Warburton sont riches, mais ils ne sont pas intégrés à notre petite communauté ; cela ne les intéresse peut-être même pas. Mrs. Warburton est une souris vieillissante, et son mari est le type d'homme qu'on n'aurait pas aimé à l'école. Sa peau est boutonneuse, sa voix grinçante et il est habité par une idée fixe — la lubricité. Les Warburton passent leur temps à dépenser de l'argent et c'est la seule chose dont on parle avec eux. Le plancher de leur vestibule est en marbre blanc et noir de l'ancien Ritz, leurs bungalows d'East Island subissent des préparatifs pour l'hiver, ils vont passer dix jours à Davos, s'acheter deux chevaux de selle, construire une nouvelle aile à leur villa. Ce soir-là, nous étions en retard ; les Meserve et les Chesney étaient déjà arrivés, mais Carl Warburton n'était pas encore rentré et Sheila était inquiète.

« Carl doit traverser un quartier mal famé pour se rendre à la gare, disait-elle, il a des milliers de dollars sur lui et j'ai tellement peur qu'il soit agressé... »

Puis Carl arriva, raconta une histoire scabreuse devant les dames, et nous passâmes à table. C'était l'une de ces soirées où tout le monde a pris une douche et enfilé ses plus beaux vêtements, et où quelque vieille cuisinière épluche des champignons ou décortique des crabes depuis l'aube. J'avais envie de prendre du bon temps. Tel était mon souhait ; mais ce soir-là, mon désir ne suffit pas à dissiper mes idées noires. J'avais l'impression de me trouver dans quelque affreuse fête d'anniversaire de mon enfance où ma mère m'avait traîné à force de menaces et de promesses. La soirée s'acheva à 23 h 30, et nous rentrâmes à la maison. Je m'attardai dans le jardin, finissant de fumer l'un des cigares de Carl Warburton. On était jeudi soir et la banque ne refuserait pas mes chèques avant le mardi suivant, mais je devais faire rapidement quelque chose. Lorsque je montai dans notre chambre, Christina dormait et je m'assoupis à mon tour. Mais je me réveillai à 3 heures du matin.

J'avais rêvé de miches de pain enveloppées dans du Filmex*. J'avais rêvé d'une double page insérée dans un magazine national : METTEZ DE LA COULEUR DANS VOTRE CORBEILLE À PAIN ! La page était couverte de pains colorés tels des bijoux — des pains turquoise, rubis et couleur d'émeraude. Dans mon sommeil, il me semblait s'agir d'une bonne idée ; elle m'avait enthousiasmé et j'éprouvai un sentiment de profonde déception en me retrouvant dans la chambre obscure. Envahi de tristesse, je songeai à tous les échecs de mon existence. Cela m'amena à penser à ma vieille mère, qui vivait seule dans un hôtel de Cleveland. Je l'imaginai s'habillant pour descendre dîner dans la salle à manger de l'hôtel. Telle que je la voyais, elle semblait pathétique — seule, et entourée d'inconnus ; pourtant, lorsqu'elle tourna la tête vers moi, je vis qu'il lui restait encore quelques dents acérées.

Elle m'avait payé l'université, m'avait offert des vacances dans des cadres agréables et avait attisé mes ambitions ; mais elle s'était violemment opposée à mon mariage et nos relations étaient tendues depuis lors. Je l'avais souvent invitée à venir vivre chez nous, mais elle avait toujours refusé, et toujours avec rancœur. Je lui envoyais des fleurs et des cadeaux et je lui écrivais chaque semaine, mais ces attentions semblaient seulement la conforter dans la conviction que mon mariage était un désastre pour elle et pour moi. Puis je songeai à ses jupes. Lorsque j'étais enfant, ses jupes me semblaient se déployer par-dessus l'Atlantique et le Pacifique, s'enrouler tels des rubans de vapeur autour du firmament même. Je pensai à elle sans en éprouver de rébellion ni d'anxiété, en regrettant simplement que nos

* *Film transparent teinté. (N.d.T.)*

efforts soient récompensés de si peu d'émotions positives et que nous ne puissions boire un thé ensemble sans soulever de multiples rancœurs. J'aurais voulu réparer cela, recréer la relation m'unissant à elle dans un contexte plus simple et plus humain, où le coût de mon éducation n'aurait pas engendré tant de sentiments morbides. Je voulais tout recommencer dans une sorte d'Arcadie affective, je voulais que nous agissions différemment l'un et l'autre, de telle sorte que je puisse songer à elle à 3 heures du matin sans en éprouver de culpabilité et qu'elle ne souffre pas dans sa vieillesse d'un sentiment de solitude et d'abandon.

Je me rapprochai légèrement de Christina et, sentant la chaleur qui se dégageait d'elle, j'éprouvai soudain un sentiment de bonté et de ravissement envers le monde ; mais elle s'écarta de moi sans s'éveiller. Alors je me mis à tousser. Je toussai de nouveau. Je toussai très fort. Je ne pouvais m'arrêter de tousser. Je sortis du lit, j'allai dans la salle de bains obscure et je bus un verre d'eau. Immobile devant la fenêtre, je contemplai le jardin. Il soufflait un léger vent, dont la direction semblait tourner. Son murmure était celui de la brise s'élevant à l'aube — un faible bruit de ruissellement flottait dans l'air — et son contact sur mon visage était agréable. Un paquet de cigarettes se trouvait au fond de l'armoire de toilette, et j'en allumai une dans l'espoir de me rendormir. Mais quand j'inhalai la fumée, mes poumons me firent mal et j'eus soudain la certitude d'être en train de mourir d'un cancer des bronches.

J'avais éprouvé toutes sortes de mélancolies absurdes — j'avais eu le mal de pays dans lesquels je n'avais jamais mis les pieds, et aspiré à être ce que je ne pouvais être —, mais elles étaient dérisoires comparées à cette prémonition de mort. Je jetai ma cigarette dans les toilettes (ping !) et me redressai ; mais la douleur de ma poitrine n'en fut que plus déchirante, et je fus convaincu que le mal me rongeait déjà. Mes amis auraient d'affectueuses pensées pour moi, je le savais, et Christina et les enfants garderaient sûrement de moi un tendre souvenir. Mais alors je songeai de nouveau à l'argent, aux Warburton, à mes chèques sans provision promis aux services du contentieux, et j'eus le sentiment que l'argent était plus puissant que l'amour. Il m'était arrivé de désirer des femmes — avec violence, de fait — mais j'eus le sentiment de n'avoir jamais désiré personne comme je désirais l'argent cette nuit-là. J'allai au placard de la chambre et j'enfilai de vieilles tennis bleues, un pantalon et un pull sombre. Puis je descendis l'escalier et je sortis de la maison. La lune s'était couchée et de rares étoiles parsemaient le ciel, mais une faible lumière luisait au-dessus des arbres et des haies. Foulant l'herbe de mes chaussures de tennis, je fis le tour du jardin des Trenholm et traversai la pelouse des Warburton jusqu'à leur villa. Je tendis l'oreille devant leurs fenêtres ouvertes et n'entendis que le tic-tac d'une horloge. Je gravis les marches du perron, ouvris la porte grillagée et m'avançai sur le plancher du vieux Ritz. Dans la faible lumière émanant des fenêtres, la maison évoquait un coquillage — un nautile —, dont l'enveloppe est conçue pour l'englober tout entier.

J'entendis le tintement de la médaille d'un chien et le vieux cocker de Sheila apparut en trottinant dans le couloir. Je le grattai derrière les oreilles, puis il retourna à l'endroit où était son panier, grogna et s'endormit. Je connaissais l'agencement de la demeure des Warburton aussi bien que la mienne. L'escalier était recouvert d'un tapis, mais je posai d'abord le pied sur l'arête d'une des marches pour voir si elle craquait. Puis j'entrepris de gravir l'escalier. Toutes les portes des chambres étaient ouvertes. J'entendis une profonde respiration émaner de celle de Carl et de Sheila, où j'avais souvent laissé mon manteau lors des soirées. Je restai un instant immobile dans l'embrasure de la porte pour rassembler mes esprits. Dans la pénombre, je distinguais le lit, ainsi qu'un pantalon et une veste pendus au dossier d'une chaise. Je me glissai rapidement dans la chambre, saisis un épais portefeuille dans la poche intérieure du manteau et battis en retraite jusqu'au palier. Peut-être la violence de mes émotions m'avait-elle rendu maladroit, car Sheila s'éveilla. Je l'entendis murmurer :

« Tu as entendu ce bruit, chéri ?

— C'est le vent », marmonna-t-il, puis ils se turent de nouveau.

J'étais à l'abri sur le palier, à l'abri de tout sauf de moi-même. Là, j'eus l'impression de succomber à une dépression nerveuse. Toute ma salive s'était évaporée, les lubrifiants semblaient s'écouler de mon cœur et les sucs qui maintenaient mes jambes droites me désertaient. Je ne pouvais avancer qu'en m'appuyant au mur. Je descendis l'escalier cramponné à la rampe, et je sortis de la maison d'une démarche vacillante.

De retour dans ma cuisine obscure, je bus trois ou quatre verres d'eau. Je dus rester au moins une demi-heure immobile devant l'évier avant de penser à regarder dans le portefeuille de Carl. J'entrai dans le cellier et je refermai la porte avant d'allumer la lumière. Il y avait là un peu plus de neuf cents dollars. J'éteignis la lumière et je retournai dans la cuisine obscure. Oh, je ne m'étais jamais douté qu'un homme pouvait être aussi malheureux, que l'esprit pouvait ouvrir tant de pièces et les emplir de remords ! Où étaient les rivières à truites et les autres plaisirs innocents de ma jeunesse ? Le parfum de cuir humide d'un torrent bruyant et d'une forêt après une violente pluie ;

ou, le jour de l'ouverture de la pêche, les brises d'été exhalant la senteur de l'haleine verte des Holstein — la tête vous en tournait... — et toutes les criques regorgeant de truites (du moins je l'imaginais dans la cuisine obscure), notre trésor englouti par les eaux. Je pleurais.

Shady Hill est une *banlieue*, comme je l'ai dit, offerte aux critiques des architectes urbains, des aventuriers et des poètes lyriques, mais si vous travaillez à New York et que vous avez des enfants à élever, je ne peux imaginer meilleur endroit. Mes voisins sont riches, c'est vrai, mais dans leur cas la richesse est synonyme de loisirs, et ils font bon usage de leur temps. Ils voyagent de par le monde, écoutent de la bonne musique et, devant un choix de livres de poche, à l'aéroport, choisiront Thucydide et parfois Aquinas. Incités à construire des abris antiaériens, ils plantent des arbres et des roses, et leurs jardins sont splendides et radieux. Si, le lendemain matin, par la fenêtre de la salle de bains, j'avais contemplé les ruines sulfureuses de quelque métropole, je n'aurais pas éprouvé un choc aussi violent en me souvenant de ce que j'avais fait ; mais toute moralité avait disparu de mon univers sans en modifier un seul atome de soleil. Je m'habillai discrètement — car quel enfant des ténèbres a envie d'entendre les voix joyeuses de sa famille ? — et je pris un train très tôt. Mon costume en gabardine était supposé évoquer la probité et l'intégrité, mais j'étais un être misérable, dont on avait confondu le pas avec le bruit du vent. Je me plongeai dans le journal. Trente mille dollars de salaires avaient été volés dans le Bronx. Au retour d'une soirée, une matrone de White Plains s'était aperçue que ses fourrures et ses bijoux avaient disparu. Six mille dollars de médicaments avaient été dérobés dans un entrepôt de Brooklyn. Je me sentis un peu mieux en découvrant combien l'acte que j'avais commis était banal. Mais seulement un peu mieux, et seulement un court instant. Puis je dus affronter une nouvelle fois la vérité ; j'étais un banal voleur, un imposteur, et j'avais commis un acte si répréhensible qu'il enfreignait les principes de toutes les religions connues. J'avais volé et, qui plus est, je m'étais introduit par effraction chez l'un de mes amis en brisant toutes les lois tacites qui cimentent la communauté. Ma conscience affectait mon humeur — tel le bec dur d'un oiseau carnivore — à un tel point que ma paupière gauche se mit à tressauter, et j'eus de nouveau l'impression de me trouver au bord d'une dépression nerveuse généralisée. Quand le train arriva en ville, j'allai à la banque. En ressortant, je faillis être renversé par un taxi. Je ne craignais rien pour ma personne, mais je tremblais à l'idée qu'on aurait pu retrouver le portefeuille de Carl Warburton dans ma poche. Plus tard, à un moment où je pensais que personne ne m'observait, j'essuyai le portefeuille sur mon pantalon (afin d'en effacer les empreintes) et je le jetai dans une poubelle.

Songeant qu'une tasse de café me ferait peut-être du bien, j'entrai dans un restaurant et je m'assis à une table auprès d'un inconnu. On n'avait pas encore débarrassé les napperons en papier tachés et les verres d'eau à demi vides, et devant l'inconnu se trouvait le pourboire de trente-cinq cents qu'avait laissé le consommateur précédent. Je lisais le menu, mais du coin de l'œil je vis l'homme empocher le pourboire de trente-cinq cents. Quel escroc ! Je me levai et quittai le restaurant.

J'entrai dans mon bureau, accrochai mon chapeau et mon manteau et m'assis devant la table. Je tirai sur mes manchettes, soupirai et regardai dans le vide, comme si une journée pleine de défis et de décisions allait commencer. Je n'avais pas allumé la lampe. Bientôt, quelqu'un entra dans le bureau situé près du mien ; j'entendis mon voisin s'éclaircir la gorge, tousser et gratter une allumette, et se préparer à attaquer sa journée de travail.

Les murs étaient minces — moitié verre dépoli, moitié contreplaqué — et aucune intimité acoustique ne régnait dans les bureaux. Déployant autant d'habileté que j'en avais manifesté chez les Warburton, je plongeai une main dans ma poche pour y trouver une cigarette, et j'attendis qu'un camion passe dans la rue pour gratter une allumette. Je me sentis gagné par le sentiment d'excitation qu'on éprouve à écouter aux portes. Mon voisin essayait de vendre des stocks d'uranium par téléphone. Il avait recours au procédé suivant ; tout d'abord il se montrait courtois, puis il haussait le ton.

« Qu'est-ce qu'il y a, Mr. X. ? Vous n'avez pas envie de gagner de l'argent ? »

Puis il manifestait un grand mépris.

« Excusez-moi de vous avoir dérangé, Mr. X. Je *croyais* que vous aviez soixante-quinze dollars à investir. »

Il appela douze numéros sans trouver preneur. J'étais silencieux comme une souris. Puis il appela le bureau des renseignements d'Idlewild pour s'enquérir des heures d'arrivée d'avions en provenance d'Europe. Celui de Londres était à l'heure, ceux de Rome et de Paris avaient du retard.

« Non, il n'est pas encore arrivé, l'entendis-je dire à quelqu'un au téléphone. Il fait noir là-dedans. »

Mon cœur se mit à battre à coups redoublés. Mon téléphone sonna ; je comptai douze sonneries avant qu'il ne se taise.

« J'en suis certain, j'en suis certain, reprit l'homme dans le bureau voisin. J'entends son téléphone sonner et il ne décroche pas. De toute façon, ce n'est qu'un pauvre type solitaire qui cherche un travail. Vas-y, vas-y, te dis-je. Je n'ai pas le temps d'y aller. Vas-y... Sept, huit, trois, cinq, sept, sept... »

Quand il raccrocha, je m'approchai de la porte, l'ouvris et la refermai; puis j'allumai la lumière, secouai bruyamment le cintre, sifflotai quelques notes, m'assis lourdement sur ma chaise de bureau et composai le premier numéro de téléphone qui me vint à l'esprit. C'était celui d'un vieil ami — Burt Howe. En reconnaissant ma voix, il laissa échapper une exclamation.

« Hakie, je t'ai cherché partout! Tu t'étais complètement volatilisé.

— Oui, dis-je.

— Volatilisé, répéta-t-il, tout simplement volatilisé. Mais je voulais te parler d'une affaire qui risque de t'intéresser. C'est un coup unique, mais qui ne te prendra pas plus de trois semaines. C'est du vol, tout simplement. Ils sont bêtes et riches; c'est tout simplement du vol.

— Oui.

— Eh bien, peux-tu me retrouver pour déjeuner chez Cardin's à midi et demi, et je te donnerai tous les détails?

— D'accord, répondis-je d'une voix rauque. Merci beaucoup, Burt. »

Lorsque je raccrochai, l'homme du bureau voisin disait :

« Nous sommes allés au cabanon dimanche. Louise s'est fait piquer par une araignée venimeuse. Le médecin lui a fait une piqûre de je ne sais quoi; elle va se rétablir. »

Il composa un autre numéro et commença :

« Nous sommes allés au cabanon dimanche. Louise s'est fait piquer par une araignée venimeuse... »

Il était possible qu'un homme dont la femme s'était fait piquer par une araignée et qui avait du temps à perdre appelle trois ou quatre amis pour leur en parler; il était tout aussi possible que l'araignée soit un code destiné à tenir lieu de mise en garde ou de feu vert dans quelque trafic illégal. Ce qui m'effrayait, c'était qu'en devenant voleur je semblais m'être retrouvé entouré de voleurs et d'escrocs. De nouveau, ma paupière gauche fut la proie de tressaillements; mû par l'impuissance d'une moitié de ma conscience à surmonter le reproche dont l'accablait l'autre moitié, je cherchai désespérément un autre coupable autour de moi. J'avais souvent lu dans les journaux que le divorce mène parfois au crime. Mes parents avaient divorcé quand j'avais cinq ans. C'était une bonne piste; elle m'entraîna rapidement vers quelque chose de mieux encore.

Après le divorce, mon père était allé vivre en France et je ne l'avais pas revu pendant dix ans. Puis il avait écrit à ma mère, lui demandant la permission de me voir, et elle m'avait préparé à ces retrouvailles en me disant qu'il était porté sur l'alcool, cruel et lubrique. C'était l'été, nous étions à Nantucket et j'avais pris seul le vapeur, puis le train, jusqu'à New York. J'avais retrouvé mon père au Plaza en début de soirée, mais il n'était pas si tôt qu'il n'ait pour commencer à boire. Mon nez long et sensible d'adolescent avait décelé l'odeur de whisky dans son haleine, et j'avais remarqué qu'il se cognait dans les tables et qu'il se répétait parfois. Plus tard, je compris que ces retrouvailles avaient dû être éprouvantes pour un homme de soixante ans — c'était son âge. Nous avions dîné, puis nous étions allés voir *Les Roses de Picardie.* À peine le chœur entré en scène, que Père m'avait annoncé que je pouvais avoir la femme que je désirais; il avait pris les dispositions nécessaires. Je pouvais même avoir l'une des premières danseuses. Si j'avais eu le sentiment qu'il avait traversé l'Atlantique pour me faire cette faveur, les choses auraient peut-être été différentes; mais j'eus l'impression qu'il n'avait accompli ce voyage que dans l'intention de causer du tort à ma mère. Je fus pris de frayeur. Le spectacle se déroulait dans un théâtre à l'ancienne dont les murs semblaient ne tenir debout que grâce à des anges. Des anges couleur vieil or soutenaient le plafond, les loges, et semblaient même soutenir le balcon où se trouvaient quatre cents personnes. Je passai un long moment à contempler ces anges d'or poussiéreux. Si le plafond du théâtre s'était écroulé sur ma tête, j'en aurais été soulagé. Après le spectacle, nous rentrâmes à l'hôtel pour faire un brin de toilette avant de retrouver les filles. Le paternel s'allongea une minute sur le lit et se mit à ronfler. Je délestai son portefeuille de cinquante dollars, passai la nuit à Grand Central et rentrai à Woods Hole par l'un des premiers trains. Ainsi tout s'expliquait, y compris l'intensité des émotions que j'avais éprouvées sur le palier de l'étage des Warburton : je revivais la scène du Plaza. Ce n'était pas ma faute si j'avais volé, et ce n'était pas davantage ma faute si j'étais allé chez les Warburton. C'était celle de mon père ! Puis je me souvins que mon père était enterré à Fontainebleau depuis quinze ans, et qu'il ne pouvait plus être grand-chose d'autre qu'un peu de poussière.

Je me rendis dans les toilettes pour hommes, me lavai les mains et peignai mes cheveux en les humidifiant copieusement. Je songeai avec appréhension au déjeuner qui m'attendait. Quand je me demandai pourquoi, je découvris avec stupeur que c'était à cause de l'usage immodéré que Burt Howe faisait du verbe « voler ». J'espérai qu'il ne continuerait pas à l'employer ainsi.

Dans ces toilettes pour hommes, au moment même où cette pensée traversa mon esprit, le tressaillement de ma paupière sembla gagner toute ma joue. Le verbe « voler » me semblait incrusté tel un hameçon empoisonné dans la langue anglaise. J'avais commis l'adultère, et le mot « adultère » ne me paraissait doté d'aucune force ; je m'étais saoulé, et le mot « ivresse » ne recelait aucun pouvoir extraordinaire. Seul le verbe « voler » — et tous les noms et adverbes dérivés — avait le pouvoir de tyranniser mon système nerveux ; je semblais avoir établi inconsciemment quelque doctrine selon laquelle le vol avait la préséance sur tous les autres péchés du Décalogue, et était un signe de mort morale.

Quand j'arrivai dans la rue, le ciel était sombre. Tous les réverbères étaient allumés. Je scrutai les visages des passants que je croisais, cherchant à y déceler quelques signes encourageants de probité dans ce monde malhonnête. Sur la 3e Avenue, j'aperçus un jeune homme muni d'une timbale en fer-blanc, qui gardait les yeux clos pour symboliser la cécité. Mais cette allégation, et l'innocence frappante de la partie supérieure du visage, étaient trahies par les sourcils froncés et les pattes d'oie d'un homme qui distinguait fort bien ses verres sur le comptoir d'un bar. Un autre mendiant aveugle se trouvait à l'angle de la 41e Rue, mais je ne scrutai pas ses orbites ; je ne pouvais m'assurer de l'intégrité de chaque mendiant de la ville.

Cardin's était un restaurant à clientèle masculine situé aux alentours de la 40e Rue. Devant la bousculade et le remue-ménage du hall d'entrée, j'eus envie de battre en retraite. La fille du vestiaire, remarquant je suppose le tressaillement de ma paupière, m'adressa un regard empli de lassitude.

Burt était au bar. Après avoir commandé à boire, nous parlâmes affaires.

« Pour une occasion comme celle-ci, nous aurions dû nous donner rendez-nous dans une ruelle sombre, déclara-t-il. Mais quand un idiot a envie de jeter son argent par les fenêtres... Ce sont trois jeunots. L'un deux s'appelle P.J. Burdette. À eux trois, ils ont un bon million à gaspiller. Il est inévitable que quelqu'un les vole, alors autant que ce soit toi. »

Je posai la main sur le côté gauche de mon visage pour dissimuler mon tic. Quand j'essayai de porter mon verre à ma bouche, je répandis du whisky sur mon costume.

« Ils sont fraîchement sortis du lycée, poursuivit Burt. Et leur bas de laine est si bien rempli que même si tu les dépouillais jusqu'à leur dernier centime, ils s'en apercevraient à peine. Alors, pour ce vol, tout ce que tu dois faire... »

Les toilettes étaient à l'autre bout du restaurant, mais j'y arrivai à temps. Puis j'emplis le lavabo d'eau froide et j'y plongeai la tête. Burt m'avait suivi. Pendant que je me séchais avec une serviette en papier, il déclara :

« Tu sais, Hakie, je n'avais pas l'intention de t'en parler, mais puisque tu as été malade, autant te dire que tu as une mine affreuse. À l'instant même où je t'ai vu, j'ai compris que tu avais un problème. Je veux juste te dire que quoi que ça puisse être — l'alcool, la drogue, des ennuis à la maison — il est beaucoup plus tard que tu ne le penses, et tu devrais peut-être faire quelque chose pour y remédier. Sans rancune ? »

Je répondis que j'étais malade et j'attendis dans les toilettes suffisamment longtemps pour qu'il ait le temps de s'éclipser. Puis j'allai récupérer mon chapeau. La fille du vestiaire me gratifia de nouveau d'un regard empli de lassitude. Dans un journal de l'après-midi, posé sur une chaise, je lus que les cambrioleurs d'une banque de Brooklyn étaient parvenus à s'enfuir avec dix-huit mille dollars.

J'errai dans les rues, me demandant si j'aurais quelque aptitude au métier de pickpocket ou de voleur à l'arraché ; et les arches et les flèches de

St Patrick m'évoquaient seulement les troncs des pauvres. Je rentrai chez moi en train, contemplant par la vitre le paysage serein et l'après-midi printanier. J'avais le sentiment que les pêcheurs, les baigneurs solitaires, les surveillants de plage, les joueurs de base-ball, les amants dénués de honte et les vieillards jouant à la belote dans des casernes de pompier reprisaient les vastes accrocs que des hommes comme moi infligeaient au monde.

Christina est l'une de ces femmes qui, lorsque la secrétaire du comité des anciens élèves de son lycée lui demande de se décrire, est prise de vertiges à la pensée de la diversité de ses activités et de ses centres d'intérêt. Pourtant, qu'a-t-elle à accomplir chaque jour que Dieu fait, en exagérant un peu ? Me conduire au train. Faire réparer les skis. Réserver un court de tennis. Acheter le vin et les courses pour le dîner mensuel de la *Société gastronomique de North Westchester**. Chercher quelques définitions dans le Larousse. Assister à un symposium du Comité des électrices sur le thème des égouts. Se rendre à un déjeuner habillé en l'honneur de la tante de Bobsie Neil. Arracher les mauvaises herbes du jardin. Repasser l'uniforme de la domestique. Dactylographier deux pages et demie de sa thèse sur les romans de jeunesse de Henry James. Vider les poubelles. Aider Tabitha à préparer le dîner des enfants. Entraîner Ronnie au maniement de la batte de base-ball. Se mettre des bigoudis. Reconduire la cuisinière. Aller me chercher à la gare. Prendre un bain. S'habiller. Souhaiter la bienvenue en français à ses invités à 19 h 30. Leur souhaiter le bonsoir à 23 heures. Se blottir dans mes bras jusqu'à minuit. Eurêka ! On pourrait croire qu'elle est orgueilleuse, mais je pense

* *En français dans le texte. (N.d.T.)*

seulement que c'est une femme qui jouit de la vie au sein d'un pays jeune et prospère. Néanmoins, quand elle vint me chercher à la gare, ce soir-là, il me fut difficile d'être à la hauteur de cette vitalité.

Par malchance, j'étais chargé de recueillir les oboles de la communion du dimanche, bien que je ne fusse nullement en état de le faire. Je répondis d'un sourire forcé aux regards pieux de mes amis, puis je m'agenouillai près d'un vitrail en ogive qui semblait composé de culs de bouteilles de vermouth et de bordeaux. Je m'installai sur un petit prie-Dieu en imitation cuir dont une association ou un cercle paroissial avait fait don pour remplacer l'un de ceux qui commençaient à se fendre aux coutures, vieux et marron, laissant échapper des brins de paille et donnant à toute l'église l'odeur d'une vieille étable. La senteur de paille et de fleurs, le cierge brûlant devant l'image sainte, ceux dont la flamme vacillait sous le souffle du pasteur, et l'humidité du bâtiment de pierre mal chauffé m'étaient aussi familiers et étaient aussi étroitement liés à mon enfance que les échos et les parfums d'une cuisine ou d'une nursery. Pourtant, ce matin-là, ils me semblèrent si violents que je me sentis pris de vertige. Puis j'entendis, dans la plinthe à ma droite, les dents d'un rat s'attaquant telle une foreuse au bois de chêne.

« Dieu tout-puissant, m'exclamai-je d'une voix très forte, espérant effrayer le rat, ta gloire RESPLENDIT sur le paradis et la terre ! »

La petite congrégation marmonna un « amen » dont le bruit évoqua un pas, et le rat continua à ronger la plinthe. Alors — peut-être parce que j'étais absorbé par le grignotement des dents du rat, ou parce que l'odeur d'humidité et de paille était soporifique —, quand j'ôtai mes mains de mon visage, je vis le pasteur boire au calice et je m'aperçus que j'avais manqué la communion.

De retour à la maison, je parcourus le journal

du dimanche à la recherche d'autres vols. Ils étaient innombrables. Des banques avaient été cambriolées, des coffres vidés de leurs bijoux, des bonnes et des majordomes ligotés à des chaises de cuisine, des fourrures et des diamants industriels dérobés chez des grossistes; des épiceries, des tabacs et des boutiques de prêteurs sur gages avaient été cambriolés, et quelqu'un avait volé un tableau au Cleveland Institute of Art.

En fin d'après-midi, je ratissai les feuilles. Quelle tâche pourrait exprimer davantage de contrition que celle qui consiste à nettoyer la pelouse des déchets sombres de l'automne, sous les ciels pâles et veinés du printemps?

Tandis que je ratissais les feuilles, mes garçons passèrent près de moi.

« Les Tobler ont organisé une partie de softball*, annonça Ronnie. Tout le monde est là-bas.

— Pourquoi est-ce que vous ne jouez pas? demandai-je.

— On ne peut pas jouer à moins d'avoir été invité », lança Ronnie par-dessus son épaule; puis ils disparurent.

Alors je m'aperçus que j'entendais les acclamations de la partie de softball à laquelle nous n'avions pas été invités. Les Tobler habitaient à l'autre bout du pâté de maisons. À mesure que le soir tombait, les voix joyeuses me semblèrent de plus en plus claires; je percevais même le tintement des glaçons dans les verres, et les voix des femmes s'élevant dans une faible clameur.

Pourquoi ne m'avait-on pas invité à jouer au softball chez les Tobler? me demandai-je. Pourquoi avions-nous été exclus de ces plaisirs simples, de cette réunion insouciante, dont les rires, les voix ténues et les claquements de portes

* *Sorte de base-ball pratiqué sur un terrain plus petit, avec une balle plus grande et plus molle. (N.d.T.)*

semblaient luire dans les ténèbres alors même que je m'en voyais privé ? Pourquoi ne m'avait-on pas invité à jouer au softball chez les Tobler ? Pourquoi l'élargissement d'un cercle social — son ascension, de fait — aurait-elle dû exclure un brave homme comme moi d'une partie de softball ? Quel monde était-ce là ? Pourquoi devais-je rester seul avec mes feuilles mortes dans le crépuscule, éprouvant un tel sentiment d'abandon et de solitude que j'en étais transi ?

S'il y a bien une chose que je déteste, ce sont les hommes sentimentaux dotés d'une faible personnalité ; tous les individus mélancoliques qu'un excès de compassion pour autrui rend insensibles au plaisir de leur propre essence et qui mènent leur existence de façon anonyme, tel un brouillard humain, s'apitoyant sur le sort de chacun. Le cul-de-jatte de Times Square et son pauvre étalage de stylos, la vieille dame soigneusement maquillée qui parle toute seule dans le métro, l'exhibitionniste dans les toilettes publiques, l'ivrogne gisant dans l'escalier du métro font plus encore qu'exciter leur pitié ; il leur suffit d'un seul regard pour se muer en ces infortunés. Toutes les épaves de l'humanité semblent fouler aux pieds leur âme en jachère et, à la fin de la journée, ils se trouvent dans un état proche des scènes d'une émeute de prison. Déçus d'eux-mêmes, ils sont toujours volontiers désappointés par le reste d'entre nous ; ils bâtissent des villes entières, des créations, des firmaments et des principautés de déceptions mouillés de larmes. La nuit, étendus dans leur lit, ils songent avec tendresse au grand gagnant du tiercé qui a perdu son ticket, à l'illustre romancier dont l'œuvre maîtresse a été brûlée par erreur avec les ordures, à Samuel Tilden, à qui les manigances de son collège électoral ont coûté la présidence des États-Unis. Parce que je détestais leur compagnie, il me fut doublement douloureux de me retrouver parmi eux. Et, apercevant un cornouiller nu à la lumière des étoiles, je songeai : Comme tout cela est donc triste !

Mon anniversaire tombait le mercredi. Je m'en souvins au beau milieu de l'après-midi, au bureau, et la pensée que Christina avait peut-être organisé une petite fête en secret me jeta brutalement sur mes pieds. Puis je songeai qu'elle n'en ferait rien. Mais ce que les enfants auraient préparé à mon intention suffisait à me poser un problème émotionnel ; je ne voyais pas comment je pourrais le supporter.

Je quittai le bureau de bonne heure et bus deux verres avant de prendre le train. Quand elle vint me chercher à la gare, Christina semblait enchantée et je dissimulai habilement mon inquiétude. Les enfants s'étaient changés et ils me souhaitèrent un bon anniversaire avec un tel enthousiasme que je me sentis affreusement mal. Une pile de petits cadeaux se trouvait sur la table, principalement des choses que les enfants avaient faites eux-mêmes — des boutons de manchettes, un carnet de notes, etc. Étant donné la situation, j'eus l'impression de m'en tirer brillamment ; je soufflai dans ma langue de belle-mère, mis mon chapeau en papier, éteignis les bougies du gâteau et les remerciai tous. Mais alors il apparut qu'il y avait un autre cadeau — LE cadeau — et, après dîner, je fus sommé de rester à l'intérieur tandis que Christina et les enfants sortaient. Enfin, Juney revint me chercher et m'entraîna derrière la maison, où se trouvaient les trois autres. Une échelle coulissante, à laquelle une carte et un ruban étaient attachés, était appuyée contre le mur. Je m'exclamai comme si l'on m'avait frappé :

« Mais qu'est-ce que ça veut dire ?

— On s'est dit que tu en aurais besoin, papa, déclara Juney.

— Et à quoi pourrait bien me servir une échelle ? Vous me prenez pour qui, pour un laveur de carreaux ?

— Les doubles-fenêtres, poursuivit ma fille, les moustiquaires... »

Je me tournai vers Christina.

« Ai-je parlé en dormant ?

— Non, répondit-elle, tu n'as pas parlé en dormant. »

Juney se mit à pleurer.

« Tu pourrais enlever les feuilles mortes des gouttières », murmura Ronnie.

Les deux garçons me regardaient piteusement.

« Tu dois admettre que c'est un cadeau peu ordinaire, dis-je à Christina.

— *Seigneur !* s'exclama-t-elle. Venez, les enfants. Venez. »

Elle les fit rentrer par la porte-fenêtre de la terrasse.

Je traînai dans le jardin jusqu'à la tombée du jour. Les lumières de l'étage s'allumèrent. Juney pleurait toujours ; Christina lui chantait une berceuse. Puis ce fut le silence. J'attendis que la lampe de notre chambre s'allume, et un peu plus tard je montai. Christina était en chemise de nuit, assise devant la coiffeuse. De grosses larmes brillaient dans ses yeux.

« Tu dois essayer de comprendre, dis-je.

— J'en serais bien incapable. Les enfants ont économisé des mois pour t'offrir ce fichu machin.

— Tu ne sais pas ce que je suis en train de traverser.

— Quand bien même tu traverserais l'enfer, je ne te pardonnerais pas, répliqua-t-elle. Tu ne traverses rien qui puisse justifier ton comportement. Ils l'ont cachée pendant une semaine dans le garage. Ils sont tellement *mignons*.

— Je ne me sens pas dans mon assiette.

— Ne m'en parle pas, répliqua-t-elle. Le matin,

j'attends avec impatience que tu t'en ailles, et je redoute de te voir rentrer le soir.

— Je n'ai pas pu être aussi insupportable.

— C'est l'enfer. Tu es dur avec les enfants, méchant avec moi, grossier avec tes amis et malveillant derrière leurs dos. C'est abominable.

— Aimerais-tu que je m'en aille ?

— Oh, Seigneur, si j'aimerais que tu t'en ailles ! Je pourrais enfin respirer.

— Et les enfants ?

— Parles-en à mon avocat.

— Je m'en vais, dans ce cas. »

J'ouvris le placard du couloir où nous rangeons les sacs. Quand j'en sortis ma valise, je m'aperçus que le chiot des enfants avait mâchonné une couture de cuir jusqu'à la détacher sur tout un côté. En essayant de trouver une autre valise, je fis basculer la pile des bagages et la reçus sur le crâne. Je retournai dans la chambre, tenant ma valise dont la longue lanière de cuir traînait sur le sol.

« *Regarde,* dis-je. Regarde donc, Christina. Le chien a arraché la couture de cuir de ma valise. »

Elle ne leva même pas la tête.

« Depuis dix ans, je consacre vingt mille dollars par an à cette maison, vociférai-je, et quand vient le moment de m'en aller, je n'ai même pas une valise digne de ce nom ! À part moi, tout le monde a une valise. Même le chat a un beau panier ! »

D'un geste brutal, j'ouvris le tiroir où étaient rangées mes chemises ; il n'y en avait que quatre de propres.

« Je n'ai même pas assez de chemises propres pour une semaine ! » criai-je.

Puis je rassemblai quelques affaires, j'enfonçai mon chapeau sur ma tête et je fis une sortie fracassante. L'espace d'un instant, je songeai même à prendre la voiture. J'entrai dans le garage et le parcourus du regard. Alors j'aperçus la pancarte « À VENDRE » qui était clouée sur la maison quand nous l'avions achetée, il y avait de cela très, très longtemps. Je dépoussiérai la pancarte, pris un clou et une pierre, fis le tour de la maison et clouai la pancarte « À VENDRE » sur un érable. Puis je pris le chemin de la gare. Elle se trouvait à un ou deux kilomètres de distance. La longue lanière de cuir traînait derrière moi ; j'essayai de l'arracher de la valise, mais en vain. Lorsque j'arrivai à la gare, j'appris que le prochain train passait à 4 heures du matin. Je décidai d'attendre. Je m'assis sur ma valise et patientai cinq minutes. Puis je repris la direction de la maison du même pas énergique. À mi-chemin, je vis Christina venir à ma rencontre, vêtue d'un pull, d'une jupe et de chaussures de sport — les vêtements les plus rapides à enfiler, mais des vêtements d'été. Nous rentrâmes à la maison ensemble et nous nous mîmes au lit.

Le samedi, je jouai au golf et, bien que la partie s'achevât tard, je voulus faire quelques brasses dans la piscine avant de rentrer. Elle était déserte, à l'exception de Tom Maitland. C'était un homme à la peau mate et à l'air sympathique, très riche mais discret. Il semblait introverti. Son épouse était la femme la plus grosse de Shady Hill et personne n'aimait beaucoup ses enfants. Je crois que c'était un homme dont les fêtes, les amitiés, les romances et les affaires reposaient toutes, telle une superstructure complexe, sur la nostalgie de sa prime jeunesse. Un souffle aurait suffi à faire s'effondrer l'ensemble. Lorsque je finis de nager, il faisait presque nuit. La lumière était allumée dans le pavillon du club et l'on entendait les gens dîner sur la véranda. Maitland était assis au bord de la piscine, trempant ses pieds dans l'eau d'un bleu vif dont l'odeur de chlore évoquait la mer Morte. Tout en me séchant je passai devant lui, et je lui demandai s'il ne comptait pas se baigner.

« Je ne sais pas nager », répondit-il.

Il esquissa un sourire et, détournant les yeux, contempla l'eau calme et lisse de la piscine luisant dans le paysage obscur.

« Nous avions une piscine à la maison, reprit-il, mais je n'ai jamais eu l'occasion de m'y baigner. Je passai mon temps à étudier le violon. »

Il était âgé de quarante-cinq ans, et il était au moins millionnaire, mais il ne savait même pas faire la planche, et je ne crois pas qu'il avait souvent l'occasion de parler aussi sincèrement qu'il venait de le faire. Pendant que je m'habillais, l'idée s'imposa à mon esprit — sans que j'y sois pour rien — que les Maitland seraient mes prochaines victimes.

Quelques jours plus tard, je m'éveillai à 3 heures du matin. Je réfléchis aux échecs de mon existence — ma mère à Cleveland, Parablendeum — puis j'allai allumer une cigarette dans la salle de bains avant de me souvenir que j'étais en phase terminale de cancer des bronches et que j'allais laisser ma veuve et mes orphelins sans le sou. J'enfilai mes chaussures de tennis bleues et le reste de ma tenue, glissai un regard dans les chambres des enfants par l'entrebâillement des portes, puis sortis.

Le temps était couvert. Coupant à travers les jardins situés à l'arrière des pavillons, je me dirigeai vers l'angle de la rue. Puis je traversai et je remontai l'allée des Maitland, foulant l'herbe au bord des graviers. La porte n'était pas fermée à clef et j'entrai, aussi exalté et effrayé que je l'avais été chez les Warburton, ayant l'impression d'être impalpable dans la faible lumière — un fantôme. Je montai tout droit à l'étage, où je savais que leur chambre se trouvait ; j'entendis une respiration profonde et, apercevant une veste et un pantalon sur une chaise, je tendis la main vers la poche de la veste, mais celle-ci en était dépourvue. Ce n'était pas une veste de costume, mais l'un des blousons en satin de couleur vive que portent les adolescents. Il était inutile de chercher un portefeuille dans ce pantalon-là. Son propriétaire ne pouvait pas gagner grand-chose en tondant la pelouse des Maitland. Je m'en fus en toute hâte.

Cette nuit-là, je ne me rendormis pas ; je restai assis dans le noir, pensant à Tom et à Gracie Maitland, aux Warburton et à Christina, à mon propre destin sordide, et songeant que Shady Hill avait un visage bien différent la nuit et à la lumière du jour.

Mais le lendemain soir, je ressortis ; cette fois-ci j'allai chez les Pewter, qui n'étaient pas seulement riches mais également des amoureux de la bouteille, et qui buvaient tant que je ne voyais pas comment ils auraient pu entendre le tonnerre après l'extinction des feux. Je m'en fus peu après 3 heures, comme à l'accoutumée.

Je songeais tristement à mes débuts dans l'existence — comment j'avais été conçu par un couple égaré dans un hôtel du centre-ville, après un dîner de six plats avec vins. Ma mère m'avait répété à d'innombrables reprises que je n'aurais jamais vu le jour si elle n'avait pas tant bu d'Oldfashioned avant ce fameux dîner. Et je songeai à mon paternel, à la nuit au Plaza, aux cuisses meurtries des paysannes de Picardie, à tous les anges vieil or qui maintenaient le théâtre sur pied, et à ma terrible destinée. Alors que je me dirigeais vers le pavillon des Pewter, un violent frémissement agita tous les arbres et les jardins, tel un courant d'air sur un lit de flammes, et je me demandai ce que c'était jusqu'au moment où je sentis la pluie sur mes mains et mon visage ; alors je me mis à rire.

J'aimerais pouvoir dire qu'un lion bienveillant me remit sur le droit chemin, ou un enfant innocent, ou les accents d'une lointaine musique s'échappant d'une église... — mais ce ne fut rien d'autre que la pluie arrosant ma tête — son odeur envahissant mon nez — qui me fit comprendre combien j'étais libre, libre des os enterrés à Fontainebleau, libre de choisir de n'être pas un voleur. Il y avait des moyens de résoudre mes problèmes, si je m'en donnais la peine. Je n'étais pas prisonnier. J'étais là, sur terre, parce que je l'avais choisi. Et peu importait la façon dont j'avais reçu le don de la vie du moment que je le possédais, et je le possédais alors — le lien entre les racines d'herbe humide et les poils qui poussaient de mon corps, l'intense joie d'être mortel que j'avais éprouvée durant les soirées d'été, débordant d'amour pour mes enfants et plongeant mon regard dans le décolleté de Christina...

À ce moment-là, j'étais immobile devant le pavillon des Pewter ; je contemplai la maison plongée dans les ténèbres, puis je me détournai et je rebroussai chemin. Je retournai me coucher et je fis de beaux rêves. Je rêvai que je barrais un bateau sur la Méditerranée. Je distinguais des marches de marbre usées s'enfonçant dans l'eau, et l'eau elle-même — bleue, salée, et trouble. Je dressai le mât, hissai la voile et m'emparai de la barre. Mais pourquoi, me demandai-je en m'éloignant, semblais-je n'avoir que dix-sept ans ? Mais on ne peut tout avoir.

Ce n'est pas la senteur du pain de maïs qui nous ramène d'entre les morts, comme quelqu'un l'a écrit un jour ; ce sont les lumières et les manifestations d'amour et d'amitié. Le lendemain, Gil Bucknam me téléphona et m'annonça que le patron était mourant ; accepterais-je de reprendre ma place ? Je lui rendis visite. Il m'expliqua que c'était le patron qui avait cherché à m'évincer, et bien sûr je fus heureux de me retrouver chez moi, au sein de Parablendeum.

Ce que je ne comprenais pas, alors que je descendais la 3e Avenue cet après-midi-là, c'est comment un monde qui m'avait paru si sombre pouvait, en quelques minutes, devenir si plaisant. Les trottoirs semblaient étinceler et, pendant le trajet de retour en train, je contemplai avec ravissement les ridicules jeunes femmes arborant des gaines sur les panneaux publicitaires du Bronx.

Le lendemain matin, je reçus une avance sur salaire. M'assurant de ne laisser aucune empreinte, je glissai neuf cents dollars dans une enveloppe et j'allai chez les Warburton dès que la dernière lumière du quartier se fut éteinte. Il avait plu, mais l'averse s'était arrêtée. Les étoiles commençaient à luire dans le ciel. Il n'était pas nécessaire de manifester une prudence exagérée, aussi je fis le tour de leur maison, j'entrai par la porte de la cuisine qui n'était pas fermée à clef et je posai l'enveloppe sur une table, dans la pièce obscure.

Alors que je m'éloignai, une voiture de police se gara près de moi ; un policier que je connaissais baissa sa vitre et demanda :

« Que faites-vous dehors à cette heure de la nuit, Mr. Hake ?

— Je promène le chien », répliquai-je d'un ton joyeux.

Il n'y avait aucun chien en vue, mais ils ne le vérifièrent pas.

« Ici, Toby ! Ici, Toby ! Ici, Toby ! *Bon* chien ! » appelai-je, et je m'éloignai, sifflotant gaiement dans la nuit.

LE PROFESSEUR DE MUSIQUE

Tout paraissait avoir été mis en scène ; Seton eut ce sentiment quand il ouvrit la porte de chez lui, ce soir-là, et qu'il suivit le couloir jusqu'au salon. Tout semblait avoir été orchestré avec le soin extrême que certaines jeunes filles de sa connaissance apportaient autrefois aux fleurs, aux bougies et aux disques du phonographe. Ce spectacle n'était pas mis en scène pour son plaisir, pas plus qu'il n'était destiné à exprimer quelque chose d'aussi simple que le reproche.

« Bonjour », s'exclama-t-il d'une voix forte et joyeuse.

L'air était empli de sanglots et de gémissements. Une table à repasser se dressait au milieu du petit salon. L'une de ses chemises s'y trouvait et sa femme, Jessica, repassait en essuyant une larme. Jocelin, la petite dernière, était près du piano. Elle hurlait. Assise sur une chaise à côté de sa petite sœur, Millicent, l'aînée, sanglotait en brandissant les morceaux d'une poupée cassée. Phyllis, la cadette, était à quatre pattes, déchiquetant le rembourrage d'un fauteuil avec un décapsuleur de bières. S'échappant de la porte ouverte de la cuisine, des nuages de fumée émanant de ce qui — à en juger par l'odeur — devait être un gigot d'agneau brûlé envahissaient le salon.

Il n'arrivait pas à croire qu'elles avaient passé la journée dans un tel chaos. Tout cela devait avoir été orchestré, mis en scène — y compris l'incendie dans le four — en vue de l'instant précis où il franchirait le seuil. Il crut même déceler une expression de sérénité intérieure sur le visage épuisé de sa femme alors que celle-ci balayait la pièce du regard et admirait l'effet du spectacle. Il sentit sa détermination vaciller, mais il se refusa à céder au désespoir et, immobile dans l'embrasure de la porte, il procéda à une rapide estimation des forces qui lui restaient. Il décida de commencer par un baiser mais, quand il s'approcha de la table à repasser, sa femme le chassa d'un geste en s'exclamant :

« Ne t'approche pas de moi. Tu vas attraper mon rhume. J'ai un *affreux* rhume. »

Alors il éloigna Phyllis du fauteuil, promit à Millicent de réparer sa poupée et emmena le bébé dans la salle de bains pour changer ses couches. De la cuisine s'échappèrent les jurons sonores de Jessica qui se frayait un chemin dans les nuages de fumée et sortait la viande du four.

Celle-ci était brûlée. Presque tout le reste l'était également — les petits pains, les pommes de terre et la tarte aux pommes surgelée. Des cendres dans la bouche et un poids immense sur le cœur, Seton regarda par-dessus les assiettes le visage de Jessica, jadis empreint d'intelligence et de passion, mais aujourd'hui maussade et impénétrable. Après dîner, il l'aida à débarrasser la table et fit la lecture aux enfants. L'innocence de l'intérêt qu'elles portaient à ce qu'il lisait et faisait, la confiance dont était empreint leur amour donnèrent à la viande carbonisée un goût non seulement d'amertume, mais également de tristesse. Une odeur de fumée continua à flotter dans l'air bien après que tous, à l'exception de Seton, furent allés au lit. Il resta assis seul au salon, ruminant ses problèmes. Il était marié depuis dix ans, et Jessica lui semblait toujours douée d'une personnalité et d'un caractère particulièrement attachants, mais depuis un an ou deux, quelque chose de grave et de mystérieux était venu s'immiscer entre eux. Le gigot brûlé n'avait rien d'inhabituel ; c'était de l'ordre de la routine. Elle faisait brûler les côtes d'agneau, les hamburgers et même la dinde de Thanksgiving, et elle semblait les faire brûler volontairement, comme s'il s'était agi d'un moyen d'exprimer la rancune qu'elle éprouvait à son égard. Elle ne se rebellait pas contre les corvées ménagères. Les femmes de ménage et les appareils électriques, qui allégeaient son fardeau, n'y changeaient rien. Ce n'était même pas, songeait-il, de la rancune. Il semblait s'agir d'un profond changement souterrain, de quelque campagne ou révolution sexuelle — dont elle ignorait peut-être tout — couvant sous la façade resplendissante et ordinaire des choses.

Il n'avait aucune envie de quitter Jessica, mais combien de temps encore pourrait-il supporter les enfants en larmes, les regards noirs, la maison enfumée et chaotique ? Ce n'était pas tant à la discorde qu'il résistait qu'à une menace pesant sur ce que son amour-propre avait de plus sain et de plus précieux. Il lui semblait indécent d'endurer la situation sans mot dire. Que pouvait-il faire ? Du changement, du renouveau, des opportunités, voilà ce dont Jessica et lui semblaient avoir besoin ; et peut-être est-il révélateur de ses limites que — essayant de trouver le moyen de sauver son ménage — il lui vienne seulement à l'esprit d'emmener Jessica dîner dans un restaurant où ils allaient souvent dix ans plus tôt. Mais même cela, il le savait, ne serait pas simple. Une invitation directe ne lui vaudrait qu'un refus direct et cinglant. Il lui faudrait faire preuve de ruse. Il lui faudrait la surprendre, et la désarmer.

C'était le début de l'automne. Il faisait beau. Les feuilles jaunes pleuvaient de toute part. On les voyait tomber à travers toutes les fenêtres de la maison et les panneaux vitrés de la porte d'entrée. Seton patienta deux ou trois jours. Il attendit une journée particulièrement belle; puis il appela Jessica du bureau au milieu de la matinée. Il savait que la femme de ménage serait là. Millicent et Phyllis seraient à l'école, et Jocelin dormirait. Jessica n'aurait pas grand-chose à faire. Peut-être même serait-elle désœuvrée et pensive. Il lui téléphona et lui dit — il ne le lui proposa pas — de descendre en ville dîner avec lui. Elle hésita; elle répliqua qu'il serait difficile de trouver quelqu'un pour garder les enfants; mais enfin, elle céda. Il crut même entendre dans sa voix, au moment où elle accepta de venir, un peu de la douce tendresse qu'il aimait tant.

Cela faisait un an qu'ils n'avaient pas dîné ensemble au restaurant ni fait quoi que ce soit de ce genre. Quand il quitta le bureau, ce soir-là, et qu'il tourna le dos à la gare, il prit conscience du poids immense et paralysant des habitudes qui pesaient sur son couple. Trop de délimitations avaient été tracées autour de sa vie, songea-t-il, mais qu'il était facile de les enjamber! Le restaurant où il alla attendre Jessica était sans prétention, et la cuisine y était bonne. L'argenterie était polie, les nappes amidonnées, l'endroit embaumait le pain frais et les sauces, et semblait agréablement accueillant quand Seton y arriva ce soir-là. La fille du vestiaire se souvint de lui, et il se rappela l'exubérance avec laquelle, du temps de sa jeunesse, il dévalait les marches menant au bar. Tout sentait si merveilleusement bon! Le barman venait juste de prendre son service, rasé de frais et vêtu d'une veste blanche. Tout semblait chaleureux et cérémonieux. Chaque surface brillait d'un vif éclat, et la lumière qui baignait ses épaules était celle qui les baignait dix ans plus tôt. Quand le maître d'hôtel s'arrêta pour lui souhaiter la bienvenue, Seton demanda qu'une bouteille de vin — *leur* vin — soit mise à rafraîchir. La porte donnant sur la nuit était celle qu'il regardait jadis pour voir Jessica entrer, de la neige dans les cheveux, avec une nouvelle robe et de nouvelles chaussures, de bonnes nouvelles, des soucis, des excuses pour son retard. Il se souvenait qu'elle jetait un regard au bar pour voir s'il s'y trouvait, s'arrêtait le temps d'échanger deux mots avec la fille du vestiaire, puis traversait la salle d'un pas léger pour glisser sa main dans la sienne et s'unir à son plaisir, avec légèreté et grâce, durant le reste de la soirée.

À ce moment-là, il entendit un enfant pleurer. Il se tourna vers la porte juste à temps pour voir Jessica entrer. Elle portait le bébé en larmes dans ses bras. Phyllis et Millicent la suivaient, vêtues de leurs anoraks usés. Il était encore tôt et le restaurant n'était pas plein. Cette apparition, ce tableau, ne fut pas aussi spectaculaire qu'il l'aurait été une heure plus tard, mais il était — pour Seton du moins — bien assez théâtral. Immobile dans l'embrasure de la porte, un bébé en pleurs dans les bras et entourée des deux fillettes, Jessica ne donnait pas tant l'impression d'être venue retrouver son mari et d'avoir été contrainte par quelque imprévu d'emmener les enfants, que d'être venue accuser publiquement l'homme qui l'avait trahie. Elle ne le désigna pas du doigt, mais il se dégageait de leur petit groupe un sentiment dramatique et accusateur.

Seton se dirigea aussitôt vers elles. Ce n'était pas le genre de restaurant où l'on peut amener des enfants, mais la fille du vestiaire aida gentiment Millicent et Phyllis à ôter leurs anoraks. Seton prit Jocelin dans ses bras, et elle cessa de pleurer.

« La baby-sitter ne pouvait pas venir », annonça

Jessica, mais elle évita son regard et se détourna quand il l'embrassa. On les installa à une table au fond de la salle. Jocelin renversa un bol d'olives, et le dîner fut aussi morose et chaotique que les repas carbonisés de la maison. Les enfants s'endormirent pendant le trajet du retour, et Seton constata qu'il avait échoué — qu'il avait échoué, ou qu'il avait été dupé. Pour la première fois, il se demanda s'il se heurtait non aux ombres et aux mystères du sexe faible, mais tout simplement à un caractère irascible.

Il fit d'autres tentatives du même ordre. Il invita les Thompson à venir prendre l'apéritif un samedi soir. Il vit bien qu'ils n'avaient pas envie de venir; ils allaient chez les Carmignole — tout le monde allait chez les Carmignole — et cela faisait un an, voire davantage, que les Seton n'avaient pas reçu; leur foyer souffrait d'une sorte d'infamie sociale. Les Thompson vinrent seulement par amitié, et pour prendre un seul verre. Ils formaient un beau couple et Jack Thompson semblait exercer sur sa femme une tendre domination que Seton lui envia. Il avait prévenu Jessica de la venue des Thompson. Elle n'avait rien répondu. Elle n'était pas dans le salon quand ils arrivèrent, mais elle fit son apparition quelques minutes plus tard, portant une corbeille de linge fraîchement lavé. Quand Seton lui proposa de prendre un verre, elle répliqua qu'elle n'avait pas le temps. Les Thompson voyaient bien qu'il était en mauvaise posture, mais ils ne pouvaient rester pour lui prêter main-forte; ils auraient risqué d'arriver en retard chez les Carmignole. Mais quand Lucy Thompson se fut installée dans la voiture, Jack revint jusqu'à la porte et s'adressa à Seton avec une telle conviction — et si manifestement mû par l'amitié et la compassion — que celui-ci se suspendit à ses lèvres. Il déclara qu'il comprenait ce qui se passait, et qu'il fallait que Seton ait un passe-temps —

un passe-temps bien spécifique ; il fallait qu'il prenne des leçons de piano. Il devait voir une dame du nom de Miss Deming. Elle lui rendrait les choses plus faciles. Puis il lui adressa un signe d'adieu et regagna sa voiture. Seton ne jugea pas ce conseil le moins du monde étrange. Il était désespéré et fatigué, et quel était le sens de l'existence ? Quand il retourna dans le salon, Phyllis recommençait à s'attaquer au fauteuil avec le décapsuleur, prétextant avoir perdu une pièce de monnaie dans la housse. Jocelin et Millicent sanglotaient. Jessica avait commencé à faire brûler le dîner.

Ils mangèrent du veau carbonisé le dimanche, un pâté de viande carbonisé le lundi, et le mardi la viande était carbonisée à un point tel que Seton ne put deviner ce que c'était. Il songea à Miss Deming, et en arriva à la conclusion qu'il s'agissait peut-être d'une femme aux mœurs faciles qui réconfortait les hommes du voisinage sous le prétexte de leur donner des leçons de musique. Mais quand il lui téléphona, la voix au bout du fil était celle d'une petite vieille. Il annonça que Jack Thompson lui avait donné son nom, et elle lui dit de venir le lendemain soir à 19 heures. Quand il partit de chez lui après dîner, le mercredi, il songea que le simple fait de sortir de chez lui et de s'absorber dans autre chose que ses soucis domestiques et professionnels constituerait une sorte de thérapie. Miss Deming habitait Bellevue Avenue, à l'autre bout de la ville. Il était difficile de lire les plaques des maisons. Seton gara sa voiture le long du trottoir et poursuivit son chemin à pied, à la recherche du numéro de Miss Deming.

C'était une soirée d'automne. Bellevue Avenue était une rue discrète, peuplée de maisons à charpente de bois d'apparence et d'allure irréprochables mais qui, par l'effet de quelque caprice, étaient décorées de petits minarets et de rideaux de perles en bois, comme un clin d'œil inconvenant ou du moins mystérieux aux mosquées et aux harems lointains de l'islam. Ce paradoxe donnait au quartier tout son charme. La rue tombait en décrépitude, mais non sans grâce; son déclin était luxuriant, des roses fleurissaient à profusion dans les jardins et des cardinaux chantaient dans les sapins. Quelques-uns des occupants ratissaient encore leurs pelouses. Seton avait grandi dans une rue semblable à celle-là, et il était enchanté de rencontrer, au hasard de sa route, ce fragment de son passé. Le soleil se couchait — une spectaculaire lumière rouge baignait l'extrémité de la rue — et, voyant cela, Seton sentit son estomac se contracter aussi violemment que sous l'effet de la faim; mais ce n'était pas la faim, c'était un pur sentiment d'aspiration. Oh, mener une vie illustre!

La maison de Miss Deming n'avait pas de véranda, et elle n'avait peut-être pas plus besoin que les autres d'une couche de peinture, mais Seton ne pouvait en être sûr; la lumière avait commencé à faiblir. Sur la porte, un écriteau disait « FRAPPEZ ET ENTREZ ». Il pénétra dans un vestibule exigu où se trouvaient un escalier et une patère en bois. Dans une pièce, un peu plus loin, il aperçut un homme de son âge penché sur le clavier d'un piano.

« Vous êtes en avance, lança Miss Deming. Veuillez vous asseoir et attendre. »

Elle s'exprimait avec une résignation profonde et une extrême lassitude, et l'intonation de sa voix, songea Seton, semblait indiquer que ce qui l'attendait allait se révéler odieux et douloureux. Il s'assit sur un banc, sous la patère. Il se sentait mal à l'aise. Ses mains étaient moites et il avait l'impression d'être douloureusement étriqué dans cette maison, sur ce banc, dans cette situation. Comme la vie est mystérieuse, songea-t-il, votre femme vous dissimule ses charmes et on s'en va prendre des leçons de piano. Sa gêne devint si intense qu'il songea à fuir. Il pouvait franchir la porte, regagner Bellevue Avenue et ne jamais revenir. Le souvenir du chaos qui régnait chez lui le retint. Puis il fut accablé par la pensée que l'attente représentait une sorte d'éternité. Combien de temps passe-t-on à attendre dans les antichambres des dentistes et des médecins, à attendre des trains, des avions, à attendre devant des cabines téléphoniques et des restaurants ? Il eut le sentiment qu'il avait gâché les meilleures années de sa vie ainsi et qu'il risquait de gaspiller les quelques belles années qui lui restaient en prenant la résolution d'attendre pour des leçons de piano. Il songea de nouveau à fuir, mais à cet instant la leçon qui se déroulait dans l'autre pièce s'acheva. « Vous n'avez pas suffisamment répété, entendit-il Miss Deming déclarer d'une voix revêche. Vous devez répéter une heure par jour, sans exception, sinon vous me faites simplement perdre mon temps. »

Son élève traversa le petit vestibule, le col de son manteau relevé de telle sorte que Seton ne puisse voir son visage. « Au suivant », lança-t-elle.

La petite pièce où se trouvait le piano droit était plus encombrée que le vestibule. Lorsqu'il entra, Miss Deming leva à peine les yeux. C'était une femme fluette. Ses cheveux bruns, striés de mèches grises, étaient tressés et épinglés en une sorte de maigre macaron sur son crâne. Elle était assise sur un coussin gonflable, les mains croisées sur les genoux, et remuait de temps à autre les lèvres avec déplaisir, comme si quelque chose l'irritait. Seton s'assit gauchement sur le petit tabouret du piano.

« Je n'ai jamais pris de leçons de piano, dit-il. Autrefois, j'ai pris des leçons de cornet à piston. Je louais un cornet quand j'étais au lycée...

— Nous oublierons cela », déclara-t-elle.

Elle lui désigna la touche *do* et lui demanda de faire une gamme. Les doigts de Seton, dans la vive lumière du pupitre, semblaient énormes et nus. Il eut du mal à s'exécuter. À une ou deux reprises, elle lui donna un coup sur les phalanges avec un stylo; à une ou deux reprises, elle lui manipula les doigts à l'aide des siens, et il perçut l'existence de Miss Deming comme un cauchemar peuplé de mains propres, de mains sales, de mains velues, de mains molles et musclées, et songea que cela expliquait peut-être le sentiment de répugnance qu'elle semblait éprouver. À la moitié de la leçon, Seton laissa tomber ses mains au creux de ses cuisses. Son indécision eut pour effet d'emplir Miss Deming d'impatience, et elle lui replaça les mains sur le clavier. Il avait envie de sourire mais sur le mur, au-dessus du piano, se trouvait un grand écriteau qui l'interdisait. Quand la leçon s'acheva, sa chemise était humide de sueur.

« Veuillez apporter le montant exact la prochaine fois. Mettez l'argent dans le vase posé sur le bureau, dit-elle. Au suivant. »

Seton et l'élève suivant se croisèrent dans l'embrasure de la porte, mais l'inconnu détourna son visage.

Seton était enchanté que le supplice soit terminé et, alors qu'il s'enfonçait dans la pénombre de Bellevue Avenue, il s'imagina pianiste, une image absurde et agréable. Il se demanda si c'était à ces plaisirs simples que Jack Thompson avait voulu l'initier. Quand il arriva chez lui, les enfants étaient au lit et il s'installa devant le piano pour s'exercer. Miss Deming lui avait donné un exercice de doigté à deux mains avec une petite mélodie, et il répéta infatigablement pendant une heure. Il s'exerça chaque soir, y compris le dimanche. Lorsqu'il alla prendre sa deuxième leçon, il espérait sincèrement qu'elle le récompenserait en lui donnant un exercice plus difficile ; mais elle passa l'heure à critiquer son phrasé et son doigté et lui recommanda de répéter ses gammes une semaine de plus. Il pensait qu'après sa troisième leçon, au moins, il aurait quelque chose de différent ; mais il rentra chez lui avec le même exercice.

Jessica ne l'encourageait pas, et ne se plaignait pas non plus. Elle semblait déconcertée par la tournure qu'avaient prise les événements. La musique lui portait sur les nerfs, et il le comprenait. L'exercice tout simple et la mélodie qui l'accompagnait s'imprimèrent même dans la mémoire de leurs filles. Elle sembla devenir partie intégrante de leur vie, aussi indésirable qu'un virus et aussi terrible. Elle flottait dans l'esprit de Seton durant sa journée de bureau et, chaque fois qu'un sentiment s'imposait soudain à lui — douleur ou surprise —, la mélodie grandissait jusqu'à envahir sa conscience. Seton ne s'était jamais douté que cette fastidieuse corvée, cette torture mentale, faisaient partie de l'apprentissage du piano. À présent, le soir, après le dîner, quand il s'asseyait pour faire ses gammes, Jessica quittait précipitamment la pièce et se réfugiait à l'étage. La musique semblait l'intimider, ou peut-être l'effrayer. Seton lui-même entretenait avec la mélodie un rapport oppressant et confus. Un soir, alors qu'il avait pris le train plus tard qu'à l'ordinaire et qu'il passait devant le pavillon des Thompson sur le chemin de la gare à chez lui, il entendit la même effroyable mélodie filtrer au travers des murs de leur maison. Jack devait faire ses gammes. Cela n'avait rien de bien étrange ; mais quand il passa devant chez les Carmignole et qu'il l'entendit de nouveau, il se demanda si ce n'était pas sa mémoire qui la faisait résonner à ses oreilles. Il faisait nuit noire. Immobile sur son perron, sa perception de la réalité ainsi ébranlée, il songea que le monde changeait — qu'il mourait et renaissait — plus vite qu'il n'est possible de le percevoir et que lui, Seton, évoluait parmi les événements de sa vie sans plus de compréhension qu'un nageur dénudé.

Jessica n'avait pas fait brûler la viande ce soir-là. Elle lui avait gardé un repas acceptable au four, et elle le lui servit avec une timidité qui amena Seton à se demander s'il n'était pas sur le point de retrouver son épouse. Après le dîner, il fit la lecture aux enfants, puis il retroussa ses manches et s'installa devant le piano. Alors que Jessica se préparait à quitter la pièce, elle se retourna et lui adressa la parole. Toute son attitude exprimait la prière et ses yeux en paraissaient plus grands et sombres, sa pâleur naturelle en était accrue.

« Je ne voudrais pas m'en mêler, murmura-t-elle d'une voix douce, et je sais que je ne connais rien à la musique, mais je me demandais si tu pourrais lui demander — à ton professeur — de te donner un autre morceau à répéter. Celui-ci est tellement gravé dans mon esprit... Je l'entends toute la journée. Si elle pouvait te donner autre chose...

— Je comprends, dit-il. Je lui poserai la question. »

À sa cinquième leçon, les jours avaient beaucoup raccourci ; au pied de Bellevue Avenue, aucun flamboyant coucher de soleil ne rappelait à Seton ses grands espoirs, ses aspirations. Il frappa et entra dans le petit pavillon, et il sentit aussitôt une odeur de cigarette. Il ôta son chapeau et son manteau et pénétra dans le salon, mais Miss Deming n'était pas assise sur son coussin. Il l'appela ; elle lui répondit de la cuisine et, ouvrant la porte, dévoila un spectacle qui stupéfia Seton. Deux jeunes hommes étaient assis à la table de la cuisine, fumant et buvant des bières. Leurs cheveux sombres étaient tout luisants d'huile capillaire et peignés vers l'arrière du crâne. Ils portaient des bottes de motard et des chemises de camouflage, et leurs manières semblaient destinées à personnifier une jeunesse sans foi ni loi.

« Nous t'attendrons, ma belle », lança l'un d'eux d'une voix forte alors qu'elle refermait la porte derrière elle.

Quand elle se dirigea vers Seton, celui-ci vit l'expression de plaisir — d'insouciance et d'orgueil — imprimée sur son visage se dissiper, remplacée par l'irritation qu'elle affichait habituellement.

« Mes garçons », lâcha-t-elle, et elle soupira.

« Ce sont vos voisins ? demanda Seton.

— Oh, non. Ils viennent de New York. Ils viennent passer la nuit ici, de temps en temps. Je les aide quand c'est possible, les pauvres petits. Je les considère comme mes fils.

— Ils doivent en être heureux, dit Seton.

— Commencez, s'il vous plaît », répliqua-t-elle.

Toute trace de sentiment avait quitté sa voix.

« Ma femme voudrait savoir si je ne pourrais pas avoir autre chose ; un morceau différent.

— Elles le veulent toujours, répliqua-t-elle avec lassitude.

— Quelque chose d'un peu moins répétitif, précisa Seton.

— Aucun des messieurs qui viennent ici ne s'est jamais plaint de mes méthodes. Si vous n'êtes pas satisfait, vous n'êtes pas obligé de venir. Bien sûr, Mr. Purvis est allé trop loin ; Mrs. Purvis est toujours au sanatorium, mais je ne pense pas que ce soit ma faute. Vous voulez la mettre à vos genoux, n'est-ce pas ? N'est-ce pas la raison pour laquelle vous êtes ici ? Commencez, s'il vous plaît. »

Seton se mit à jouer, mais sa maladresse était plus grande encore qu'à l'ordinaire. Les paroles de la vieille femme l'avaient stupéfié. Dans quoi s'était-il engagé ? Était-il coupable ? Aurait-il dû suivre l'instinct qui l'avait poussé à fuir quand il était entré pour la première fois dans cette maison ? Quand il avait décidé d'ignorer l'aspect oppressant des lieux, s'était-il engagé à commettre quelque atrocité, quelque sorcellerie ? Avait-il consenti à faire peser sur une femme charmante la menace subtile de la folie ? À présent la vieille sorcière s'exprimait avec douceur et, songea-t-il, avec méchanceté.

« Jouez cette mélodie d'un doigt léger, léger, léger, disait-elle. C'est comme cela qu'elle fera effet. »

Il continuait à jouer, se concentrant sur l'enchaînement aveugle de ses gestes, car s'il avait protesté — comme il savait qu'il aurait dû le faire —, il aurait seulement donné réalité au cauchemar. Son esprit et ses mains agissaient sans tenir compte de ses sentiments et bien qu'une partie de lui-même fût en proie à la stupéfaction, l'inquiétude et la culpabilité, ses doigts continuaient d'égrener l'insidieuse mélodie. De la cuisine s'élevaient des rires graves, le bruit de la bière versée dans les verres et le crissement des bottes de motard. Peut-être parce qu'elle voulait rejoindre ses amis — ses garçons — elle abrégea la leçon, et Seton en éprouva un soulagement euphorique.

Il ne cessait de se demander si elle avait vraiment dit ce qu'il avait cru entendre, et cela lui paraissait si invraisemblable qu'il eut envie de s'arrêter chez Jack Thompson pour en discuter avec lui. Mais il se rendit bientôt compte qu'il ne pouvait évoquer ce qui venait de se passer; il aurait été incapable de trouver les mots. Le monde où il vivait n'était pas celui où les hommes et les femmes se disputaient impitoyablement le pouvoir, où de vieilles sorcières pratiquaient la magie noire. La vieille dame semblait habiter quelque frontière de la conscience, quelque moment gris succédant à l'éveil et condamné à être détruit par la lumière du jour.

Quand il rentra chez lui, Jessica se trouvait au salon. Au moment où il plaça sa partition sur le pupitre du piano, il vit une expression de frayeur s'inscrire sur le visage de sa femme.

« T'a-t-elle donné un morceau de musique ? demanda-t-elle. T'a-t-elle donné quelque chose, à part cet exercice ?

— Pas cette fois-ci, répondit-il. Je suppose que je ne suis pas prêt. Peut-être la prochaine fois.

— Vas-tu répéter maintenant ?

— Peut-être.

— Oh, pas ce soir, mon chéri ! Je t'en prie, pas ce soir ! Je t'en prie, je t'en prie, pas ce soir, mon amour ! »

Et elle était à genoux.

Une fois son bonheur retrouvé — et il leur revint à tous deux plus intensément que jamais —, Seton considéra avec une réprobation étrangement vertueuse le procédé qui lui avait permis de le reconquérir. Lorsqu'il songeait à Miss Deming, il n'éprouvait que mépris et dégoût. Pris dans un tourbillon de bons dîners et d'étreintes amoureuses, il ne s'approchait plus du piano. Il se lavait les mains des méthodes de la vieille femme. Il avait choisi d'oublier toute l'affaire. Mais le mercredi soir suivant, à l'heure habituelle, il se prépara à se rendre chez elle pour lui faire ses adieux. Il aurait pu téléphoner. Jessica était nerveuse à l'idée qu'il y retourne ; mais il lui expliqua qu'il allait simplement mettre fin à ses engagements, puis il l'embrassa et sortit.

La nuit était sombre. Les reliefs turcs de Bellevue Avenue étaient faiblement éclairés. Quelqu'un brûlait des feuilles. Il frappa à la porte de Miss Deming et entra dans le vestibule exigu. La maison était plongée dans l'obscurité. La seule lumière provenait de la rue, traversant la fenêtre.

« Miss Deming, appela-t-il. Miss Deming ? »

Il cria trois fois son nom. La chaise installée près du banc du piano était vide, mais il sentait l'empreinte de la vieille dame sur chaque chose. Elle n'était pas là — du moins, elle ne répondit pas à ses appels — mais elle semblait se tenir dans l'embrasure de la porte de la cuisine, en haut de l'escalier et à l'extrémité du couloir, dans l'obscurité ; le son léger qu'il entendit à l'étage semblait être son pas.

Il rentra chez lui ; à peine une demi-heure plus tard, des policiers sonnèrent à la porte et lui demandèrent de les suivre. Il sortit sur le perron — il ne voulait pas que les enfants entendent — et commit l'erreur naturelle de protester ; après tout, n'était-il pas un citoyen parfaitement respectueux des lois ? N'avait-il pas toujours payé son journal, respecté les feux de circulation, pris un bain tous les jours, prié chaque semaine, n'avait-il pas scrupuleusement réglé ses impôts et payé ses factures le dix du mois ? Il n'existait pas, dans toute son histoire, la moindre trace, le moindre soupçon d'illégalité. Que lui voulait la police ? Ils se refusèrent à le dire, mais insistèrent pour qu'il les accompagne.

Il finit par monter dans la voiture de patrouille qui l'emmena de l'autre côté de la ville, franchit des rails de chemin de fer, et s'arrêta dans une voie sans issue, une décharge, où se trouvaient d'autres policiers. C'était un décor qui semblait fait pour la violence — dépouillé, loin de toute habitation et sans personne pour entendre les appels au secours. Elle gisait au croisement de deux routes, telle une sorcière. Elle avait la nuque brisée, et la lutte qu'elle avait menée contre les puissances supérieures de la mort avait laissé ses vêtements en désordre. Les policiers lui demandèrent s'il la connaissait, et il répondit que oui. Lui était-il arrivé de voir de jeunes hommes chez elle ? Il répondit que non. Ils avaient trouvé son nom et son adresse dans un agenda posé sur le bureau de Miss Deming. Il leur expliqua qu'elle était son professeur de piano. Ils se satisfirent de cette explication et le laissèrent s'en aller.

[illegible]

en [illegible]
enfants [illegible]
des [illegible]
petit [illegible] de la
[illegible]
patrons [illegible]
cet [illegible]

LA CHIMÈRE

Quand j'étais enfant et que j'allais au cirque, il existait un numéro baptisé « les Jumelles Treviso » — Maria et Rosita. Rosita se positionnait en équilibre sur la tête de Maria, crâne contre crâne, et sa sœur la portait ainsi tout autour de la piste. Cet exercice ardu avait pourvu Maria de jambes courtes et musculeuses, et d'une démarche comique. Chaque fois que je regarde s'éloigner ma femme, je me souviens de Maria Treviso. Mon épouse est une femme imposante. C'est l'une des cinq filles du colonel Boysen, un politicien de Georgie qui était l'ami de Calvin Coolidge. Il est allé à sept reprises à la Maison-Blanche, et ma femme possède un coussin en forme de cœur sur lequel est brodé le mot « Amour » qui est l'œuvre de Mrs. Coolidge, à moins qu'il ne se soit trouvé en sa possession à un moment ou un autre. Ma femme et moi sommes affreusement malheureux en ménage, mais nous avons trois merveilleux enfants et nous essayons de tenir bon. Je fais ce que j'ai à faire, comme tout un chacun, et l'une des tâches qui m'incombent consiste à servir le petit déjeuner au lit à ma femme. J'essaie de lui préparer un bon petit déjeuner car cela adoucit parfois son humeur qui, d'une manière générale, est exécrable.

Un matin, voici peu de temps, quand je lui apportai un plateau, elle enfouit son visage dans ses mains et fondit en larmes. Je balayai le plateau du regard pour voir ce qui n'allait pas. C'était un excellent petit déjeuner ; deux œufs durs, un petit pain au lait et un Coca-Cola corsé de whisky. C'est ce qu'elle aime. Je n'ai jamais pu apprendre à faire frire le bacon. Les œufs avaient l'air cuits à point, et la vaisselle était propre ; aussi lui demandai-je ce qui se passait. Elle laissa retomber ses mains — son visage était humide de larmes, ses yeux hagards — et elle s'exclama avec l'accent propre à la famille Boysen :

« Je ne peux pas souffrir plus longtemps qu'un homme poilu en sous-vêtements me serve mon petit déjeuner au lit. »

Je pris ma douche, m'habillai et partis travailler. Mais lorsque je rentrai, ce soir-là, je constatai que les choses ne s'étaient pas arrangées ; elle était encore froissée par l'apparence que j'affichais ce matin-là.

Je prépare la plupart de nos dîners sur un gril à charbon, dans le jardin. Zena n'aime pas cuisiner, et moi non plus ; mais il est agréable d'être en plein air et j'aime m'occuper du barbecue. Nos voisins, Mr. Livermore et Mr. Kovacs, cuisinent également beaucoup à l'extérieur. Mr. Livermore s'affuble d'une toque de cuisinier et d'un tablier sur lequel sont écrits les mots : « Et pour vous ce sera coâ ? » Il a également une pancarte qui proclame « Danger — Hommes aux fourneaux. » Mr. Kovacs et moi-même ne nous déguisons pas de la sorte mais nous sommes, je crois, plus réfléchis. Un jour, Mr. Kovacs a cuisiné un gigot d'agneau, et une autre fois une dinde de petite taille. Ce soir-là, nous mangeâmes des hamburgers, et je remarquai que Zena semblait n'avoir aucun appétit. Les enfants mangèrent de bon cœur, mais à peine eurent-ils fini — peut-être flairaient-ils une querelle — qu'ils s'éclipsèrent dans le salon de télévision afin d'assister aux disputes sur l'écran. En ce qui concerne la querelle, ils avaient raison. Zena ouvrit les hostilités.

« Tu n'as absolument aucun égard, tonna-t-elle. Tu ne penses jamais à moi !

— Je suis désolé, chérie, dis-je. Les hamburgers n'étaient pas cuits à point ? »

Elle buvait un whisky sans eau, et je n'avais pas envie d'une scène de ménage.

« Il ne s'agit pas des hamburgers — j'ai l'habitude des saloperies que tu cuisines, et ce que je mange n'a plus la moindre importance à mes yeux. J'ai appris à me contenter de ce qu'on me sert. Mais ton attitude manque tellement d'égard !

— Qu'est-ce que j'ai fait, chérie ? »

Je l'appelle toujours chérie, dans l'espoir qu'elle s'adoucisse.

« Ce que tu as fait ? Ce que tu as fait ? »

Sa voix enfla, son visage s'empourpra ; elle se dressa sur ses pieds et, me surplombant de toute sa hauteur, elle hurla :

« Tu as gâché ma vie, voilà ce que tu as fait !

— Je ne vois pas en quoi, dis-je. Je suppose que tu es déçue — c'est le cas de beaucoup de gens — mais je ne pense pas qu'il soit juste d'en rejeter toute la faute sur notre mariage. Il y a beaucoup de choses que je voulais faire — je voulais escalader le mont Cervin — mais je n'accuserais personne de m'en avoir empêché.

— Toi ! Escalader le mont Cervin ! Ah ! Tu ne pourrais même pas monter en haut du Washington Monument ! Moi, au moins, je l'ai fait. J'avais de grandes ambitions. J'aurais pu être femme d'affaires, scénariste pour la télévision, politicienne, actrice. J'aurais pu être membre du Congrès !

— J'ignorais que tu voulais être membre du Congrès.

— C'est bien ton problème. Tu ne penses jamais à moi. Tu ne penses jamais à ce que j'aurais pu faire. Tu as gâché ma vie! »

Puis elle monta dans sa chambre et s'y enferma à clef.

Sa déception était douloureusement sincère, je le savais, même si j'estimais lui avoir donné tout ce que je lui avais promis. Les promesses mensongères, celles qui n'avaient pas été exaucées et la rendaient si malheureuse, étaient sans doute l'œuvre du colonel Boysen, mais il était mort. Aucune de ses sœurs n'était heureuse en ménage, et jamais l'ampleur désastreuse de leur malheur ne m'avait frappé avant ce soir-là. J'entends par là que je n'y avais jamais vraiment réfléchi. Lila, l'aînée, avait perdu son mari alors qu'ils flânaient au sommet d'une haute falaise surplombant l'Hudson. La police l'avait interrogée et toute la famille, moi y compris, avait été indignée par leurs soupçons. Pourtant, n'avait-elle pu lui infliger une légère poussée?

Stella, la deuxième, avait épousé un alcoolique qui s'enivrait systématiquement jusqu'à l'hébétude. Mais Stella était capricieuse et infidèle, et qui sait si son comportement n'avait pas hâté la mort de son époux? Le mari de Jessica s'était noyé dans des circonstances mystérieuses au lac George, alors qu'ils s'étaient arrêtés dans un motel et prenaient un bain de minuit. Et l'époux de Laura avait été tué dans un étrange accident de voiture alors que sa femme se trouvait au volant.

Étaient-ce des meurtrières? m'interrogeai-je. Avais-je épousé l'un des membres d'une famille d'incorrigibles tueuses? La déception que ressentait Zena à l'idée de n'être pas membre du Congrès était-elle suffisante pour l'amener à ourdir ma mort? Je ne le pensais pas. Je ressentais bien moins de crainte pour ma vie qu'un besoin d'amour, de tendresse, de passion, de plaisir, toutes ces choses merveilleuses et bonnes que je savais exister de par le monde.

Le lendemain, à l'heure du déjeuner, un collègue me confia qu'il avait rencontré une dénommée Lyle Smythe dans une soirée et que c'était une fille facile. Ce n'était pas exactement ce que je cherchais, mais j'éprouvais un besoin ardent de reprendre contact avec des membres plus tendres du sexe faible. Nous nous séparâmes devant le restaurant, puis je retournai à l'intérieur afin de chercher le numéro de téléphone de Lyle Smythe dans l'annuaire et d'essayer d'obtenir un rendez-vous.

L'une des ampoules de la lampe qui éclairait l'annuaire était grillée, et les caractères me semblèrent imprécis et flous. Je trouvai le nom que je cherchais, mais il était situé sur l'endroit le moins éclairé de la page, là où les feuilles sont prisonnières de la reliure, et j'eus du mal à déchiffrer le numéro. Ma vue baissait-elle ? Avais-je besoin de lunettes, ou la lumière était-elle simplement trop faible ? Y a-t-il quelque ironie dans le fait qu'un homme ne parvienne plus à déchiffrer un annuaire pour y trouver une maîtresse ?

En baissant et levant la tête comme un canard, je constatai que je parvenais à lire le code interurbain, et je grattai une allumette pour déchiffrer le numéro. L'allumette enflammée me tomba des doigts et la feuille s'embrasa. Je soufflai sur les flammes pour les éteindre, mais cela ne fit que les attiser et je dus étouffer le feu en le frappant de mes mains. Ma première impulsion fut de me retourner pour voir si l'on m'avait vu faire — et c'était le cas, un homme grand et mince, vêtu d'un imperméable bleu et d'un capuchon transparent. Sa silhouette m'effraya. Il me semblait incarner quelque chose — la conscience ou le démon — et je regagnai mon bureau sans passer le coup de fil.

Ce soir-là, alors que je lavais la vaisselle, j'entendis mon épouse s'adresser à moi depuis la porte de la cuisine. Je me retournai et je l'aperçus, brandissant mon rasoir à tranchant droit — j'ai une barbe drue, et je me rase avec un rasoir à tranchant droit.

« Tu ferais mieux de ne pas laisser traîner ce genre de choses, cria-t-elle. Si tu as le moindre bon sens, tu ferais mieux de ne pas laisser traîner ce genre de choses ! Il y a sur terre quantité de femmes qui te découperaient en morceaux pour ce que j'ai subi ! »

Je n'avais pas peur. Que ressentais-je ? Je l'ignore. De la stupéfaction, une stupéfaction accablante, et une étrange tendresse à l'égard de cette pauvre Zena.

Elle monta à l'étage et je continuai à laver la vaisselle, me demandant si de telles scènes étaient chose courante dans la rue où je vivais. Mais Seigneur, oh, Seigneur, comme j'aspirais alors à de la douceur, de l'entrain, de la gentillesse, de l'humour, de la tendresse et de la bonté !

Lorsque j'eus fini la vaisselle, je sortis par la porte de derrière. Dans le crépuscule, Mr. Livermore teignait les touffes d'herbe brune de sa pelouse à l'aide d'un pistolet à peinture. Mr. Kovacs faisait cuire deux perdrix. Je n'avais pas inventé ce monde et tous ses paradoxes, mais il n'était pas dans mon destin de voyager et puisque des jardins comme ceux-là représentaient peut-être tout ce que je verrais de l'existence, j'observai la scène — même la pancarte « Danger — Hommes aux fourneaux » — avec intensité et émotion. De la musique flottait dans l'air — c'est toujours ainsi — et cela attisa mon désir de voir une belle femme. Alors un vent soudain se leva, un vent chargé de pluie, et la senteur d'une profonde forêt — bien qu'il n'y eût pas de forêt dans la région où je vivais — s'éleva au-dessus des jardins. Cette senteur m'emplit d'exaltation, et je me souvins de ce que j'éprouvais quand j'étais jeune et heureux, vêtu d'un pull et d'un pantalon de coton immaculé, et que je parcourais les couloirs frais de la maison où j'avais été élevé et où, en été, les feuillages déployaient derrière portes et fenêtres ouvertes un épais rideau de vert et d'or. Je ne me remémorai pas ma jeunesse — il me sembla la reconquérir. Bien plus même, car, par une timidité rétrospective, j'en respectais les privilèges audacieux autant que je les possédais. La musique d'une valse s'échappait du poste de télévision des Livermore. Sans doute s'agissait-il d'une réclame pour un déodorant, une gaine ou un rasoir pour femme, tant la mélodie était harmonieuse et sombre. Puis, alors que la musique s'évanouissait — la senteur de forêt flottait encore dans l'air — je la vis gravir la pente de la pelouse, et elle vint se nicher dans mes bras.

Elle s'appelait Olga. Je ne peux pas changer son nom, pas plus que je ne peux changer ses autres attributs. Elle n'était rien de plus qu'une rêverie indolente, je le sais. Je ne me suis jamais dupé sur ce point. Il m'est arrivé d'imaginer que je gagnais le tiercé, que je gravissais le mont Cervin et naviguais sur un paquebot de luxe à destination de l'Europe, et je suppose qu'un semblable besoin de fuite ou de tendresse m'inspira la création d'Olga. Mais au contraire de mes autres rêveries, elle arriva pourvue d'un ensemble de caractéristiques précises. Elle était superbe, bien entendu. Qui, dans ces circonstances, s'encombrerait d'une harpie, d'une mégère? Ses cheveux étaient bruns, parfumés et lisses. Son visage était ovale, sa peau bistrée, bien que je puisse à peine discerner ses traits dans la pénombre. Elle venait d'arriver de Californie par le train. Elle n'était pas venue m'aider mais implorer mon aide. Elle avait besoin qu'on la protège de son mari, qui menaçait de la suivre. Elle avait besoin d'amour, de force et de conseils. Je la tenais dans mes bras, jouissant de la grâce et de la chaleur de sa présence. Elle pleura en évoquant son mari. Je savais de quoi il avait l'air. Je le revois en cet instant. Il était sergent dans l'armée. Son cou épais était constellé de cicatrices, souvenirs d'une éruption de furoncles. Son visage était congestionné, ses cheveux d'un blond pisseux. Il arborait une double rangée de décorations épinglées sur un uniforme très ajusté. Son haleine sentait le whisky et le dentifrice. La présence d'Olga, le besoin qu'elle avait de moi, me ravissaient à un point tel que je me demandai — sans la moindre once de sérieux — si j'avais toute ma raison. Mr. Livermore, qui teignait sa pelouse, avait-il une amie aussi splendide que la mienne ? Et Mr. Kovacs ? Partagions-nous nos déceptions de façon si intime ? Existait-il dans l'univers une justice et une clémence invisibles telles que nos besoins se vissent toujours comblés ? Puis il se mit à pleuvoir. Il était l'heure qu'elle parte ; mais nous Prolongeâmes tant ces délicieux adieux que lorsque je regagnai la cuisine, j'étais trempé jusqu'aux os.

Le mercredi soir, j'emmène toujours ma femme dans un restaurant chinois du Village, après quoi nous allons au cinéma. Nous commandons le menu familial pour deux, mais ma femme en mange la plus grande partie. C'est une grosse mangeuse. Tendant le bras à travers la table, elle s'empare de mon rouleau de printemps, vide le canard laqué dans son assiette, me déleste de mon biscuit. Lorsqu'elle a terminé, elle laisse échapper un profond soupir et s'exclame :

« Eh bien, on peut dire que tu t'es gavé ! »

Le mercredi, je déjeune toujours copieusement en ville pour ne pas avoir faim. Je commande le foie de veau accompagné de bacon, ou un plat qui me remplira bien l'estomac.

Dès que j'entrai dans le restaurant, ce soir-là, je

me dis que j'y verrais Olga. Je n'avais pas imaginé qu'elle reviendrait — je n'y avais pas songé ; mais puisque j'avais contemplé en rêve le sommet du mont Cervin bien plus d'une fois, pourquoi ne serait-elle pas réapparue ? Je me sentais heureux, plein d'espoir. J'étais content de porter mon nouveau costume et de m'être souvenu d'aller chez le coiffeur. Je voulais qu'elle me voie sous mon meilleur jour, et je voulais la contempler dans une lumière plus vive que celle de la soirée pluvieuse où elle m'était apparue. Puis je m'aperçus que le Muzak diffusait la valse mélodieuse et sombre que j'avais entendue, s'échapper du téléviseur des Livermore. Alors je songeai que la musique me trompait peut-être, que ma mémoire me jouait tout simplement un tour, à l'image du parfum de la pluie qui m'avait donné le sentiment illusoire d'être jeune.

Olga n'existait pas. Je n'avais aucune consolation possible. Alors je me sentis désespéré, affligé, anéanti. Je remarquai que Zena faisait claquer ses lèvres et m'adressait un regard provocant, comme si elle me mettait au défi de toucher aux crevettes foo-yong. Mais je désirais Olga, et le besoin que j'avais d'elle était si intense qu'il sembla rétablir la réalité de son existence. Comment une chose que je désirais si ardemment pouvait-elle n'être pas réelle ? La musique était une simple coïncidence. Je me redressai et regardai gaiement autour de moi, m'attendant à la voir entrer d'un instant à l'autre. Mais elle ne vint pas.

Je ne pensais pas la voir au cinéma — je savais qu'elle n'aimait pas les films — mais j'avais toujours le sentiment que je la verrais cette nuit-là. Je ne me leurrais pas — je veux que ceci soit clair ; je savais qu'elle n'appartenait pas au domaine de la réalité, et pourtant elle semblait dotée d'une ponctualité, d'une cohérence, de certaines obligations, et surtout j'avais besoin d'elle. Lorsque ma femme fut allée se coucher, je lus le journal, assis sur le rebord de la baignoire. Ma femme n'aime pas que je m'installe dans la cuisine ou au salon, aussi je lis dans la salle de bains, où l'éclairage est bon. J'étais en train de lire quand Olga entra. Il n'y eut aucune valse, aucune pluie, rien qui puisse justifier sa présence, si ce n'est ma solitude.

« Oh, ma chérie, m'exclamai-je. Je croyais que tu viendrais me retrouver au restaurant. »

Elle laissa entendre qu'elle n'avait pas envie d'être vue par ma femme. Puis elle s'assit près de moi sur le bord de la baignoire, je l'enlaçai, et nous parlâmes de ses projets. Elle était à la recherche d'un appartement. Elle vivait pour l'instant dans un hôtel de bas étage et avait du mal à trouver un emploi. Je me souviens lui avoir dit :

« Quel dommage que tu ne saches pas taper à la machine ni prendre en sténo. Cela vaudrait presque la peine de prendre des cours... Je vais me renseigner et voir si je peux trouver quelque chose. Parfois une place de réceptionniste se libère. Tu pourrais faire cela, n'est-ce pas ? Je ne te laisserai pas tenir un vestiaire ou être hôtesse dans un restaurant. Oh, non. Je préférerais encore te verser un salaire jusqu'à ce que quelque chose de mieux se présente... »

Ma femme ouvrit brusquement la porte de la salle de bains. Les bigoudis des femmes, comme la peinture destinée aux pelouses et les pancartes humoristiques, me semblent avoir pour unique fonction de nous rappeler que nous devons trouver des sujets de conversation plus sérieux et intelligents, et je dirai simplement que mon épouse porte des bigoudis si agressifs et en si grand nombre que quiconque essaierait de lui conter fleurette y perdrait un œil.

« Tu parles tout seul, tonna-t-elle. On peut t'entendre dans tout le quartier. Ils vont penser que tu es cinglé. Et tu m'as réveillée. Tu m'as tirée d'un profond sommeil et tu sais bien que quand mon premier sommeil est interrompu, je ne peux pas me rendormir ! »

Elle se dirigea vers l'armoire à pharmacie et prit un somnifère.

« Si tu veux parler tout seul, dit-elle, monte au grenier ! »

Puis elle retourna dans sa chambre et s'y enferma à clef.

Quelques jours plus tard, un soir, alors que je cuisinais des hamburgers dans le jardin, je vis s'élever au sud ce qui me sembla être des nuages de pluie. Je songeai que c'était bon signe. J'avais envie qu'Olga me donne de ses nouvelles. Après avoir fait la vaisselle, je sortis sur la véranda située à l'arrière de la maison et j'attendis. Ce n'est pas réellement une véranda, tout juste une petite plate-forme en bois pourvue de quatre marches et surplombant la poubelle. Mr. Livermore se trouvait sur sa véranda, Mr. Kovacs sur la sienne. Je me demandai s'ils attendaient, comme moi, l'apparition d'une chimère. Si j'allais, par exemple, demander à Mr. Livermore si la sienne était blonde ou brune, me comprendrait-il ? L'espace d'une minute, j'éprouvai l'intense désir de me confier à quelqu'un. Puis la valse s'éleva dans l'air et, juste à l'instant où la musique s'évanouissait, elle gravit les marches en courant.

Oh, elle était très heureuse, ce soir-là ! Elle avait un emploi. J'étais au courant ; c'était moi qui le lui avais trouvé. Elle était réceptionniste dans l'immeuble de bureaux où je travaillais. En revanche j'ignorais qu'elle avait trouvé un appartement ; non pas un vrai appartement, mais une chambre meublée avec cuisine et salle de bains. C'était aussi bien, car tous ses meubles se trouvaient en Californie. Voulais-je aller voir son appartement ? Tout de suite ? Nous pouvions prendre l'un des derniers trains et passer la nuit là-bas. Je lui dis que oui, mais que je devais d'abord rentrer m'assurer que les enfants allaient bien. Je montai dans leur chambre. Ils dormaient. Zena s'était déjà enfermée à clef. J'entrai dans la salle de bains pour me laver les mains et, dans le lavabo, je trouvai un mot écrit par Betty-Ann, ma fille aînée. « Chair papa, avait-elle écrit, ne nous quitte pas. »

Cette convergence de la réalité et de l'irréalité n'avait aucun sens. Les enfants ignoraient tout de mes rêveries. À leurs yeux innocents, la véranda aurait semblé déserte. Ce mot reflétait simplement leur inéluctable perception de ma tristesse. Mais Olga m'attendait sur la véranda. Il me semblait ressentir son impatience, la façon dont elle balançait ses longues jambes, jetait un regard à sa montre — un cadeau de fin d'études —, fumait une cigarette; et pourtant, j'avais également le sentiment d'être rivé à la maison par la prière des enfants. J'étais incapable d'esquisser un geste. Je me souvins du défilé auquel j'avais emmené mon plus jeune fils, peu de temps auparavant. Il s'agissait de la parade annuelle de quelque confrérie provinciale. Il y avait là deux orchestres de musiciens en costume, et une demi-douzaine de sections de la confrérie. Les hommes qui défilaient, les membres de la fraternité, semblaient être pour la plupart des travailleurs marginaux — employés des postes et coiffeurs. Le temps ne pouvait être responsable de mes sentiments, car il faisait beau et doux, je m'en souviens, mais l'effet qu'eut ce défilé sur moi fut aussi lugubre que si je m'étais tenu au pied d'une colline hérissée de gibets. Dans les rangs de ces hommes, j'aperçus des visages marqués par l'alcool, ridés par un dur labeur, dévastés par les soucis et portant invariablement l'empreinte de la déception, comme si ce grand défilé était destiné à prouver que l'existence est une somme de compromis dévastateurs. La musique était entraînante, mais ces visages et ces corps étaient ceux d'hommes ayant fait le deuil de leur intégrité. Je me souvins m'être levé et avoir scruté le dernier de leurs rangs à la recherche d'un être dont les traits lumineux auraient dissipé ma morosité. Il n'y en eut pas. Assis dans la salle de bains, j'eus le sentiment de rejoindre ces hommes. J'eus le sentiment d'éprouver, pour la première fois de mon existence, ce qu'ils devaient tous connaître — tourmentés et déchirés par le désir de fuite, mais prisonniers d'une prière rivée au plus profond de leur cœur.

Je dévalai l'escalier, mais elle était partie. Aucune jolie femme ne patiente très longtemps. Elle était le fruit de mon imagination, et pourtant je ne pouvais pas la rappeler, pas plus que je ne pouvais changer le fait que sa montre fût un cadeau de fin d'études et son nom Olga.

Elle ne revint pas de toute une semaine, bien que Zena fût d'une humeur massacrante et qu'il semblât exister un rapport, une étroite relation, entre son irritabilité et ma capacité à créer un fantôme. Chaque soir à 20 heures, le téléviseur des Livermore diffusait la valse sombre et mélodieuse et chaque soir j'étais là, dehors. Il s'écoula dix jours avant qu'elle ne revienne. Mr. Kovacs cuisinait. Mr. Livermore teignait sa pelouse. La musique commençait tout juste à s'évanouir lorsqu'elle apparut. Quelque chose avait changé. Elle avait la tête basse. Qu'est-ce qui n'allait pas ? Alors qu'elle gravissait les marches, je m'aperçus qu'elle avait bu. Elle était ivre. Elle fondit en larmes dès que je la pris dans mes bras. Je caressai ses cheveux doux et sombres, parfaitement heureux de la réconforter et de la tenir dans mes bras, quoi qu'il ait pu se passer. Elle m'avoua tout. Elle était sortie avec un homme du bureau. Il l'avait fait boire et l'avait séduite. Le lendemain matin, elle s'était sentie trop honteuse pour aller travailler et elle avait passé un moment dans un bar. Puis, à moitié ivre, elle s'était rendue au bureau pour affronter son séducteur, et il s'était ensuivi une scène tumultueuse au cours de laquelle elle avait été renvoyée.

C'était moi qu'elle avait trahi, dit-elle. D'elle-même, elle ne se souciait pas. Je lui avais offert une chance de mener une vie nouvelle et elle n'avait pas su se montrer à la hauteur. Je me surpris à sourire avec fatuité devant la profondeur de sa dépendance à mon égard et l'ardeur avec laquelle elle m'étreignait. Je lui dis que tout allait s'arranger, que j'allais lui trouver un nouvel emploi et que je paierais son loyer en attendant. Je lui pardonnai et elle promit de revenir la nuit suivante.

Le lendemain soir, je me précipitai au-dehors — j'y fus bien avant 20 heures —, mais elle ne vint pas. Elle n'était pas inconsidérée, je le savais. Elle ne m'aurait pas volontairement déçu. Elle devait avoir de nouveau des ennuis, mais comment pouvais-je l'aider ? Comment pouvais-je entrer en contact avec elle ? Il me semblait connaître l'endroit où elle vivait. J'en connaissais les parfums et les lumières, la reproduction de Van Gogh et les brûlures de cigarette sur la table basse ; mais même ainsi la chambre n'existait pas, et je ne pouvais l'y chercher. Je songeai à me lancer à sa recherche dans les bars du voisinage, mais je n'avais pas encore atteint ce degré de folie.

Je l'attendis de nouveau le lendemain soir. Quand elle n'apparut pas, je fus inquiet mais non fâché puisqu'elle n'était, après tout, qu'une enfant sans défense. Le lendemain soir, il pleuvait et je sus qu'elle ne pourrait pas venir, car elle n'avait pas d'imperméable. Elle me l'avait dit. Le lendemain était un samedi, et je me dis qu'elle remettrait sans doute sa visite au lundi à cause des horaires capricieux des trains et des bus du week-end. Cela me semblait raisonnable, mais j'étais tellement convaincu qu'elle reviendrait le lundi que, lorsqu'elle ne se montra pas, je me sentis affreusement déçu et empli de désarroi.

Elle revint le jeudi. Il était l'heure habituelle. J'entendis la même valse mélodieuse. De l'extrémité de la pelouse, bien avant qu'elle n'atteigne la véranda, je la vis chanceler. Elle était décoiffée, sa robe était déchirée et sa montre n'était plus à son poignet. Pour une raison ou une autre je l'interrogeai au sujet de la montre, mais elle ne savait plus où elle l'avait mise. Je la pris dans mes bras, et elle me raconta ce qui s'était passé. Son séducteur était revenu. Elle l'avait laissé entrer; elle l'avait laissé s'installer. Il était resté trois jours, puis ils avaient donné une fête pour ses amis. La fête, fort bruyante, s'était prolongée jusque tard dans la nuit et la logeuse avait appelé la police, qui avait fait une descente et emmené Olga au poste. On l'avait accusée d'utiliser la chambre à des fins immorales. Elle avait passé trois jours à la maison d'arrêt pour femmes avant que son affaire ne passe en jugement. Un juge indulgent lui avait accordé une peine avec sursis. À présent, elle retournait en Californie, elle partait retrouver son mari. Elle ne valait pas mieux que lui, répétait-elle avec insistance, ils étaient du même acabit. Il lui avait viré l'argent nécessaire et elle prenait le train de nuit. Je tentai de la persuader de rester, de commencer une nouvelle vie. J'étais disposé à l'aider; je voulais d'elle à n'importe quel prix. Je la secouai par les épaules — je m'en souviens. Je me souviens lui avoir crié :

« Tu ne peux pas partir! Tu ne peux pas partir! Tu es tout ce que j'ai. Si tu pars, cela prouvera seulement que même les inventions les plus éthérées de mon imagination sont soumises à la luxure et au passage du temps. Tu ne peux pas partir! Tu ne peux pas m'abandonner!

— Arrête de parler tout seul ! » cria ma femme de la salle à manger.

Et à cet instant, une pensée me traversa l'esprit : puisque j'avais inventé Olga, ne pouvais-je en inventer d'autres — des blondes aux yeux noirs, des rousses pétulantes à la peau de marbre, des brunes mélancoliques, des danseuses, des femmes qui chantaient, des ménagères esseulées ? De grandes femmes, des femmes de petite taille, des femmes tristes, des femmes dont les superbes cheveux brillants ruisselaient jusqu'à leur taille, des beautés aux yeux de biche, aux yeux torves, aux yeux violets, des beautés innombrables et de tout âge pouvaient être miennes. Le départ d'Olga ne signifiait-il pas, tout simplement, qu'elle laissait la place à quelqu'un d'autre ?

LES VILLAS DU BORD DE MER

Chaque année, nous louons une villa au bord de la mer; nous nous y rendons en voiture au tout début de l'été — avec le chien, le chat, les enfants et la cuisinière — et nous arrivons dans ce lieu inconnu peu avant la nuit. Le voyage est empreint d'une excitation cérémonieuse — il se répète depuis tant d'années — et nous avons alors le sentiment d'être, comme nous l'avons toujours su dans nos rêves, des nomades, des vagabonds — des voyageurs, du moins, dotés de la sensibilité exacerbée qui leur est propre. Je ne visite jamais les maisons que nous louons; aussi le château en bois doté d'une tour, l'imposant bâtiment, le chalet de Staffordshire tapissé de roses et la demeure coloniale surgissent-ils dans les derniers vestiges de la lumière marine avec l'immense attrait de l'inconnu. Nous allons chercher la clef rouillée par la brise saline chez les voisins. Nous la tournons dans la serrure, nous entrons dans un vestibule sombre ou clair, nous apprêtant à commencer nos vacances — un mois promettant de n'offrir aucun souci. Mais aussi intensément — ou plus intensément encore — que cette agréable impression de commencement, nous éprouvons le sentiment de nous retrouver au beau milieu de la vie d'autrui. Toutes mes transactions se font avec des agents, et je ne rencontre jamais les propriétaires dont nous louons les habitations ; mais ils sont doués d'une stupéfiante capacité à laisser derrière eux une impression de présence physique. Nos existences ne sont certes pas écrites dans l'air et l'eau, mais elles semblent bel et bien consignées dans les plinthes éraflées, les odeurs, les goûts en matière de meubles et de tableaux. Les atmosphères dans lesquelles nous pénétrons en franchissant le seuil de ces villas de location sont aussi prononcées que les changements de temps sur la plage. Parfois, il émane du long couloir une bienveillance, une pureté et une clarté de sentiments auxquelles nous sommes tous sensibles. Quelqu'un a été immensément heureux ici, et nous louons son bonheur au même titre que sa plage privée et son canot. Parfois, l'atmosphère de la maison semble mystérieuse et demeure un mystère jusqu'au moment de notre départ, en août. Qui, nous demandons-nous, est la femme du portrait accroché dans le couloir de l'étage ? À qui appartenaient le scaphandre, les œuvres complètes de Virginia Woolf ? Qui a caché le *Fanny Hill** dans le buffet, qui jouait de la cithare, qui a dormi dans le berceau, quelle femme a peint au vernis rouge les ongles des pieds griffus de la baignoire ? Que signifiait ce moment de son existence ?

Le chien et les enfants se précipitent à la plage et nous transportons nos affaires à l'intérieur, nous frayant un chemin, semble-t-il, parmi les souvenirs denses de parfaits inconnus. À qui appartenait le *Lederhosen***, qui a renversé de l'encre — ou du sang — sur le tapis, qui a cassé la vitre de l'office ? Et que penser d'une bibliothèque de chambre où s'empilent *Le Bonheur du couple*,

* *L'un des plus célèbres romans érotiques du* XVIII*e siècle, dont l'auteur est John Cleland. (N.d.T.)*
** *Culotte de cuir ou de peau. (N.d.T.)*

Guide illustré d'une sexualité heureuse dans le mariage, Le Droit à une sexualité heureuse et *Guide d'une sexualité heureuse pour couples mariés* ? Mais derrière les fenêtres, nous entendons le grondement percutant de la mer ; il ébranle le cap sur lequel se dresse la villa et son rythme se répercute au travers du plâtre et des poutres ; enfin, nous descendons tous à la plage — nous sommes venus pour cela, après tout — et la villa de location sur le cap, illuminée par les lampes que nous avons nous-mêmes allumées, est l'une de ces images qui conservent toute leur force et leur présence. Alors que vous pêchez dans les bois, au printemps, vous foulez une touffe de menthe sauvage, et le parfum qui s'en exhale semble être l'essence même de cette journée-là. Vous vous promenez sur le mont Palatin, lassé des antiquités et de l'existence en général, quand vous voyez une chouette s'envoler des ruines du palais de Septime Sévère ; et soudain cette journée, cette ville dissolue et bruyante, prennent tout leur sens. Allongé dans votre lit, vous tirez sur votre cigarette et l'incandescence rouge éclaire un bras, un sein et une cuisse autour desquels le monde semble graviter. Ces images sont pareilles aux braises de nos sentiments les plus heureux, et debout sur la plage, au cours de cette première heure, il semblerait que nous puissions en faire un feu. Une fois la nuit tombée, nous nous préparons un verre, nous envoyons les enfants au lit, et nous faisons l'amour dans une chambre inconnue qui fleure bon le savon de quelqu'un d'autre — toutes ces mesures prises dans l'intention d'exorciser les propriétaires et d'assurer notre possession des lieux. Mais au beau milieu de la nuit, la porte de la terrasse s'ouvre à grand bruit, bien qu'il semble n'y avoir pas de vent ; et ma femme murmure, à moitié endormie :

« Oh, pourquoi sont-ils revenus ? Pourquoi sont-ils revenus ? Qu'ont-ils perdu ? »

Broadmere est la villa de location dont je garde le souvenir le plus clair. Nous y sommes arrivés à l'heure habituelle. C'était une grande villa blanche, bâtie sur un cap orienté au sud, la pleine mer sur cette côte. J'allai chercher la clef chez une dame originaire du Sud qui habitait de l'autre côté du jardin, puis j'ouvris la porte, révélant un vestibule et un escalier incurvé. Les Greenwood — les propriétaires — semblaient être partis le jour même ; de fait, ils semblaient être partis depuis une minute à peine. Il y avait des fleurs dans les vases, des mégots dans les cendriers et un verre sale sur la table. Nous apportâmes les valises à l'intérieur et nous envoyâmes les enfants à la plage. Immobile dans le salon, j'attendis que ma femme me rejoigne. L'agitation et le tumulte du départ précipité des Greenwood semblaient flotter encore dans l'air. J'avais le sentiment qu'ils étaient partis en hâte et à regret, et qu'ils ne voulaient pas louer leur villa du bord de mer. La pièce avait une baie donnant sur la plage, mais dans le crépuscule la maison semblait lugubre, et je la trouvai déprimante. J'allumai une lampe, mais l'ampoule ne dégageait qu'une faible lueur et je me dis que Mr. Greenwood était un homme parcimonieux et avare. Quoi qu'il en soit, il me semblait ressentir sa présence avec une force peu commune. Sur la bibliothèque trônait un petit trophée de voile qu'il avait remporté dix ans plus tôt. Les livres étaient pour la plupart des sélections du *Literary Guild.* Je pris une biographie de la reine Victoria ; mais la reliure de l'ouvrage était encore rigide, et je pense que personne ne l'avait lu. Une bouteille de whisky vide était cachée derrière le livre. Le mobilier semblait conséquent et de bon goût, mais je ne me sentais pas heureux ni à l'aise dans la pièce. Il y avait un piano droit dans un coin, et je fis quelques gammes pour voir s'il était accordé (ce n'était pas le cas) puis j'ouvris le compartiment de la banquette afin d'y chercher des partitions. J'en trouvai quelques-unes, ainsi que deux autres bouteilles de whisky vides. Pourquoi n'avait-il pas jeté ses bouteilles vides, comme tout un chacun ? Buvait-il en secret ? Cela expliquait-il l'atmosphère sinistre de la pièce ? Avait-il appris à ôter le bouchon de la bouteille sans émettre un son ? Maîtrisait-il le tour de main plus délicat encore consistant à incliner verre et bouteille afin que le whisky ne fasse aucun murmure ? Ma femme entra dans la pièce, portant une valise vide, et je montai celle-ci au grenier. Cette partie-là de la maison était ordonnée et propre. Tous les outils et les pots de peinture étaient étiquetés et rangés, et cet ordre dégageait une atmosphère de franchise et de probité, à l'inverse du salon. Il devait passer beaucoup de temps au grenier, songeai-je. La nuit tombait, et je rejoignis ma femme et mes enfants à la plage.

La marée était haute et l'interminable ligne blanche du ressac s'étendait le long de la plage, telle une artère, aussi loin que portait le regard. Nous nous tenions enlacés, ma femme et moi — car la mer ne fait-elle pas de nous tous des amants, la jolie jeune femme dans son maillot de bain de grossesse aux côtés d'un séduisant mari, les vieux couples qui trempent leurs jambes noueuses dans l'eau, les garçons et les filles contemplant l'océan et ses brumes en quête de quelque ardente promesse d'amour ?

À la nuit tombée, quand ce fut l'heure d'aller se coucher, je racontai une histoire à mon plus jeune fils. Il dormait dans une chambre agréable orientée à l'est, où se trouvait un promontoire surmonté d'un phare dont le faisceau de lumière entrait par la fenêtre. Puis je remarquai quelque chose à l'angle de la plinthe — un bout de fil ou une araignée, pensai-je — et je m'agenouillai pour voir ce que c'était. Quelqu'un avait écrit, en toutes petites lettres : « Mon père est un salaud. Je répète. Mon père est un salaud. » J'embrassai mon fils, lui souhaitai bonne nuit, et nous nous endormîmes tous.

Le dimanche fut une journée ensoleillée et je m'éveillai de très bonne humeur ; mais en me promenant dans le jardin avant le petit déjeuner, je découvris une autre cache de bouteilles de whisky derrière un if, et je me sentis de nouveau envahi par la morosité — presque le désespoir — que j'avais éprouvée dans le salon. Je ressentais de l'inquiétude et de la curiosité envers Mr. Greenwood. Ses problèmes semblaient impossibles à fuir. J'eus l'idée de me rendre au village pour me renseigner à son sujet, mais ce genre de curiosité me paraissait indécent. Plus tard, ce jour-là, je découvris son portrait dans le tiroir d'une commode. La vitre protégeant la photographie était brisée. Il portait un uniforme de major de l'armée de l'air, et son visage était long et romantique. Je fus content qu'il soit séduisant, comme je l'avais été en découvrant son trophée de voile, mais ces deux objets ne suffisaient pas à dissiper la morosité des lieux. Je n'aimais pas cette maison, et mon humeur semblait s'en ressentir. Plus tard, j'essayai d'apprendre à mon fils aîné à pêcher au lancer ; mais il ne cessait d'emmêler sa ligne et d'enrayer son moulinet avec du sable, et nous nous disputâmes. Après le déjeuner, nous nous rendîmes au hangar abritant le voilier que nous avions loué en même temps que la villa. Quand je m'enquis du bateau, le propriétaire du hangar éclata de rire. Le voilier n'avait pas pris l'eau depuis cinq ans et tombait en morceaux. C'était très décevant, mais je ne me dis pas avec colère que Mr. Greenwood était un menteur — ce qui était le cas ; je songeai avec compassion que c'était un homme contraint de recourir aux expédients gênants qui accompagnent une chute rapide de revenus.

Ce soir-là, au salon, alors que je lisais l'un de ses livres, je remarquai que les coussins du canapé semblaient manquer de souplesse. Plongeant la main en dessous, je trouvai trois exemplaires d'un magazine ayant pour thème le bronzage. Ils étaient illustrés de nombreuses photographies d'hommes et de femmes uniquement vêtus de leurs chaussures. Je plaçai les magazines dans l'âtre et y mis le feu à l'aide d'une allumette, mais ils étaient en papier glacé et brûlèrent lentement. Pourquoi étais-je en colère à ce point, me demandai-je, pourquoi étais-je autant absorbé par l'image de cet homme solitaire et ivre ? Sur le palier de l'étage flottait une mauvaise odeur, causée peut-être par un chat malpropre ou une canalisation bouchée, mais elle me sembla représenter le distillé, l'essence, d'une amère dispute. Je dormis mal.

Le lundi fut une journée pluvieuse. Le matin, les enfants firent des biscuits. Je me promenai sur la plage. L'après-midi, nous visitâmes le musée local, où étaient exposés un paon empaillé, un casque allemand à pointe, un assortiment d'éclats d'obus, une collection de papillons et de vieilles photographies. On entendait résonner la pluie sur le toit du musée. Dans la nuit du lundi, je fis un rêve étrange. Je rêvai que je naviguais en direction de Naples sur le *Christoforo Colombo* et que je partageais une cabine de touriste avec un vieillard. Celui-ci ne se montra jamais, mais ses affaires étaient posées en tas sur la couchette inférieure. Elles consistaient en un feutre graisseux, un parapluie abîmé, un roman en livre de poche et un flacon de pilules laxatives. J'avais envie de boire un verre. Je ne suis pas un alcoolique, mais dans mon rêve j'éprouvais tous les tourments physiques et émotionnels d'un tel homme. Je me rendis au bar. Il était fermé. Le barman était là, comptant sa caisse, et toutes les bouteilles étaient enveloppées d'un voile de mousseline. Je le suppliai de rouvrir le bar, mais il répliqua qu'il venait de passer dix heures à nettoyer les salons de réception et qu'il allait se coucher. Je lui demandai s'il accepterait de me vendre une bouteille, mais il refusa. Alors — il était italien — je lui expliquai sournoisement que la bouteille n'était pas pour moi, mais pour ma petite fille. Son attitude changea aussitôt. Si c'était pour ma petite fille, il me donnerait volontiers une bouteille, mais ce devait être une belle bouteille. Après avoir cherché dans tout le bar, il me proposa une bouteille de liqueur en forme de cygne. Je rétorquai que ma petite fille n'aimerait pas du tout cela, qu'elle voulait du whisky, et il trouva enfin une bouteille de whisky qu'il me factura dix mille lires. Lorsque je m'éveillai, j'eus le sentiment d'avoir fait l'un des rêves de Mr. Greenwood.

Notre premier visiteur se présenta le mercredi. C'était Mrs. Whiteside, la dame originaire du Sud chez qui nous étions allés chercher les clefs. Elle sonna chez nous à 17 heures et nous offrit une barquette de fraises. Sa fille, Mary-Lee, âgée d'environ douze ans, l'accompagnait. Mrs. Whiteside était parfaitement convenable, mais Mary-Lee s'était abondamment maquillée. Elle avait épilé ses sourcils, fardé ses paupières, et le reste de son visage était maquillé de vives couleurs. J'imagine qu'elle n'avait rien d'autre à faire. Je pressai chaleureusement Mrs. Whiteside d'entrer, car j'avais envie de l'interroger en détail au sujet des Greenwood.

« C'est un escalier splendide, n'est-ce pas ? demanda-t-elle en pénétrant dans l'entrée. Ils l'ont fait construire pour le mariage de leur fille. À l'époque, Dolores n'avait que quatre ans, mais ils aimaient l'imaginer près de la fenêtre dans sa robe blanche, jetant son bouquet à ses demoiselles d'honneur. »

Je fis entrer Mrs. Whiteside au salon et lui servis un verre de sherry.

« Nous sommes si heureux que vous soyez ici, Mr. Ogden, déclara-t-elle. C'est tellement agréable de voir de nouveau des enfants courir sur la plage. Mais je dois dire que les Greenwood nous manquent. C'étaient des gens charmants, et ils n'avaient encore jamais mis leur villa en location. C'est le premier été qu'ils ne passent pas au bord de la mer. Oh, Mr. Greenwood adorait sa maison de Broadmere. Il en était fier, et heureux. Je ne peux imaginer ce qu'il deviendra sans elle. »

Si les Greenwood étaient des gens aussi charmants, je me demandais bien qui buvait en secret.

« Que fait Mr. Greenwood ? demandai-je, essayant d'atténuer le caractère direct de ma question en traversant la pièce et en remplissant son verre.

— Il travaille dans les étoffes synthétiques, mais je crois qu'il est à la recherche de quelque chose de plus intéressant. »

Cela semblait être un indice, un pas, peut-être, dans la bonne direction.

« Vous voulez dire qu'il cherche un emploi ? me hâtai-je de demander.

— Je n'en sais vraiment rien », répliqua-t-elle.

C'était une de ces femmes qu'on pourrait juger parfaitement sereines, mais elle me sembla monolithique, pourvue des dents acérées de la communauté et en sécrétant peut-être le venin. Les déceptions diverses et douloureuses qu'elle avait subies (Mr. Whiteside était mort, et elle avait très peu d'argent) semblaient l'avoir rejetée au-dehors du fleuve de la vie et, assise sur les rives dans une inépuisable morosité, elle regardait le reste de l'humanité se diriger à belle allure vers la mer. J'entends par là que je crus déceler derrière sa voix mélodieuse une veine d'amertume corrosive. Elle but cinq verres de sherry.

Elle était sur le point de s'en aller. Elle soupira et s'apprêta à se lever.

« Eh bien, je suis heureuse d'avoir pu vous souhaiter la bienvenue, dit-elle. C'est tellement agréable de voir de nouveau des enfants courir sur cette plage. Et même si les Greenwood étaient des gens charmants, ils avaient leurs problèmes. J'ai dit qu'ils me manquaient, mais je ne peux pas dire que je regrette de les entendre se disputer ; et l'été dernier, ils se sont disputés tous les soirs. Oh, ce qu'il pouvait lui dire ! Ils étaient ce qu'on appelle incompatibles, je suppose. »

Elle roula les yeux en direction de Mary-Lee pour indiquer qu'elle aurait pu nous en confier beaucoup plus.

« Parfois, j'aime m'occuper de mon jardin après la chaleur de la journée, mais quand ils se disputaient, je ne pouvais pas mettre le pied dehors et je devais parfois fermer portes et fenêtres. J'imagine que je ne devrais pas vous dire tout cela, mais la vérité finit toujours par se savoir, n'est-ce pas ? »

Elle se hissa sur ses pieds et se dirigea vers le hall d'entrée.

« Comme je l'ai dit, ils ont fait construire cet escalier pour le mariage de leur fille, mais la pauvre Dolores s'est mariée à l'hôtel de ville, enceinte de huit mois, à un mécanicien. C'est bien agréable de vous voir ici. Viens, Mary-Lee. »

En un sens, j'avais obtenu ce que je voulais. Elle avait justifié l'atmosphère lugubre qui régnait dans la maison. Mais pourquoi étais-je aussi ému par le désir de ce pauvre homme de voir sa fille faire un beau mariage ? Il me semblait les voir dans l'entrée, une fois l'escalier achevé. Dolores jouait sur le sol. Ils se tenaient enlacés ; ils contemplaient en souriant la fenêtre cintrée et la vision de joie, de bienséance et de bonheur qu'elle leur offrait. Mais où étaient-ils à présent, et pourquoi ce vœu si simple avait-il été couronné par un désastre ?

Le lendemain matin il se remit à pleuvoir, et la cuisinière annonça brusquement que sa sœur de New York était mourante et qu'elle devait rentrer. À ma connaissance, elle n'avait reçu ni lettre ni coup de téléphone, mais je la conduisis à l'aéroport et la laissai s'en aller. Je retournai à regret à la villa. Je l'avais prise en aversion. Je trouvai un échiquier en plastique et j'essayai d'apprendre à mon fils à jouer, mais cela se termina par une dispute. Les autres enfants étaient allongés sur leur lit et lisaient des bandes dessinées. J'étais irritable avec tout le monde et, dans leur propre intérêt, je décidai de retourner un jour ou deux à New York. Je prétextais des affaires à régler et, le lendemain matin, ma femme me conduisit à l'aéroport. J'eus plaisir à me retrouver dans les airs, loin de l'atmosphère lugubre de Broadmere. À New York il faisait beau et chaud, et la ville et ses odeurs donnaient l'impression que l'on était au beau milieu de l'été. Je restai au bureau jusqu'à une heure tardive et je m'arrêtai dans un bar près de Grand Central Station. J'étais là depuis quelques minutes lorsque Greenwood entra. Ses airs romantiques n'étaient plus qu'un souvenir, mais je le reconnus aussitôt d'après la photographie du tiroir. Il commanda un Martini et un verre d'eau qu'il but d'un trait, comme s'il était venu pour ça.

Un seul regard suffisait à deviner qu'il faisait partie de la légion de fantômes qui hantent Manhattan et ses bureaux en rêvant d'un nouvel emploi à Madrid, à Dublin ou Cleveland. Ses cheveux étaient soigneusement lissés sur son crâne. Son visage avait le teint coloré qui caractérise un habitué des terrains de base-ball ou des champs de course, mais on voyait, aux tremblements de ses mains, que cette rougeur était due à l'alcool. Le barman le connaissait, et ils échangèrent quelques mots; puis l'homme se dirigea vers sa caisse pour enregistrer les consommations, abandonnant Mr. Greenwood. Celui-ci en avait conscience. Cela se devinait sur son visage. Il avait le sentiment d'avoir été abandonné. Il était tard, tous les express avaient quitté la gare, et les autres arrivaient peu à peu — les fantômes, veux-je dire. Dieu sait d'où ils viennent et où ils vont, ces cortèges d'alcooliques prospères et bien vêtus qui, bien qu'ils donnent l'impression de former une confrérie, ne songeraient pas à s'adresser la parole. Ils ont tous une bouteille cachée derrière les sélections du *Literary Guild,* et une autre à l'intérieur de la banquette du piano. J'eus l'idée de me présenter à Greenwood, puis je me ravisai. Je lui avais pris sa villa bien-aimée et il serait sans doute hostile. Je ne pouvais deviner les détails de son autobiographie, mais il m'était possible d'en évaluer l'atmosphère et la tournure. Son père avait dû mourir ou s'évanouir dans la nature quand il était enfant. Il n'est pas très difficile de déceler l'absence d'un parent de sexe masculin dans les marques que la vie imprime sur notre visage. Il avait dû être élevé par sa mère et sa tante, avait fréquenté l'université de l'État et décroché un diplôme (supputai-je) en techniques de vente. Pendant la guerre, il avait été en charge des stocks de la coopérative militaire. Puis tout s'était effondré. Il avait perdu sa fille, sa villa, l'amour de sa femme et l'intérêt qu'il vouait aux affaires, mais aucune de ces pertes ne justifiait sa souffrance ni son désarroi. Leur cause réelle lui demeurait inexplicable, ainsi qu'à moi, qu'à nous tous. C'est pour cette raison que les bars des gares, à cette heure, sont empreints d'un tel mystère.

« Espèce d'abruti, lança-t-il au barman. Hé, espèce d'abruti. Vous pensez que vous pouvez trouver le temps de remplir mon verre ? »

C'était la première note sordide, mais il n'y aurait plus grand-chose d'autre désormais. Il allait devenir très méchant. Maigres, gros, coléreux ou gais, c'est le sort de tous les fantômes. Pour finir, ils se retrouvent chez eux où ils taxent le portier d'impertinence, accusent leur femme d'extravagance et sermonnent leurs enfants stupéfaits pour leur ingratitude, avant de s'endormir tout habillés dans la chambre d'amis. Mais ce n'était pas cette vision qui me troublait ; c'était l'image de cet homme dans son vestibule flambant neuf, imaginant sa fille en haut de l'escalier dans sa robe de mariée. Nous ne nous étions pas parlé, je ne le connaissais pas, ses échecs n'étaient pas les miens, et pourtant je les ressentais avec une telle intensité que je ne pus me résoudre à passer la nuit seul. Je la passai en compagnie d'une femme peu soignée qui travaille dans nos bureaux.

Le lendemain matin, je retournai sur la côte en avion ; il y pleuvait toujours et je trouvai ma femme en train de récurer des casseroles devant l'évier de la cuisine. J'avais la gueule de bois et je me sentais douloureusement dépravé, coupable et impur. Je me dis que je me sentirais peut-être mieux si j'allais me baigner, et je demandai à ma femme où se trouvait mon maillot de bain.

« Il traîne quelque part par là, répliqua-t-elle d'un ton acariâtre. Tu l'as laissé mouillé sur le tapis de la salle de bains, et je l'ai accroché dans la douche.

— Il n'est pas dans la douche.

— Eh bien, il est quelque part par là. As-tu regardé sur la table du salon ?

— Écoute-moi bien, dis-je. Je ne vois pas pourquoi tu parles de mon maillot de bain comme s'il s'était promené dans la maison en buvant du whisky, en lâchant des pets et en racontant des histoires grivoises devant les dames. Je te demande seulement où est un *innocent* maillot de bain. »

À cet instant, j'éternuai ; j'attendis qu'elle me dise « à tes souhaits » comme elle le faisait toujours, mais elle garda le silence.

« Et il y a autre chose que je n'arrive pas à trouver, repris-je. Ce sont mes mouchoirs.

— Mouche-toi dans un Kleenex.

— Je ne veux pas me moucher dans un Kleenex », répliquai-je.

J'avais dû élever la voix, car j'entendis Mrs. Whiteside appeler Mary-Lee et refermer une fenêtre.

« Oh, Seigneur, tu m'ennuies ce matin, s'exclama ma femme.

— Cela fait six ans que je m'ennuie », répliquai-je.

J'allai en taxi jusqu'à l'aéroport et je pris le vol de l'après-midi à destination de New York. Nous étions mariés depuis douze ans et nous avions été amants deux ans avant notre mariage, ce qui fait quatorze années en tout, et je ne l'ai jamais revue.

J'écris ces mots dans une autre villa sur la côte, où je me trouve en compagnie d'une autre femme. Je suis assis dans un fauteuil dont l'époque ou l'inspiration sont indiscernables. Ses coussins exhalent une odeur de moisi. Le cendrier a été volé à l'hôtel Excelsior de Rome. Le verre dans lequel je bois du whisky contenait de la confiture autrefois. La table où j'écris a un pied boiteux. Magda, ma femme, est occupée à se teindre les cheveux. Elle les teint en roux et doit renouveler l'opération chaque semaine. Le temps est brumeux, nous sommes près d'un bras de mer jalonné par des bouées et j'entends autant de cloches que j'en entendrais dans n'importe quelle petite ville pieuse un dimanche matin : des cloches au timbre aigu, au timbre grave, des cloches dont le tintement semble émaner de sous les flots. Lorsque Magda me demande de lui apporter ses lunettes, je sors silencieusement sur la véranda. Les lumières du cottage, rayonnant dans le brouillard, donnent l'impression d'être palpables et j'ai le sentiment que je pourrais trébucher sur un faisceau de lumière. La plage s'incurve au loin et je distingue les lumières d'autres cottages fantomatiques dont les résidents amassent des réserves de joie ou de malheur qui resteront à l'intention des locataires du mois d'août ou de ceux de l'an prochain. Sommes-nous vraiment si proches les uns des autres ? Devons-nous imposer nos fardeaux à des inconnus ? Est-il impossible d'échapper au sentiment que la souffrance est universelle ?

« Mes lunettes, mes lunettes ! crie Magda. Combien de fois dois-je te demander de me les apporter ? »

Je lui apporte ses lunettes et, quand elle en a terminé avec ses cheveux, nous allons nous coucher. Au beau milieu de la nuit, la porte de la véranda s'ouvre brusquement mais ma première, ma douce épouse, n'est pas là pour demander :

« Pourquoi sont-ils revenus ? Qu'ont-ils oublié ? »

LE BRIGADIER ET LA VEUVE JOYEUSE

Je ne voudrais pas être l'un de ces écrivains qui commencent chaque journée en s'exclamant : « Ô Gogol, ô Tchekhov, ô Thackeray et Dickens, qu'auriez-vous fait d'un abri antiaérien décoré de quatre canards en plâtre, d'une baignoire à oiseaux et de trois nains de jardin aux longues barbes et aux charlottes rouges ? »

Comme je l'ai dit, je ne voudrais pas commencer la journée ainsi, mais je me demande souvent ce que feraient les morts. Cependant l'abri fait autant partie du décor que le bouleau et le marronnier d'Inde qui se dressent au sommet de la colline. Je l'aperçois de la fenêtre devant laquelle j'écris. C'est l'œuvre des Pastern, et il se trouve sur l'arpent de terrain contigu à notre propriété. Il dessine un léger renflement sous un voile de délicates pousses d'herbe, comme quelque embarrassant phénomène des lois de la physique. Je crois que Mrs. Pastern l'a décoré de statues pour en atténuer la signification. Cela ne m'étonnerait guère d'elle. C'était une femme au teint pâle. Assise sur sa terrasse, dans son petit salon, où que ce soit, elle prêchait en permanence pour son saint. Si vous lui offriez une tasse de thé, elle remarquait : « Eh bien, ces tasses ressemblent étonnamment au service que j'ai offert à l'Armée du Salut l'année dernière. »

Si vous lui montriez votre nouvelle piscine elle décrétait, s'administrant une claque sur la cheville :

« J'imagine que c'est là que vous élevez vos moustiques géants. »

Si vous lui désigniez un fauteuil où s'asseoir, elle déclarait :

« Ma foi, voilà une belle imitation des fauteuils Reine Anne que m'a légués ma grand-mère Delancy. »

Ces piques étaient plus touchantes qu'autre chose, et elles semblaient révéler que les nuits étaient bien longues, ses enfants ingrats et son mariage incroyablement usé. Vingt ans plus tôt, on aurait dit que le golf l'avait rendue veuve* et toute son attitude semblait refléter une sorte de deuil. Elle s'habillait généralement en noir et un inconnu la regardant monter dans un train aurait pu s'imaginer que Mr. Pastern était mort, mais il était bien vivant. Il arpentait le vestiaire du club de golf de Grassy Brae d'un pas martial, en vociférant :

« Bombardez Cuba ! Bombardez Berlin ! Arrosons-les d'un peu de nucléaire, montrons-leur qui commande ! »

Il était brigadier de l'infanterie légère du vestiaire du club, et au gré des jours il déclarait la guerre à la Russie, à la Tchécoslovaquie, à la Yougoslavie et à la Chine.

Tout commença un après-midi d'automne. Qui, après tant de siècles, peut décrire la splendeur d'une journée d'automne ? On peut prétendre n'en avoir jamais encore vu de telle, ou affirmer plus justement qu'il n'y en aura plus jamais de sem-

* *On désigne sous le terme de « golf widow » les femmes que leur mari délaisse pour se livrer à ce sport. (N.d.T.)*

blable. Un soleil limpide balayait les pelouses et semblait être l'apogée de toutes les lumières de l'année écoulée. Des feuilles brûlaient quelque part et la fumée, en dépit de son acidité d'ammoniaque, exhalait le parfum des commencements. Le bleu sans limites se déployait au zénith telle la peau d'un tambour.

Sortant de chez elle en fin d'après-midi, Mrs. Pastern s'arrêta pour admirer la lumière d'octobre. Ce jour-là, elle devait récolter des fonds au porte-à-porte pour l'hépatite infectieuse. Mrs. Pastern avait reçu seize noms, une liasse de brochures et un livre de recettes. Sa mission consistait à faire le tour de ses voisines et à relever leurs chèques. Son pavillon était situé en hauteur et, avant de monter dans sa voiture, elle regarda les maisons qui se trouvaient en contrebas. La charité, telle qu'elle la connaissait, était complexe et réciproque, et presque chacun des toits qu'elle distinguait en incarnait une facette. Mrs. Balcom œuvrait pour le cerveau, Mrs. Ten Eyke pour les maladies mentales et Mrs. Trenchard pour les aveugles. Mrs. Horowitz était chargée des maladies rhino-laryngées. Mrs. Trempler était la tuberculose, Mrs. Surcliffe était Mother's March of Dimes* et Mrs. Craven était le cancer. Mrs. Gilkson s'occupait du foie, Mrs. Hewlitt de l'association de contrôle des naissances, Mrs. Ryerson était l'arthrose, et bien loin on apercevait le toit d'ardoise d'Ethel Littleton — un toit qui signifiait la goutte.

Mrs. Pastern s'attela à sa tâche avec la résignation distraite d'un ouvrier honnête et attaché aux traditions. C'était son destin; c'était sa vie. Sa mère l'avait fait avant elle, et sa grand-mère elle-même avait collecté des fonds pour la petite vérole

* *Association s'occupant des malformations des nouveau-nés. (N.d.T.)*

et les mères célibataires. Mrs. Pastern avait téléphoné à l'avance à la majorité de ses voisines, et la plupart d'entre elles l'attendaient. L'incertitude de quelque pauvre inconnu vendant des encyclopédies lui était étrangère. Ici et là, elle s'attarda et but un verre de sherry. Les contributions étaient plus importantes que l'année précédente, et bien que ce ne fût pas son argent, bien sûr, elle éprouvait un sentiment d'exaltation à glisser de gros chèques dans sa sacoche. Au crépuscule, elle s'arrêta chez les Surcliffe et but un scotch et soda. Elle s'attarda plus que de raison, et quand elle prit congé il faisait nuit et il était l'heure de rentrer préparer le dîner pour son mari.

« J'ai cent soixante dollars pour le fonds contre l'hépatite, s'exclama-t-elle avec excitation quand il entra. J'ai rendu visite à tous les gens inscrits sur ma liste, sauf les Blevin et les Flannagan. Je voudrais remettre mon enveloppe demain matin ; cela t'ennuierait-il d'aller les voir pendant que je prépare à dîner ?

— Mais je ne connais pas les Flannagan, protesta Charlie Pastern.

— Personne ne les connaît, mais ils m'ont donné dix dollars l'an dernier. »

Il était fatigué, il avait des soucis professionnels, et le spectacle de sa femme disposant des côtes de porc sur le gril lui semblait n'être que le prolongement d'une ennuyeuse journée. Il ne fut pas mécontent de monter dans sa décapotable et de rouler pied au plancher jusque chez les Blevin, en haut de la colline, en songeant qu'ils lui offriraient peut-être un verre. Mais les Blevin n'étaient pas là ; leur bonne lui donna une enveloppe contenant un chèque et referma la porte. Alors qu'il s'engageait dans l'allée des Flannagan, il tenta de se souvenir s'il les avait rencontrés ou non. Leur nom lui semblait de bon augure, car il avait toujours eu le sentiment de savoir *s'y prendre* avec les Irlandais.

La porte d'entrée était vitrée et il aperçut un vestibule où une femme potelée, aux cheveux roux, disposait des fleurs dans un vase.

« Hépatite infectieuse », cria-t-il d'un ton jovial.

Elle se regarda longuement dans la glace avant de se retourner et de se diriger vers la porte, marchant à tout petits pas.

« Oh, entrez, je vous prie », dit-elle.

Sa voix juvénile était presque un murmure. Elle n'était plus toute jeune, il le voyait bien. Elle avait les cheveux teints, sa beauté se fanait et elle devait approcher de la quarantaine, mais elle semblait être de ces femmes qui cultivent obstinément les manières et les grâces d'une jolie fillette de huit ans.

« Votre épouse vient d'appeler, déclara-t-elle en séparant chaque mot du suivant, comme une enfant. Je ne suis pas sûre d'avoir du liquide — de *l'argent,* en fait — mais si vous voulez bien attendre un petit instant, je vais vous faire un chèque, si j'arrive à trouver mon chéquier. Entrez dans le salon, vous y serez plus à l'aise. »

Un feu venait d'être allumé, remarqua-t-il, des verres étaient sortis, et comme tout homme en goguette, il réagit immédiatement à ces sources de réconfort. Où était Mr. Flannagan ? se demanda-t-il. En train, sur le chemin du retour ? Occupé à se changer à l'étage ? À prendre une douche ? Au bout de la pièce se trouvait un bureau jonché de papiers et elle entreprit de fouiller parmi ces papiers, émettant des soupirs et des murmures d'exaspération enfantine.

« Je suis affreusement désolée de vous faire attendre, dit-elle. Mais pourquoi ne vous serviriez-vous pas un petit verre en attendant ? Tout est sur la table.

— Par quel train va arriver Mr. Flannagan ?

— Mr. Flannagan est en voyage », répliqua-t-elle.

Sa voix faiblit.

« Mr. Flannagan est en voyage depuis six semaines...

— Je prendrai un verre, alors, si vous m'accompagnez.

— Si vous promettez de le faire léger.

— Asseyez-vous, buvez tranquillement votre verre, et vous chercherez votre chéquier plus tard. Le seul moyen de trouver quelque chose, c'est de se détendre. »

Ils finirent par boire six verres. Elle lui parla avec hésitation d'elle-même et de sa vie. Mr. Flannagan vendait des abaisse-langues en plastique. Il voyageait dans le monde entier. Elle n'aimait pas voyager ; en avion, elle se sentait prise de malaises et à Tokyo, où elle était allée cet été-là, on lui avait servi du poisson cru au petit déjeuner ; après quoi elle était rentrée tout droit chez elle. Autrefois son mari et elle vivaient à New York, où elle avait beaucoup d'amis, mais Mr. Flannagan pensait qu'en cas de guerre, ils seraient davantage en sécurité à la campagne. Elle aurait préféré vivre sous la menace du danger plutôt que de mourir ainsi de solitude et d'ennui. Elle n'avait pas d'enfant ; elle ne s'était pas fait d'amies.

« Mais je vous avais déjà vu, murmura-t-elle avec une immense timidité en tapotant le genou de Charlie Pastern. Je vous avais vu promener vos chiens le dimanche, et passer en décapotable... »

La pensée de cette femme solitaire assise à sa fenêtre le toucha, bien qu'il fût plus touché encore par son corps plantureux. Les rondeurs, il le savait, ne sont pas une partie vitale du corps, elles n'ont aucune fonction procréative. Elles ne représentent qu'un simple rembourrage pour le reste du squelette. Sachant la place modeste qu'elles occupent sur l'échelle des choses, pourquoi était-il, en cet instant, presque disposé à vendre son âme pour des rondeurs ? Tout d'abord, les remarques de Mrs. Flannagan sur les tourments d'une femme seule lui semblèrent si vagues qu'il ne sut qu'en penser ; mais après le sixième verre, il glissa son bras autour de sa taille et lui proposa de monter chercher son carnet de chèques à l'étage.

« C'est la première fois que je fais une telle chose », murmura-t-elle plus tard, au moment où il se préparait à partir. Sa voix tremblait sous l'effet de l'émotion, et il trouva cela charmant. Il ne douta pas de sa sincérité, bien qu'il ait entendu ces mots une centaine de fois. « C'est la première fois », disaient-elles toujours, en faisant glisser leurs robes de leurs blanches épaules. « C'est la première fois », disaient-elles en servant un autre whisky. « C'est la première fois », disaient-elles en enfilant leurs bas. Dans des paquebots en pleine mer, des trains, des hôtels avec vue sur la montagne, elles répétaient toujours : « C'est la première fois. »

« Où étais-tu ? demanda Mrs. Pastern avec tristesse à son retour. Il est 11 heures passées.

— J'ai pris un verre avec les Flannagan.

— Elle m'a dit qu'il était en Allemagne.

— Il est rentré à l'improviste. »

Charlie dîna dans la cuisine, puis alla dans le salon de télévision pour écouter le journal.

« Bombardez-les ! cria-t-il. Arrosez-les d'un peu de nucléaire ! Montrez-leur qui commande ! »

Mais une fois couché, il eut du mal à s'endormir. Tout d'abord, il songea à son fils et à sa fille, qui étaient pensionnaires au lycée. Il les aimait. C'était la seule signification qu'il eût jamais prêtée à ce mot. Puis il fit neuf trous imaginaires au golf, choisissant minutieusement son handicap, ses fers, sa position, ses adversaires et le temps, mais à la lumière de ses soucis professionnels le vert du terrain de golf semblait bien terne. Il avait investi son argent dans un hôtel à Nassau, un atelier de poterie dans l'Ohio et un détergent pour vitres, et la chance ne lui avait pas souri. Ses tracas le tirèrent du lit; il alluma une cigarette et s'approcha de la fenêtre. À la lumière des étoiles, il distinguait les arbres dépouillés de leurs feuilles. Au cours de l'été, il avait joué au tiercé pour essayer de compenser les pertes qu'il avait subies, et les arbres dénudés lui rappelaient que ses tickets jonchaient encore comme des feuilles les caniveaux de Belmont et de Saratoga. Érable et frêne, hêtre et orme; cent contre un sur le troisième dans la quatrième course, cinquante contre un sur le sixième dans la troisième course, cent contre un sur le deuxième dans la huitième course. En rentrant de l'école, les enfants devaient fouler ce qui semblait être son feuillage. Alors, retournant se coucher, il songea sans honte à Mrs. Flannagan, réfléchissant à la date de leur prochaine rencontre et à ce qu'ils feraient. Il y avait si peu de véritables moyens d'oubli dans la vie, songea-t-il; alors pourquoi aurait-il dû refuser un remède, même si celui-ci semblait — comme c'était le cas — un peu grossier?

Une nouvelle conquête avait toujours le plus merveilleux effet sur Charlie. Du jour au lendemain il devenait généreux, compréhensif, inlassablement gai, détendu, affectueux avec les chats, les chiens et les inconnus, expansif et empli de compassion. Il y avait, bien sûr, la vision réprobatrice de Mrs. Pastern l'attendant le soir, mais il l'avait loyalement servie durant vingt-cinq ans, songeait-il, et désormais, s'il lui arrivait de la caresser avec tendresse, il y avait de fortes chances qu'elle réplique : « Aïe! C'est là que je me suis fait mal en jardinant. » Au cours des soirées qu'ils passaient ensemble, elle semblait mettre délibérément en évidence les angles les plus frustes de sa personnalité, prêcher pour son saint.

« Tu sais, disait-elle, Mary Quested triche aux cartes. » Ces remarques étaient bien loin d'atteindre Charlie. Si elles représentaient l'expression indirecte d'une déception, celle-ci ne le touchait plus depuis longtemps.

Il déjeuna avec Mrs. Flannagan en ville, et ils passèrent l'après-midi ensemble. Au moment de quitter l'hôtel, elle suspendit ses pas devant un stand de parfum. Elle déclara qu'elle aimait le parfum, cambra le buste et le traita de « petit polisson ». Au vu de son attitude enfantine et de ses protestations de fidélité, il émanait de sa requête un souffle indéniable d'habitude, songea-t-il, mais il lui acheta un flacon de parfum. À leur deuxième rencontre, elle admira un peignoir dans une vitrine, et il le lui acheta. À leur troisième rencontre, elle se fit offrir une ombrelle en soie. Alors qu'il l'attendait au restaurant pour leur quatrième rencontre, il espéra qu'elle n'allait pas réclamer des bijoux, car ses réserves d'argent liquide étaient presque épuisées. Elle avait promis de le retrouver à 13 heures et il jouissait de son sort et de l'odeur des sauces, du whisky, de la moquette rouge. Elle était toujours en retard, et il commanda un deuxième verre. À 13 heures 45, il vit son serveur chuchoter quelque chose à l'oreille d'un collègue — chuchoter, rire et désigner Charlie d'un signe de tête. Alors pour la première fois, il soupçonna qu'elle lui avait peut-être posé un lapin. Mais qui était-elle — pour qui se prenait-elle pour le traiter ainsi ? Elle n'était rien d'autre qu'une ménagère solitaire ; rien d'autre. À 14 heures, il passa commande de son déjeuner. Il était anéanti. À quoi se résumait sa vie sentimentale de ces dernières années, sinon à une succession d'aventures parfois minables — mais sans elles, l'existence lui aurait semblé insurmontable.

Se voir poser un lapin dans un restaurant entre 13 et 14 heures a quelque chose d'universel — un no man's land spirituel dont, désarmés par la crédulité de nos cœurs, nous partageons les arbres foudroyés, les retranchements et les trous à rat. Le serveur *savait,* et les rires et les conversations légères qui s'élevaient des tables alentour exacerbèrent les sentiments de Charlie. Il avait le sentiment d'être juché tout en haut de sa déconvenue, impuissant, tel un homme au sommet d'un mât, sa solitude se déployant toujours davantage dans la salle bondée. Alors il aperçut son reflet grossi dans une glace; ses cheveux gris plaqués sur son crâne comme les vestiges d'un paysage romantique, son corps trapu bâti un peu à l'image d'un père Noël de caserne, sa bedaine élargie de bourrelets. Il repoussa sa table et se dirigea vers une cabine téléphonique située dans le vestibule.

« Votre déjeuner ne vous plaît pas, monsieur ? » demanda le serveur.

Elle décrocha le téléphone et, de sa voix la plus enfantine, lui dit :

« Nous ne pouvons pas continuer ainsi. J'y ai réfléchi, et nous ne pouvons pas continuer. Ce n'est pas parce que je n'en ai pas envie, car tu es un homme très viril, mais ma conscience me l'interdit.

— Puis-je passer ce soir pour en discuter ?

— Eh bien..., fit-elle.

— Je viendrai directement de la gare.

— Si tu fais un petit quelque chose pour moi.

— Quoi donc ?

— Je te le dirai ce soir, quand je te verrai. Mais s'il te plaît, gare ta voiture derrière la maison et entre par la porte de la cuisine. Je ne veux pas donner à ces vieilles commères une raison de cancaner. C'est la première fois que je fais une telle chose, ne l'oublie pas. »

Elle avait raison, bien sûr, songea-t-il. Il lui fallait préserver son amour-propre. Sa fierté était si enfantine, songea-t-il, si inébranlable ! Parfois, traversant en voiture une ville ouvrière du New Hampshire en fin de journée, on aperçoit dans une allée ou une ruelle, près de la rivière, une fillette vêtue d'une nappe, assise sur un tabouret cassé et brandissant son sceptre au-dessus d'un royaume de mauvaises herbes, de cendres et de quelques poulets efflanqués. Ce sont la pureté et l'ironie de leur fierté qui nous émeuvent ; et c'est ce que lui inspirait Mrs. Flannagan.

Elle le fit entrer par la porte de derrière ce soir-là, mais dans le salon le décor était le même. Le feu brûlait dans l'âtre, elle lui servit un verre et, en sa présence, il eut le sentiment qu'il venait juste de libérer ses épaules d'un lourd fardeau. Mais elle faisait les effarouchées, se laissait enlacer puis se dégageait, le chatouillait puis traversait la pièce pour se regarder dans le miroir.

« Je veux d'abord que tu fasses ce petit quelque chose pour moi, déclara-t-elle.

— Qu'est-ce que c'est ?

— Devine.

— Je ne peux pas te donner d'argent. Je ne suis pas riche, tu sais.

— Oh, mais il ne me viendrait jamais à l'idée d'accepter de l'argent. »

Elle était indignée.

« Qu'est-ce que c'est, alors ?

— Quelque chose que tu portes sur toi.

— Mais ma montre n'a aucune valeur, et mes boutons de manchette sont en laiton.

— C'est autre chose.

— Mais quoi ?

— Je ne te le dirai pas si tu ne promets pas de me le donner. »

Alors il la repoussa, sachant qu'elle pouvait aisément le tourner en ridicule.

« Je ne peux rien te promettre sans savoir ce que tu veux.

— C'est quelque chose de tout petit.
— Petit comment ?
— Tout petit. Tout petit petit.
— Dis-moi ce que c'est, s'il te plaît. »

Alors il la saisit dans ses bras, et à cet instant il se sentit parfaitement lui-même, solennel, viril, sage et imperturbable.

« Je ne te le dirai pas si tu ne promets pas.
— Mais je ne peux pas te le promettre.
— Alors va-t'en, dit-elle. Va-t'en et ne reviens jamais, jamais. »

Elle était trop enfantine pour donner beaucoup de force à son ordre, et pourtant celui-ci produisit l'effet désiré. Pouvait-il retourner chez lui où il n'y avait personne, hormis sa femme qui prêchait pour son saint ? Pouvait-il retourner là-bas et attendre que le temps et le hasard mettent une amie sur son chemin ?

« Dis-le-moi, s'il te plaît.
— Promets.
— Je te le promets.
— Je veux, dit-elle, une clef de ton abri anti-aérien. »

Cette requête le frappa comme un coup de marteau-piqueur, et brusquement il ressentit dans tout son corps le poids énorme du chagrin. Toutes ses tendres spéculations sur la personne de Mrs. Flannagan — la fillette de la ville ouvrière régnant sur ses poulets — s'effondrèrent impitoyablement. Elle devait avoir eu cela en tête depuis le premier instant, lorsqu'elle avait fait du feu, qu'elle avait perdu son chéquier et lui avait offert un verre. Son désir en fut érodé, mais un instant seulement ; car elle était de retour dans ses bras et faisait courir ses doigts de bas en haut de sa poitrine en murmurant : « La petite araignée qui monte, qui monte, qui monte... »

Il avait tant besoin d'elle qu'il en était réduit à l'impuissance ; il lui semblait avoir reçu un violent coup derrière les genoux. Et pourtant, dans quelque antichambre de son esprit engourdi, il avait conscience de l'absurdité et de l'obsolescence de sa peau pétrie de désir. Mais comment pouvait-il reformer ses os et ses muscles pour les adapter à ce nouveau monde — enseigner à sa chair infidèle et avide la politique, la géographie, les holocaustes et les cataclysmes ? Le buste de Mrs. Flannagan était rond, parfumé et doux, et il détacha la clef de l'anneau — un morceau de métal de quatre centimètres de long, tiédi par la chaleur de sa main, un authentique talisman permettant le salut, une protection contre la fin du monde — puis le laissa tomber dans le décolleté de sa robe.

L'abri antiaérien des Pastern avait été achevé au printemps. Ils auraient aimé le garder secret, auraient aimé, du moins, qu'une certaine discrétion entoure son existence ; mais les camions et les bulldozers qui entraient et sortaient de leur allée en avaient informé tout le voisinage. Il avait coûté vingt-deux mille dollars et était équipé de deux toilettes chimiques, d'une réserve d'oxygène et d'une bibliothèque composée par un professeur de Columbia et consistant en un choix de livres destinés à inspirer espoir, bonne humeur et sérénité. On y trouvait des réserves de nourriture de survie pour trois mois et plusieurs caisses d'alcool fort. Mrs. Pastern avait acheté les canards en plâtre, la baignoire à oiseaux et les nains dans l'espoir de donner un air d'innocence au monticule de son jardin ; de le rendre tolérable — du moins à ses yeux. Car sous le tapis d'herbe qui le recouvrait, elle le trouvait — formant ce renflement dans un cadre ravissant et domestique, et symbolisant la mort d'au moins la moitié de la population mondiale — impossible à réconcilier avec le ciel bleu et les nuages blancs. Elle aimait garder les rideaux tirés de ce côté-là de la maison. Ils étaient tirés le lendemain après-midi, lorsqu'elle servit un verre de whisky à l'évêque.

Ce dernier était passé à l'improviste. Le pasteur avait téléphoné à Mrs. Pastern et lui avait annoncé que l'évêque était dans le voisinage et qu'il souhaitait la complimenter pour ses bonnes œuvres ; pouvait-il le conduire chez elle ? Elle avait hâtivement préparé de quoi offrir un thé, avait changé de robe et regagné le vestibule à l'instant même où ils appuyaient sur la sonnette.

« Comment allez-vous, Monseigneur, dit-elle. Entrez, je vous prie, Monseigneur. Aimeriez-vous une tasse de thé, Monseigneur — ou préféreriez-vous un verre, Monseigneur ?

— Je prendrais volontiers un Martini », déclara l'évêque.

Il avait reçu le don d'une voix claire et sonore. C'était un homme bien bâti, aux cheveux aussi noirs que s'ils étaient teints, à la peau ferme et olivâtre, creusée de rides profondes autour de sa bouche large, et d'yeux aussi brillants et hagards, songea-t-elle, qu'une personne sous l'emprise de la drogue.

« Si vous voulez bien m'excuser, Votre Honneur... »

Elle était troublée qu'il ait réclamé un cocktail ; c'était toujours Charlie qui préparait les apéritifs. Elle fit tomber des glaçons sur le sol de la cuisine, versa presque un litre de gin dans le shaker et essaya de corriger ce qui lui semblait être une boisson mortelle en rajoutant du vermouth.

« Mr. Ludgate m'a dit que vous étiez indispensable à la vie de la paroisse, déclara l'évêque en prenant son verre.

— Je m'y efforce, dit Mrs. Pastern.

— Vous avez deux enfants.

— Oui. Sally est à Smith, Carkie à Colgate. La maison semble terriblement vide aujourd'hui. C'est l'ancien évêque qui les a confirmés. L'évêque Tomlinson.

— Ah, oui, répondit l'évêque. Oh, oui. »

La présence de l'évêque emplissait Mrs. Pastern de nervosité. Elle aurait voulu que sa visite ait un air plus naturel ; elle aurait voulu, au moins, que sa propre présence dans son salon semble bien réelle. Elle souffrait de l'intense malaise qui s'emparait parfois d'elle au cours des réunions de son comité, quand l'atmosphère parlementaire exerçait un effet désintégrant sur sa personne. Alors qu'elle était assise sur sa chaise pliante, il lui semblait déambuler dans la pièce à quatre pattes, rassemblant des fragments d'elle-même et les cimentant grâce à quelque vertu telle que « je suis une bonne mère » ou « je suis une épouse patiente ».

« Êtes-vous amis depuis longtemps ? demanda-t-elle à l'évêque.

— Oh, non ! s'exclama l'évêque.

— L'évêque passait simplement par ici, murmura le pasteur d'une voix faible.

— Pourrais-je voir votre jardin ? » demanda l'évêque.

Emportant son verre de Martini, il franchit à la suite de Mrs. Pastern la petite porte donnant sur la terrasse. Mrs. Pastern était une passionnée du jardinage, mais le spectacle était décevant. Le cycle prolifique de la floraison touchait à sa fin ; il n'y avait que des chrysanthèmes.

« J'aurais voulu que vous le voyiez au printemps, surtout à la fin du printemps, déclara-t-elle. Le magnolia fleurit en premier. Puis c'est au tour des cerisiers et des pruniers-fleurs. Juste au moment où ils se fanent, nous avons les azalées, les lauriers et les rhododendrons hybrides. J'ai planté des tulipes couleur bronze sous la glycine ; le lilas est blanc.

— Je vois que vous avez un abri, remarqua l'évêque.

— Oui », murmura-t-elle.

Elle avait été trahie par ses canards et ses nains.

« Oui, en effet, mais il n'y a vraiment pas grand-chose à voir. Ce parterre-ci est du muguet, tout le parterre. Je trouve que les roses sont plus belles coupées qu'en décoration de jardin, aussi je les ai plantées derrière la maison. La bordure est composée de *fraises des bois**. Si mignonnes, si minuscules.

— Avez-vous cet abri depuis longtemps ?

— Nous l'avons fait construire au printemps. Voici une haie de cognassiers du Japon. Là-bas se trouve notre petit jardin potager. De la salade et des herbes aromatiques, ce genre de choses.

— J'aimerais voir l'abri », déclara l'évêque.

Elle fut blessée, une blessure qui sembla se propager jusqu'à son enfance lointaine, quand elle avait été bouleversée de découvrir que les amies qui lui rendaient visite les jours de pluie ne venaient pas parce qu'elles l'aimaient mais pour manger ses biscuits et prendre possession de ses jouets. Elle n'avait jamais su faire bonne figure face à l'égoïsme, et elle affichait une mine renfrognée tandis qu'ils passaient devant la baignoire à oiseaux et les canards peints. Les nains coiffés de charlottes les lorgnèrent alors qu'elle ouvrait la porte coupe-feu grâce à la clef qu'elle portait attachée autour du cou.

« Charmant, commenta l'évêque. Charmant. Mais je vois que vous avez même une bibliothèque !

— Oui. Les livres ont été choisis pour la gaieté, la sérénité et l'espérance qui s'en dégagent.

— L'architecture ecclésiastique a malheureusement la particularité d'avoir une cave ou un sous-sol limités à un minuscule espace sous le chœur, déclara l'évêque. Cela nous laisse très peu de place pour le salut des fidèles. C'est une caractéristique,

* *En français dans le texte. (N.d.T.)*

devrais-je peut-être ajouter, qui est propre à notre confession. Certaines églises sont pourvues de sous-sols spacieux. Mais je ne vais pas vous ennuyer plus longtemps. »

Traversant la pelouse, il se dirigea d'un pas martial vers le pavillon, puis il posa son verre à cocktail sur le mur de la terrasse et donna sa bénédiction à Mrs. Pastern.

Cette dernière s'assit lourdement sur les marches de sa terrasse et regarda la voiture s'éloigner. Il n'était pas venu pour la féliciter, elle le savait. Était-elle impie de le soupçonner de parcourir son domaine en choisissant de possibles sanctuaires ? Se pouvait-il qu'il ait l'intention de faire ainsi usage de sa sainteté ? Les fondations de Dieu, de la Famille et de la Patrie étaient fortement éprouvées par le poids de la vie moderne, quand bien même celle-ci exhalait une odeur de plastique — comme cela semblait être le cas. Le fardeau était excessivement lourd, et Mrs. Pastern avait l'impression d'entendre les fondations céder. Toute sa vie elle avait eu foi en la sainteté du corps ecclésiastique ; si cette foi était bien réelle, pourquoi n'avait-elle pas offert aussitôt la sécurité de son abri à l'évêque ? Mais s'il croyait en la résurrection des morts et à une vie dans l'au-delà, en quoi un abri lui aurait-il été d'une utilité quelconque ?

Le téléphone se mit à sonner ; elle répondit avec un entrain forcé. C'était une femme du nom de Beatrice, qui venait faire le ménage chez Mrs. Pastern deux jours par semaine.

« C'est Beatrice, Mrs. Pastern, dit celle-ci. Je crois que vous devriez savoir quelque chose. Comme vous le savez, je ne suis pas cancanière. Je ne suis pas comme Adele, qui raconte à droite et à gauche que les Untels ne couchent plus ensemble, qu'Untel avait six bouteilles de whisky vides à la poubelle et que personne n'est venu à la soirée d'Untel. Je ne suis pas comme Adele. Mais je crois que vous devriez savoir quelque chose. Aujourd'hui j'ai fait le ménage chez Mrs. Flannagan ; elle m'a montré une clef et elle m'a dit que c'était celle de votre abri antiaérien, et que votre mari la lui avait donnée. Je ne sais pas si c'est la vérité ou non, mais j'ai pensé que vous deviez le savoir.

— Merci, Beatrice. »

Il avait cent fois sali sa réputation par des escapades, il avait souillé sa grandeur et foulé son amour aux pieds, mais jamais elle ne l'aurait imaginé trahissant les projets qu'ils avaient conçus ensemble en vue de la fin du monde. Elle versa le fond du cocktail de l'évêque dans un verre. Elle détestait le goût du gin mais ses soucis s'étaient accumulés jusqu'à devenir aussi douloureux qu'une maladie et le gin atténuait la souffrance, bien qu'il attisât son indignation. Au-dehors le ciel s'assombrit, le vent tourna, et il se mit à pleuvoir. Que pouvait-elle faire ? Elle ne pouvait pas retourner chez sa mère ; sa mère n'avait pas d'abri antiaérien. Elle ne pouvait pas prier pour que le ciel la guide. L'attachement manifeste que l'évêque vouait aux biens de ce monde avait amoindri les consolations du paradis. Elle ne pouvait songer au libertinage inconséquent de son mari sans reprendre du gin. Alors, elle se souvint de la nuit — la nuit du jugement — où ils étaient tombés d'accord pour laisser brûler tante Ida et oncle Ralph, où elle avait sacrifié sa nièce de trois ans et lui son neveu de cinq ; où ils avaient conspiré tels des meurtriers et décidé de laisser périr même la vieille mère de son mari.

Lorsque Charlie arriva, elle était totalement ivre.

« Je ne pourrais pas passer deux semaines avec cette Mrs. Flannagan dans quelque trou que ce soit, déclara-t-elle.

— Qu'est-ce que tu racontes ?

— J'ai emmené l'évêque voir l'abri, et il a dit...

— Quel évêque ? Qu'est-ce qu'un évêque faisait ici ?

— Cesse de m'interrompre, et écoute ce que j'ai à te dire. Mrs. Flannagan a une clef de notre abri, et c'est toi qui la lui as donnée.

— Qui t'a dit cela ?

— Mrs. Flannagan, répéta-t-elle, a une clef de notre abri, et c'est toi qui la lui as donnée. »

Il retourna au garage sous la pluie et se coinça les doigts dans la porte. Dans sa hâte et sa fureur, il fit caler la voiture ; en attendant que le carburateur se purge, il fut confronté, dans la lueur des phares, aux coulisses de sa dispendieuse vie domestique accumulée dans le garage. Il y avait là une fortune en accessoires de jardin cassés, en perceuses et autres instruments électriques. Quand la voiture démarra, il jaillit pied au plancher de l'allée et brûla un feu rouge au premier carrefour où, l'espace d'un instant, sa vie fut suspendue à un fil. Peu lui importait. Gravissant la colline en trombe, il agrippait le volant comme si ses mains s'étaient déjà refermées autour du vilain cou potelé de Mrs. Flannagan. C'étaient l'honneur et la sérénité de ses enfants qu'elle avait souillés. C'était à ses enfants, ses enfants adorés, qu'elle avait nui.

Il gara sa voiture à la porte de chez elle. Les lumières étaient allumées et il sentait une odeur de feu de bois, mais la maison était silencieuse ; jetant un œil à travers la porte vitrée, il n'aperçut aucun signe de vie et n'entendit rien, hormis la pluie. Il appuya sur la poignée. La porte était verrouillée. Alors il tambourina du poing sur l'encadrement. Il s'écoula un long moment avant qu'elle n'apparaisse, sortant du salon, et il songea qu'elle avait dû être endormie. Elle portait le peignoir qu'il lui avait acheté. Dès qu'elle ouvrit la porte, il s'introduisit de force dans le vestibule et s'écria :

« Pourquoi as-tu fait ça ? Pourquoi as-tu fait quelque chose d'aussi idiot ?

— Je ne sais pas de quoi tu parles.

— Pourquoi as-tu dit à ma femme que tu avais la clef ?

— Je ne le lui ai pas dit.

— À qui l'as-tu dit, alors ?

— Je ne l'ai dit à personne. »

Elle carra ses épaules et contempla le bout de ses chaussures. Comme la plupart des menteurs invétérés, elle vouait à la vérité un respect exagéré et l'exprimait en envoyant des signaux destinés à indiquer qu'elle mentait. Il comprit alors qu'il ne pourrait pas lui faire avouer la vérité, que toute la force de ses bras ne pourrait la contraindre à avouer et que cet aveu, s'il l'obtenait, ne le soulagerait aucunement.

« Sers-moi un verre, dit-il.

— Je crois que tu ferais mieux de t'en aller et de revenir plus tard, lorsque tu te sentiras mieux, répliqua-t-elle.

— Je suis fatigué, murmura-t-il. Je suis fatigué. Oh, Seigneur, je suis fatigué. Je ne me suis pas assis de toute la journée. »

Il entra dans le salon et se servit un whisky. Il s'aperçut que ses mains étaient noircies par les trains, les rampes d'escalier, les poignées de porte et les papiers d'une longue journée, et dans la glace il vit ses cheveux trempés par la pluie. Il sortit du salon et, traversant la bibliothèque, se dirigea vers la salle de bains du rez-de-chaussée. Elle laissa échapper un léger bruit, à peine un cri. Quand il ouvrit la porte de la salle de bains, il se retrouva nez à nez avec un inconnu parfaitement nu.

Il referma la porte ; alors il y eut le silence presque métronomique qui précède une bruyante échauffourée. Ce fut elle qui rompit le silence.

« Je ne sais pas qui c'est, et j'essayais de le

mettre dehors... Je sais ce que tu penses, et ça m'est égal. Je suis chez moi, après tout, je ne t'ai pas invité à entrer, et je n'ai pas à t'expliquer tout ce qui s'y passe.

— Ne m'approche pas, dit-il. Ne m'approche pas, ou je te tords le cou. »

Il rentra sous la pluie. Quand il franchit le seuil de chez lui, il s'échappait de la cuisine les bruits et l'odeur caractéristique de quelqu'un qui s'active aux fourneaux. Il songea que ces signes et ces odeurs avaient dû être les premiers à apparaître sur la planète, et qu'ils compteraient certainement parmi les derniers. Le journal du soir était au salon et, le secouant, il vociféra :

« Arrosez-les d'un peu de nucléaire ! Montrez-leur qui commande ! »

Puis, se laissant tomber dans un fauteuil, il murmura :

« Mon Dieu, quand est-ce que tout ça va enfin finir ?

— J'attendais que tu dises cela, déclara Mrs. Pastern d'une voix calme en sortant de la cuisine. Cela fait presque trois mois que j'attendais que tu dises précisément cela. J'ai commencé à m'inquiéter quand je me suis aperçue que tu avais vendu tes boutons de col et de manchettes. Alors, je me suis demandé ce qui se passait. Puis, lorsque tu as signé le contrat de l'abri sans avoir un sou pour le payer, j'ai commencé à deviner ce que tu avais en tête. Tu as *envie* de voir arriver la fin du monde, n'est-ce pas ? N'est-ce pas, Charlie ? Je l'ai toujours su mais je me refusais à l'admettre, cela semblait si cruel ; mais on en apprend tous les jours. »

Elle se dirigea vers le vestibule et s'engagea dans l'escalier.

« Tu trouveras un hamburger dans la poêle, dit-elle, et des pommes de terre dans le four. Si tu veux des légumes verts, tu peux réchauffer le reste des brocolis. Je vais téléphoner aux enfants. »

Aujourd'hui nous voyageons avec une telle vélocité que nous pouvons tout au plus nous souvenir de quelques noms de lieux. Le fret des spéculations métaphysiques devra nous rattraper par train à petite vitesse, s'il nous rattrape un jour. Ce fut ma mère qui me raconta la suite de l'histoire, dans une lettre que je reçus à Kitzbühel où il m'arrive de séjourner.

« Il y a eu tant de changements au cours des six dernières semaines, écrivait-elle, que je ne sais par où commencer. Tout d'abord, les Pastern ne sont plus là. Mr. Pastern est à la prison fédérale où il purge une peine de deux ans pour vol qualifié. Sally a quitté le lycée et travaille chez Macy's. Le fils est toujours en train de chercher du travail, je crois. Il habite avec sa mère quelque part dans le Bronx. On m'a dit qu'ils vivaient de l'aide sociale. Apparemment, Charlie avait dépensé depuis un an l'argent dont il avait hérité de sa mère et ils vivaient à crédit. La banque leur a tout pris et ils sont allés s'installer dans un motel de Tansford. Puis ils sont allés d'un motel à l'autre dans une voiture de location sans jamais régler leurs notes. Les motels et l'agence de location ont été les premiers à les rattraper. Un couple très gentil, les Willoughby, a racheté le pavillon à la banque. Et les Flannagan ont divorcé. Tu te souviens d'elle ? Elle se promenait dans son jardin avec une ombrelle en soie. Il n'a pas eu à lui verser de pension alimentaire ni quoi que ce soit, et quelqu'un l'a aperçue à Central Park West vêtue d'un léger manteau par une nuit très froide. Mais elle est revenue. C'est très étrange. Elle est revenue jeudi dernier. La neige venait juste de se mettre à tomber. C'était peu après l'heure du déjeuner. Ta mère est une vieille sotte ; j'ai beau être âgée, je ne cesse de m'émerveiller devant le miracle d'une tempête de neige. J'avais beaucoup à faire, mais j'ai décidé de rester un peu à la fenêtre et de regarder tomber la neige. Le ciel était sombre. C'était une neige belle et sèche et elle a rapidement tout recouvert, comme une coulée de lumière. C'est alors que j'ai vu Mrs. Flannagan remonter la rue. Elle devait avoir pris le train de 14 h 32 et avoir fait le trajet à pied depuis la gare. Je ne pense pas qu'elle ait beaucoup d'argent si elle ne peut pas se permettre de prendre un taxi, tu ne crois pas ? Elle n'était pas vêtue chaudement, elle portait des talons hauts et pas de caoutchoucs. Eh bien, elle a remonté la rue et a traversé sans hésitation le jardin des Pastern — je veux dire le jardin qui était celui des Pastern autrefois — jusqu'à leur abri antiaérien, et elle est restée là, immobile, à le contempler. Je n'ai pas la moindre idée de ce qu'elle pouvait bien avoir en tête mais l'abri ressemble un peu à une tombe, tu sais, et elle donnait l'impression d'être une femme en deuil, la tête et les épaules saupoudrées de neige ; cela m'a fait de la peine de songer qu'elle connaissait à peine les Pastern. À cet instant, Mrs. Willoughby m'a téléphoné pour me dire qu'il y avait une inconnue devant son abri antiaérien et me demander si je la connaissais ; j'ai répondu que oui, que c'était Mrs. Flannagan qui habitait autrefois en haut de la colline. Alors elle m'a demandé ce que je pensais qu'elle devait faire, et j'ai répondu qu'à mon avis elle pouvait seulement lui demander de partir. Alors Mrs. Willoughby a envoyé sa bonne lui parler ; je l'ai vue lui dire de s'en aller, et un peu plus tard Mrs. Flannagan est repartie en direction de la gare sous la neige. »

MÉTAMORPHOSE

I

Larry Acton était pourvu d'un physique répondant à des canons classiques — cheveux bouclés, nez triangulaire, corps trapu et souple — et d'un intérêt que l'on pourrait qualifier de « péricléen » pour l'innovation. Il avait dessiné son propre voilier (qui donnait de la gîte à bâbord), s'était présenté pour le siège du maire (il avait été battu), avait croisé une louve finlandaise avec un berger allemand (le Club américain du pedigree canin refusa d'homologuer la race) et organisé une chasse à courre dans Bullet Park, où il vivait avec sa charmante épouse et trois enfants. C'était l'un des associés du cabinet d'investissement bancaire Lothard & Williams, où l'on appréciait son habileté et son tempérament impétueux.

Lothard & Williams était une maison extrêmement conservatrice, qui jouissait d'une réputation de probité inégalée; mais sur un point précis, elle était peu conventionnelle. L'un des associés était une femme. C'était une veuve du nom de Mrs. Vuiton. Son époux avait été l'un des plus importants associés du cabinet, et à sa mort elle avait demandé à lui succéder. Son intelligence et sa beauté avaient joué en sa faveur, ainsi que le fait que les intérêts de son mari, si elle avait décidé de les retirer de la société, auraient fait cruellement défaut. Lothard, le plus conservateur d'eux tous, avait soutenu sa candidature et elle avait été acceptée. Son intelligence était exceptionnelle, et était renforcée par une beauté tout aussi exceptionnelle et sans défaut. C'était une femme éblouissante d'environ trente-cinq ans, qui apportait plus que sa part d'affaires à la société. Larry n'éprouvait aucune antipathie à son égard — il n'en avait pas l'audace — mais le fait que son physique attrayant et sa voix musicale s'avèrent plus efficaces dans les transactions bancaires que sa propre habileté et son impétuosité l'emplissait pour le moins d'un sentiment de malaise.

Les associés de Lothard & Williams — ils étaient au nombre de sept — disposaient de leurs propres bureaux répartis autour des pièces centrales réservées à Mr. Lothard. Le cadre était celui, à l'ancienne mode, que l'on trouve en pareil lieu — bureaux en noyer, portraits des associés décédés, murs sombres et moquette. Les six associés de sexe masculin arboraient tous chaînes de gousset, épingles de cravate et chapeaux melon.

Larry était installé un après-midi dans cette atmosphère de morosité étudiée, plongé dans les problèmes d'une obligation à long terme que la maison avait du mal à écouler, quand il lui vint soudain à l'esprit qu'ils pourraient peut-être céder l'intégralité du portefeuille à un client détenteur de fonds de retraite. Emporté par son enthousiasme et son ardeur, il traversa à grands pas l'antichambre du bureau de Mr. Lothard et, d'un geste vif, ouvrit la porte de la seconde pièce. Il y avait là Mrs. Vuiton, entièrement dévêtue à l'exception d'un rang de perles. Mr. Lothard était près d'elle, vêtu d'une montre.

« Oh, je suis affreusement désolé ! » s'exclama Larry, et il referma la porte et regagna son bureau.

L'image de Mrs. Vuiton semblait gravée dans sa mémoire, semblait y avoir été marquée au fer rouge. Il avait vu des centaines de femmes nues, mais aucune qui fût aussi éblouissante. Sa peau était dotée d'une blancheur lumineuse et nacrée qu'il ne parvenait pas à oublier. La beauté de cette femme nue et l'émotion qui s'en dégageait s'étaient logées dans sa mémoire comme les notes d'une mélodie. Il avait posé les yeux sur quelque chose qu'il n'aurait pas dû voir, et Mrs. Vuiton l'avait foudroyé d'un regard cruel et impie. Il ne parvenait pas à chasser — ni à dissiper par quelque raisonnement — le sentiment que sa bévue était désastreuse, et qu'il avait par ce faux pas commis une transgression qui demanderait réparation et vengeance. Un pur enthousiasme l'avait poussé à ouvrir la porte sans frapper ; un pur enthousiasme, à ses yeux, représentait une impulsion qu'il était impossible de condamner. Pourquoi aurait-il dû se sentir menacé par les ennuis, le malheur et le désastre ? La nature de l'homme est concupiscente ; la même scène se déroulait peut-être dans un millier d'autres bureaux. Ce qu'il avait vu était chose banale, songea-t-il. Mais il n'y avait rien de banal dans la blancheur de la peau de Mrs. Vuiton, ni dans son regard intense et imperturbable. Il se répétait qu'il n'avait commis aucune faute, mais sous ses idées fantaisistes de bien et de mal, de mérite et de rétribution, se trouvait la nature obstinée et douloureuse des choses, et il savait qu'il avait vu quelque chose qu'il n'était pas dans son destin de voir.

Il dicta quelques lettres et répondit au téléphone quand celui-ci sonnait, mais il ne fit rien de conséquent durant le reste de l'après-midi. Il passa quelque temps à essayer de se débarrasser de la portée que sa louve finlandaise avait mise bas. Le zoo du Bronx n'était pas intéressé. Le Club américain du pedigree canin déclara qu'il n'avait pas créé une nouvelle race, mais produit une monstruosité. Quelqu'un lui avait appris que les bijouteries, les grands magasins et les musées étaient gardés par des chiens à peine domestiqués, et il téléphona au service de sécurité de Macy's, de Cartier, et au musée d'Art moderne, mais ils avaient tous des chiens. Il passa le reste de l'après-midi à la fenêtre, se joignant à la vaste population des hommes qui se sont rendus coupables de bévues, qui sont en proie à l'ennui — le coiffeur sans clients, le vendeur de la boutique d'antiquités où personne n'entre jamais, le vendeur de polices d'assurances désœuvré, le chemisier au bord de la faillite —, ces milliers d'hommes qui se tiennent aux fenêtres de la ville et regardent le soir tomber. Quelque fatalité sans nom semblait menacer son bonheur, et il ne parvenait pas à retrouver son entrain ni son bon sens.

Il était convié à un dîner d'affaires en compagnie d'autres directeurs dans l'East Side à 7 heures. Il avait apporté ses habits de soirée dans une boîte plate en carton, et avait été invité à se rafraîchir et à se changer chez ses hôtes. Il quitta le bureau à 5 heures et, afin de tuer le temps et, dans la mesure du possible, de retrouver sa bonne humeur, il parcourut à pied les trois ou quatre kilomètres qui le séparaient de la 57e Rue. Même ainsi, il était en avance, et il s'arrêta dans un bar pour boire un verre. C'était l'un de ces endroits où les femmes célibataires du quartier se réunissent et sont chaleureusement accueillies; où, après avoir siroté du sherry durant la majeure partie de la journée, elles se retrouvent pour célébrer l'heure de l'apéritif. L'une d'elles avait un chien. Dès que Larry entra, le chien, un teckel, se jeta sur lui. Sa laisse était attachée à un pied de table, et il bondit sur Larry avec une telle force qu'il traîna la table sur une cinquantaine de centimètres et renversa un ou deux verres. Il le manqua mais il s'ensuivit un désordre considérable, et Larry alla s'installer à l'extrémité du bar la plus éloignée de ces dames. Le chien était excité, et ses jappements brefs et aigus emplissaient la salle.

« Qu'est-ce qui te prend, Smoky ? demandait sa maîtresse. Au nom du ciel, qu'est-ce qui te prend ? Qu'est-ce qui est arrivé à mon petit toutou ? Ça ne peut pas être mon petit Smoky. Ça doit être un autre toutou... »

Le chien continuait à japper après Larry.

« Les chiens ne vous aiment pas ? demanda le barman.

— J'élève des chiens, répliqua Larry. Je m'entends très bien avec les chiens.

— C'est drôle, dit le barman, mais je n'avais encore jamais entendu ce chien aboyer. Elle vient ici tous les après-midi, sept jours par semaine, et le chien l'accompagne toujours, mais c'est la première fois qu'il laisse échapper un son. Si vous pouviez emporter votre verre dans la salle à manger...

— Vous voulez dire que je dérange Smoky ?

— Ma foi, c'est une habituée. Vous, c'est la première fois que je vous vois.

— Très bien », répondit Larry, teintant son accord d'autant de bonne volonté qu'il le pouvait.

Son verre à la main, il franchit la porte séparant le bar de la salle à manger déserte et s'assit à une table. Le chien cessa d'aboyer dès qu'il fut parti. Larry finit son verre et regarda autour de lui, cherchant une autre sortie, mais il n'y en avait pas. Smoky se jeta de nouveau sur lui lorsqu'il traversa le bar, et tout le monde fut heureux de voir un tel faiseur d'histoires quitter les lieux.

Il s'était souvent rendu dans l'immeuble où il était attendu, mais il en avait oublié l'adresse. Il avait pensé reconnaître la porte et le vestibule, mais lorsqu'il se retrouva dans l'entrée, il se heurta à la similitude de tels lieux. Il y avait là du carrelage noir et blanc, une cheminée factice, deux fauteuils anglais et une reproduction d'un paysage dans un cadre. Tout cela lui était familier, mais il se rendit compte qu'il pouvait s'agir d'une dizaine d'autres halls d'entrée et il demanda au liftier s'il se trouvait bien chez les Fullmer. L'homme acquiesça, et Larry entra dans l'ascenseur. Alors, au lieu de s'élever vers le dixième étage où résidaient les Fullmer, la cabine descendit. La première pensée qui traversa l'esprit de Larry fut que les Fullmer étaient peut-être en train de faire repeindre leur vestibule et que, pour cette raison ou pour quelque autre désagrément, il lui serait demandé d'emprunter l'ascenseur de service. L'homme fit glisser la porte coulissante, révélant une sorte de région infernale où s'entassait un amoncellement de seaux à charbon, de poussettes cassées et de tuyaux entourés de revêtements d'amiante éventrés.

« Passez par cette porte-là et prenez l'autre ascenseur, ordonna l'homme.

— Mais pourquoi dois-je prendre l'ascenseur de service ? demanda Larry.

— C'est la règle, rétorqua l'homme.

— Je ne comprends pas.

— Écoutez, lança l'homme. Ne discutez pas avec moi. Contentez-vous de prendre l'ascenseur de service. Vous autres livreurs, vous voulez toujours entrer par la grande porte comme si l'endroit vous appartenait. Eh bien, ici, c'est un immeuble où vous ne pouvez pas. La direction a décrété que toutes les livraisons se faisaient à l'entrée de service, et c'est la direction qui commande.

— Je ne suis pas un livreur, riposta Larry. Je suis un invité.

— Qu'est-ce que c'est que cette boîte ?

— Dans cette boîte, dit Larry, se trouvent mes habits de soirée. Maintenant conduisez-moi jusqu'au dixième étage, où les Fullmer habitent.

— Je suis désolé, monsieur, mais vous *avez l'air* d'un livreur.

— Je suis un investisseur bancaire, répliqua Larry, et je m'apprête à assister à un dîner d'affaires où il sera question de la souscription d'obligations d'un montant de quarante-quatre millions de dollars. Je vaux neuf cent mille dollars. J'ai une maison de vingt-deux pièces à Bullet Park, un chenil, deux chevaux de selle, trois enfants au lycée, un voilier de six mètres et cinq automobiles.

— Bon sang », s'exclama l'homme.

Après s'être rafraîchi, Larry se regarda dans la glace pour voir s'il pouvait discerner un quelconque changement dans son apparence, mais le visage dans le miroir lui était trop familier; il l'avait rasé et lavé trop souvent pour qu'il lui révèle le moindre secret. Il assista au dîner et à la réunion, puis il prit un whisky avec les autres directeurs. Il était encore, d'une façon qu'il n'aurait su définir, troublé d'avoir été pris pour un livreur; et dans l'espoir de dissiper quelque peu son malaise, il dit à l'homme qui se trouvait près de lui :

« Vous savez, quand j'ai pris l'ascenseur pour monter ici, ce soir, on m'a confondu avec un livreur. »

L'homme à qui il adressait cette confidence ne l'entendit pas, ou ne le comprit pas, ou s'en moquait. Il s'esclaffa bruyamment en réponse à ce que disait quelqu'un à l'autre bout de la pièce et Larry, qui avait pour habitude de mobiliser l'attention, éprouva le sentiment d'avoir subi une nouvelle défaite.

Il prit un taxi jusqu'à Grand Central et rentra chez lui dans l'un de ces omnibus qui semblent transporter un convoi d'âmes perdues, d'ivrognes et de dévoyés. Le conducteur était un homme corpulent, au visage rougeaud, arborant une rose fraîche à la boutonnière. Il adressait quelques mots à la plupart des passagers.

« Vous travaillez toujours au même endroit ? demanda-t-il à Larry.

— Oui.

— Vous êtes serveur à Yorktown, c'est bien ça ?

— Non », répondit Larry, et il effleura son visage pour voir s'il pouvait y sentir les marques, les rides et les changements qui devaient s'y être imprimés au cours des dernières heures.

— Vous travaillez dans un restaurant, non ? demanda le conducteur.

— Non, répliqua calmement Larry.

— C'est drôle, dit le conducteur. Quand j'ai vu ce carton avec la soupe et le poisson, j'ai cru qu'vous étiez serveur. »

Il était plus d'une heure quand il descendit du train. La gare et la station de taxi étaient fermées, et il ne restait que quelques voitures garées dans le parking. Quand il alluma les phares de la petite voiture européenne dont il se servait pour aller jusqu'à la gare, il s'aperçut qu'ils ne dégageaient qu'une faible lueur, et dès qu'il tourna la clef de contact ils pâlirent graduellement à chaque tour du moteur, jusqu'à s'éteindre tout à fait. En l'espace de quelques minutes, la batterie rendit l'âme. Un kilomètre à peine le séparait de chez lui, et cela ne le dérangeait vraiment pas de rentrer à pied. Il parcourut d'un pas vif les rues désertes et ouvrit les battants de la grille donnant sur l'allée. Il était en train de les refermer quand il entendit le bruit d'une course, des halètements, et s'aperçut que les chiens étaient en liberté.

Le bruit réveilla sa femme qui, croyant qu'il était déjà rentré, appela :

« Larry ! Larry, les chiens sont dehors ! Les chiens sont dehors ! Larry, s'il te plaît, viens vite, les chiens sont dehors et je crois qu'ils s'attaquent à quelqu'un ! »

Il entendit sa femme l'appeler alors qu'il s'effondrait, et il vit les lumières jaunes s'allumer derrière les vitres, mais ce fut la dernière chose qu'il vit.

II

Orville Betman passait les trois mois de l'été seul à New York, comme il le faisait depuis son mariage. Il avait un grand appartement, une bonne gouvernante et de nombreux amis ; mais il était sans son épouse. Certains hommes sont dotés d'un tempérament sexuel aussi vigoureux, exigeant et dénué de discernement qu'un appareil digestif ; ce serait une erreur aussi tragique de considérer leurs pulsions à la lumière d'un fiévreux romantisme que d'inventer des rituels et des mélodies pour l'appareil respiratoire. Ces hommes, lorsqu'ils mangent une part de gâteau, ne se considèrent pas liés par un contrat sacré, non plus que dans l'acte d'amour. Ce n'était pas le cas de Betman. Il aimait sa femme, et n'en aimait aucune autre au monde. Il aimait sa voix, ses goûts, son visage, sa grâce, sa présence, et son souvenir. C'était un homme séduisant et, lorsqu'il était seul, d'autres femmes le poursuivaient de leurs assiduités. Elles l'invitaient chez elles, essayaient de s'introduire dans son appartement, l'enlaçaient dans des couloirs et des allées de jardin, et l'une d'elles, sur la plage de East Hampton, avait ôté son maillot de bain ; mais alors même qu'elles le tourmentaient ainsi, il n'éprouvait d'amour que pour Victoria.

Betman était chanteur. Sa voix se distinguait non par sa force et sa beauté, mais par son pouvoir de persuasion. Au début de sa carrière, il avait donné un seul et unique récital de chants du XVIIIe siècle et avait été éreinté par la critique. Il s'était alors reconverti dans la télévision et, pendant quelque temps, il avait fait les voix de personnages de dessins animés. Puis, par hasard, quelqu'un lui avait demandé d'interpréter le texte d'une réclame pour des cigarettes. Elle était composée de quatre lignes. Le résultat avait été explosif. Les ventes de cigarettes avaient augmenté de huit cents pour cent et, grâce à cette seule publicité, il avait gagné plus de cinquante mille dollars. Il était impossible d'isoler ou d'imiter l'élément persuasif de sa voix, mais celui-ci était infaillible. Quel que soit le produit dont il vantait les mérites — cirage, dentifrice, cire à parquet... — des centaines, des milliers d'hommes et de femmes trouvaient ses louanges irrésistibles. Même les tout petits enfants prêtaient attention à sa voix. Il était très riche, bien sûr, et ce n'était pas un travail bien contraignant.

Il avait aperçu sa femme pour la première fois dans un bus de la 5e Avenue, par une soirée pluvieuse. Elle était alors jeune et mince, les cheveux blonds et, à l'instant où il la vit, il éprouva une attirance et une passion singulières qu'il n'avait jamais encore ressenties et, de fait, ne ressentirait plus jamais. La force de ses sentiments l'amena à la suivre quand elle descendit du bus, quelque part dans le nord de la 5e Avenue. Il souffrait, comme tout amoureux qui, mû par l'élan d'un cœur pur et impétueux, sait que n'importe quelle entreprise de séduction sera interprétée comme une agression — et généralement une révoltante agression. Elle se dirigea vers la porte d'un immeuble et s'attarda sous la marquise le temps de secouer les gouttes de son parapluie.

« Mademoiselle ? dit-il.

— Oui ?

— Pourrais-je vous parler un instant ?

— À quel sujet ?

— Je m'appelle Orville Betman. Je chante des publicités à la télévision. Vous m'avez peut-être entendu... Je... »

Se désintéressant de lui, la jeune femme tourna son attention vers le hall éclairé de l'immeuble ; alors il chanta, d'une voix juste, harmonieuse et virile, une publicité qu'il avait enregistrée l'après-midi même :

« Avec Gream
La vaisselle est un plaisir... »

Sa voix émut la jeune femme comme elle semblait émouvoir le reste du monde, mais son émotion fut de courte durée.

« Je ne regarde pas la télévision, dit-elle. Que voulez-vous ?

— Vous épouser », répondit-il avec sincérité.

Elle éclata de rire et pénétra dans le hall, puis dans l'ascenseur. Pour cinq dollars, le portier révéla à Betman son nom et quelques faits la concernant. Elle s'appelait Victoria Heatherstone et habitait avec son père infirme au 14-B. En une matinée, le bureau des recherches de la radio où il travaillait lui apprit qu'elle avait obtenu son diplôme à Vassar ce printemps-là et qu'elle travaillait bénévolement dans un hôpital de l'East Side. L'une des scriptes stagiaires avait été dans sa classe et était une proche amie de son ancienne compagne de chambre. Quelques jours plus tard, Betman put se rendre à une soirée où il fit sa connaissance, et il l'invita à dîner. Son instinct, lorsqu'il l'avait aperçue pour la première fois dans le bus, ne l'avait pas trompé. Elle était la femme de sa vie ; elle était sa destinée. Elle résista à ses avances durant une semaine ou deux, puis y succomba. Mais il y avait un problème. Son vieux père — un universitaire spécialisé dans l'œuvre de Trollope — était bel et bien infirme, et elle avait le sentiment qu'il mourrait si elle l'abandonnait. Elle ne pouvait avoir sa mort sur la conscience, quand bien même cela lui imposait de sacrifier sa propre vie. On ne donnait pas longtemps à vivre au vieillard, et à sa mort elle épouserait Betman ; pour démontrer la sincérité de sa promesse, elle devint sa maîtresse. Betman était aux nues. Mais le vieillard ne mourut pas.

Betman voulait se marier ; il voulait que leur union soit bénie, célébrée et rendue publique. Il ne se satisfaisait pas des visites que Victoria lui rendait deux ou trois fois par semaine. Puis le vieillard eut une crise cardiaque et son médecin lui conseilla de quitter New York. Il s'installa dans la villa qu'il possédait à Albany, et Victoria se retrouva donc libre — du moins libre neuf mois par an. Elle épousa Betman et ils furent immensément heureux, bien qu'ils n'aient pas d'enfant. Cependant, le premier juin, elle se rendait dans l'île de Lake St Francis où le vieillard mourant passait l'été, et ne retrouvait son mari qu'en septembre. Le vieil homme croyait toujours sa fille célibataire, et Betman n'avait pas le droit de lui rendre visite. Il lui écrivait trois fois par semaine poste restante ; elle lui répondait beaucoup moins fréquemment puisque, comme elle l'expliquait, elle n'avait rien d'autre à raconter que la tension, la température, la digestion et les sueurs nocturnes de son père. Celui-ci semblait toujours sur le point de mourir. Comme Betman n'avait jamais vu l'île ou le vieil homme, l'endroit revêtit naturellement des proportions légendaires ; ses trois mois de solitude, chaque année, étaient un supplice.

Un été, il s'éveilla un dimanche matin en éprouvant un tel amour pour sa femme qu'il appela son nom à voix haute : « Victoria, Victoria ! » Il alla à la messe, donna congé à la gouvernante après le déjeuner et, en fin d'après-midi, partit faire une promenade. Il régnait une chaleur inhumaine et la canicule donnait l'impression de rapprocher la ville du cœur du temps ; l'odeur des pavés chauds semblait appartenir à l'histoire. Betman entendit s'échapper de la vitre baissée d'une voiture sa propre voix chantant les louanges d'une marque de beurre de cacahuète. La circulation était dense sur East River Drive et sa rumeur, pareille à une respiration mélancolique, se propageait jusqu'à lui. Le trafic devait être engorgé à toutes les entrées de la ville ; et l'idée de ces files de voiture, un dimanche soir, donnait le sentiment que la journée se conformait à quelque script rigide où entraient pour une part la circulation, pour une autre la lumière dorée qui se déversait dans les rues parallèles de la ville, pour une autre encore un lointain grondement de tonnerre, comme si une feuille s'était détachée de la masse sonore, et enfin l'insoutenable hiver spirituel de ses mois de solitude. Il éprouva soudain un irrépressible besoin de son unique amour. Peu après la tombée de la nuit, il s'installa au volant et se mit en route vers le nord.

Il passa la nuit à Albany et parvint à Lake St Francis au milieu de la matinée. C'était une agréable petite ville balnéaire, ni prospère ni désertique. Il demanda à l'agence de location de bateaux comment se rendre à Temple Island.

« Elle vient une fois par semaine, déclara l'homme. Elle passe chercher des provisions et des médicaments, mais je ne crois pas qu'elle viendra aujourd'hui. »

Il désigna l'île située au milieu de l'étendue d'eau, à un ou deux kilomètres du rivage. Betman loua un hors-bord et entreprit la traversée du lac. Il fit le tour de l'île et trouva un point d'ancrage dans une baie, où il amarra le hors-bord. Un cottage ridicule et vieillot le surplombait, hautement inflammable, noir de créosote et ornementé de monstrueuses décorations médiévales. Il y avait également une tour à bardeaux et un parapet de bois qui n'aurait pas résisté aux tirs d'un 22 long rifle. De hauts sapins entouraient le château en bois et le plongeaient dans l'obscurité. Il y faisait si sombre, en cette matinée ensoleillée, que des lampes étaient allumées dans la plupart des pièces.

Betman s'avança sur la véranda. Par la porte vitrée, il aperçut un long vestibule à l'extrémité duquel se dressait un escalier flanqué de colonnes à trumeaux. Sur l'une d'elles trônait un bronze terni de Vénus. Celle-ci tenait dans une main un chandelier de deux bougies électriques, dont la lumière combattait la pénombre des sapins. Sa posture était sans pudeur aucune et ses jambes écartées lui donnaient l'air excessivement vulnérable et un peu pathétique, comme c'est parfois le cas de Vénus. Sur l'autre colonne se dressait Hermès — Hermès en vol. Il brandissait lui aussi des bougies électriques allumées. En haut des marches — recouvertes d'un tapis vert sombre — trônait un vitrail. Ses couleurs, même dans la pénombre, semblaient incroyablement vives et criardes. Quand Betman sonna, une vieille bonne descendit l'escalier, gardant une main posée sur la rampe. Elle boitait. Elle s'approcha de la porte et, le dévisageant au travers de la vitre, se contenta de secouer la tête.

Il appuya sur la poignée; elle céda facilement.

« Je suis Mr. Betman, dit-il à voix basse. Je veux voir ma femme.

— Vous ne pouvez pas la voir maintenant. Personne ne peut la voir. Elle est à son chevet.

— Il faut que je la voie.

— C'est impossible. Partez, s'il vous plaît. Allez-vous-en. »

Sa prière semblait teintée de crainte.

Derrière les sapins il apercevait le lac, aussi lisse que du verre, mais le bruit du vent dans les arbres ressemblait tant à celui de la mer qu'il aurait cru, s'il avait eu les yeux bandés, que la maison se trouvait sur un cap. Alors il pensa — ou il eut le sentiment — que c'était l'instant où la mort pénétrait sur le territoire de l'amour. Ce n'étaient pas les choses de la vie mais ses tempêtes anciennes et invisibles, et il en fut remué comme il l'aurait été par le poids de l'eau. Alors il chanta :

« *Là où ton pas t'entraîne,*
des brises fraîches soufflent dans la clairière ;
Où tu t'assois, les arbres se rassemblent
et jettent leur ombre... »

La vieille bonne, trop polie pour l'interrompre ou émue par l'air et les paroles de Haendel, garda le silence. Il entendit une porte se fermer à l'étage et des pas fouler le tapis. Elle passa devant le vitrail éclatant et laid, dévala les marches et se dirigea vers le seuil où il attendait. Rien au monde n'aurait semblé à Betman aussi doux que son baiser.

« Rentre avec moi, dit-il.

— C'est impossible, chéri, mon chéri. Il est mourant.

— Combien de fois l'as-tu déjà pensé ?

— Oh, je sais, mais cette fois il est vraiment mourant.

— Viens avec moi. »

Il lui prit la main et l'entraîna ; ils franchirent le seuil, foulèrent le tapis d'aiguilles traîtres, au parfum âcre, et gagnèrent l'embarcadère. Ils traversèrent le lac sans un mot, mais en proie à des sentiments si sombres que l'air, l'heure et la lumière en semblaient palpables. Il régla la location du hors-bord, ouvrit la portière à sa femme, et ils prirent la direction du sud. Il ne la regarda pas avant qu'ils soient entrés sur l'autoroute; alors il se tourna vers elle pour jouir de sa fraîcheur et de son éclat. Ce fut parce qu'il l'aimait trop que ses bras blancs, la couleur de ses cheveux et son sourire l'amenèrent à relâcher son attention. Il dériva sur l'autre voie et la voiture fut broyée par un camion.

Elle mourut, bien sûr. Il resta huit mois à l'hôpital, mais lorsqu'il put marcher de nouveau il s'aperçut que le pouvoir de persuasion de sa voix n'avait pas souffert. On peut encore l'entendre chanter les mérites de produits lustrants, d'eaux de javel et d'aspirateurs. Ses chansons parlent toujours de choses futiles, jamais du caractère universel de l'amour et de la souffrance; mais des milliers d'hommes et de femmes s'engouffrent dans les magasins comme si c'était le cas, comme si c'était là sa chanson.

III

Regarder Mrs. Peranger entrer dans le club revenait un peu à choisir ses équipiers pour un jeu de ballon sur la plage ; c'était palpitant. Sur le chemin du salon, elle adressait un sourire fugitif et distrait à Mrs. Bebe, qui avait travaillé à ses côtés au comité de l'hôpital. Elle ignorait superbement Mrs. Binger, qui agitait la main à son intention et l'appelait d'une voix forte. Elle appliquait un léger baiser sur les deux joues de Mrs. Evans, mais semblait avoir parfaitement oublié la pauvre Mrs. Budd chez qui elle dînait parfois. Elle semblait avoir également oublié les Wright, les Huggins, les Frame, les Logan et les Halstead. C'était une femme aux cheveux blancs, superbement vêtue, qui maniait le pouvoir de l'impolitesse avec une telle habileté qu'on ne la prenait jamais sur le fait ; et quand les gens se demandaient comment elle pouvait s'en tirer en agissant de la sorte, ils ne faisaient qu'accroître son avantage. Autrefois c'était une beauté, et Paxton avait fait son portrait dans les années vingt. Elle se tenait devant un miroir. Le mur était lumineux, une imitation de Vermeer, et comme dans un Vermeer la lumière était dépeinte sans que sa source soit visible. On y voyait le décor habituel — une cruche, un fauteuil plaqué de feuilles d'or et, à l'extrémité de la pièce, se reflétant dans le miroir, une harpe sur un tapis. Ses cheveux étaient couleur de feu. Mais ce portrait immobile ne représentait que la moitié d'un monde. Elle avait fait connaître le maxixe* à Newport, avait joué au golf avec Bobby Jones**, fréquenté les speakeasies jusqu'à l'aube, joué au strip-poker lors d'une soirée à Baltimore, et maintenant encore — une vieille femme — si elle entendait un charleston s'élever dans la tiède fragrance de l'été, elle se levait du canapé et se mettait à danser vigoureusement, lançant une jambe puis l'autre dans les airs, faisant claquer ses pouces et chantant : « Charleston ! Charleston ! »

Mr. Peranger et son fils unique, Patrick, étaient morts. Évoquant sa fille, Nerissa la nymphe, elle disait :

« Nerissa me consacre quelques jours de son temps. Je ne me permettrais pas de lui en demander davantage. Elle est *tellement* sollicitée que je me dis parfois qu'elle ne s'est pas mariée parce qu'elle n'en a jamais trouvé le temps. La semaine dernière, elle a présenté ses chiens à une exposition à San Francisco, et elle espère les emmener à Rome pour l'exposition canine qui se tient là-bas. Tout le monde *aime* Nerissa. Tout le monde *l'adore.* Elle est *incroyablement* séduisante. »

À cet instant, Nerissa entre dans le salon de sa mère. C'est une vieille fille de trente ans, maigre et usée. Elle a les cheveux gris. Sa combinaison dépasse. Ses chaussures sont encroûtées de boue. De toute évidence, elle fait partie de la cohorte des enfants qui, sans en éprouver amertume ni rancœur, semblent affligées par les réalités disgracieuses de l'existence. Leur destinée consiste à démontrer que l'élégance et le bon goût que leurs

* *Danse de salon d'origine brésilienne, proche du deux-temps.*

** *Fameux golfeur. (N.d.T.)*

mères ont maîtrisés ne sont pas, comme on pourrait l'imaginer, la fin du désarroi et de la souffrance. C'est une génération réellement pure et innocente, et il ne leur traverserait jamais l'esprit ou le cœur de contrarier ou de contrecarrer les projets, les rêves et les triomphes mondiaux que leurs mères ont conçus à leur intention. C'est, de fait, la main de Dieu qui semble les faire chuter durant les tableaux du quadrille des débutantes. Passant d'une gondole aux marches d'un palais de Venise où elles sont attendues pour dîner, elles perdent l'équilibre et tombent dans le Grand Canal. Elles renversent du vin et de la nourriture, brisent des vases, marchent dans des crottes de chien, serrent les mains de majordomes, sont la proie de crises de toux pendant des concerts de musique de chambre et manifestent un goût infaillible pour des amis infréquentables, et pourtant elles ont la bonté et la simplicité des franciscains. Donc, Nerissa entre. Au cours des présentations, elle malmène violemment une table basse avec sa hanche, laisse des empreintes boueuses sur le tapis et fait tomber une cigarette allumée sur une chaise. Quand enfin le feu est éteint, elle semble avoir troublé de façon satisfaisante les eaux tranquilles de la création maternelle. Mais ce n'est pas de la perversité ; ce n'est pas même de la maladresse. C'est là sa mission, confinant au sacré et consistant à restaurer le pathos et la maladresse de l'humanité.

Nerissa la nymphe élevait des townsend-terriers. Les paroles de sa mère concernant les sollicitations pesant sur son temps étaient, bien sûr, transparentes et pitoyables. Nerissa était une femme timide et solitaire, qui s'occupait surtout de ses chiens. Son cœur n'était pas inaccessible, mais elle s'éprenait toujours de jardiniers, de livreurs, de serveurs et de concierges.

Un soir, très tard, alors que sa meilleure

chienne (Ch. Gaines-Clansman) était sur le point de mettre bas, elle téléphona à un nouveau vétérinaire, qui venait d'ouvrir un dispensaire pour chiens et chats sur la Route 14. Il arriva immédiatement au chenil et n'était là que depuis quelques minutes quand la chienne mit bas le premier chiot de la portée. Le vétérinaire déchira le placenta et plaça le petit à la tétine. Il avait envers les animaux des gestes rapides et naturels, songea Nerissa, et, debout près de lui — qui était agenouillé devant la caisse où la chienne mettait bas — elle éprouva le désir violent et impulsif de caresser ses cheveux bruns. Elle lui demanda s'il était marié ; quand il répondit que non, elle s'abandonna avec ravissement à l'amour qui venait, une nouvelle fois, de s'emparer d'elle.

Nerissa ne s'attendait jamais à la censure de sa mère. Lorsqu'elle lui annonçait ses fiançailles avec un mécanicien ou un horticulteur, elle était toujours stupéfaite de la rage de la vieille femme. Il ne lui vint pas un seul instant à l'esprit que son nouveau choix ne plairait peut-être pas à sa mère. Elle adressa un radieux sourire au vétérinaire, lui apporta de l'eau, des serviettes, du whisky et des sandwiches. La mise bas dura la plus grande partie de la nuit ; quand ils eurent terminé, c'était l'aube. Les chiots tétaient, la chienne était fière et comblée. Tous les chiots affichaient les canons distinctifs de la race. Quand Nerissa et le vétérinaire quittèrent le chenil, une lueur blanche et froide s'élevait derrière les arbres sombres du domaine.

« Voudriez-vous boire une tasse de café ? » demanda Nerissa.

Puis, entendant au loin un murmure d'eau, elle ajouta :

« Ou bien voulez-vous nager ? Il m'arrive parfois de nager, le matin.

— Volontiers, vous savez, répondit-il. J'aimerais beaucoup cela. J'aimerais nager. Je dois retourner à la clinique, et cela me réveillerait. »

La piscine, qui était l'œuvre du grand-père de Nerissa, était en marbre et sa courbe était ample et gracieuse, incurvée tel le cadre d'un miroir. L'eau était limpide, et par endroits une feuille tombée projetait une ombre entourée des éclatantes couleurs du spectre. Nerissa s'était toujours sentie chez elle dans cette partie de la propriété de sa mère — plus que dans une quelconque pièce ou dans le jardin. Quand elle était absente, c'était la piscine qui lui manquait ; quand elle revenait, c'était à la piscine — ce foyer aquatique — qu'elle revenait. Elle dénicha un maillot dans la cabine de bains, et ils firent quelques brasses innocentes. Puis ils se rhabillèrent et traversèrent le jardin en direction de la voiture du vétérinaire.

« Vous êtes incroyablement gentille, dit-il. Est-ce qu'on vous l'a déjà dit ? Vous êtes incroyablement gentille. »

Puis il l'embrassa avec légèreté et tendresse, et s'en fut.

Nerissa ne vit sa mère que le lendemain, à 4 heures de l'après-midi, quand elle descendit prendre le thé chaussée de deux souliers gauches, un marron et l'autre noir.

« Oh, mère, mère, s'exclama-t-elle, j'ai trouvé l'homme que je veux épouser !

— Vraiment, dit sa mère. Et qui est ce parangon ?

— C'est le Dr. Johnson. Il dirige le nouveau dispensaire pour chiens et chats de la Route 14.

— Mais tu ne peux pas épouser un vétérinaire, ma chérie, répliqua Mrs. Peranger.

— Il se définit comme un hygiéniste pour animaux.

— C'est révoltant !

— Mais je l'aime, mère. Je l'aime, et je vais l'épouser.

— Va au diable ! » s'exclama Mrs. Peranger.

Ce soir-là, Mrs. Peranger téléphona au maire et demanda à s'entretenir avec sa femme.

« Louisa Peranger à l'appareil, dit-elle. Je vais parrainer quelqu'un au Tilton Club cet automne, et j'ai pensé à vous. »

La femme du maire laissa échapper un soupir empreint d'excitation. Elle se sentait tout étourdie. Mais pourquoi ? Pourquoi donc ? Les salons des clubs étaient miteux, les serveuses acariâtres et la cuisine exécrable. Pourquoi y avait-il une liste d'attente féroce de plusieurs milliers de femmes ?

« Comme chacun le sait, j'exige de sévères contreparties, poursuivit Mrs. Peranger. Il y a sur la Route 14 un dispensaire pour chiens et chats que j'aimerais voir fermer. Je suis sûre que votre mari pourrait découvrir un quelconque vice de non-conformité. Si vous parlez à votre mari de ce dispensaire pour chiens et chats, je vous donnerai la liste des membres du club afin que vous puissiez choisir vos autres marraines. J'organiserai un déjeuner au milieu du mois de septembre. Au revoir. »

Nerissa s'étiola, mourut et fut enterrée dans la petite église épiscopale à laquelle sa famille avait fait don de vitraux en mémoire de son grand-père. Mrs. Peranger portait le deuil de façon impérieuse et patricienne ; alors qu'elle quittait l'église, on l'entendit sangloter bruyamment :

« Elle était si séduisante — si *terriblement* séduisante ! »

Mrs. Peranger se remit de sa perte et reprit ses activités qui, à cette époque de l'année, consistaient à sélectionner des candidates pour le quadrille des débutantes. Trois semaines après l'enterrement de Nerissa, une certaine Mrs. Pentason et sa fille se présentèrent dans son salon.

Mrs. Peranger savait combien d'efforts

Mrs. Pentason avait déployés en vue de cet entretien. Elle avait consacré du temps à l'hôpital, organisé des soirées théâtrales, des fêtes de la fraise et des brocantes. Mais la vieille femme toisa ses visiteuses sans indulgence. Elles avaient dû apprendre les bonnes manières dans un manuel. Elles avaient sans doute étudié le chapitre indiquant comment boire son thé. Elles devaient être de ces femmes qui rêvaient d'invitations qu'elles ne recevraient jamais. « *Mr. et Mrs. William Paley ont l'honneur de...* » Au lieu de quoi, leur courrier ne consistait qu'en des notifications de ventes privées, des offres d'essai du Club du livre du mois et des lettres embarrassantes de tante Minnie, qui vivait à Waco — au Texas — et se servait d'un crachoir. Nora servit le thé et Mrs. Peranger surveilla la jeune fille d'un œil acéré. Le clapotement de la piscine était très bruyant, et Mrs. Peranger demanda à Nora de fermer la fenêtre.

« Nous avons tellement de candidates pour le quadrille, cette année, que nous leur en demandons un peu plus que dans le passé, déclara-t-elle. Nous ne cherchons pas seulement des jeunes filles séduisantes et bien élevées ; elles se doivent aussi d'être intéressantes. »

Bien que les fenêtres soient fermées, elle entendait l'eau clapoter. Cela semblait la placer en position de faiblesse.

« Est-ce que vous chantez ? demanda-t-elle.

— Non, répondit la jeune fille.

— Jouez-vous d'un instrument ?

— Je fais un peu de piano.

— Qu'entendez-vous par "un peu" ?

— Je joue quelques œuvres de Chopin. Je veux dire que j'en jouais. Et la *Lettre à Élise*. Mais j'interprète surtout de la musique pop.

— Où passez-vous l'été ?

— À Dennis Port.

— Ah oui, dit Mrs. Peranger. Dennis Port,

pauvre Dennis Port. Il ne reste plus nulle part où aller, n'est-ce pas ? La côte adriatique est surpeuplée. Capri, l'île d'Ischia et Almafi ne ressemblent plus à rien. La princesse de Hollande a gâché l'Argentario. La Riviera est bondée. La Bretagne est froide et pluvieuse. J'adore Skye, mais la cuisine y est exécrable. Bar Harbor, le Cap, les Îles — tous ces endroits semblent être devenus absolument infréquentables. »

Elle entendit de nouveau le clapotement de l'eau, comme si une brise le portait droit jusqu'aux fenêtres closes.

« Dites-moi, vous intéressez-vous au théâtre ?

— Oh oui. Beaucoup.

— Quelles pièces avez-vous vues, la saison dernière ?

— Aucune.

— Vous montez à cheval, vous jouez au tennis et ainsi de suite ?

— Oui.

— À New York, quel est votre musée préféré ?

— Je ne sais pas.

— Quels livres avez-vous lus récemment ?

— *The Seersucker Plague*. Il était sur la liste des best-sellers. Quelqu'un en a acheté les droits pour faire un film. Et *Seven Roads to Heaven*. Il était sur la liste des best-sellers, lui aussi.

— Débarrassez-moi tout ça, s'il vous plaît, Nora », ordonna Mrs. Peranger avec un vaste geste de dégoût, comme si elle s'attendait à ce que la bonne emporte les Pentason avec les tasses et la poubelle de table.

Le thé était fini, et elle raccompagna ses invitées jusqu'à l'extrémité de la pièce. Si elle avait désiré se montrer cruelle, elle l'aurait été plus encore en les laissant dans l'expectative ; en profitant de la banale faiblesse des hommes et des femmes qui espèrent trouver d'heureuses nouvelles dans le courrier du matin. Elle attira Mrs. Pentason à l'écart et dit :

« Je crains que...

— Eh bien, je vous remercie quand même », murmura Mrs. Pentason avant d'éclater en sanglots.

La jeune fille enlaça sa mère bouleversée et l'entraîna hors de la pièce.

Mrs. Peranger entendit de nouveau le clapotement de la piscine. Pourquoi était-il si bruyant, et pourquoi semblait-il dire : « *Mère, mère, j'ai trouvé l'homme que je veux épouser...* » Pourquoi sonnait-il si juste et pourquoi, à cause de lui, semblait-il aussi cruel et dénué de sens d'avoir refusé les Pentason ? Elle descendit les marches du perron et traversa la pelouse en direction de la piscine. Debout sur le bord, elle appela : « Nerissa ! Nerissa ! Nerissa ! » mais l'eau ne disait que « *Mère, Mère, j'ai trouvé l'homme que je veux épouser.* »

Sa fille unique s'était transformée en piscine.

[illegible]

Un jour, [illegible]

[illegible] de voyages [illegible]

[illegible]

Yacht Club de Corinthe. Elle [illegible]

un sourire éblouissant et l'habitude de [illegible]

aussitôt lorsqu'elle le [illegible] comme

une couturière tranchant un fil d'un coup de dent.

IV

Mr. Bradish voulait du changement. Par cela, il n'entendait pas du tout qu'il désirait se changer lui-même — seulement son cadre et son rythme de vie, ainsi que son environnement, et seulement pour une période de dix-huit ou vingt jours. C'était la durée pendant laquelle il pouvait se permettre de s'absenter de son bureau. Bradish était grand fumeur et le rapport du ministère de la Santé lui avait fait prendre douloureusement conscience de sa dépendance au tabac. Il avait l'impression que les inconnus, dans la rue, toisaient avec désapprobation — et parfois avec commisération — la cigarette qu'il tenait entre ses doigts. C'était de toute évidence absurde, et il avait besoin de dépaysement. Il allait partir en voyage. Il était divorcé et voyagerait seul.

Un jour, après le déjeuner, il entra dans une agence de voyages de Park Avenue pour voir les tarifs en vigueur. Une réceptionniste le dirigea vers un bureau, au fond de la pièce, où une jeune femme lui offrit une chaise et lui donna du feu avec un étui d'allumettes portant l'enseigne du Yacht Club de Corinthe. Elle avait, remarqua-t-il, un sourire éblouissant et l'habitude de le ravaler aussitôt lorsqu'elle le jugeait judicieux, comme une couturière tranchant un fil d'un coup de dent.

Il envisageait de partir en Angleterre. Il passerait dix jours à Londres et dix autres à la campagne avec des amis. Lorsqu'il mentionna l'Angleterre, l'employée de l'agence déclara qu'elle-même venait de rentrer de Londres. De Coventry. Elle afficha son éblouissant sourire, le ravala aussitôt. Il n'avait aucune envie d'aller à Coventry, mais la jeune femme était dotée de la détermination et de la ténacité propres à son époque et il comprit qu'il allait devoir l'écouter vanter les splendeurs de Coventry, où elle semblait avoir fait l'expérience d'une renaissance esthétique et spirituelle. Elle sortit du tiroir de son bureau une revue illustrée afin de lui montrer des photographies de la cathédrale. En fait, il fut frappé par un encart imprimé annonçant abruptement que fumer provoquait le cancer du poumon. Il chassa l'Angleterre de ses pensées — l'employée de l'agence lui parlait toujours de Coventry — et décida qu'il irait en France. Il irait à Paris. Le gouvernement français n'avait pas banni le tabac, et il pourrait tirer sur sa gauloise sans avoir le sentiment d'accomplir un acte subversif. Cependant, le souvenir des gauloises l'arrêta. *Gauloises, Bleues et Jaunes* *. Il se souvint que leur fumée semblait s'engouffrer de très haut dans ses poumons et qu'alors il se pliait en deux, en proie à des quintes de toux paroxysmiques. Dans son imagination, des nuages pestilentiels de fumée de tabac français planaient tel un âcre brouillard autour de la Ville lumière, et celle-ci lui apparaissait tel un lieu néfaste et nauséabond. Il irait donc dans le Tyrol, songea-t-il. Il s'apprêtait à demander des informations à ce sujet lorsqu'il se souvint qu'en Autriche le tabac était le monopole de l'État, et que tout ce qu'on pouvait trouver à fumer se résumait à des cigarettes sans saveur vendues dans de luxueux coffrets, et qui

* *En français dans le texte. (N.d.T.)*

exhalaient une odeur de parfum. L'Italie, alors. Il franchirait le Brenner et irait à Venise. Puis il se souvint des cigarettes italiennes — les Esportaziones et les Giubecks —, se souvint que le grossier tabac collait à la langue et que la fumée, tel un vent hivernal, le faisait frissonner et songer à la mort. Il irait en Grèce, alors ; il ferait une croisière au milieu des îles, songea-t-il — jusqu'au moment où il se souvint du goût du tabac égyptien, le seul qu'il soit possible de trouver en Grèce. La Russie. La Turquie. L'Inde. Le Japon. Lançant un bref regard à une carte du monde accrochée au mur au-dessus de la tête de l'employée, il n'y vit qu'une chaîne de bureaux de tabac. Il n'y avait aucun moyen d'y échapper.

« Je crois que je ne vais aller nulle part », déclara-t-il.

L'employée afficha son éblouissant sourire, le ravala et le regarda franchir la porte avant de disparaître.

Les vertus de la discipline illuminent la vie d'un homme et ses actes, leur conférant une probité et une excellence qui en exclut tout désordre ; c'était du moins l'opinion de Bradish. L'heure était venue de se discipliner. Il écrasa sa dernière cigarette et remonta Park Avenue du pas harmonieux, déterminé et légèrement dansant d'un ancien athlète qui fait confectionner ses chaussures et ses costumes en Angleterre. Sa décision l'amena, en fin d'après-midi, à souffrir de ce qui semblait être un léger cas de maladie des caissons. Sa circulation sanguine était perturbée. Ses capillaires semblaient à vif, ses lèvres étaient gonflées et de temps à autre des fourmis parcouraient son pied droit. Un goût fétide très prononcé régnait dans sa bouche, semblant — par son pouvoir et sa richesse — lui donner les dimensions et la pestilence de quelque ancien théâtre burlesque comme le Howard Athenaeum. Des vapeurs semblaient s'élever en flottant de sa bouche jusqu'à son cerveau, lui procurant une extraordinaire sensation d'étourdissement. Se sentant tenu de respecter la discipline qu'il s'était imposée, il résolut de considérer ces symptômes à la façon d'un voyage. Il les observerait au fur et à mesure qu'ils se manifesteraient, comme on observe par les fenêtres d'un train les changements de la géologie et de la flore dans un pays étranger.

Comme la nuit succédait au jour, le pays qu'il parcourait lui sembla devenir aride et montagneux. Il avait l'impression de se trouver sur une étroite voie de chemin de fer traversant un défilé rocailleux. Seuls des chardons et de maigres herbes poussaient parmi les rocs. Il se dit qu'une fois le défilé franchi, il retrouverait une plaine fertile avec de l'herbe et de l'eau ; mais quand le train effectua un virage au sommet de la montagne, il ne vit qu'un désert d'alcali sillonné de lits de ruisseaux desséchés. Il savait que s'il fumait, le tabac irriguerait ce lieu hostile ; les champs s'empliraient de fleurs, l'eau coulerait dans les ruisseaux, mais puisqu'il avait choisi de faire précisément ce voyage, qu'il s'agissait presque littéralement de fuir une situation intolérable, il s'installa confortablement pour observer l'aridité que nulle eau ne viendrait soulager. Quand il se prépara un cocktail dans son appartement, cette nuit-là, il sourit — il sourit bel et bien — en remarquant que ses cendriers étaient vides à l'exception d'un peu de poussière et d'une feuille qu'il avait ôtée de sa chaussure.

Il changeait, il changeait, et à l'image de la plupart des hommes cela avait été son désir, semblait-il. En l'espace de quelques heures il était devenu plus sagace, plus compréhensif et plus mûr. Il lui semblait sentir le manteau en laine de sa destinée se draper sur ses épaules. Il avait l'impression de percevoir la poésie dont est empreinte la force du changement, de livrer l'un des combats intimes, exténuants et invisibles aux yeux d'autrui qui édifient l'histoire d'une âme. S'il arrêtait de fumer, il pourrait sans doute arrêter de boire. Peut-être même pourrait-il brider ses fantaisies érotiques. Son absence de modération avait été à l'origine de son divorce. Elle lui avait aliéné ses enfants chéris. S'ils avaient seulement pu le voir en cet instant, voir les cendriers vides de sa chambre, ne l'auraient-ils pas invité à revenir à la maison ? Il pouvait affréter une goélette et remonter la côte du Maine avec eux. Quand il rendit visite à sa maîtresse, plus tard dans la soirée, le relent de tabac qui imprégnait l'haleine de la jeune femme lui donna le sentiment qu'elle était si dépravée et souillée qu'il n'ôta même pas ses vêtements et rentra retrouver son lit et ses cendriers propres.

Bradish n'avait jamais eu l'occasion d'éprouver la moindre satisfaction personnelle, hormis celle d'un pécheur. Sa désapprobation visait les individus qui buvaient du jus de palourde et cultivaient des goûts austères. Sur le chemin de son bureau, le lendemain matin, il se retrouva brutalement catapulté aux côtés des anges ; par force, il était devenu l'avocat de l'abstinence, et il découvrit qu'une partie de cette condition impliquait un désir involontaire de juger la conduite d'autrui — une sensation qui lui était inconnue, et différait tant de son attitude habituelle qu'elle l'emplit d'excitation. Il observa avec une désapprobation pleine d'emphase un inconnu allumant une cigarette au coin d'une rue. Manifestement, ce dernier n'avait aucune volonté. Il s'abîmait la santé, réduisait son espérance de vie et trahissait les personnes à sa charge qui, à cause des libertés qu'il s'octroyait, risquaient de souffrir de la faim et du froid. Qui plus est, les vêtements de l'homme étaient de mauvaise qualité, ses chaussures n'étaient pas cirées ; s'il ne pouvait se permettre de se vêtir de façon correcte, il ne pouvait certainement pas s'autoriser le vice du tabac. Bradish devait-il lui arracher la cigarette des mains ? Le sermonner ? Lui ouvrir les yeux ? Il semblait encore un peu tôt pour cela, mais l'impulsion était là et il ne l'avait jamais ressentie par le passé. Il remonta la 5e Avenue, armé de sa vertu fraîchement acquise. Il ne regardait ni le ciel ni les jolies femmes, mais passait la population au crible de son regard, tel un inspecteur de la police des mœurs chargé de découvrir des malfaiteurs. Oh, comme ils étaient nombreux ! Une vieille dame négligée, incolore à l'exception d'une traînée grasse de rouge à lèvres, se tenait au coin de la 44e Rue, allumant une cigarette au mégot de la précédente. Des hommes dans l'embrasure des portes, des jeunes femmes sur les marches de la bibliothèque, des jeunes garçons dans le parc — tous semblaient déterminés à se détruire.

Il eut des vertiges durant toute la matinée, et il souffrait manifestement de troubles oculaires. Il avait l'impression que ses yeux avaient été meurtris par une tempête de sable. Il assista à un déjeuner d'affaires et, quand quelqu'un lui proposa une cigarette, il répondit :

« Pas maintenant, merci. »

Il rougit de satisfaction ; mais il n'allait pas galvauder l'importance de sa lutte en se confiant à qui que ce soit. Puisqu'il s'était triomphalement abstenu de fumer pendant presque vingt-quatre heures, il songea qu'il méritait une récompense et il laissa le serveur remplir encore et encore son verre. Pour finir, il but beaucoup trop et, lorsqu'il regagna son bureau, il titubait. Cela, venant s'ajouter à sa circulation sanguine perturbée, ses lèvres enflées, ses yeux larmoyants, la sensation de picotements dans son pied droit et l'impression que son cerveau était empli des vapeurs et de la pestilence d'un vieux théâtre burlesque, lui rendait tout travail impossible, et il se traîna lamentablement jusqu'au soir. Il allait rarement dans des soirées mais il fit une exception ce soir-là, espérant se changer les idées. Il ne se sentait décidément pas dans son assiette. Le mal s'était propagé jusqu'à affecter son sens de l'équilibre et il lui semblait difficile et périlleux de traverser la rue, comme s'il s'était déplacé sur une étroite passerelle située dans les airs.

Il y avait beaucoup de monde à la soirée, et il ne cessa d'aller se servir au bar. Il se disait que le gin apaiserait l'envie qui le tenaillait. Ce n'était pas réellement une envie, songea-t-il ; cela ne pouvait se comparer à la faim, à la soif ou au désir amoureux. Il semblait s'agir de quelque flux maussade et obstiné dans son sang. Ses vertiges avaient empiré. Il riait, discutait, et se tenait correctement, jusqu'à un certain point, mais tout cela était purement mécanique. Alors que la soirée était bien entamée, une jeune femme vêtue d'une robe sac ou d'une robe tube légère, aux longs cheveux blonds couleur de tabac de Virginie, franchit la porte. Dans l'ardeur qu'il déploya à l'atteindre, il renversa une table et plusieurs verres. C'était — ou du moins cela avait été jusqu'à cet instant — une soirée collet monté, mais le bruit de verre brisé, suivi du hurlement que poussa l'inconnue lorsqu'il enroula ses jambes autour d'elle et enfouit son nez dans ses cheveux couleur tabac, produisit l'effet d'une violence barbare. Deux invités l'obligèrent à lâcher prise. Il demeura immobile, piaffant d'ardeur, respirant avec bruit par ses narines dilatées. Puis il se libéra violemment de l'étreinte des deux hommes et s'élança hors de la pièce.

Il prit l'ascenseur en compagnie d'un inconnu dont le costume marron avait l'aspect et le parfum d'un havane Upmann, mais il garda les yeux rivés au plancher de la cabine et se contenta de respirer l'odeur de l'homme. Le liftier dégageait la senteur d'un tabac bon marché très prisé dans les années cinquante. La silhouette et l'odeur du portier, remarqua-t-il, étaient celles d'une pipe de bruyère bourrée de tabac Burley. Et sur la 57e Rue il aperçut une femme dont les cheveux étaient de la couleur de son tabac préféré et qui semblait traîner dans son sillage le même parfum fort et dépravé. Il dut serrer les dents et bander tous ses muscles pour se retenir de l'étreindre, mais il réalisa que le comportement qu'il avait eu lors de la soirée, s'il se répétait en pleine rue, le conduirait en prison, et pour autant qu'il sache, il n'y avait pas de cigarettes en prison. Il avait changé — il avait changé, et son univers avait changé également. Regardant la population de la ville passer près de lui dans le crépuscule, il la vit composée de Winston, de Chesterfield, de Marlboro, de Salem, de narguilés, de pipes en écume de mer, de cigarillos, de Corona-Coronas, de Camel et de Players. Ce fut une jeune femme — presque une enfant — qu'il prit pour une Lucky Strike qui causa sa perte. Elle hurla quand il l'assaillit et deux inconnus le jetèrent à terre, le rouant de coups de pied et de poing avec une juste indignation morale. Une foule fit cercle autour de lui. Il y eut un vaste tohubohu, puis les sirènes de la voiture de police qui l'emmenait.

L'OCÉAN

Je tiens ce journal parce que je me crois en danger et que je n'ai aucun autre moyen de consigner mes peurs. Comme vous le verrez, je ne peux en informer la police ni même me confier à mes amis. J'ai récemment subi des pertes manifestes dans le domaine de l'amour-propre, du bon sens et de la compassion ; mais il est toujours douloureusement délicat de savoir qui est à blâmer. Peut-être suis-je moi-même à blâmer. Permettez-moi de vous donner un exemple. Hier soir, je suis passé à table en compagnie de Cora, ma femme, à 6 h 30. Notre fille unique a quitté la maison et nous prenons désormais nos repas dans la cuisine, sur une table décorée d'un bocal à poissons rouges. Le repas se composait de jambon froid, de salade et de pommes de terre. Lorsque j'ai pris une bouchée de salade, il m'a fallu la recracher.

« Ah, oui, a soupiré ma femme. C'est bien ce que je craignais. Tu as laissé ton essence à briquet dans la cuisine et je l'ai confondue avec le vinaigre. »

Comme je l'ai dit, qui est à blâmer ? Je prends toujours grand soin de remettre les choses à leur place, et si elle avait voulu m'empoisonner, elle n'aurait pas fait quelque chose d'aussi maladroit que d'assaisonner la salade avec de l'essence à briquet. Mais laissez-moi poursuivre. Pendant le dîner, un orage s'est annoncé. Le ciel s'est assombri. Brusquement, une pluie diluvienne s'est mise à tomber. Dès la fin du repas, Cora a mis un imperméable et un bonnet de plastique vert et elle est sortie arroser la pelouse. Je l'observais par la fenêtre. Elle ne semblait pas avoir conscience des trombes d'eau déchaînées qui s'abattaient sur elle, et elle arrosait soigneusement la pelouse, s'attardant sur les pans d'herbe brûlés par le soleil. Je craignais qu'elle ne se compromît aux yeux des voisins ; notre voisine la plus proche allait téléphoner à celle habitant au coin de la rue pour lui dire que Cora Fry arrosait sa pelouse sous une violente averse. Souhaitant qu'elle ne soit pas tournée en ridicule par des ragots, je suis allé la rejoindre ; mais alors que je l'approchais sous mon parapluie, je me suis rendu compte que je manquais du tact nécessaire pour traiter la situation avec délicatesse. Qu'allais-je lui dire ? Devais-je prétendre qu'une de ses amies était au téléphone ? Elle n'a aucune amie.

« Rentre, ma chérie, ai-je dit. Tu pourrais être frappée par la foudre.

— Oh, j'en doute beaucoup », a-t-elle répliqué de sa voix la plus musicale.

En ce moment, elle s'exprime dans l'octave située au-dessus du *do*.

« Tu ne veux pas attendre que la pluie cesse ? ai-je demandé.

— Elle ne va pas durer longtemps, a-t-elle répondu d'un ton suave. Les orages ne durent *jamais* longtemps. »

Je suis rentré sous mon parapluie et je me suis servi un verre. Elle avait raison ; un instant plus tard, l'orage a été entraîné au loin et elle a continué à arroser la pelouse. Dans l'un et l'autre cas, elle n'avait pas tort, mais il n'en reste pas moins que je me sens en danger.

Ô monde, monde, monde, monde merveilleux et déroutant, où ont commencé mes ennuis ? J'écris ces mots chez moi, à Bullet Park. Il est 10 heures du matin. Nous sommes mardi. Vous pourriez vous demander ce que je fais à Bullet Park un jour de semaine. Les seuls hommes du voisinage sont trois ecclésiastiques, deux invalides et un vieil hurluberlu de Turner Street qui a perdu la boule. Il règne dans le quartier la sérénité et l'immobilité d'un lieu où toutes les tensions sexuelles ont été suspendues — hormis la mienne, bien sûr, et celle des trois ecclésiastiques. Quelle est ma profession ? Que fais-je dans la vie ? Pourquoi n'ai-je pas pris le train ? J'ai quarante-six ans, je suis robuste, bien habillé, et j'en sais davantage au sujet de la fabrication et la vente du Dynaflex que n'importe qui dans la profession. L'un de mes problèmes consiste en mon allure juvénile. J'ai un tour de taille de soixante centimètres et mes cheveux sont d'un noir de jais, et quand je raconte aux gens que j'étais autrefois vice-président responsable de fabrication et bras droit du président de Dynaflex — quand je raconte cela à des inconnus dans des bars et des trains —, ils ne me croient jamais tant j'ai l'air jeune.

Mr. Estabrook, président de Dynaflex et par certains côtés mon protecteur, était passionné de jardinage. Alors qu'il admirait ses fleurs, un après-midi, il a été piqué par un bourdon et il est mort avant même d'arriver à l'hôpital. J'aurais pu obtenir la direction de la société mais j'ai préféré rester dans le domaine de la fabrication et de la vente. Puis les directeurs — y compris moi-même, bien sûr — ont voté la fusion de l'entreprise avec Milltonium Ltd., confiant la barre à Eric Penumbra, le directeur de Milltonium. Je m'étais prononcé en faveur de la fusion avec quelque appréhension, mais je l'ai dissimulée et j'ai accompli la majeure partie du travail préliminaire au changement. Mon rôle consistait à obtenir l'assentiment d'actionnaires conservateurs et réticents et, un à un, je les ai ralliés à notre cause. Le fait que je travaille pour Dynaflex depuis ma sortie du lycée, que je n'ai jamais travaillé pour personne d'autre, leur inspirait confiance. Quelques jours après la fusion, Penumbra m'a convoqué dans son bureau.

« Voilà, c'est fini, a-t-il dit.

— Oui, en effet », ai-je répondu.

Je croyais qu'il me félicitait d'avoir obtenu l'assentiment des actionnaires. J'avais parcouru tous les États-Unis et je m'étais rendu deux fois en Europe. Personne d'autre n'aurait pu accomplir cela.

« C'est fini, a-t-il répété sèchement. Combien de temps vous faut-il pour vider les lieux ?

— Je ne comprends pas.

— Combien de temps vous faut-il pour vider les lieux, bon sang ! a-t-il vociféré. Vous êtes dépassé. Nous ne pouvons pas nous permettre de garder des gens comme vous dans cette boîte. Je vous demande combien de temps il vous faut pour ficher le camp d'ici.

— Cela me prendra une heure, ai-je dit.

— Eh bien, je vous donne jusqu'à la fin de la semaine. Veuillez m'envoyer votre secrétaire pour que je la renvoie. Vous êtes vraiment verni. En additionnant votre pension, vos indemnités de licenciement et vos actions, vous aurez presque autant que ce que je rapporte à la maison sans avoir besoin de lever le petit doigt. »

Puis il s'est levé de son bureau et s'est dirigé vers moi. Mettant son bras autour de mes épaules, il m'a serré contre lui.

« Ne vous en faites pas. Nous sommes tous confrontés à l'obsolescence. Lorsque mon heure sera venue, j'espère être aussi calme que vous.

— Je vous le souhaite », ai-je répliqué, puis j'ai quitté la pièce.

Je suis allé dans les toilettes des hommes. Je m'y suis enfermé et j'ai sangloté. J'ai pleuré sur la malhonnêteté de Penumbra, sur le destin de Dynaflex, sur le sort de ma secrétaire — une vieille fille intelligente qui écrit des nouvelles pendant ses loisirs — et j'ai amèrement pleuré sur ma propre naïveté, sur mon absence de ruse, sur les dures réalités de l'existence auxquelles j'étais confronté. Une demi-heure plus tard, j'ai séché mes larmes et baigné d'eau mon visage. J'ai rassemblé tous les effets personnels de mon bureau, je suis rentré en train et j'ai annoncé la nouvelle à Cora. J'étais en colère, bien sûr, et elle a semblé effrayée. Elle s'est mise à pleurer. Elle s'est réfugiée près de sa coiffeuse, qui lui tient lieu de mur des lamentations depuis le début de notre mariage.

« Mais il n'y a pas de quoi pleurer, ai-je dit. Nous avons énormément d'argent. Nous avons des masses d'argent. Nous pouvons aller au Japon. Nous pouvons aller en Inde. Nous pouvons aller visiter les cathédrales anglaises. »

Elle a continué de sangloter. Après le dîner, j'ai appelé notre fille, Flora, qui habite New York.

« Je suis désolé, papa, a-t-elle dit quand je lui ai appris la nouvelle. Je suis vraiment désolée. Je sais ce que tu dois ressentir et j'aimerais te voir, mais plus tard, pas maintenant. Rappelle-toi ta promesse ; tu as promis de me laisser tranquille. »

Le prochain personnage à entrer en scène est ma belle-mère, qui s'appelle Minnie. C'est une blonde à la voix sèche d'environ soixante-dix ans, dont le visage porte sur les côtés quatre cicatrices dues à la chirurgie esthétique. On peut voir Minnie traîner dans le Neiman Marcus ou le hall d'entrée de presque chaque Grand Hôtel. Elle utilise l'expression « en vogue » d'une façon très fantasque. Du suicide de son mari, en 1932, Minnie dit :

« Il était très *en vogue,* alors, de sauter par la fenêtre. »

Quand son fils cadet a été renvoyé du collège pour mauvaise conduite et qu'il est allé vivre à Paris avec un homme plus âgé, elle a déclaré :

« Je sais que c'est abominable, mais cela semble être *terriblement* en vogue. »

De son disgracieux plumage, elle dit :

« C'est affreusement inconfortable, mais divinement *en vogue.* »

Minnie est méchante et oisive ; Cora, qui est sa fille unique, la déteste. Ma femme a forgé sa personnalité selon des lignes qui sont tout à l'opposé de celles de Minnie. Elle est tendre, sérieuse, sobre et généreuse. Je pense que Cora, pour sauvegarder ces vertus — ces espoirs, en fait — s'est vue obligée de créer un fantasme dans laquelle sa mère n'est nullement Minnie mais quelque gracieuse et sage vieille dame attelée à un métier à broder. Tout le monde sait combien les fantasmes peuvent être convaincants et trompeurs.

J'ai passé le jour suivant de mon renvoi par Penumbra à traîner à la maison. Les bureaux de Dynaflex m'étant fermés, j'ai constaté avec surprise que je n'avais presque aucun autre endroit où aller. Mon club consiste en une salle de lycée qui tient lieu de cafétéria, et il n'a rien d'un sanctuaire. J'avais toujours eu envie de lire de bons romans et cela semblait être l'occasion rêvée. Je me suis installé dans le jardin avec un roman de Chaucer et j'en ai lu une demi-page, mais c'était une tâche difficile pour un homme d'affaires. J'ai passé le reste de la matinée à biner la salade, ce qui a contrarié le jardinier. Pour une raison ou une autre, le déjeuner avec Cora a été tendu. Après manger, ma femme a fait la sieste. La bonne aussi, ai-je constaté quand je suis entré dans la cuisine pour boire un verre d'eau. Elle était profondément endormie, la tête sur la table. Le silence qui régnait dans la maison à cette heure de la journée m'a empli d'un sentiment très étrange. Mais le monde, avec ses distractions et ses loisirs, s'offrait à moi, et j'ai appelé New York afin de réserver des billets de théâtre pour le soir même. Cora n'aime pas beaucoup le théâtre, mais elle m'a accompagné. Après la représentation, nous sommes allés au St Regis pour dîner. Au moment où nous sommes entrés dans la salle, l'orchestre déchaîné interprétait le dernier morceau d'une série ; au beau milieu de la piste se trouvait Minnie, trémoussant son derrière, tapant du pied et claquant des doigts. Elle était accompagnée d'un gigolo poussif qui ne cessait de jeter des regards désespérés par-dessus son épaule, comme s'il espérait voir son entraîneur jeter l'éponge. Le plumage de Minnie était particulièrement tapageur, son visage particulièrement hagard, et de nombreuses personnes se moquaient d'elle. Comme je l'ai dit, Cora semble s'être inventé une parente respectable, et ces rencontres inattendues avec Minnie lui sont douloureuses. Nous avons tourné les talons et nous sommes partis. Cora n'a pas prononcé un mot durant le long trajet de retour.

Voici bien longtemps, Minnie a dû être superbe. C'est d'elle que Cora tient ses grands yeux et son nez fin. Il ne fait aucun doute que si Minnie nous annonçait son arrivée, nous fermerions la maison et nous partirions. Quand il s'agit de faire souffrir sa fille, elle témoigne d'une habileté consommée et vorace ; aussi, manifestant une certaine ruse, elle nous rend visite à l'improviste. J'ai passé le lendemain après-midi à m'efforcer de lire Henry James dans le jardin. À 5 heures, j'ai entendu une voiture se garer devant la maison. Peu après, il s'est mis à pleuvoir ; je suis rentré au salon et j'ai vu Minnie debout devant une fenêtre. Il faisait sombre, mais personne ne s'était donné la peine d'allumer.

« Eh bien, Minnie, me suis-je exclamé, quel *plaisir* de vous voir, quelle agréable surprise. Je vais vous servir un verre... »

J'ai allumé une lampe et je me suis aperçu que c'était Cora.

Elle s'est lentement tournée vers moi, le visage empreint d'une expression calme et éloquente d'appréhension extrême. J'aurais pu y voir un sourire si je n'avais su que je l'avais profondément blessée ; si je n'avais senti, émanant d'elle, un flot d'émotion semblable au ruissellement de sang s'écoulant d'une blessure.

« Oh, je suis affreusement désolé, ma chérie, ai-je dit. Je suis affreusement désolé. Je n'y voyais rien. »

Elle a quitté la pièce.

« C'est à cause de l'obscurité, ai-je poursuivi. Il a fait si sombre tout à coup, quand la pluie s'est mise à tomber. Je suis affreusement désolé, mais c'est simplement à cause de l'obscurité et de la pluie. »

Je l'ai entendue gravir l'escalier obscur et refermer la porte de notre chambre.

Quand j'ai revu Cora, le lendemain matin — et je ne l'ai pas revue avant le matin — j'ai deviné à l'expression douloureuse de son visage qu'elle me soupçonnait d'avoir feint, par méchanceté, de la prendre pour Minnie. J'imagine que sa blessure était aussi profonde et durable que celle que m'avait infligée Penumbra en m'accusant d'être dépassé. C'est à ce moment-là que sa voix a grimpé d'une octave, qu'elle s'est mise à me parler — quand elle me parlait — avec une intonation lasse et musicale, et ses regards étaient accusateurs et sombres.

Je n'aurais peut-être rien remarqué de tout cela si j'avais été absorbé par mon travail et éreinté le soir. Mais il m'était presque impossible d'atteindre un équilibre raisonnable entre agir et observer alors que j'avais soudain si peu l'occasion d'agir. J'ai poursuivi mon programme de bonnes lectures, mais je passais plus de la moitié de mon temps à observer le chagrin de Cora et les rouages grippés de notre foyer. Une femme de ménage venait quatre fois par semaine; quand je l'ai vue balayer la poussière sous les tapis et faire la sieste dans la cuisine, je suis devenu irritable. Je n'en ai pas parlé, mais une hostilité est bientôt née entre nous. La même chose s'est produite avec le jardinier. Si je lisais sur la terrasse, il venait couper l'herbe sous ma chaise, et il lui fallait toute une journée — à quatre dollars l'heure — pour tondre la pelouse, bien que je sache par expérience que cela peut être fait en beaucoup moins de temps. Concernant Cora, je me suis aperçu combien son existence était vide et dénuée d'amitiés. Elle ne déjeunait jamais à l'extérieur. Elle ne jouait jamais aux cartes. Elle faisait des bouquets, allait chez le coiffeur, bavardait avec la femme de ménage et faisait la sieste. Les plus petits détails ont commencé à m'irriter et à me contrarier, et cette irritabilité dénuée de raison me contrariait doublement. Le bruit des pas légers et innocents de Cora, alors qu'elle errait sans but dans la maison, m'irritait. Même sa façon de s'exprimer me contrariait.

« Je dois *essayer* de faire un bouquet, disait-elle. Je dois *essayer* d'acheter un chapeau. Je dois *essayer* d'aller chez le coiffeur. Je dois *essayer* de trouver une pochette jaune. »

En quittant la table du déjeuner, elle déclarait : « Maintenant, je vais *essayer* de m'allonger au soleil. »

Mais pourquoi *essayer* ? Le soleil inondait la terrasse où se trouvait un vaste choix de sièges confortables et quelques minutes après s'être étendue sur une chaise longue, elle dormait à poings fermés. Se levant après sa sieste, elle disait : « Il faut que *j'essaie* de ne pas prendre de coup de soleil » et, entrant dans la maison, elle ajoutait : « À présent, je vais *essayer* de prendre un bain. »

Un après-midi, je suis allé en voiture à la gare pour assister à l'arrivée du 18 h 32. C'était le train que je prenais autrefois pour rentrer. Je me suis garé au milieu d'une longue file de véhicules au volant desquels se trouvaient essentiellement des femmes au foyer. J'étais en proie à une vive excitation. Je n'attendais personne, et les femmes qui m'entouraient n'attendaient que leur mari, mais j'avais le sentiment que nous attendions tous bien davantage. Le décor, semblait-il, était planté. Pete et Harry, les deux chauffeurs de taxi, se tenaient près de leur véhicule. À leurs côtés se trouvait l'airedale des Bruxton, qui vagabonde. Le chef de gare, Mr. Winters, bavardait avec Louisa Balcolm, la receveuse des postes, qui habite deux arrêts plus loin. C'étaient donc là les seconds rôles, les porteurs et les bavards qui allaient camper le tableau. Je gardais l'œil rivé à ma montre. Alors le train est entré en gare ; un instant plus tard, une éruption, un flot d'humanité s'est déversé par les portes de la gare — si nombreux et impatients, si semblables à des marins rentrant au port, si débordants de hâte, d'amour, que j'en ai ri de plaisir. Ils étaient là, fluets et grands, riches et pauvres, sages et idiots, ennemis et amis, et ils franchissaient tous la porte d'un pas si léger, l'œil si pétillant, que j'ai su qu'il me fallait les rejoindre. J'allais tout simplement retourner travailler. Cette décision m'a empli de gaieté et de bienveillance ; quand je suis arrivé à la maison, mon allégresse m'a paru un instant contagieuse. Pour la première fois depuis des jours, Cora s'est exprimée d'un ton franc et chaleureux ; mais quand je lui ai répondu, elle a répliqué d'une voix musicale :

« Je *parlais* aux poissons rouges. »

C'était en effet le cas. Le superbe sourire dont elle m'avait privé s'adressait au bocal de poissons rouges, et je me suis demandé si elle n'avait pas quitté le monde, ses lumières, ses cités et son tumulte pour cette sphère de verre et son absurde château. La contemplant, amoureusement penchée au-dessus du bocal, j'ai eu l'impression très nette qu'elle observait cet autre monde d'un regard envieux.

Le lendemain matin, je suis allé à New York et j'ai téléphoné à un ami qui s'était toujours montré extrêmement élogieux concernant le travail que j'accomplissais chez Dynaflex. Il m'a demandé de passer à son bureau aux alentours de midi, pour déjeuner, ai-je supposé.

« Je veux retourner travailler, lui ai-je dit. J'ai besoin que tu m'aides.

— Eh bien, ce n'est pas si simple, a-t-il répondu. Ce n'est pas si simple que ça pourrait sembler l'être. Pour commencer, il est inutile d'espérer qu'on s'apitoie sur ton sort. Tout le monde sait que Penumbra s'est montré extrêmement généreux. La plupart d'entre nous seraient ravis de changer de place avec toi. Je veux dire qu'il existe une certaine jalousie bien naturelle. Les gens n'aiment pas aider un homme qui se trouve dans une situation plus enviable qu'eux. Et il y a autre chose ; Penumbra souhaite te voir rester au placard. Je ne sais pas pourquoi, mais c'est un fait, et quiconque t'embaucherait aurait des ennuis avec Milltonium. Et pour conclure la liste des réalités désagréables à entendre, tu es tout simplement trop vieux. Notre président est âgé de vingt-sept ans. Le directeur de notre plus important concurrent a la trentaine. Alors pourquoi ne prends-tu pas un peu de bon temps ? Pourquoi ne pas profiter de la vie ? Pourquoi ne fais-tu pas le tour du monde ? »

Alors je lui ai demandé avec beaucoup d'humilité si, à la condition que j'investisse dans sa société — disons cinquante mille dollars —, il pourrait m'y trouver un poste à responsabilité. Il a arboré un large sourire. Tout semblait si facile.

« J'accepterais volontiers tes cinquante mille dollars, a-t-il répondu d'un ton léger, mais pour ce qui est de te trouver quelque chose à faire, je crains que... »

À ce moment-là, sa secrétaire est entrée dans le bureau pour lui dire qu'il était en retard pour déjeuner.

Je suis demeuré immobile au coin d'une rue, semblant attendre que le feu passe au vert, mais je n'attendais rien. J'étais bouleversé. J'aurais voulu me confectionner des panneaux semblables à ceux d'un homme-sandwich, sur lesquels j'aurais dressé la liste de mes doléances. J'y aurais dénoncé la déloyauté de Penumbra, le chagrin de Cora, les affronts que m'avaient infligés la femme de ménage et le jardinier, et la cruauté avec laquelle j'avais été évincé du flot de l'existence, à cause de l'engouement que suscitaient jeunesse et inexpérience. J'aurais pendu ces panneaux à mes épaules et j'aurais arpenté le trottoir de la bibliothèque de 9 heures à 17 heures, en distribuant à qui le souhaitait des brochures plus détaillées. Ajoutez-y une tempête de neige, des vents violents et le grondement du tonnerre ; je voulais que ce soit un véritable spectacle.

Puis je suis entré dans un restaurant situé dans une petite rue pour y boire un verre et déjeuner. C'était l'une de ces gargottes où des hommes seuls mangent des fruits de mer et lisent le journal de l'après-midi et où, en dépit du halo de lumière colorée et de la musique en fond sonore, l'atmosphère est empreinte d'une hostilité manifeste. Le maître d'hôtel était un individu alerte tout droit surgi du Corso. Il marchait les pieds en canard, martelait le sol du talon de ses chaussures italiennes et arquait les épaules comme si sa veste de costume était trop étroite. Il s'est adressé sèchement au barman, qui a chuchoté à l'intention d'un serveur :

« Je le tuerai ! Un jour, je le tuerai !

— Toi et moi, a soufflé le serveur, nous le tuerons ensemble ! »

La fille du vestiaire s'est jointe à leurs murmures. Elle voulait assassiner le directeur. Lorsque le maître d'hôtel est revenu, les conspirateurs se sont égaillés, mais le restaurant est demeuré empreint d'une atmosphère de mutinerie. J'ai bu un cocktail et j'ai commandé une salade; alors j'ai entendu la voix véhémente d'un homme assis derrière une cloison, à la table voisine. Je n'avais rien de mieux à faire que d'écouter.

« Je vais à Minneapolis, disait-il. Je suis obligé d'aller à Minneapolis. À peine suis-je arrivé à l'hôtel que le téléphone sonne. Elle veut me dire que le cumulus d'eau chaude est en panne. Je suis à Minneapolis, elle est à Long Island, et elle m'appelle à quatre mille kilomètres de distance pour m'annoncer que le cumulus est en panne. Alors je lui demande pourquoi elle n'appelle pas un plombier, et elle éclate en sanglots. Elle pleure pendant quinze minutes, à quatre mille kilomètres de distance, simplement parce que je lui ai suggéré d'appeler un plombier. Enfin bref, il y a un très bon bijoutier à Minneapolis; je lui ai donc acheté une paire de boucles d'oreilles. Des saphirs. Huit cents dollars. Je ne peux pas me permettre ce genre de dépense, mais je ne peux pas non plus me permettre de ne pas lui faire de cadeaux. Je peux gagner huit cents dollars en l'espace de dix minutes mais, comme me le répète mon comptable, je ne garde pas plus d'un tiers de ce que je gagne; aussi une paire de boucles d'oreilles à huit cents dollars me revient-elle environ à deux mille dollars. Enfin bref, j'achète les boucles d'oreilles, je les lui offre en arrivant à la maison, et nous allons à la petite fête des Barnstable. Quand nous rentrons, elle a perdu l'une des boucles d'oreilles. Elle ne sait pas où. Ça lui est égal. Elle n'appelle même pas les Barnstable pour savoir s'ils l'ont retrouvée par terre. Elle ne veut pas les déranger. Alors je lui dis que c'est de l'argent jeté par les fenêtres, et elle éclate en sanglots en répliquant que les saphirs sont des pierres froides — qu'elles expriment la froideur intérieure que je ressens à son égard. Elle affirme qu'il n'y avait aucun amour dans mon cadeau, que ce n'était pas un cadeau fait avec tendresse. Il m'a suffi d'entrer dans une bijouterie et de les acheter, dit-elle. Elles ne m'ont coûté aucune prévenance et aucune affection. Alors je lui demande si elle s'attend à ce que je lui fabrique des boucles d'oreilles ; veut-elle que je prenne des cours du soir et que j'apprenne à faire des petits bracelets en argent martelé comme on en fabrique là-bas ? À coups de marteau, tu sais. Chaque petit coup de marteau est un signe d'amour et d'affection. Est-ce qu'elle veut, bon sang ? Encore une nuit où j'ai dormi dans la chambre d'amis... »

J'ai continué à manger et à écouter. J'attendais que son interlocuteur intervienne dans la discussion, qu'il émette un signe de sympathie ou d'assentiment, mais en vain, et je me suis demandé un instant s'il était possible que l'homme parle tout seul. Je me suis tordu le cou pour voir de l'autre côté de la cloison, mais il était assis dans l'angle de la banquette, trop loin pour que je puisse l'apercevoir.

« Elle a son propre argent, a-t-il poursuivi. C'est moi qui paie les impôts sur cet argent et elle le dépense intégralement en vêtements. Elle a des centaines et des centaines de robes et de chaussures, trois manteaux de fourrure, et quatre perruques. *Quatre !* Mais si je m'achète quoi que ce soit, elle m'accuse d'être dépensier. Il faut bien que j'achète des vêtements de temps en temps. Je ne peux pas aller au bureau en ayant l'air d'un clochard. Mais si j'achète quoi que ce soit, c'est du gaspillage. L'année dernière, je me suis acheté un parapluie pour éviter d'être trempé. C'était du gaspillage. L'année précédente, je m'étais acheté un manteau de demi-saison. Du gaspillage. Je ne peux même pas m'acheter un tourne-disque parce que je sais que je me ferais éreinter à cause de ce terrible gaspillage. Sur l'argent de mon salaire — imagine un peu —, sur l'argent de mon salaire, nous ne pouvons pas nous permettre de manger du bacon au petit déjeuner, sauf le dimanche. Le bacon, c'est du gaspillage. Mais tu devrais voir sa note de téléphone. Elle a une amie, une ancienne camarade de chambre du lycée. J'imagine qu'elles sont très proches. Elle habite Rome. Je ne l'aime pas. Elle était mariée à un très brave type, un de mes amis, et elle l'a complètement détruit. Elle s'est servie de lui. C'est devenu une épave. Quoi qu'il en soit, maintenant elle habite à Rome, et Vera lui téléphone sans cesse. L'année dernière, ma facture téléphonique pour Rome s'élevait à plus de huit cents dollars. Alors je lui ai dit : "Vera, si tu as tellement envie de discuter avec ton amie, pourquoi ne prends-tu pas l'avion pour Rome, tout simplement ? Ce serait beaucoup moins cher." "Je ne veux pas aller à Rome, a-t-elle répliqué. Je déteste Rome. C'est une ville bruyante et sale."

« Mais tu sais, lorsque je réfléchis à notre histoire, je me dis que tout cela remonte bien loin. Ma grand-mère était très émancipée, et croyait beaucoup aux droits des femmes. À l'âge de trente-deux ans, ma mère s'est inscrite à l'université de droit et a décroché son diplôme. Elle n'a jamais pratiqué. Elle prétendait être allée à l'université pour avoir plus de choses en commun avec mon père ; mais en fait, elle a détruit, véritablement détruit le peu de tendresse qui restait entre eux. Elle n'était presque jamais là, et quand elle se trouvait à la maison, elle était toujours en train de réviser pour ses examens. C'était toujours : "Chut ! Ta mère est en train d'étudier son droit..." Mon père était un homme solitaire, mais il est loin d'être le seul. Personne ne le dit, bien sûr. Qui dit la vérité ? On rencontre un vieil ami dans la rue ; il a une mine épouvantable, c'est effrayant, son visage est gris, ses cheveux tombent et il est secoué de tremblements. Alors on s'exclame : "Charlie, Charlie, tu as l'air en pleine forme." Et, tremblant de tous ses membres, il répond : "Je ne me suis jamais senti aussi bien, jamais !" Puis l'on suit son chemin, et il suit le sien.

« Je vois bien que les choses ne sont pas faciles pour Vera, mais que puis-je y faire ? Pour être sincère, j'ai parfois peur qu'elle me fasse du mal — qu'elle m'assomme à coups de marteau pendant mon sommeil. Pas précisément parce que c'est moi, mais simplement parce que je suis un homme. Parfois je me dis que les femmes, aujourd'hui, sont les créatures les plus malheureuses de toute l'histoire de la création. Je veux dire qu'elles sont complètement perdues. Par exemple, je crois l'avoir surprise à flirter avec Pete Barnstable dans la cuisine. C'était le soir où elle a perdu la boucle d'oreille, le soir où je suis rentré de Minneapolis. Aussi, quand nous sommes rentrés — avant que je ne remarque la disparition de sa boucle d'oreille — je lui ai demandé : Qu'est-ce que ce sont que ces manières de flirter avec Pete Barnstable ? Alors elle a répliqué — très émancipée — qu'on ne peut attendre d'une femme qu'elle se limite aux attentions d'un seul homme. Alors j'ai répondu : Et moi ; est-ce valable pour moi également ? Si elle pouvait flirter avec Pete Barnstable, est-ce qu'il n'en découlait pas que je pouvais emmener Mildred Renny faire un tour dans le parking ? Mais alors elle m'a répondu que j'interprétais tous ses propos de façon obscène. Elle m'a dit que j'avais si mauvais esprit qu'elle ne pouvait pas discuter avec moi. Après cela, j'ai remarqué qu'elle avait perdu sa boucle d'oreille, nous avons eu la dispute au cours de laquelle elle m'a dit que les saphirs étaient des pierres froides, et après cela... »

Il a baissé la voix jusqu'au murmure, et au même instant des femmes assises derrière la cloison d'en face se sont lancées dans une diatribe bruyante et forcenée contre l'une de leurs amies communes. Je brûlais d'envie de voir le visage de l'homme assis derrière moi et j'ai demandé l'addition; mais quand j'ai quitté l'alcôve il avait disparu, et je n'ai jamais su à quoi il ressemblait.

En arrivant chez moi, j'ai rangé la voiture au garage et je suis entré dans la maison par la porte de la cuisine. Cora se trouvait devant la table, penchée sur un plat de côtelettes. Elle tenait à la main une bombe de pesticide mortel. Je ne peux en être certain parce que je suis extrêmement myope, mais je crois bien qu'elle en vaporisait sur la viande. En me voyant entrer elle a sursauté, mais le temps que je chausse mes lunettes, elle avait reposé le flacon de pesticide sur la table. J'avais déjà commis une grave erreur à cause de ma myopie et je n'avais nulle envie d'en commettre une deuxième; mais le pesticide se trouvait sur la table, près de l'assiette, et ce n'était pas sa place. Il contenait un pourcentage élevé d'une substance très toxique pour les nerfs.

« Au nom du ciel, qu'est-ce que tu fais? ai-je demandé.

— Et qu'est-ce que j'ai l'air de faire? a-t-elle répliqué, s'exprimant toujours en *do* majeur.

— Tu as l'air de pulvériser du pesticide sur les côtelettes.

— Je sais que tu ne me crois pas douée de beaucoup de jugeote, mais accorde-m'en suffisamment, je t'en prie, pour ne pas me penser capable d'une chose pareille.

— Mais que fais-tu avec le pesticide ?
— J'ai traité les rosiers », a-t-elle répliqué.
J'étais décontenancé, décontenancé et effrayé. Il me semblait qu'un morceau de viande fortement assaisonné de pesticide pouvait être mortel. Si je mangeais les côtelettes, je risquais de mourir. La situation avait ceci d'extraordinaire, semblait-il, qu'après vingt ans de mariage je ne connaissais pas assez Cora pour savoir si elle avait ou non l'intention de m'assassiner. J'aurais fait confiance à un livreur inconnu ou à une femme de ménage, mais je ne faisais pas confiance à Cora. Les vents semblaient n'avoir pas chassé de notre union les fumées de la bataille. Je me suis servi un Martini et je suis allé au salon. Je ne courais pas un danger auquel je ne pouvais facilement échapper. Je pouvais aller dîner au club. Rétrospectivement, les murs bleus de la pièce où j'étais me semblent représenter la raison de mon hésitation. C'était une pièce agréable, dont les deux longues fenêtres donnaient sur un jardin, des arbres et le ciel. L'ordre qui y régnait sembla imposer une certaine discipline à ma conduite — comme si, en désertant la table du dîner, je risquais en quelque sorte de bousculer l'ordre des choses. Si j'allais dîner au club, je céderais à mes soupçons et j'altérerais mon optimisme ; or, j'étais déterminé à rester optimiste. Les murs bleus de la pièce semblaient composer un maillon dans quelque chaîne que j'aurais bouleversée en allant au club manger un steak-sandwich seul au bar.

Au dîner, j'ai mangé l'une des escalopes. Elle avait un goût étrange, mais j'étais devenu incapable de faire la distinction entre mes craintes et la réalité. Au cours de la nuit, j'ai été affreusement malade, mais c'était peut-être l'effet de mon imagination. J'ai passé une heure dans la salle de bains, en proie à une violente indigestion. Cora semblait être endormie, mais quand je suis revenu de la salle de bains je me suis aperçu qu'elle avait les yeux ouverts. J'étais inquiet et, le matin venu, j'ai préparé moi-même mon petit déjeuner. La bonne a préparé le déjeuner, et je doutais qu'elle voulût m'empoisonner. Puis j'ai lu quelques pages d'Henry James dans le jardin, mais alors que l'heure du dîner approchait, je me suis aperçu que j'avais peur. Je suis allé me servir un verre à la cuisine. Cora était occupée à préparer le dîner, mais elle était sortie un instant de la pièce. Dans la cuisine se trouvait un placard à balais, et je me suis glissé à l'intérieur avant d'en refermer la porte. J'ai entendu le pas de Cora. Les pesticides destinés aux roses étaient rangés dans un meuble de la cuisine. Je l'ai entendue ouvrir ce meuble. Puis elle est sortie dans le jardin et je l'ai entendue traiter les rosiers. Elle est revenue dans la cuisine, mais elle n'a pas rangé le pesticide dans le meuble. Le trou de la serrure ne m'offrait qu'un champ de vision limité. Elle me tournait le dos et assaisonnait la viande ; j'étais incapable de dire si elle utilisait du sel et du poivre ou un produit toxique pour les nerfs. Enfin, elle est retournée dans le jardin et je suis sorti du placard à balais. Le flacon de pesticide ne se trouvait pas sur la table. Je suis allé dans le salon, puis, quand le dîner a été servi, j'ai gagné la salle à manger.

« Il fait chaud, n'est-ce pas ? ai-je dit en m'asseyant.

— Ma foi, a répliqué Cora, on peut difficilement espérer être à son aise quand on se cache dans un placard à balais, n'est-ce pas ? »

Je me suis accroché à ma chaise, j'ai mangé du bout des lèvres, j'ai prononcé quelques paroles décousues et j'ai réussi à tenir jusqu'à la fin du repas. De temps à autre, elle m'adressait un sourire serein et cruel. Après dîner, je suis sorti dans le jardin. J'avais désespérément besoin d'aide. Alors j'ai songé à ma fille.

Je devrais préciser que Flora a passé son bac à la Villa Mimosa, à Florence, et qu'elle a quitté l'université de Smith au beau milieu de sa première année pour aller vivre dans un appartement du Lower East Side avec un détraqué sexuel. Je lui verse une somme d'argent tous les mois et j'ai promis de la laisser tranquille, mais j'encourais un tel danger que je me suis senti libre de briser ma promesse. J'avais le sentiment que, pour peu que je la voie, je pourrais la convaincre de rentrer à la maison. Alors je lui ai téléphoné et je lui ai dit que je devais la voir. Elle m'a semblé très amicale, et m'a invité à venir prendre le thé.

Le lendemain, j'ai déjeuné en ville et j'ai passé l'après-midi à jouer aux cartes et à boire du whisky au club. Flora m'avait indiqué comment trouver son appartement. J'ai pris le métro pour me rendre dans le bas de la ville pour la première fois depuis je ne savais combien d'années. C'était extrêmement curieux. Je m'étais souvent imaginé rendant visite à ma fille unique et à son amoureux et à présent, enfin, je le faisais. Dans mes rêveries, notre rencontre se déroulait dans un club. Il était issu d'une bonne famille. Flora était heureuse; elle affichait l'expression radieuse d'une jeune fille qui, pour la première fois, est amoureuse. Le jeune homme était sérieux, mais pas trop; intelligent, séduisant, et affichant l'attitude conquérante d'un homme au seuil d'une grande carrière. La fatuité de ces rêveries ne m'échappait pas, mais étaient-elles si triviales et vaines que je mérite d'être contrarié sur chaque point — le décor transposé d'un club au quartier le plus mal famé de la ville, et un hippie barbu substitué au jeune homme dynamique? Les filles de certains de mes amis avaient épousé des garçons convenables, issus de familles convenables. Dans le métro bondé, j'ai cédé à l'envie puis à la contrariété. Pourquoi moi, d'entre tous les hommes, devais-je subir cette calamité ? J'aimais ma fille. L'amour que j'éprouvais pour elle me semblait pur, fort et naturel. Soudain, j'ai eu envie de pleurer. Toutes les portes lui avaient été ouvertes, elle avait contemplé les plus beaux paysages, avait joui de la compagnie des hommes qui semblent avoir la plus grande liberté de cultiver leurs talents.

Quand je suis sorti du métro, il pleuvait. Suivant les indications de Flora, j'ai traversé un quartier pauvre avant d'arriver au pied de son immeuble. Celui-ci m'a semblé avoir dans les quatre-vingts ans. Deux colonnes de marbre poli supportaient une voûte romane. Le bâtiment portait même un nom, il s'appelait le Paradis. J'ai vu l'ange au sabre flamboyant, le couple nu, le dos courbé, les mains cachant les parties génitales. Masaccio ? Nous étions allés le voir à Florence. Ainsi, je suis entré au Paradis tel un ange vengeur ; mais une fois franchie l'arche romane, je me suis retrouvé dans un couloir aussi étroit que les coursives d'un sous-marin, et l'effet toujours considérable qu'exerce la lumière sur mon état d'esprit s'est révélé profondément déprimant, car les lampes du vestibule étaient archaïques et lugubres. Des volées de marches apparaissent souvent dans mes rêves, et l'escalier dont j'entamais l'ascension m'a donné l'impression désagréable d'être irréel. J'ai entendu des voix parler en espagnol, un rugissement d'eau dans des toilettes et l'aboiement de chiens.

Sous l'effet de la colère, ou peut-être des verres que j'avais bus au club, j'ai gravi trois ou quatre volées de marches à vive allure puis je me suis retrouvé hors d'haleine, obligé de m'arrêter et de livrer un humiliant combat pour retrouver mon souffle. Il s'est écoulé plusieurs minutes avant que je puisse continuer, et j'ai monté d'un pas lent le reste de l'escalier. Flora avait punaisé l'une de ses cartes de visite à la porte. J'ai frappé.

« Bonjour, papa », s'est-elle exclamée d'une voix gaie.

Je l'ai embrassée sur le front. Oh, cela du moins était agréable, doux et intense. J'ai senti un flot de souvenirs m'envahir, la pensée de tous les instants de bonheur que nous avions partagés. La porte ouvrait sur une cuisine, et derrière se trouvait une autre pièce.

« Je te présente Peter, a-t-elle déclaré.

— Salut, a fait Peter.

— Enchanté, ai-je dit.

— Regarde ce que nous avons fait, s'est exclamée Flora. N'est-ce pas divin ? Nous venons juste de finir. C'est Peter qui en a eu l'idée. »

Ce qu'ils avaient fait, ce qu'ils avaient *fait,* c'est qu'ils avaient acheté un squelette sur armature chez un fournisseur d'articles médicaux et qu'ils avaient collé des papillons ici et là sur ses os polis. J'ai reconnu certains spécimens dont j'avais appris le nom du temps de ma jeunesse et j'ai réalisé que je n'aurais pu, à cette époque, me permettre de les acheter. Un *Catagramme astarte* se trouvait sur la clavicule, un *Shapphira* dans une orbite, et un grand bouquet d'*Appia zarinda* sur le pubis.

« Merveilleux, ai-je dit en essayant de dissimuler ma répugnance. Merveilleux. »

Quand je songeais aux besognes utiles de l'existence, la pensée de ces deux jeunes adultes collant des papillons onéreux sur les os polis de quelque pauvre inconnu m'emplissait d'une intense irritation. Je me suis assis sur une chaise en toile et j'ai adressé un sourire à Flora.

« Comment vas-tu, ma chérie ?

— Oh, je vais bien, papa. Je vais *bien.* »

Je me suis abstenu de tout commentaire sur sa tenue vestimentaire ou sa coiffure. Elle était habillée entièrement en noir et ses cheveux n'étaient pas mis en plis. Le dessein de ce déguisement — ou de cet uniforme — m'échappait. Il n'était pas seyant. Il n'en appelait pas aux sens. Il semblait influer sur son amour-propre ; il semblait s'agir d'un costume de deuil ou de pénitence, d'une déclaration de l'indifférence qu'elle vouait aux soieries dont j'aime voir les femmes vêtues ; mais quelles raisons avait-elle de mépriser les beaux atours ? Son costume à lui était beaucoup plus déconcertant. Était-ce d'origine italienne ? me suis-je demandé. Les chaussures étaient efféminées et la veste était courte, mais le jeune homme ressemblait davantage à un garçon du Londres populaire du XIXe siècle qu'à un habitant du Corso. Du moins, cela aurait été le cas sans sa pilosité. Il portait la barbe, la moustache, et de longues boucles brunes qui m'évoquaient quelque apôtre mineur dans le tableau de la Passion. Son visage n'était pas efféminé, mais il était délicat, et me semblait refléter une absence prononcée de volonté.

« Voudrais-tu boire une tasse de café, papa ? s'est enquise Flora.

— Non merci, ma chérie. Pourrais-tu me servir un verre ?

— Nous n'avons rien, a-t-elle répliqué.

— Peter aurait-il la gentillesse d'aller m'acheter quelque chose ? ai-je demandé.

— J'imagine », a répondu Peter d'un ton maussade.

Je me suis dit qu'il ne se montrait sans doute pas délibérément grossier. Je lui ai tendu un billet de dix dollars et je lui ai demandé de me rapporter une bouteille de bourbon.

« Je ne crois pas qu'ils aient de bourbon, a-t-il rétorqué.

— Eh bien, du scotch, dans ce cas.

— Ils boivent surtout du vin dans ce quartier », a déclaré Peter.

Alors j'ai fixé sur lui un regard limpide et bienveillant, et j'ai songé que j'allais le faire assassiner.

D'après ce que je sais de ce monde, il est encore possible d'y recruter des assassins; j'allais payer quelqu'un pour lui planter un couteau dans le dos ou le pousser d'un toit. Mon sourire était large, limpide et meurtrier; le jeune homme s'est glissé dans un manteau vert — une autre relique — et il est sorti.

« Tu ne l'aimes pas ? m'a demandé Flora.

— Je le méprise.

— Mais tu ne le *connais* pas.

— Ma chérie, si je le connaissais un tant soit peu mieux, je lui tordrais le cou.

— Il est gentil et sensible; il est très généreux.

— C'est ce que j'ai vu, ai-je dit.

— C'est la personne la plus gentille que j'aie jamais connue.

— Je suis heureux de l'entendre, ai-je rétorqué. Mais à présent parlons de toi, veux-tu ? Je ne suis pas venu parler de Peter.

— Mais nous vivons ensemble, papa.

— C'est ce que j'ai entendu dire. Mais je suis venu m'enquérir de toi, Flora — de tes projets, et ainsi de suite. Quels qu'ils soient, je ne les désapprouverai pas. Je veux simplement les connaître. Tu ne peux pas passer le reste de ton existence à coller des papillons sur des squelettes. Je veux simplement savoir ce que tu as l'intention de faire de ta vie.

— Je ne sais pas, papa. »

Elle a levé son visage vers moi.

« Aucun jeune de mon âge ne le sait.

— Je ne cherche pas à recueillir l'opinion de ta génération. C'est à toi que je pose la question. Je te demande ce que tu aimerais faire de ta vie. Je te demande quels sont tes idées, tes rêves, tes espoirs.

— Je ne sais pas, papa. Aucun jeune de mon âge ne le sait.

— J'aimerais que tu oublies le reste de ta génération. Je connais au moins cinquante filles de ton âge qui savent précisément ce qu'elles veulent faire. Elles veulent être historiennes, éditrices, médecins, femmes au foyer et mères. Elles veulent faire quelque chose d'utile. »

Peter est revenu avec une bouteille de bourbon mais il ne m'a pas rendu la monnaie. Était-il cupide, me suis-je demandé, ou simplement distrait ? Je n'ai soufflé mot. Flora m'a apporté un verre et de l'eau, et je leur ai demandé s'ils allaient prendre un verre avec moi.

« Nous ne buvons pas beaucoup, a déclaré Peter.

— Eh bien, je suis heureux de l'entendre, ai-je dit. Pendant que vous étiez sorti, j'ai eu une petite discussion avec Flora au sujet de ses projets. C'est-à-dire que j'ai découvert qu'elle n'en avait aucun, et puisqu'il en est ainsi, je vais la ramener avec moi à Bullet Park jusqu'à ce qu'elle ait les idées un peu plus claires.

— Je vais rester avec Peter, a protesté Flora.

— Mais à supposer que Peter doive partir ? À supposer que Peter reçoive une offre intéressante, six mois ou un an à l'étranger, par exemple — que ferais-tu, alors ?

— Oh, papa, tu ne ferais pas une chose pareille, n'est-ce pas ?

— Oh si, si, je le ferais, ai-je répliqué. Je ferais tout ce qui est en mon pouvoir pour te ramener à la raison. Aimeriez-vous aller à l'étranger, Peter ?

— Je ne sais pas », a-t-il dit.

On ne pourrait dire que son visage s'était éclairé, mais l'espace d'un instant son intelligence sembla stimulée.

« J'aimerais aller à Berlin-Est, a-t-il repris.

— Et pourquoi ?

— J'aimerais aller à Berlin-Est, offrir mon passeport américain à un grand artiste — un écrivain ou un musicien — et lui permettre de s'enfuir dans le monde libre.

— Pourquoi ne vous peignez-vous pas le mot “Paix” sur le derrière, ai-je dit, avant de sauter du haut d’un immeuble de douze étages ? »

C’était une erreur, un désastre, une catastrophe, et je me suis resservi du bourbon.

« Je suis désolé, ai-je repris. Je suis fatigué. Toutefois, mon offre tient toujours. Si vous voulez aller en Europe, Peter, je serai tout à fait disposé à payer vos dépenses.

— Oh, je ne sais pas, a-t-il rétorqué. J’y suis déjà allé. Je veux dire, j’en ai vu la plus grande partie.

— Eh bien, gardez cette proposition à l’esprit. En ce qui te concerne, Flora, je veux que tu rentres à la maison avec moi. Pour une semaine ou deux, au moins. C’est tout ce que je te demande. Dans dix ans, tu me reprocheras de ne pas t’avoir sortie de ce gâchis. Dans dix ans, tu me diras : “Papa, papa, oh, papa, pourquoi ne m’as-tu pas empêchée de passer les meilleures années de ma vie dans un trou à rats ?” Je ne peux pas supporter l’idée que tu viennes me voir dans dix ans pour me reprocher de ne pas t’avoir obligée à suivre mon conseil.

— Je ne rentrerai pas à la maison.

— Tu ne peux pas rester ici.

— Je peux, si je veux.

— Je vais arrêter de te verser de l’argent.

— Je peux trouver un travail.

— Quel genre de travail ? Tu ne sais pas taper à la machine, tu ne sais pas prendre en sténo, tu ne connais absolument rien au monde des affaires, tu ne sais même pas t’occuper d’un standard téléphonique.

— Je peux être employée de bureau et m’occuper de classement.

— Oh, mon Dieu ! ai-je rugi. Oh, mon Dieu ! Après les leçons de voile et de ski, les soirées et les quadrilles, après l’année que tu as passée à Florence et les longs étés à la mer — après tout cela, il s'avère que ce que tu désires, en réalité, c'est être employée de bureau et vieille fille, à l'échelon le plus bas du service public, et n'avoir rien de plus excitant à faire que d'aller une ou deux fois par an dans un restaurant chinois de bas étage avec une dizaine d'autres vieilles filles et de te griser avec deux Manhattan. »

Je me suis effondré contre le dossier de la chaise et je me suis servi un autre verre de whisky. Une douleur aiguë me transperçait le cœur, comme si cet organe bosselé avait subi tous les mauvais traitements à seule fin d'être perclus de désespoir. C'était une douleur fulgurante, et j'ai songé que j'allais mourir — non pas à ce moment-là, sur la chaise en toile, mais quelques jours plus tard, à Bullet Park peut-être, ou dans quelque confortable lit d'hôpital. Cette pensée ne m'a pas effrayé ; c'était un réconfort. J'allais mourir et, une fois disparu le sujet de tension que je représentais, ma fille unique — unique — reprendrait enfin les rênes de son existence. Ma soudaine disparition de la scène lui inspirerait tant de chagrin et de crainte qu'elle en reviendrait à la raison. Ma mort la ferait mûrir. Elle retournerait à Smith, s'inscrirait à la chorale, deviendrait rédactrice du journal de l'université, se lierait d'amitié avec des filles de sa classe sociale, épouserait un jeune homme intelligent et visionnaire — qui me semblait en cet instant porter des lunettes — et élèverait trois ou quatre enfants robustes. Elle serait rongée de remords. C'était ainsi. Du jour au lendemain, le chagrin lui ferait comprendre combien il était absurde de vivre dans un trou à rats avec un marginal.

« Rentre à la maison, papa », a-t-elle dit.

Elle pleurait.

« Rentre à la maison, papa, et laisse-nous tranquilles ! S'il te plaît, rentre à la maison, papa !

— J'ai toujours essayé de te comprendre, ai-je poursuivi. Autrefois, à Bullet Park, tu mettais quatre ou cinq disques sur le phonographe et, dès que la musique s'élevait, tu sortais de la maison. Je ne comprenais pas pourquoi tu faisais cela ; mais un soir, je suis sorti pour essayer de te trouver, et alors que je parcourais le jardin, entendant la musique s'échapper de toutes les fenêtres ouvertes, j'ai pensé que je comprenais. J'ai pensé que tu mettais des disques et que tu t'en allais parce que tu aimais entendre des flots de musique se déverser des fenêtres. J'ai pensé que tu aimais, à la fin de ta promenade, revenir dans une maison où l'on entendait de la musique. J'avais raison, n'est-ce pas ? J'ai compris au moins cela ?

— Rentre à la maison, papa, a-t-elle dit. S'il te plaît, rentre à la maison.

— Et il ne s'agit pas seulement de toi, Flora. J'ai besoin de toi. J'ai terriblement besoin de toi.

— Retourne à la maison, papa », a-t-elle répété, et je me suis exécuté.

J'ai dîné en ville et je suis rentré à la maison vers 10 heures. J'ai entendu Cora se faire couler un bain à l'étage et j'ai pris une douche dans la salle de bains adjacente à la cuisine. Quand je suis monté à l'étage, Cora était assise devant sa coiffeuse et se brossait les cheveux. J'ai omis de dire que Cora est belle et que je l'aime. Elle a des cheveux blond cendré, des sourcils bruns, des lèvres pleines, et ses yeux sont si incroyablement vastes, pétillants de vie, séduisants, ils sont enchâssés de façon si saisissante, que j'ai parfois l'impression qu'elle pourrait les ôter et les glisser entre les pages d'un livre ; les poser sur une table. Le blanc en est légèrement bleuté, et le bleu lui-même est d'une profondeur inhabituelle. C'est une femme gracieuse, de petite taille. Elle fume sans cesse et elle a fumé presque toute sa vie, mais elle tient sa cigarette avec une maladresse charmante, comme si cette habitude de longue date était de fait très récente. Ses bras, ses jambes, son buste, tout cela est merveilleusement proportionné. Je l'aime et je sais que l'amour n'est pas un processus raisonnable. Je ne m'attendais pas à tomber amoureux d'elle — et je ne le souhaitais pas — quand je l'ai aperçue pour la première fois, dans un mariage à la campagne. Cora était l'une des demoiselles d'honneur. Le mariage se déroulait dans un jardin. Un orchestre de cinq musiciens en smoking était à demi caché dans les rhododendrons. Dans la tente érigée sur la colline, on entendait les assistants du traiteur mettre le vin au frais dans des seaux. Elle était la deuxième à entrer en scène; elle était vêtue d'un de ces étranges costumes destinés aux cérémonies nuptiales, comme si l'union sacrée s'était forgée quelque place unique et mystérieuse dans l'histoire des vêtements. Dans mon souvenir sa robe était bleue, ornée de fanfreluches, et elle portait sur ses cheveux clairs un chapeau à large bord et absolument plat. Elle avait traversé la pelouse en chancelant sur ses escarpins à hauts talons, les yeux timidement fixés sur un bouquet de fleurs bleues; quand elle était arrivée à sa place, elle avait relevé la tête et adressé un sourire craintif aux invités, et j'avais aperçu pour la première fois la complexité et l'énormité de ses yeux; j'avais pour la première fois eu le sentiment qu'elle aurait pu les ôter et les glisser dans sa poche.

« Qui est-ce? avais-je demandé à voix haute. *Qui* est-ce?

— Chut », avait murmuré quelqu'un.

J'étais subjugué. Mon cœur et mon esprit s'envolaient. Je n'avais absolument rien vu du reste du mariage; quand la cérémonie s'était achevée, je m'étais hâté de traverser la pelouse et je m'étais présenté à elle. Je n'avais pas connu un instant de répit avant qu'elle accepte de m'épouser, un an plus tard.

À présent, mon cœur et mon esprit s'envolaient ainsi tandis que je la regardais se brosser les cheveux. Quelques jours plus tôt, j'avais cru qu'elle s'était retirée dans l'eau d'un bocal à poissons rouges. Je l'avais soupçonnée de tentative de meurtre. Comment pouvais-je décemment étreindre, avec toute l'ardeur de mon corps et de mon esprit, quelqu'un que je soupçonnais de meurtre ? Étreignais-je le désespoir ? Était-ce une obscène passion ? Lors de ce mariage, bien des années plus tôt, avais-je décelé non de la beauté, mais de la cruauté dans ses grands yeux ? En imagination j'avais fait d'elle un poisson rouge, une meurtrière, et à présent, alors que je la prenais dans mes bras, elle était un cygne, une volée de marches, une fontaine, les frontières libres et ouvertes du paradis.

Mais je me suis réveillé à 3 heures du matin, éprouvant une terrible tristesse, éprouvant aussi le sentiment rebelle que je ne voulais pas me vouer à la tristesse, à la folie, à la mélancolie et au désespoir. Je voulais me consacrer au triomphe, aux redécouvertes de l'amour, à tout ce que je connaissais au monde de merveilleux, de radieux et de limpide. Alors le mot « amour », l'impulsion d'aimer s'est mise à grandir quelque part dans mes entrailles. L'amour semblait se déverser dans toutes les directions, aussi abondant que de l'eau — de l'amour pour Cora, de l'amour pour Flora, de l'amour pour tous mes amis et mes voisins, de l'amour pour Penumbra. Cet immense flot de vitalité ne pouvait être contenu par les quelques lettres qui le composaient et il m'a semblé saisir un feutre et écrire « AMOUR » sur le mur. J'ai écrit « AMOUR » dans la cage d'escalier, « AMOUR » dans la cuisine, « AMOUR » sur le four, la machine à laver et la cafetière; et quand

Cora descendrait au matin (je ne serai pas là), partout où se poserait son regard elle lirait « AMOUR », « AMOUR », « AMOUR ». Puis j'ai aperçu une prairie verdoyante et un ruisseau scintillant. Sur une colline se dressaient des cottages au toit de chaumières et la tour carrée d'une église, et j'ai donc su qu'il devait s'agir de l'Angleterre. J'ai gravi la prairie jusqu'aux rues du village, cherchant la chaumière où Cora et Flora devaient m'attendre. Il semblait y avoir eu une erreur. Personne ne connaissait leurs noms. Je me suis renseigné à la poste, mais la réponse a été la même. Alors il m'est venu à l'esprit qu'elles devaient se trouver au manoir. Quel idiot j'étais ! J'ai quitté le village et gravi une pelouse en pente jusqu'à une demeure géorgienne où un majordome m'a accueilli. Le châtelain donnait une soirée. Vingt-cinq ou trente personnes se trouvaient dans le vestibule et buvaient du sherry. J'ai pris un verre sur un plateau et cherché Flora et ma femme dans la foule, mais elles n'étaient pas là. Alors j'ai remercié mon hôte et j'ai redescendu la vaste pelouse, regagnant la prairie et le ruisseau scintillant, où je me suis étendu sur l'herbe avant de sombrer dans un doux sommeil.

LA QUATRIÈME SIRÈNE *

Assis au soleil, je bois du gin. Nous sommes dimanche et il est 10 heures du matin. Mrs. Uxbridge est sortie avec les enfants. Mrs. Uxbridge est la gouvernante. Elle fait la cuisine et s'occupe de Peter et de Louise.

C'est l'automne. Les feuilles ont jauni. Ce matin le vent ne souffle pas, mais les feuilles tombent par centaines. Pour discerner quoi que ce soit — une feuille, un brin d'herbe — il faut, je crois, éprouver toute l'acuité de l'amour. Mrs. Uxbridge est âgée de soixante-trois ans, ma femme est loin, et Mrs. Smithsonian (qui habite à l'autre bout de la ville) est rarement d'humeur ces jours-ci, aussi ai-je le sentiment de laisser échapper une partie de la matinée, comme si ce moment était doté d'un seuil — ou d'une succession de seuils — que je ne peux franchir. Quelques passes de football suffiraient peut-être, mais Peter est trop petit et le seul de mes voisins qui pratique ce sport est à l'église.

Ma femme, Bertha, doit arriver lundi. Elle rentre de New York le lundi et y retourne le mardi. Bertha est une séduisante jeune femme dotée d'une ravissante silhouette. Ses yeux, je crois, sont un petit peu trop rapprochés, et elle se montre

* *Titre d'un film de 1930. (N.d.T.)*

parfois revêche. Quand les enfants étaient petits, elle les disciplinait d'une façon revêche.

« Si tu ne manges pas le bon petit déjeuner que maman t'a préparé avant que je compte jusqu'à trois, disait-elle, je vais te renvoyer te coucher. Un. Deux. Trois... »

J'entendais une nouvelle fois cette rengaine au dîner.

« Si tu ne manges pas le bon dîner que maman t'a préparé, je vais t'envoyer au lit sans manger. Un. Deux. Trois... »

Puis de nouveau :

« Si tu ne ramasses pas tes jouets avant que maman ait compté jusqu'à trois, maman va tous les jeter. Un. Deux. Trois... »

Cela se répétait ainsi à l'heure du bain et du coucher; *un deux trois* leur tenait lieu de berceuse. Je me disais parfois qu'elle avait dû apprendre à compter quand elle était nourrisson et qu'à sa dernière heure elle soumettrait l'ange de la mort à un compte à rebours. Si vous voulez bien m'excuser, je vais me servir un autre verre de gin.

Quand les enfants ont été assez grands pour aller à l'école, Bertha a trouvé un poste d'enseignante en sciences sociales dans une classe de première. Cela l'occupait et l'enchantait; elle disait qu'elle avait toujours voulu enseigner. Elle avait la réputation d'être intransigeante. Elle portait des vêtements sombres, adoptait des coiffures simples et exigeait de ses élèves contrition et obéissance. Afin de diversifier sa vie, elle est entrée dans une troupe de théâtre amateur. Elle a joué le rôle de la bonne dans *Angel Street,* et celui de la vieille femme de *Desmond Acres*. Les amis qu'elle a rencontrés dans le milieu du théâtre étaient tous des gens charmants, et j'avais plaisir à l'emmener à leurs petites fêtes. Il est important de savoir que Bertha ne boit pas. Elle acceptera poliment un verre de Dubonnet, mais elle n'éprouve aucun plaisir à boire.

Ses amis du théâtre lui ont appris qu'un casting était organisé pour une pièce dont les acteurs seraient nus, intitulée *Ozamanides II*. Elle me l'a raconté, ainsi que tout ce qui a suivi. Son contrat d'enseignante l'autorise à prendre dix jours d'arrêt maladie ; un jour, prétextant être souffrante, elle s'est rendue à New York. Le casting d'*Ozamanides* se déroulait dans le bureau d'un producteur, dans le centre-ville. Elle a trouvé une queue de plus de cent hommes et femmes attendant de passer l'entretien. Elle a sorti une facture impayée de son sac et, l'agitant comme s'il s'agissait d'une lettre, elle a remonté la file d'attente en répétant :

« Excusez-moi, s'il vous plaît, excusez-moi, j'ai rendez-vous... »

Personne n'a protesté et elle est rapidement arrivée en tête de la file d'attente, où une secrétaire a pris son nom, son numéro de sécurité sociale, etc. On lui a dit d'aller se déshabiller dans une cabine. Puis on l'a fait entrer dans un bureau où se trouvaient quatre hommes. Étant donné la situation, l'entretien a été très succinct. Elle a appris qu'elle serait nue durant toute la représentation. Il lui serait demandé de simuler ou d'accomplir une copulation deux fois durant le spectacle, et de participer à un empilement de corps auquel le public prendrait part.

Je me souviens du soir où elle m'a raconté tout cela. Nous nous trouvions au salon. Les enfants étaient couchés. Elle était ravie, cela ne faisait aucun doute.

« J'étais là, toute nue, a-t-elle déclaré, mais je n'avais absolument pas honte. La seule chose qui m'inquiétait, c'est que mes pieds risquaient de se salir. C'était un bureau décoré à l'ancienne, avec des programmes de théâtre encadrés aux murs et une grande photographie d'Ethel Barrymore. J'étais assise toute nue devant ces inconnus et, pour la première fois de ma vie, j'avais le sentiment de m'être trouvée. Je m'étais trouvée dans la nudité. J'avais l'impression d'être une nouvelle femme, une femme meilleure. Être nue et dépourvue de honte devant ces inconnus est l'une des expériences les plus exaltantes que j'aie jamais vécues... »

Je ne savais pas quoi faire. Je ne sais toujours pas, en ce dimanche matin, ce que j'aurais dû faire. J'imagine que j'aurais dû la frapper. Je lui ai dit qu'elle ne pouvait pas faire ça. Elle a répliqué que je ne pouvais pas l'en empêcher. J'ai évoqué les enfants, et elle a déclaré que cette expérience ferait d'elle une meilleure mère.

« Quand j'ai enlevé mes vêtements, a-t-elle ajouté, j'ai eu le sentiment de m'être dépouillée de toute méchanceté et de toute mesquinerie. »

Alors j'ai affirmé qu'elle ne décrocherait jamais le rôle à cause de sa cicatrice d'appendicite. Quelques minutes plus tard, le téléphone a sonné. C'était le producteur qui lui proposait un rôle.

« Oh, je suis tellement heureuse, s'est-elle exclamée. Oh, comme la vie peut être merveilleuse, riche et étrange, quand on cesse de jouer les rôles que ses parents et ses amis ont écrits pour soi ! J'ai l'impression d'être une exploratrice ! »

Je ne sais toujours pas si ce que j'ai fait alors — ou plutôt ce que je n'ai pas fait — était approprié. Elle a rompu son contrat d'enseignante, s'est inscrite au syndicat des acteurs et a commencé les répétitions. Dès la première représentation d'*Ozamanides,* elle a engagé Mrs. Uxbridge et s'est installée dans une suite d'hôtel près du théâtre. J'ai demandé le divorce. Elle a répliqué qu'elle ne voyait aucune raison de divorcer. L'adultère et la cruauté sont des motifs évidents de divorce, mais que peut faire un homme quand sa femme souhaite apparaître nue sur scène ? Quand j'étais jeune, je connaissais des strip-teaseuses dont certaines étaient mariées et mères de famille. Cependant, elles faisaient ce qu'accomplit Bertha seulement lors du spectacle du samedi soir, et leurs maris, pour autant que je m'en souvienne, étaient des comédiens de troisième zone, tandis que leurs enfants avaient toujours l'air affamés.

Un ou deux jours plus tard, je suis allé consulter un avocat spécialisé dans les affaires de divorces. Il a déclaré que mon unique espoir était d'obtenir le consentement mutuel. Il n'existait dans l'État de New York aucune jurisprudence établissant comme motif de divorce une simulation de rapport sexuel en public, et aucun avocat n'accepterait de traiter une affaire de divorce sans jurisprudence. La plupart de mes amis faisaient preuve de tact concernant la nouvelle vie de Bertha. J'imagine que la majorité d'entre eux sont allés la voir, mais j'ai repoussé ce moment pendant un mois ou deux. Les tickets étaient chers et il était difficile d'en trouver. Le soir où je me suis rendu au théâtre — ou ce qui était autrefois un théâtre —, il neigeait. L'avant-scène avait été détruite, le décor consistait en un amas de pneus usés ; les sièges et l'allée centrale représentaient les seuls éléments familiers. Le public des théâtres m'a toujours interloqué ; je suppose que c'est parce qu'on y voit une inconcevable variété d'individus dans un cadre essentiellement domestique et incroyablement orné. Ce soir-là, il y en avait de toutes sortes. Quand je suis entré dans la salle, on y diffusait du rock. C'était le vieux rock assourdissant qu'on jouait autrefois dans des bars comme Arthur. À 20 h 30, les lumières de la salle ont baissé et les membres de la troupe — ils étaient au nombre de quatorze — ont descendu les allées. Ils étaient nus, bien entendu, à l'exception d'Ozamanides, qui portait une couronne.

Je serais bien incapable de décrire le spectacle. Ozamanides avait deux fils, et je crois qu'il les a assassinés, mais je n'en suis pas sûr. Le sexe était omniprésent. Hommes et femmes s'enlaçaient, et Ozamanides a enlacé plusieurs hommes. À un certain moment un inconnu, assis à ma droite, a posé la main sur mon genou. Je n'avais pas envie de lui reprocher une réaction parfaitement humaine, pas plus que je ne voulais l'encourager. J'ai repoussé sa main et j'ai éprouvé un sentiment de profonde nostalgie pour les innocents cinémas de ma jeunesse. Il en existait un dans la petite ville où j'ai grandi — l'Alhambra. Mon film préféré s'appelait *La Quatrième Sirène*. Je l'avais vu pour la première fois un mardi, après l'école, et j'étais resté pour assister à la projection du soir. Ne me voyant pas rentrer pour le dîner, mes parents s'étaient inquiétés et j'avais été grondé. Le mercredi, j'avais fait l'école buissonnière et j'avais réussi à voir le film deux fois et à rentrer à temps pour le dîner. Le jeudi, j'étais retourné à l'école mais j'étais allé au cinéma dès la fin des cours, et j'avais partiellement assisté à la projection du soir. Mes parents avaient dû appeler la police, car un agent était entré dans le cinéma et m'avait obligé à rentrer chez moi. Le vendredi, on m'avait interdit d'aller au cinéma, mais j'y avais passé toute la journée du samedi; et après le samedi, le film avait cessé d'être diffusé. Il y était question de la disparition des voitures tirées par des chevaux au profit des camions à moteur. Les équipes de pompiers étaient au nombre de quatre. Trois d'entre elles avaient été remplacées par des camions, et les pauvres équidés vendus à des brutes. Il restait bien une équipe, mais ses jours étaient comptés. Hommes et chevaux étaient tristes. Puis soudain, un grand incendie éclatait. Le premier camion, puis le deuxième, et enfin le troisième prenaient le chemin du brasier. Dans les rangs de l'équipe de la voiture à cheval régnait une grande morosité. Puis la quatrième sirène retentissait — c'était leur signal — et ils entraient en action, harnachaient les montures et s'élançaient au galop à travers les rues. Ils éteignaient l'incendie, sauvaient la ville, et le maire leur permettait de continuer à exister. Sur la scène, Ozamanides écrivait quelque chose d'obscène sur les fesses de mon épouse.

La nudité — l'exaltation qu'elle inspirait à Bertha — l'avait-elle privée de toute nostalgie ? C'était l'un de ses principaux charmes, en dépit de ses yeux trop rapprochés. Elle avait le don de pouvoir déplacer gracieusement le souvenir d'un instant vécu dans un autre espace-temps. Alors qu'elle était chevauchée en public par un inconnu dénudé, se souvenait-elle des endroits où nous avions fait l'amour — les villas de location au bord de la mer, où l'on pouvait entendre dans le murmure d'une pluie d'été de très anciennes promesses d'amour, de paix et de beauté ? Devais-je me lever au milieu du théâtre et lui crier de revenir, de revenir, de revenir, au nom de l'amour, de l'humour et de la sérénité ? Il est agréable de rentrer chez soi en voiture sous la neige après une fête, ai-je songé. La neige voltige dans le faisceau des phares et vous donne l'impression de rouler à deux cents à l'heure. Il est agréable de rentrer chez soi sous la neige après une soirée. Puis les comédiens se sont mis en rang et nous ont pressés — nous ont ordonné, de fait — de nous déshabiller et de les rejoindre.

Cela semblait être mon devoir. Comment pouvais-je, sinon, espérer comprendre Bertha ? J'ai toujours été très rapide à me déshabiller. C'est ce que j'ai fait. Toutefois, je me suis heurté à un problème. Que devais-je faire de mon portefeuille, de ma montre et de mes clefs de voiture ? Ils n'auraient pas été en sûreté avec mes vêtements. Aussi ai-je entrepris de remonter l'allée, nu, mes objets de valeur dans la main droite. Alors que j'arrivais sur les lieux où se déroulait l'action, un jeune homme m'a arrêté et a crié — chanté :

« Posez vos objets de valeur ! Les objets de valeur sont impurs !

— Mais ce sont mon portefeuille, ma montre et les clefs de la voiture, ai-je répliqué.

— Posez vos objets de valeur ! a-t-il chanté.

— Mais je dois prendre ma voiture pour le trajet de la gare à chez moi, et j'ai soixante ou soixante-dix dollars en liquide.

— Posez vos objets de valeur !

— Je ne peux pas, vraiment, je ne peux pas. Il faut que je mange et que je boive, et que je rentre chez moi.

— Posez vos objets de valeur ! »

Alors tous, y compris Bertha, se sont joints l'un après l'autre à son incantation. La troupe à son complet s'est mise à chanter :

« Posez vos objets de valeur, posez vos objets de valeur, posez vos objets de valeur ! »

Le sentiment d'être indésirable m'a toujours été extrêmement douloureux. Je suppose qu'un médecin saurait l'expliquer. Cette sensation se propage dans le passé et semble se rattacher, tel un dernier maillon, à une chaîne d'expériences semblables. Les voix des comédiens étaient fortes et méprisantes, et j'étais là, les fesses à l'air, quelque part au beau milieu de la ville, indésirable, me souvenant de plaquages ratés au football américain, de batailles perdues, du mépris de parfaits inconnus, de rires que j'avais entendus s'élever derrière des portes closes. Je tenais mes objets de valeur dans la main droite, mon identité au sens littéral du terme. Rien de tout cela n'était irremplaçable, mais m'en dessaisir aurait semblé menacer mon essence, mon ombre que je distinguais sur le sol, mon nom.

Je suis retourné à mon siège et je me suis rhabillé. Ce n'était pas facile dans un espace aussi exigu. La troupe hurlait toujours. Remonter l'aile en pente douce du théâtre délabré m'a inspiré d'intenses souvenirs. J'avais gravi le même plancher doucement incliné après *Le Roi Lear* et *La Cerisaie.* Je suis sorti.

Il neigeait toujours. Cela semblait être un blizzard. Un taxi était bloqué devant le théâtre ; alors je me suis souvenu que j'avais des pneus neige. Cela m'a inspiré un sentiment de sécurité et d'accomplissement qui aurait dégoûté Ozamanides et sa cour nue ; pourtant il me semblait avoir non pas révélé mes inhibitions, mais découvert en moi une merveilleuse veine de pragmatisme et d'opiniâtreté. Le vent me rabattait la neige au visage et, chantant et faisant tinter mes clefs de voiture, je me suis dirigé vers la gare.

Table

Du même auteur :

Aux éditions Le Serpent à Plumes

Falconer, collection Motifs n° 82

Composition réalisée par EURONUMÉRIQUE

Imprimé en France sur Presse Offset par

BRODARD & TAUPIN

GROUPE CPI

La Flèche (Sarthe).
N° d'imprimeur : 10986 – Dépôt légal Édit. 18316-01/2002
LIBRAIRIE GÉNÉRALE FRANÇAISE - 43, quai de Grenelle - 75015 Paris.
ISBN : 2 - 253 - 93359 - 7

42/3359/9